Labyrint

Will Adams bij Boekerij:

Het graf van Alexander
Exodus
Labyrint

www.boekerij.nl

Will Adams

Labyrint

ISBN 978-90-225-5732-7
NUR 330

Oorspronkelijke titel: *The Lost Labyrinth* (HarperCollins)
Vertaling: Fanneke Cnossen
Omslagontwerp: HildenDesign, München
Omslagbeeld: Elnur / shutterstock and A Cotton Photo / Shutterstock
Zetwerk: Mat-Zet bv, Soest

Voor Robert, Eleanor en Grace

De Eleusische mysteriën zijn een van de grote enigma's uit de klassieke oudheid. Ze werden zo'n tweeduizend jaar lang gevierd in de haven van Eleusis en waren het hoogtepunt van het Griekse religieuze leven, totdat ze ten slotte in de eerste eeuwen v.Chr. door het christendom werden verdrongen.

Sophocles beschouwde iedereen die in de riten werd ingewijd driewerf gelukkig. Cicero noemde ze Athenes grootste geschenk aan de mensheid. Plato prees ze als het volmaakte intellectuele genoegen.

De mysteriën werden echter door een uitzonderlijke geheimhoudingscultus beschermd. Mensen werden al gedood wanneer ze slechts toespelingen maakten op hoe het er daar werkelijk aan toeging. Dus los van een paar verleidelijke toespelingen weet vandaag de dag niemand zeker wat zich binnen de hoge muren van het heiligdom heeft afgespeeld; of beter gezegd, wat was dat geheim dat omgeven door zulke extreme maatregelen bewaard moest blijven?

Proloog

Kreta, 1553 v.Chr.
Het voedsel was nog niet helemaal op, maar dat zou niet lang meer duren. En gisteravond was het gaan sneeuwen, waardoor er een witte deken over de vlakte lag en de pas was afgesloten. Nu zou er geen soelaas meer komen. Minstens een maand niet. Waarschijnlijker nog: niet meer voordat de lente aanbrak.

Het was voorbij.

Het vuur was dagen geleden uitgegaan. Het hout was op. Niet dat Pijaseme vuur nodig had om zich door deze grotten te begeven. Ze vormden een natuurlijk labyrint, maar dat kende hij beter dan wie dan ook. Hij had hier tweeënvijftig jaar de goden gediend, de afgelopen tien jaar aan het hoofd gestaan van de buitentempel, waarin hij de ontdekking en inwijding van drie nieuwe galerijen had begeleid. Maar toch hield hij zijn hand tegen de muur. In deze afgelopen jaren was er zo veel veranderd dat het geruststellend was te weten dat sommige dingen hetzelfde bleven.

Hij kon zich dat moment nog altijd herinneren. Het had zijn geest in vuur en vlam gezet. Jarenlang was de godin boos geweest. Jarenlang hadden hij en zijn medepriesters geprobeerd te begrijpen wat ze verkeerd deden, zodat ze haar beter tegemoet konden komen, maar ieder van hen was met een andere oplossing gekomen en de godin was steeds ongelukkiger geworden. Hij was op weg naar Knossos geweest, voor de grote oogstbijeenkomst, toen er tijdens zijn laatste afdaling boven de noordelijke horizon zo'n uitbarsting van licht was geweest dat het leek alsof de zon opkwam. Even was hij buiten zichzelf van vreugde geweest: zijn hele leven had hij gebeden dat de godin nog tijdens zijn leven in levenden lijve zou verschijnen. Maar toen realiseerde hij zich dat ze in woede was ontstoken.

En wat voor woede!

Haar geraas had hem dagenlang verdoofd. Haar stortvloed van gesmolten rots had over het hele eiland de bossen in vuur en vlam gezet.

De door haar over hen uitgestorte golven, als bergen zo hoog, hadden hun vloten en havens verwoest. Ze had de lucht vele manen lang verduisterd en hen overdonderd met extreem gewelddadige stormen. Op de velden was kuitdiep een laag as gevallen, waardoor de oogst verloren ging en bomen en kuddes stierven; ze trof hen met builen en dodelijke, verwoestende ziekten en veroorzaakte die meedogenloze, eindeloze hongersnood.

Hij was bij de grote galerij aangekomen. Die was helderder dan hij zich ooit kon herinneren, het zonlicht werd door de smalle spleten in het dak uitvergroot door de spiegels en sneeuw rondom de randen. Een koude vlok viel op zijn slaap en liep toen als een traan over zijn wang. Hij zag dat er meer vielen, ze dwarrelden zo langzaam als veertjes. Misschien had het eiland dit wel nodig. Een zuivering door schone, pure sneeuw. Wanneer die smolt, zou hij de as uit het verleden met zich meenemen en zou het eiland er als herboren uit tevoorschijn komen.

Maar Pijaseme zou daar geen getuige van zijn.

Hij had het papaversap al klaargemaakt. Nu schonk hij dat in de bokaal. Terwijl hij daarmee bezig was, bespeelde een windvlaag de spleet als een hoorn. De Minotaurus brulde. Hij keek ernaar omhoog zoals die boven hem uittorende, door de goden persoonlijk daar neergezet als wachter van het oudste en heiligste labyrint van het eiland, de reden waarom zo veel vaklui en architecten hier op pelgrimstocht waren geweest, om inspiratie op te doen voor hun paleizen. Hij schonk een klein plengoffer in het waterbekken aan zijn voeten voordat hij de rest in één teug achteroversloeg, grimassend vanwege de smaak. Toen liep hij door de bijlengang naar de grote troon, waar hij het stierenmasker en de gehoornde kroon op zijn hoofd zette en de heilige mantel om zijn hals wilde gespen. Maar door ouderdom en honger was hij te zwak om het gewicht te kunnen dragen, dus liet hij hem over de hoge rugleuning van de troon hangen.

Het papaversap begon zijn vertroostende werk te doen. Hij voelde dat zijn godin glimlachte, blij met zijn keus om boete te doen. Hij pakte het mes met benen handvat en streek met de punt over de gerimpelde, bleke huid aan de binnenkant van zijn onderarm.

Het was een angstige tijd geweest, terwijl hij niet wist waarom de wereld veranderd was of wat hij moest doen. Overlevenden waren uit alle hoeken van het eiland naar Knossos gekomen, zochten steun bij elkaar, waren doodsbang, niet alleen door de catastrofe, maar ook door de wetenschap dat nu niets kon voorkomen dat hun vroegere onderhorigen hierheen zouden trekken om wraak te nemen voor alle achteloze wreedheden die ze door hun toedoen te verduren hadden gehad. Ook kon niets hen tegenhouden om de heiligste plaatsen van hun gewijde schatten te plunderen.

Pijaseme was zelf met een oplossing voor het laatste probleem gekomen: verberg alle schatten hier, dan weet je zeker dat geen enkele buitenstaander ze ooit zal vinden. Hij was voor de raad verschenen, had gezworen dat de godin zelf in een droom naar hem toe was gekomen en dat had bevolen. Ze waren allemaal zo gretig uit op haar vergeving dat ze onmiddellijk instemden. De schatten waren in de daaropvolgende maanden prompt gearriveerd; voor elke zending gaf Pijaseme een bewijs van ontvangst van de goederen, samen met een met tekens ingebrand kleitablet zodat hun nabestaanden dit labyrint konden terugvinden, voor het geval dat niemand van hen meer in leven was wanneer het eiland uiteindelijk zou zijn hersteld.

Hij was buiten zichzelf van blijdschap geweest toen de schatten zich opstapelden. Hij was er zo zeker van geweest dat de godin hem zou belonen. Maar haar woede was niet uitgedoofd. Sterker nog: die was nog meer opgelaaid, persoonlijker geworden. Terwijl andere gemeenschappen het ergste van de verwoesting achter de rug hadden, had zijn volk steeds meer moeten lijden. Ze had zijn kinderen die het hadden overleefd meegenomen, en ook hun kinderen en kleinkinderen, totdat van hun ooit zo grote familie alleen hij en zijn dierbare kleinzoon Eumolpos nog over waren. En ten slotte erkende hij in zijn hart de ware reden van haar woede. Er was geen droom geweest. Hij had deze schatten niet ter meerdere eer en glorie van haar hier laten brengen, dat had hij voor zichzelf gedaan.

De exodus had eerder die zomer plaatsgevonden, toen duidelijk werd dat de oogst opnieuw mislukt was. Eumolpos had de leiding genomen, had hout uit de bergen gehaald, de boomstammen naar de kust gesleept, een schip gebouwd waarin de weinige overlevenden naar het noorden waren gevaren, op zoek naar een nieuw land waar ze zich konden vestigen. Hun voorvaderen waren hier tenslotte ook over de zee aangekomen. Het leek alleen maar toepasselijk dat ze zo ook weer zouden vertrekken.

Het was een smartelijk afscheid geweest. Eumolpos zou Pijaseme als hogepriester in de tempel zijn opgevolgd. Maar er was geen tempel meer: Poseidon de Aardbever had daarvoor gezorgd. En op deze manier kon Eumolpos tenminste zijn herinneringen met zich meenemen, zijn kennis van de heilige voorwerpen en rituelen. Op deze manier zou de godin in elk geval nog vereerd worden. Voor hij vertrok, had Eumolpos aan Pijaseme gevraagd met hem mee te gaan, hoewel met neergeslagen ogen. Maar Pijaseme was te oud en trots. Bovendien had hij een heilige eed gezworen om tot in de dood over deze schatten te waken. En dat zou hij doen, tot zijn dood.

Ondanks het papaversap deed het hevige pijn toen hij door de gelooide huid van zijn pols stak, daarna maakte hij een diepe, kartelige snee langs zijn onderarm omhoog. Maar hij hield niet op, niet nu de godin toekeek. Hij pakte het mes met zijn andere hand vast en sneed ook in zijn andere onderarm. Bloed stroomde er in gestage watervallen uit en vormde rode plasjes op de stoffige rots.

Dit klopte. Zo moest het zijn.

Hij had er zijn leven aan gewijd om de godin tevreden te stellen. En hij had gefaald.

1

Broward County Jail, Fort Lauderdale, Florida
'Bezoeker,' gromde de bewaker terwijl hij de zware stalen deur van Mikhail Nergadzes cel opentrok. 'Meekomen.'

Mikhail nam de tijd om overeind te komen. Het was een kwestie van zelfrespect om op plekken als deze nooit zomaar iets aan de uniformen weg te geven. Bovendien wist hij al wie het was. Die door de rechtbank toegewezen psycholoog met haar spottend grijnzende bovenlip en haar agressief over elkaar geslagen armen. Dat soort vrouwen had hij altijd onmiddellijk door. En je kon er zeker van zijn dat ze ongeduldig op hem in het stoffige, witbetegelde verhoorkamertje zou zitten wachten, gekleed in haar gebruikelijke scherp gesneden, chique marineblauw colbertje en kokerrok, haar zwarte haar bijna zo kortgeknipt als zijn eigen borstelkop, met slechts een heel klein vleugje parfum en make-up. Maar hoe vaag dat vleugje parfum en make-up ook was, het was er wel.

'Meneer Nergadze,' zei ze zuur, terwijl ze elke lettergreep als een belediging uitsprak.

'Doctor Mansfield.' Hij knikte. 'Wat een genoegen.'

'Voor mij niet, dat kan ik u verzekeren.' Ze gebaarde kortaf naar de bewaker dat hij in de ruimte moest blijven en nodigde Mikhail uit om plaats te nemen op een van de tegenover elkaar staande stoelen. Ze wachtte tot hij zat, zette haar aktetas bij de andere stoel, haalde een minicassetterecorder tevoorschijn die ze op de grond tussen hen in zette en ging tegenover hem zitten. Toen haalde ze een stapeltje papieren tevoorschijn waarop ze met een bolvormige, groene vulpen aantekeningen begon te maken, terwijl ze hem om de paar tellen aankeek, als een kunstenaar die aan een portret werkt, ongetwijfeld in de hoop zijn nieuwsgierigheid te prikkelen. Maar Mikhail vertikte het om toe te happen. Hij vouwde zijn handen losjes in zijn schoot samen en wachtte af. Na misschien vijf minuten zuchtte ze en boog zich naar voren, gaf hem twee aan elkaar geniete bladzijden, samen met een potloodstompje, alsof hij met een pen niet te vertrouwen was. 'Wilt u daar even naar kijken?'

'Waarom?'

'Hebt u nou echt zo veel beters te doen?'

Mikhail haalde zijn schouders op en pakte de twee velletjes aan, las vluchtig de vragenlijst door en keek haar met een droge, kille blik aan. Maar hij vond het niet erg om het spel mee te spelen. Integendeel zelfs. Hij wist dat ze des te nijdiger zou zijn wanneer het legertje familieadvocaten hem ten slotte vrij zou weten te krijgen, wat nu elk moment kon gebeuren; want zonder lijk stond de politie met lege handen, dat wist iedereen.

Kan zich niet aan sociale normen aanpassen.

Een makkie. Mikhail verbaasde zich er altijd over dat wie dan ook zich zou moeten aanpassen. Vinkje.

Regelmatig aanvallen van ergernis en agressie. Vinkje.
Impulsief. Vinkje.

Ze had een mooi figuur, deze psych. Dat moest hij haar nageven. Fantastische benen. Bruin en welgevormd, lang en glad. En toch gespierd. De benen van een ballerina. Ideaal om ze om een mannenmiddel te klemmen. En ze wist ze er nog op hun best uit te laten komen ook, voor zover haar professie dat tenminste toestond, met haar hoge hakken en een split in haar rok waardoor op zeldzame momenten even een dij opflitste, en ze wist er voortdurend de aandacht op te vestigen door haar benen over elkaar te slaan of ze net zo veel te spreiden dat hij een glimp van de schaduw eronder kon opvangen. Verder was er helaas niet veel om over naar huis te schrijven. Een paddengezicht met opengesperde, naar boven gedraaide neusgaten, en een nog altijd grove huid door een verwoestende tieneracne.

Heeft geen oog voor de veiligheid van anderen. Vinkje.
Onverantwoordelijk gedrag. Vinkje.
Veel korte huwelijksrelaties. Vinkje.

In haar manier van doen blonk ze ook niet uit, ze snoof voortdurend en kneep steeds haar ogen halfdicht, alsof het haar belangrijkste ambitie in het leven was dat niemand haar te slim af was. Maar als puntje bij paaltje kwam, was ze jong en een vrouw; en Mikhail had al lang geleden geleerd alle pleziertjes te nemen die hij in dit soort instituten kon krijgen.

Hecht weinig waarde aan beloftes, deals en overeenkomsten. Vinkje.
Manipulatief. Vinkje.
Gebrek aan empathie.

Mikhail wachtte even. Hij stond altijd lichtelijk perplex bij vragen over empathie. Het was net als bij kleurenblindheid. Mensen die geen verschil zagen tussen groen en rood, dat was één ding; maar hoe kwam je erachter dat hij geel net zo zag als iemand anders? Zo was het ook met empathie, bijna onmogelijk om daar een objectief oordeel over te vellen. Door de jaren heen had een aantal psychologen hem foto's laten zien van mensengezichten, alsof ze dachten dat hij aan het syndroom van Asperger of zoiets leed. Maar Mikhail had het nooit moeilijk gevonden om het verschil te zien tussen geluk en verdriet, verbaasd en geïntrigeerd, boos en begerig; en hij begreep ook wat die emoties stuk voor stuk waren, want hij had ze zelf ervaren. Bovendien bleven mensen hem maar beschuldigen dat hij manipulatief was, maar hoe kon hij mensen manipuleren als het hem aan empathie ontbrak? Hij kon een bullebak zijn, zeker, of extreem veeleisend; maar manipulatíéf? Dat vergde toch een zekere mate van medemenselijk gevoel? Dus had hij altijd gedacht dat de werkelijke vraag was: kon het 'm eigenlijk wel wat schelen? Het kon hem geen barst schelen. Maar het ging hierom: hoe kon hij er zeker van zijn dat hij daardoor een buitenbeentje was? Hoe wist hij dat het andere mensen iets kon schelen (of tenminste, meer kon schelen dan hem)? Dat was wat zíj zeiden. Misschien was hij gewoon eerlijker dan zij. Volgens hem kon het niemand iets schelen hoe andere mensen zich voelden. Niet echt. Ze vonden het alleen maar belangrijk hoe andere mensen over hén dachten. Daarom veinsden ze bezorgdheid en deden alsof, want ze dachten dat andere mensen hen dan meer zouden respecteren en liefhebben. Maar wat maakte het uit, hij wist toch welk antwoord ze wilde. Sterker nog: het was het antwoord dat het meest aan haar zou knagen wanneer hij hier als vrij man naar buiten zou wandelen.

Gebrek aan empathie. Vinkje.
Gebrek aan wroeging. Vinkje.

Hij had trouwens nooit ingezien waarom mensen zo'n toestand van wroeging maakten. Zo'n oneerlijke emotie. Als je niet kon leven met de consequenties van je daden, doe dan wat anders, blijf er niet over mekkeren. Sterker nog, zorg dat je niet wordt gepakt. Mikhail kon zich niet herinneren dat iemand ooit wroeging had getoond vóór hij in de kraag was gevat. Nee, dat kon je maar beter aan politici en tv-dominees overlaten.

Als kind vaak in problemen geweest. Maar nooit door eigen schuld. Vinkje.

Leidt een leven als een profiteur.

Hij was een beetje beledigd door de woordkeus. Hij was geen profiteur; mensen dachten alleen dat ze hem bezáten, door het soort man dat hij was. Maar verdomme, hij zat op de schopstoel: vinkje.

Hij keek naar haar op. 'Waar woon je?' vroeg hij. 'Ergens in de buurt?'

'Maak de lijst nou maar af.'

'Als ik vrijkom moeten we samen wat gaan drinken.'

'Ik maak vijftig jaar van tevoren geen afspraken.'

Pathologische leugenaar. Hij zou liegen als hij iets anders beweerde. Vinkje.
Wreed jegens dieren en andere mensen.

'Als je wreed zegt,' vroeg hij, 'bedoel je dan fysiek geweld? Of hoort psychisch geweld daar ook bij?'

'Maakt het wat uit?'

Goed punt. Vinkje.

Vindt dat hij buiten en boven de wet staat. Vinkje.

Hij keek zo plotseling op dat hij haar erop betrapte dat ze hem aanstaarde. Hij glimlachte veelbetekenend; ze gooide haar hoofd naar achteren en keek een andere kant op, arrogant als een rijk ponymeisje, alsof ze vond dat Mikhail ver beneden haar waardigheid was, dat ze het een beproeving vond om zelfs maar met hem in dezelfde ruimte te zijn, alsof ze zich moest pántseren. Maar hij had haar niet gedwongen te komen. En de rechter evenmin, deze keer niet. Nee. Ze was hier op eigen initiatief.

Wilde fantasieën over persoonlijke moed en succes.

Ja, dacht hij. Gisteravond heb ik gedroomd dat ik jou achternazat, bitch. Vinkje.

Overdreven seksualiteit.

Hij wachtte opnieuw. 'Bedoel je dat ik mijn seksualiteit overdrijf? Of dat ik ongebruikelijk vaak seks kan bedrijven?'

Ze glimlachte flauwtjes naar hem, aarzelde om antwoord te geven. 'Het laatste.'

Overdreven seksualiteit. Vinkje.

'Masturbeer je daarom met mij in gedachten?'

'Maak de lijst nou maar af.'

'Als je met mij in je hoofd masturbeert, ben ik dan naakt?'

'De lijst, alstublieft, meneer Nergadze.'

'Mikhail, alsjeblieft.'

*Eist onmiddellijke en volslagen gehoorzaamheid van degenen om
hem heen.* Vinkje.
Oppervlakkige charme.

Over deze twijfelde hij ook. 'Oppervlakkig?' vroeg hij.

Ze fronste haar wenkbrauwen, verbaasd dat hij over zo'n gewoon woord struikelde. 'Oppervlakkig betekent, eh, aan de oppervlakte.'

Mikhail merkte dat hij door een milde golf van woede werd opgetild, omdat hij door zijn Oost-Europese wortels en accent voor de zoveelste keer voor achterlijk werd aangezien. Dat was tijdens zijn verbanning naar Engeland en Amerika zo vaak gebeurd dat hij er misschien aan gewend had moeten raken, maar het overrompelde hem nog steeds. Aan de andere kant, het cachot had hem geleerd om de veiligheidsklep dicht te houden, zijn kans af te wachten, die nu gauw zou komen. Hij wachtte tot de golf weer wegebde voor hij antwoordde. 'Ik weet wel wat het betekent,' zei hij. 'Ik vraag wat jíj bedoelt. Charme is per definitie oppervlakkig, vind je niet? Volgens mij bedoel je "valse", toch?'

Ze kleurde een beetje. 'Ik vermoed dat vals… ja, dat klopt.'

Hij streepte 'oppervlakkige' door en schreef er 'valse' voor in de plaats.

Jaloers op anderen.

Hij fronste zijn voorhoofd. Wilde hij echt in de schoenen van iemand anders staan? Misschien om hier weg te komen, ja. Ach, wat kon 't hem verdommen. Vinkje.

Vaak verveeld. Vinkje.

Hij gaf haar de vragenlijst terug. Een perfecte score. Ze nam de bladzijden met een meesmuilend lachje aan, alsof ze zojuist een weddenschap met zichzelf had gewonnen. Mikhail glimlachte ook. Hij hield wel van aanmatigende zielenknijpers. Ze dachten dat ze zo veel inzicht hadden, zo goed bewapend waren. Ze raakten dan des te meer opgefokt als hij in hun hoofd ging zitten. 'Je hebt mijn vraag niet beantwoord,' zei hij.

'Welke vraag?'

'Stel je je mij naakt voor? Wanneer je met mij in je hoofd mastubeert?'

'Masturberen, meneer Nergadze?' vroeg ze droogjes. 'Verwart u mij niet met uzelf?'

Hij keek haar in de ogen en hield haar blik vast. Ze probeerde hem net zo lang aan te kijken tot hij het opgaf; ze had geen schijn van kans. Toen zij het uiteindelijk opgaf en de andere kant op keek, had haar hals een heerlijk hete, verwarde kleur van verwarring gekregen, en hij voelde een bekende opwinding in zijn lendenen die bevestigde wat de werkelijke reden was dat ze was teruggekomen, een reden die niets te maken had met zijn zogenaamde stoornis. Althans, die had er álles mee te maken, maar niet in de zin die haar vakgenoten zouden goedkeuren.

Ze vermande zich, wendde zich weer met een onbuigzame blik naar hem toe, wilde hem met gelijke munt terugbetalen. 'Nou,' zei ze, 'wilt u me vertellen wat er die avond echt is gebeurd?'

'Ik heb je al verteld wat er is gebeurd.'

'Het échte verhaal.'

'O, het échte verhaal.'

'Dat wilt u namelijk, weet u. Uiteindelijk willen mannen als u altijd opscheppen over hun… wapenfeiten.'

Mikhail knikte naar de bewaker die nog altijd bij de deur stond. 'En door mannen als hij belanden we ervoor op de stoel.'

Ze draaide zich naar de bewaker om. 'Laat ons alsjeblieft alleen.'

De bewaker keek Mikhail dreigend aan. 'Weet u dat zeker, mevrouw? Die daar is een gemene klootzak.'

'Ik heb je gevraagd ons alleen te laten.'

Ze keken hem beiden na toen hij naar buiten ging. Mikhail zag dat ze tevreden over zichzelf was; moed en vertrouwen uitstralen, net zoals ze dat in de leerboeken prediken. Het stalen schuifje in de deur schoof piepend open en de bewaker legde zijn oog tegen het kijkvenster, zijn gezicht werd door het glas uitvergroot en daardoor nog lelijker.

'Stel dat hij kan liplezen?' vroeg Mikhail.

'Wilt u van stoel ruilen?' vroeg ze. 'Zodat hij u niet in het gezicht kan kijken?'

'Ik wil dat hij helemaal niet kijkt.'

Ze ging naar de deur en voerde een mompelend, maar indringend gesprekje. De deur ging dicht en toen ook het schuifje voor het kijkvenster. Ze ging weer zitten. 'Nou?' vroeg ze. 'Nu bereid om te praten?'

'Met je taperecorder aan?'

'Deze sessie is vertrouwelijk. Dat verzeker ik u, niets zal tegen u gebruikt worden.'

Hij snoof en trok een wenkbrauw op. Ze zuchtte en zette het apparaat uit. 'Oké,' zei hij. 'Ik zal je vertellen wat je wilt weten. Maar ik wil eerst iets van jou.'

'Wat dan?'

'Ik wil weten waarom je zo in me geïnteresseerd bent.'

Ze bestudeerde hem een ogenblik, alsof ze beoordeelde of hij het meende. Het verbaasde hem altijd hoe goedgelovig deze mensen waren: ze leek haar checklist nu al te zijn vergeten. Hij hield zijn gezicht in een onbewogen plooi, wist dat ze het hem wilde vertellen, haar eigen scherpzinnigheid zat als champagnebelletjes in een fles te popelen om te worden bevrijd. Toen ze begon te praten, raakte ze al snel opgewonden. Ze stond op en begon druk gesticulerend door het kleine vertrek heen en weer te lopen. Ze werkte aan een artikel voor de vakbladen, dat was uitgelekt. Het ging over narcistische sociopaten. Dat Mikhail er een was, had elke eerstejaarsstudent natuurlijk meteen door; maar bij de meeste mensen met een narcistische persoonlijkheidsstoornis was die cerebraal of somatisch, ze gedroegen zich met andere woorden respectievelijk aanmatigend vanwege hun intelligentie of vanwege hun buitengewone fysieke en atletische vaardigheden. Hij vertoonde beide. Daarmee was hij op zichzelf al een curiositeit. Maar er was meer. In de grond van hun hart hadden de meeste narcisten een hekel aan zichzelf. Uitgerekend die zelfhaat was er de oorzaak van dat ze een dringende behoefte hadden aan bewieroking en verheerlijking door de mensen om hen heen, een behoefte aan wat zij narcistische brandstof noemde, en waarover ze praatte alsof het om een drug ging. Wanneer ze van die brandstof werden beroofd, stortten hun fantasieën over zichzelf in, vervielen ze in depressie en wanhoop. Maar hoewel hij alle symptomen van klassiek narcisme vertoonde, leek hij zelfs wanneer hem zijn narcistische brandstof werd ontzegd immuun voor depressie en zelfs wanhoop, en ze wilde weten hoe dat kwam. Crimineel narcisme was haar terrein, en ze voelde bij Mikhail dat als ze zijn geheim kon ontrafellen, dat haar de kans bood om echt vooruitgang te boeken, misschien zou het een manier opleveren om zelfhaat bij anderen te verlichten en zo de narcistische cirkel compleet te doorbreken. Ze raakte helemaal opgewonden en enthousiast, wankelde onder het lopen een beetje op haar hakken, rode vlekken gloeiden op haar hals en wangen, als een nest jonge katjes voor de lenzen van een nachtkijker. Ten slotte zweeg ze en haalde haar schouders op, zo van oké-dat-is-het, ze verwachtte van hem dat hij zijn kant van de afspraak zou nakomen, haar zou vertellen hoe hij dat onschuldige dertienjarige meisje Lolita had verkracht en vermoord.

Onschuldig! Ha!

Hij ging staan en schoof zijn stoel naar achteren, de poten schraapten over de kale betonnen vloer. Toen liep hij op haar toe. Ze produceerde een nerveus glimlachje, haar pupillen schoten heen en weer en ze liep achteruit bij hem vandaan tot ze naast de deur met de rug tegen de muur stond. Hij bleef doorlopen, langzaam, terwijl hij zijn beste niet-bedreigende glimlach opzette, alsof ze een keffend schoothondje was dat hij niet wilde afschrikken omdat hij anders zijn kans misliep om het een schop te verkopen.

Ze balde haar vuist om op de deur te bonzen en de bewaker te roepen. Ze spande twee keer haar arm, maar Mikhail bleef naderbij komen en uiteindelijk kon ze zichzelf er toch niet toe brengen. Eindelijk zelfkennis. Ze liet haar armen langs haar zijden hangen en spreidde haar vingers als zonnestralen. Hij stond nu pal voor haar, hun lichamen raakten elkaar bijna: gezicht, borst, knie, teen. Hij hoorde haar ademhalingsritme veranderen tot het synchroon liep met dat van hem. Hij beloonde haar met een glimlach. Hij legde een hand op haar linkerschouder, de andere, op haar heup, begon de prikkelende stof van haar rok op te trekken. Ze staarden elkaar in de ogen. Ze hield hem niet tegen, maar moedigde hem ook niet aan, toen hij met zijn hand onder haar rok glipte en langs haar dij over haar slipje naar haar pudenda gleed, slaakte ze een bijna onhoorbaar zuchtje, alsof er in een voorver-

pakte maaltijd werd geprikt, waarbij de conserverende lucht ontsnapte. Er viel even een volslagen stilte, hij hoorde alleen het speeksel door
haar mond en keel spoelen, terwijl er een stuiptrekking door haar
spleet ging alsof een doodsbange rat in zijn handpalm terugdeinsde.
'Meneer Nergadze,' zei ze schor, op haar beste snoevende-schooljuf-
toontje, alsof ze hem een standje gaf. Hij wachtte, maar ze zei verder
niets, dus hij gaf haar een vriendelijk bemoedigend kneepje en schonk
haar een bredere glimlach. Ze glimlachte flauwtjes terug, een volkomen toeschietelijk lachje, een uitnodiging om hem te laten doen wat
hij wilde.

Hij liet haar los, deed een stap bij haar vandaan, keerde naar zijn
stoel terug, ging zitten en vouwde zijn handen opnieuw in zijn schoot.
'Ik ben dus narcistisch, hè?' vroeg hij. 'Of ben ik gewoon écht mooi?'

2

Het Kastelli Hotel, Athene, Griekenland, twee weken later
Ze moesten alle drie hard lachen om de onversneden afschuwelijke mop van Knox toen Augustin zijn keycard door het slot van zijn hotelkamer haalde en zijn deur met zijn voet openduwde. Maar het lachen verging ze onmiddellijk.

Voor Knox kwam het door de stank: niet dat die overweldigend was, alleen zuur en akelig, maar hij riep stante pede een instinctieve afkeer op, zodat hij wist dat er iets helemaal mis was. Hij keek over Augustins schouder en zag klodders bloed en braaksel op het vezelige blauwe tapijt, en toen een naakte oudere man die op zijn rug in de smalle ruimte tussen het twee- en eenpersoonsbed in lag, met zijn rechterarm languit boven zijn hoofd. Rond zijn middel waren vlekken, waar zijn blaas en ingewanden waren leeggestroomd. In zijn voorhoofd zat bovendien een gapende wond, waar een enorme hoeveelheid bloed uit was weggevloeid en zijn gezicht drukte zulk puur afgrijzen uit dat Knox onmiddellijk vermoedde dat hij niet alleen dood was, maar dat hij het op het moment dat het noodlot toesloeg had zien aankomen.

Hij schrok dan ook hevig toen de man op het tapijt verkrampte, een stuiptrekking die als een fladderend laken door zijn lichaam trok. Het was Claire die als eerste in beweging kwam, getraind medicus die ze was. Ze drong zich langs Augustin en knielde naast hem neer. 'Ambulance,' zei ze kortaf. Augustin knikte en haastte zich om het eenpersoonsbed heen, ging er op zijn knieën op zitten, greep de telefoon op het nachtkastje en belde de centrale.

De man opende zijn ogen en kraste iets, probeerde iets te zeggen, met bloed doortrokken speeksel sijpelde uit zijn mondhoek. Claire veegde het met de punt van de beddensprei weg. Hij zei opnieuw iets. Ze schudde haar hoofd om aan te geven dat hij zijn krachten moest sparen, maar hij ging door, zodat Knox zich naast het bed drong, aan de andere kant ruimte voor zichzelf maakte, neerknielde en zijn oor dicht tegen zijn lippen hield. Maar de stem van de man was zo zwak dat het bijna onmogelijk was meer op te vangen dan de vorm van zijn mond en de uitstoot van wat lettergrepen. Hij fronste zijn wenkbrauwen vragend naar Claire. 'Elysium?' opperde hij.

'Zou kunnen,' zei ze schouderophalend.

'Wie is hij eigenlijk?' vroeg Knox, terwijl hij weer opstond.

'Roland Petitier,' zei Augustin, die nog altijd wachtte tot de centrale zou opnemen.

Knox knikte. Een vroegere archeologieprofessor van Augustin die bijna twintig jaar geleden spoorloos verdwenen was, om een paar weken geleden onverwacht op te duiken, en die de volgende middag op een conferentie zou spreken. 'Maar wat doet hij hier?'

Augustin haalde typisch op z'n Frans zijn schouders op, alsof hij de verantwoordelijkheid van de hand wees. 'Eerder vandaag wordt er op mijn deur geklopt. Ik denk dat jij het bent om me naar het vliegveld te brengen. Maar nee, hij is het. Na twintig jaar. Hij zegt tegen me dat zijn kamer nog niet in gereedheid is gebracht en vraagt of hij hier kan blijven tot dat voor elkaar is. Ik zeg nee. Ik vertel hem dat ik mijn verloofde Claire van het vliegveld moet ophalen. Hij zweert op zijn moeders leven dat hij weg is tegen de tijd dat wij terugkomen. Op zijn moeders leven!'

'Je kunt het hem niet bepaald kwalijk nemen dat hij…'

Augustin stak een vinger op. De centrale had eindelijk opgenomen. 'Noodgeval,' zei hij kortaf. 'Kamer vijf-dertien. Er moet een ambulance komen.' Hij luisterde even. 'Nee. Hij heeft een klap op z'n hoofd gehad.' Opnieuw stilte. Hij keek de kamer rond. 'Nee, dat geloof ik niet.'

Claire had Petitiers hoofd naar achteren gelegd en legde haar oor tegen zijn mond. 'Zeg tegen ze dat hij niet meer ademt,' zei ze indrukwekkend kalm. 'Zeg dat ze een defibrillator moeten meenemen.' Terwijl Augustin de boodschap herhaalde, ging ze kordaat over tot een cardiopulmonale reanimatie, waarbij ze met beide handen hard op Petitiers borst pompte. Ze wist duidelijk wat ze deed, dus Knox stapte opzij om haar ruimte te geven en nam de gelegenheid te baat om te kijken of hij erachter kon komen wat er was gebeurd.

De kamer was nagenoeg identiek aan die van hem en Gaille op de verdieping erboven. Het redelijk hoogpolige, blauwe tapijt vertoonde slijtage; het twee- en eenpersoonsbed zakten beide in het midden iet-wat door. Op de spiegels van de toilettafel zaten donkere vlekken, even-als op het glas van de ingelijste afbeeldingen aan de muren van de Akropolis, Mycene en Epidaurus. Uit de badkamer klonken spatgelui-den. Hij duwde de deur open en zag dat er uit de douche heet water in de badkuip stroomde, waardoor dikke mistwolken tegen het plafond gevangenzaten. Hij wilde hem uitzetten, maar weerhield zich ervan toen hij zich verschrikt realiseerde dat dit wellicht een plaats delict was, dus liep hij weer naar buiten en sloot de deur achter zich.

Tegen het bed stond een zwarte laptopkoffer, lijviger dan die van Augustin, dus was die waarschijnlijk van Petitier. Opnieuw liet hij die onaangeroerd. De witte vitrage bolde op, zwanger van de bries in de balkondeuropening, op de stof zaten een paar rode vegen. Hij schoof hem voorzichtig opzij. De glazen schuifdeur stond wijd open. Hij liep het balkon op. Het plastic standaardtafeltje en een van de twee bijbe-horende stoelen waren omvergegooid, alsof er een storm of strijd had gewoed. Een weekendtas lag op zijn kant, het oude bruine leer was opengescheurd en de inhoud lekte eruit: onderbroeken, hemden, shirts en broeken. Hij boog zich over de balustrade, keek langs de lager-gelegen balkons naar de smalle steeg ver onder hem, die werd verstopt door roestende afvalcontainers vol veelkleurige vuilniszakken uit het hotel. Hij keek naar links en rechts. De naburige balkons werden van elkaar gescheiden door hekken met scherpe punten, maar voor ie-mand zonder hoogtevrees was het een makkie om zich eromheen te zwaaien, en er was maar heel weinig kans dat iemand dat zou zien.

Hij ging weer naar binnen: Augustin stond naast Claire, wilde hel-pen maar wist niet precies hoe. 'Ik wist dat ik nee had moeten zeggen toen hij vroeg om te mogen blijven,' zei hij tegen Knox.

'Waarom heb je dat dan niet gedaan?'

'Hij leek zo wanhopig. Ik bedoel, hij was er echt paranoïde over dat hij werd achtervolgd.'

'Paranoïde?' vroeg Knox droogjes.

'Ik moest zweren dat ik niemand zou vertellen dat hij hier was. Daarom heb ik er eerder niets over gezegd.'

'Heeft hij iets losgelaten over wie er dan achter hem aan zat?'

'Nee. Maar ik weet wel dat hij iets heeft ontdekt. Kennelijk op Kreta. Een paar zegelstenen en misschien nog wat andere dingen. Ik denk dat hij ze misschien bij zich heeft, want hij wilde zijn weekendtas niet loslaten, weet je. Hij klemde zich eraan vast alsof die zijn enig kind was.'

In de gang gingen liftdeuren open. Er klonken kreten en dreunende zware laarzen. Twee politiemannen in donkerblauw uniform van de Elleniki Astynomia verschenen in de deuropening; ze hielden witte helmen en wapenstokken in de hand, alsof ze net een paar rellen achter de rug hadden. De eerste was lang en sterk, toch had hij zachte gelaatstrekken zonder rimpels, waardoor hij eruitzag alsof hij bijna te jong was om politieman te zijn. Zijn partner was ouder, stevig, hijgde piepend van het rennen. Hij duwde zijn jongere collega opzij en nam de situatie in zich op. 'Uit de weg!' zei hij bevelend tegen Claire. Ze keek niet eens op, geconcentreerd als ze was om Petitier te reanimeren. 'Uit de weg!' blafte hij nog luider, boos dat hij werd genegeerd.

'Ze is arts,' protesteerde Augustin. 'Laat haar begaan.'

'Uit de weg!' riep hij een derde keer.

De jongere politieman deed een stap naar voren, geërgerd vanwege het gebrek aan respect voor zijn partner. Hij stak van achteren om Claire heen zijn hand uit en greep haar tegelijk bij de borst.

Onmiddellijk liep Augustin rood aan; hij stompte de jonge politieman hard in zijn gezicht waardoor die languit op de grond viel.

De jongeman stond op met een blik van pure woede in zijn ogen. Hij sloeg zo hard met zijn wapenstok tegen Augustins wang dat een stukje tand tussen zijn lippen wegvloog. Die schreeuwde het uit en viel met beide handen op zijn bloedende mond op zijn knieën. Knox haastte zich om tussenbeide te komen, maar de oudere politieman greep hem bij de arm en hield hem tegen. Bij zijn jongere partner leek een soort obscene woede los te komen. Zijn gezicht zag bijna paars toen hij met zijn wapenstok naar Augustins kruin uithaalde, gelukkig voor hem schampte de klap af, maar evengoed sprong zijn hoofdhuid open zodat het bloed eruit gutste terwijl hij op zijn zij in de smalle ruimte tussen het bed en de muur viel. Claire gilde en greep de politieman bij de arm, maar hij gooide haar met gemak van zich af, draaide zich weer naar Augustin en raakte hem opnieuw. Maar Augustin was zo neergekomen dat de politieman niet goed bij zijn hoofd kon komen, dus hij duwde het bed opzij en stapte eromheen om in een betere aanvalspositie te komen.

Eindelijk wist Knox zich vrij te worstelen. Hij snelde de kamer door, greep de zwaaiende pols van de politieman beet en draaide die scherp om. De politieman jankte het uit en liet zijn wapenstok vallen, wendde zich met een enigszins verdwaasde uitdrukking naar Knox toe, alsof hij niet precies wist wat er gebeurde. Toen keek hij naar Augustin omlaag, die bewusteloos aan zijn voeten lag, naar het olieachtige, donkere bloed dat zich in een ondiep poeltje op het tapijt verzamelde, naar de rode spetters schuld die al op zijn eigen handen vastkoekten. Er verscheen een blik van afgrijzen op zijn gezicht en hij begon te huilen.

II

Een vergaderruimte, Tbilisi, Georgië

In Edouard Zdanevich' inborst streden tegenstrijdige emoties om de voorrang terwijl hij voor het schilderij stond. Het was uitgevoerd in olieverf op zwart wasdoek, misschien zeventig centimeter breed bij een meter hoog, een portret van een weelderige vrouw in een schommelstoel, terwijl ze door de plooien van haar blauwzwarte jurk een kind voedt en er slechts een heel klein vleugje blote borst te zien is. Eenvoudige kleuren en thema's, met een intense kracht en menselijkheid uitgewerkt. Ongetwijfeld een Pirosmani, net zo schitterend als elke andere in Tbilisi. En toch had Edouard het schilderij nooit eerder gezien, zelfs niet geweten dat het bestond. En hoewel hij opgetogen was dat hij ernaar kon kijken, was hij tegelijk woedend dat die verdomde Nergadzes het hier aan de muur hadden hangen, terwijl hij betwijfelde of een van hen wist wat het was, of waarom het zo belangrijk was, of dat ze ook maar enig idee hadden van de grote kunstenaar die het had geschilderd. Het enige wat zij wisten of wat hun iets kon schelen was hoeveel het waard was.

Ergens in het gebouw ging een deur open, waar iemand in een schor gelach uitbarstte. Ongetwijfeld de zoveelste vermaarde orgie van de

Nergadzes. Edouard verachtte zulk buitensporig vertoon van spilzucht, wellust en dronkenschap; maar het zou leuk zijn, moest hij toegeven, om ze voor de verandering eens van binnenuit te kunnen verachten.

Er stonden een paar vitrines tegen de muur, beide vol Colchische gouden sieraden, aardewerk, ornamenten en munten. Hij kende de stukken goed. Ze kwamen uit een schat die enkele decennia geleden in een verlaten bron in de heuvels van Turkmenistan was ontdekt, aan de overkant van de Kaspische Zee, en die in hun nationale museum in Ashgabat tentoongesteld was. Het was al lang bekend dat veel van de stukken Georgisch waren, maar de Turkmeense regering had nog maar pasgeleden toestemming gegeven voor de verkoop. Edouard was persoonlijk naar Ashgabat gevlogen, waar hij had onderhandeld over de aankoop en repatriëring. Hoewel de Nergadzes alles betaalden, was de afspraak glashelder: hij had de waardevolle goederen uit naam van de staat Georgië gekocht om ze in de nationale musea aldaar tentoon te stellen. Ilya Nergadze had zich dagenlang gewenteld in publieke bewondering vanwege zijn edelmoedigheid. Maar de gouden stukken werden in geen enkel museum tentoongesteld. Ze stonden hier uitgestald, waar de gewone Georgiërs nooit de kans kregen om ze te zien.

Buiten naderden afgemeten voetstappen, toen gingen de dubbele deuren met een klap open en Ilya Nergadze marcheerde naar binnen, op de voet gevolgd door zijn zoon Sandro en een bodyguard uit een legertje dat hij erop nahield. De oude man Ilya ging elke ochtend als een generaal op mars naar de strijd. Hij was lang en buitengewoon mager, had een hoog voorhoofd, een platte neus en zijn mond vormde een strakke lijn, alsof het leven onvergeeflijk wreed voor hem was geweest, wreder dan voor iedereen die in zijn omgeving verkeerde. Zijn haar en wenkbrauwen, die tot voor kort sneeuwwit waren geweest, glansden nu van de zwarte verf, terwijl zijn huid zichtbaar was strakgetrokken door plastische chirurgie en botoxinjecties, een poging tot jeugdigheid waardoor hij er belachelijk uit hoorde te zien, behalve dan dat mensen zoals hij er op een of andere manier nooit belachelijk uitzagen, en zeker niet in gezelschap, misschien omdat iedereen te bang was om te grinniken.

'Dank u wel dat u me gevraagd hebt te komen,' zei Edouard, terwijl hij zich bij hem aan de rozenhouten vergadertafel voegde. 'We moeten de overdracht afronden van...'

'Alles op zijn tijd,' zei Sandro, die tegenover hem ging zitten. Hij werd als de diplomaat van de familie beschouwd; de reden waarom hij tot hoofd van zijn vaders presidentiële campagne was benoemd.

'Maar mensen praten erover,' wierp Edouard tegen. 'Mijn collega's in het museum vragen me voortdurend wanneer ik...'

'Hij zei: alles op z'n tijd,' zei de bodyguard.

Edouard keek hem zuur aan. Met name Nergadze-bodyguards wisten wel beter dan in aanwezigheid van hun meerderen te praten. Maar deze zag er meer ontspannen uit dan de meesten, was een jaar of veertig, droeg een coltrui onder zijn zwarte colbertje. Bovendien had hij zich niet geschoren, misschien om het sikkelvormige litteken op zijn wang beter te laten uitkomen, waar geen stoppels groeiden. 'Neem me niet kwalijk,' zei Edouard stijfjes. 'Ik geloof niet dat we elkaar kennen.'

'Dit is Boris Dekanosidze,' zei Sandro. 'Hoofd beveiliging. Ik wilde dat je kennis met hem maakte omdat je de komende paar dagen met hem gaat samenwerken.'

'Sorry?'

'Je vertrekt vanavond naar Athene. Sterker nog, direct na deze bijeenkomst.'

'Geen sprake van,' kaatste Edouard terug. 'Ik dacht dat ik duidelijk had gemaakt dat ik geen commissies meer accepteer tot u uw toezeggingen...'

'Je zult elke commissie accepteren die ik je zeg te accepteren,' zei Ilya.

'Er is meer dan genoeg tijd om de overdracht van de waardevolle spullen af te ronden als je eenmaal terug bent,' voegde Sandro er op mildere toon aan toe. 'Maar nu hebben we een urgent probleem, en we hebben je hulp nodig.' Hij knikte naar Boris, die een manilla map over het gepolijste rozenhout schoof. Edouard opende die schoorvoetend en las toen met stijgende verbazing de correspondentie die hij daarin aantrof. 'Dit is vast een grap,' zei hij ten slotte. 'Kan niet anders.'

'Mijn kleinzoon Mikhail gaat morgenochtend het voorwerp bekijken,' zei Ilya. 'Jij gaat met hem mee.'

'Maar u hebt niet eens een kleinzoon die Mikhail heet,' protesteerde Edouard.

'O nee?' vroeg Ilya.

'Boris gaat ook met je mee,' zei Sandro in de daaropvolgende stilte. 'Hij betaalt het voorwerp zodra jij hebt vastgesteld dat het authentiek is.'

'Óf het authentiek is, bedoelt u,' zei Edouard.

Er trok een hartgrondige wolk van ergernis over Ilya's gezicht. 'Zit ons niet steeds te vertellen wat we bedoelen.'

Er viel opnieuw een stilte. Ergens ver weg in het huis barstte luidruchtig gelach uit, dat zo perfect was getimed dat Edouard onwillekeurig dacht dat Nergadzes gasten hem op de bewakingscamera bekeken. Niet voor het eerst realiseerde hij zich hoe onbeduidend hij voor deze mensen was. Hun presidentiële campagne was in volle gang en Ilya steeg in de peilingen. Iets anders deed er voor hem niet toe. 'U verwacht toch niet in alle ernst dat ik een imitatie voor echt verklaar,' zei Edouard.

'Het is geen imitatie,' merkte Sandro op. 'Niet als een man met jouw reputatie dat heeft geverifieerd.'

'Dat zou me ruïneren. Ik doe het niet.'

'Je zult wel moeten,' zei Ilya.

Edouard dwong zich tot een standvastig glimlachje, zich ervan bewust dat hij met een confrontatie nergens kwam. 'Moet u horen,' zei hij. 'Ik wil graag helpen. Echt waar. Maar dat kan ik niet. Niet dit weekend. Mijn vrouw is al woedend omdat ik de laatste tijd zo vaak van huis ben. Ze heeft me trouwens een ultimatum gesteld. Dit weekend brengen we samen door, want anders. U weet hoe vrouwen zijn.'

'Maak je maar geen zorgen over je vrouw,' zei Ilya.

'Maar u begrijpt het niet. Ik heb het beloofd. Als ik dat niet doe…'

'Ik zei dat je je over haar geen zorgen hoeft te maken.'

Er klonk iets in zijn stem door. 'Wat bedoelt u?' vroeg Edouard.

'Tijdens jouw afwezigheid zal er uitstekend voor je vrouw en dochters worden gezorgd. En ook voor die charmante zoon van je.'

Edouard had een foto van zijn gezin in zijn portefeuille. Die haalde hij er graag uit wanneer hij zich vervelend voelde. Hij haalde hem nu onwillekeurig voor de geest: hijzelf zag er welgedaner uit dan hem lief was, maar toch onmiskenbaar voornaam in zijn geelgroene kostuum en gele sjaaltje, een stil protest tegen het zwart waarin bijna alle mannen in Tbilisi rondliepen, alsof hun hele natie in de rouw was. Nina in haar schitterende blauwfluwelen jurk. De tweeling Eliso en Lila in hun identieke crèmekleurige blouse en enkellange zwarte rok. Kiko in het wit met rode rugbyshirt met de handtekeningen van het Georgische nationale team. 'Waar hebt u het over?' vroeg hij.

'Ze zullen bij mij te gast zijn,' zei Ilya. 'Totdat je uit Athene terug bent.'

Edouard liet zijn hand op zijn zak vallen, voelde de contouren en het gewicht van zijn mobiele telefoon tegen zijn dij. Een telefoontje, een sms'je om Nina te vertellen dat ze de kinderen in de auto moest zetten en mee moest nemen, naar waar dan ook.

'Doe geen moeite,' zei Ilya, zijn gedachten lezend. 'Ze zíjn al bij mij te gast. Mijn kleinzoon Alexei brengt ze op dit moment naar het landgoed Nikortsminda.'

'Er zal goed voor ze worden gezorgd,' verzekerde Sandro hem. 'We hebben dit weekend een familiebijeenkomst. Het wordt een soort vakantietje voor ze. Frisse berglucht, paardrijden, zeilen, goed gezelschap, verrukkelijk eten. Wat wil je nou nog meer?'

'En op die manier hoef jij je geen zorgen te maken,' voegde Ilya eraan toe. 'Nu kun jij je energie helemaal concentreren op de succésvolle afronding van ons project.' Hij boog zich iets naar voren. 'Ben ik duidelijk geweest?'

Edouard voelde zich slap worden. Nina had hem gesmeekt zich niet met deze mensen in te laten. Ze had het hem gesméékt. Het was tijdens hun huwelijk de enige keer geweest dat ze op haar knieën voor hem was gaan zitten, zijn handen had gepakt, ze had gekust en er smekend in had gehuild. Maar hij was toch zijn eigen gang gegaan. Hij had beter moeten weten.

'Ja,' zei hij. 'Luid en duidelijk.'

Politiebureau Omonia, Athene-Centrum

Hoofdinspecteur Angelos Migiakis was niet in een best humeur. Dat was hij zelden wanneer hij door een diensttelefoontje zijn middagbezoekje aan zijn minnares moest opschorten. En vooral wanneer hij de zoveelste puinhoop op zijn bordje kreeg die zijn door crisis geplaagde bureau dreigde te overspoelen. 'Wat heeft Loukas gezegd?' vroeg hij.

'Die dekt Grigorias,' antwoordde Theofanis. 'Hij zegt dat deze man, die Augustin Pascal, Grigorias zonder reden aanviel, dat Grigorias zichzelf alleen maar verdedigde.'

'Wat is het probleem dan?'

'Dat Loukas liegt, dat is het probleem.'

'Weet je dat zeker?'

'Ik ken hem al vijftien jaar. Dit is de eerste keer dat hij me niet in de ogen wilde kijken.'

'Shit,' mompelde Angelos. Hij pakte een groot glas van zijn bureau, stond op het punt het tegen de muur tegenover hem te smijten, maar wist zich op tijd te beheersen. Woede was zijn probleem; maar hij deed zijn best.

'Ik denk dat ik de waarheid wel uit hem kan krijgen als ik blijf aandringen,' zei Theofanis. 'Maar ik wilde het eerst met jou bespreken. Ik bedoel, het laatste wat we op dit moment kunnen gebruiken is het zoveelste schandaal.'

'Ja,' zei Angelos sarcastisch. 'Daar ben ik me van bewust.' Hij zette het glas weer neer en keek naar Theofanis. 'Wat is er volgens jou dan gebeurd?'

'Wie zal het zeggen?' Hij knikte naar de verklaring die op het bureau lag. 'Maar ik durf te wedden dat het zo is gegaan zoals die Knox me heeft verteld. Grigorias betastte de vrouw. De Fransman zag het en ging uit z'n dak. Ze is tenslotte zijn verloofde. Toen ging Grigorias hem als een razende te lijf.' Hij zette een akelige grimas op. 'Je moest eens zien wat hij heeft aangericht.'

'Niet goed?'

'Helemaal niet goed.' Hij haalde diep adem en voegde eraan toe: 'En ik kan niet eens zeggen dat het me verbaast, zoals Grigorias zich gedraagt sinds zijn vriendin bij hem weg is. Ik heb je gewaarschuwd dat je hem van straat moest halen.'

'Dus nu is het mijn schuld, hè?'

'Dat heb ik niet gezegd.'

'Je weet dat we onderbemand zijn.'

'Ja.'

Angelos sloeg met beide handen op zijn bureau. 'Die achterlijke idioot! Die áchterlijke idioot!' Hij haalde diep adem en wachtte tot hij weer tot bedaren kwam. 'Nou, we zullen één lijn moeten trekken, dat is alles. Het zijn buitenlanders, hè? Niemand zal hun woord eerder geloven dan dat van ons.'

'Het zijn archeologen. Ze zijn hier voor een of andere conferentie. Dus ze passen niet bepaald in het gebruikelijke profiel van herrieschoppers, wel? En die Knox, die hier beneden zit, hij is degene die de verdwenen tombe van Alexander de Grote heeft ontdekt, weet je nog? En die de familie Dragoumis ten val heeft gebracht. Hij is verdomme een nationale held.'

'Christene zielen!' zei Angelos kwaad. 'Ik ga die *malakas* Grigorias villen.'

'Niet voordat dit achter de rug is.'

'Nee,' zei hij instemmend. 'Zei je dat die Knox nu beneden zit?'

'Ja.'

'En is hij een redelijk mens? Kunnen we het met hem op een akkoordje gooien?'

Theofanis dacht hier even over na. 'Hij is boos,' zei hij. 'Maar hij is ook bang. Voor zichzelf, ja, maar vooral voor zijn vriend Pascal. Als we ze kunnen garanderen dat ze goede medische zorg krijgen…'

'Hoe moet ik dat met onze kloteziekenhuizen voor elkaar krijgen?'

'Dan weet ik het ook niet meer,' zei Theofanis schouderophalend. 'Misschien moet je zelf even naar hem toe gaan.'

Angelos duwde zichzelf overeind. 'Misschien moet ik dat maar doen,' zei hij instemmend.

3

Het conferentiepaviljoen, Eleusis
Nico Chavakis wist inmiddels de symptomen van een beginnende aanval te herkennen: de nadrukkelijke versnelde cadans van zijn hartslag, de hete, kleverige blos op zijn wangen en voorhoofd, het misselijke gevoel diep in zijn ingewanden en keel, en dan, het onplezierigst van alles, dat hij zich plotseling zo licht in het hoofd voelde, waardoor hij meer dan eens was gevallen. Hij maakte zijn das losser en zijn bovenste knoopje open. 'Een stoel,' zei hij.

Het meisje, Gaille Bonnard, aarzelde geen moment, godzijdank. Ze haastte zich naar de grote hoeveelheid in een rij staande houten klapstoelen, greep de twee dichtstbijzijnde, kwam terug en zette ze naast elkaar achter hem, waarna ze hem hielp zitten, voor elke bil één. Hij zat met zijn benen wijd met de handen op zijn knieën, ademde zoals hem dat was geleerd, diep en regelmatig, terwijl zijn longen zich uitzetten en hij de tijd op zijn normale beloop liet.

'Gaat het wel?' vroeg ze ongerust. 'Heb je wat nodig?'

'Het komt wel goed,' verzekerde hij haar. 'Nog een minuutje.'

'Ik ga een dokter halen.'

'Niet nodig,' zei hij. En dat was maar al te waar. Hij zat nog altijd in de tunnel, ja, maar de duisternis trok op, hij kon een glimp van de andere kant zien, en het laatste wat hij wilde was de aandacht trekken van al die mensen die achter in het conferentiepaviljoen van hun drankje nipten. 'Je nieuws sloeg in als een bom, dat is alles.' Dat was geen understatement. Een drama voor Augustin Pascal en Roland Petitier, natuurlijk, maar voor hem zag het er ook niet al te rooskleurig uit. Beschamend dat hij na zo'n afschuwelijk bericht meteen aan zichzelf dacht, maar hij was tenslotte ook maar een mens, en hij moest een conferentie gaande houden. 'De twee belangrijkste sprekers van morgen, moet je weten.'

Onmiddellijk trok alle meegevoel uit Gailles gezicht weg. 'Wat dan nog?' vroeg ze kortaf. 'Dan moet je dat annuleren.'

'Je begrijpt het niet.' Hij keek haar somber aan. Hij wist maar al te goed wat er ging gebeuren als hij dat deed. De deelnemers zouden meegevoel tonen voor het lastige parket waarin hij zat, maar hij hoefde hun meegevoel niet, hij had hun geld nodig. Degenen die nog niet over de brug waren gekomen, zouden dat nooit meer doen, en de rest zou hun geld terug willen, waar ze helaas recht op hadden. 'Dat kan ik niet,' zei hij. 'Dat kan ik gewoon niet.'

Ze huiverde alsof ze zijn gedachten had gelezen. 'Je financiert dit toch niet zelf, hè?'

Hij sloot zijn ogen. 'Je weet toch hoe dat gaat. Mijn sponsors hebben zich teruggetrokken. Niemand anders wilde erin stappen. Wat moest ik dan doen? Het afblazen?'

'Ja.'

'Er is bij mij nog nooit iets mislukt,' zei hij. 'Mijn reputatie is alles wat ik heb.'

'Moet je horen,' zei Gaille. 'Het spijt me echt, eerlijk waar, maar ik ben alleen maar gekomen door wat Claire me heeft verteld, zodat je morgen kon doen wat je moet doen. Maar ik moet nu terug naar Athene. Het gaat niet alleen om Augustin… Daniel is gearresteerd. Claire zegt dat ze hem in de bajes hebben gegooid, de klootzakken. Dus ik moet echt gaan.' Ze raakte de achterkant van zijn hand aan. 'Begrijp je dat?'

Nico luisterde maar half, zijn hersens waren al bezig met alternatieve plannen. Hij kon zelf Petitier vervangen. Al voordat Petitier contact met hem opnam, was hij van plan geweest om zijn praatje over de graangodin-iconografie te houden. Dat kon hij gemakkelijk weer voor de dag halen. Bleef Augustins praatje over. Hij keek omhoog naar Gaille, die nog altijd stond te wachten of ze nu echt mocht vertrekken. 'Zei je dat ze Knox in de gevangenis hebben gezet?'

'Ja.'

'Mijn schoonzus is strafpleiter,' zei hij. 'De beste in Athene. De hele politiemacht hier is als de dood voor haar. Zij is precies wat hij nu nodig heeft. Ik kan haar wel bellen, als je dat wilt.'

'Zou je dat willen doen? Dat zou fantastisch zijn.'

Nog een sprongetje van zijn hart. Hij stak zijn hand op om haar te vragen nog even te wachten, toen rekte hij het nog wat langer om op voorhand haar terechte verontwaardiging te ontkrachten over wat hij nu zou gaan zeggen. 'Er is alleen één ding,' zei hij. 'Begrijp me niet verkeerd, ik bel Charissa sowieso, ook al zeg je nee…'

'Nee waarop?'

'Augustins praatje en de dia's zijn al op de teleprompter ingevoerd,' zei hij tegen haar. 'Eigenlijk is er alleen maar iemand nodig die het opleest. Iemand die met het onderwerp bekend is. Iemand die Alexandrië zo goed kent om geloofwaardig te zijn voor het publiek en vragen intelligent kan beantwoorden. Iemand die de deelnemers als geschikte vervanging zullen accepteren.'

'Ík?' vroeg Gaille verbaasd. 'Maar ik weet helemaal niet zo veel van Alexandrië. Echt niet.'

Nico staarde haar even nietszeggend aan. De emancipatie van vrouwen was een onderdeel van het moderne leven waar hij nooit helemaal aan had kunnen wennen. 'Ik dacht niet zozeer aan jou,' zei hij behoedzaam. 'Ik dacht eerder aan Knox.'

Ze keek hem vertwijfeld aan, alsof ze zijn gedachten kon lezen, maar toen knikte ze. 'Als je hem vanavond nog uit de gevangenis haalt, dan doet hij dat voor je. Mijn woord erop.'

'En jij staat voor hem in, hè?'

'Ja,' zei Gaille resoluut. 'Inderdaad.'

II

In de politieverhoorkamer hing in de hoek van het plafond een boiler. Zo nu en dan klikte die aan en warmde als een ketel op, waarbij de pijpen enkele ogenblikken ratelden en rammelden voor hij zichzelf abrupt weer uitschakelde. Aangezien het enige raam was dichtgeschilderd, was het onaangenaam vochtig in de kamer en de muren zweetten koortsig. Knox voelde ook het vocht overal op zijn lijf prikken, waardoor hij verontrustend schuldig leek. Hij ging met een ruk naar achteren zitten en vouwde zijn handen samen, terwijl hij worstelde om zijn herinneringen op afstand te houden. Maar dat had geen zin, want ze kwamen als plaatjes in een diashow voorbij. Augustin op de grond van de hotelkamer, het uit zijn schedel stromende bloed, het ambulancepersoneel dat hem op de brancard vastsjorde, Claires gejammer en verwrongen gezicht toen ze zijn hand vastgreep.

Knox had Augustin tien jaar geleden ontmoet. De Fransman had een borrel georganiseerd ter ere van Richard Mitchell, Knox' oude mentor, en had alle vooraanstaande archeologen en burgers uit Alexandrië uitgenodigd. Richard, typisch iets voor hem, had zich bij Pastroudi laten onderscheppen door een oogverblindende jonge ober met knipperende wimpers die licht sliste en steeds maar gebak kwam brengen dat ze niet hadden besteld, dus had hij Knox vooruitgestuurd om hem te verexcuseren. Augustins Franse temperament en de uitbarstingen die daarmee gepaard gingen waren legendarisch, dus Knox had voor zijn trommelvliezen gevreesd, maar zo was het helemaal niet gegaan. Hij en Knox konden het meteen goed met elkaar vinden, een van die zeldzame, volmaakte vriendschappen waarvan beiden vanaf het begin wisten dat die zou beklijven. Wanneer Knox sindsdien ook maar in de problemen kwam, had hij zich als eerste tot Augustin gewend, en die had hem nooit in de steek gelaten. Dus wat zei het over hem dat Augustin zo barbaars in elkaar werd geslagen terwijl hij daar alleen maar stond toe te kijken?

De deur werd abrupt opengeduwd. Theofanis, de opgewekte politie-inspecteur die eerder Knox' verklaring had afgenomen, kwam weer binnen. Een tweede man liep achter hem aan. Hij was informeel gekleed, maar gezien zijn manier van doen en het respect waarmee Theofanis hem bejegende was hij duidelijk de baas. Hij ging voor Knox staan en keek hem dreigend aan. 'U spreekt Grieks, ja?'

'Ik kan me redden,' zei Knox. Hij had de oude taal op Cambridge bestudeerd voor hij daar tien jaar geleden de moderne variant in minder gelukkige omstandigheden in Thessaloniki aan had toegevoegd, toen hij een mislukte campagne had gevoerd om gerechtigheid te krijgen voor zijn vermoorde ouders en zus.

'Ik ben hoofdinspecteur Angelos Migiakis,' zei hij.

Hij had een ongezond maanmannetjesgezicht, dat gedeeltelijk werd verduisterd door een zwarte baard. 'In deze zaak neem ik persoonlijk de leiding.' Hij prikte Knox' verklaring in zijn gezicht. 'Theofanis vertelde me dat u degene bent die Alexanders tombe heeft gevonden. Hij zegt dat u een beroemdheid bent.'

'Ik heb inderdaad Alexanders tombe helpen ontdekken, ja.'

'Vindt u dan dat u en uw vrienden het recht hebben om mijn agenten aan te vallen terwijl ze hun plicht uitoefenen?'

'Sinds wanneer is het de plicht van de Griekse politie om vrouwen te betasten en hun echtgenoot het ziekenhuis in te werken?'

'Er lag een stervende man in die kamer. Mijn agenten namen de leiding op een plaats delict, zoals het hoort.'

Knox sloot zijn ogen. Het was de eerste bevestiging die hij kreeg dat Claires inspanningen om Petitier in leven te houden waren mislukt. 'Dus hij is dood, hè?' vroeg hij.

'Ja. Hij is dood. En ik wil weten waarom iemand hem zou willen vermoorden.'

'Hoe moet ik dat weten?'

Theofanis was naar de boiler gelopen en keek vergeefs of hij hem uit kon krijgen. Geërgerd sloeg hij erop en draaide zich om. 'U zei dat hij u iets probeerde te vertellen voor hij stierf. Zou het de naam van de moordenaar kunnen zijn geweest?'

'Zou kunnen,' erkende Knox. 'Het klonk als "Elysium", maar zweren kan ik dat niet.'

'Elysium?' zei Angelos met gefronst voorhoofd.

'Waar in de Griekse mythen deugdzame en heldhaftige zielen hun eeuwigheid doorbrengen. De Elysische Velden. Ze waren een soort paradijs.'

'U wilt toch niet beweren dat Petitier dacht dat hij naar het paradijs ging, hè?' spotte Angelos.

'Dat weet ik niet,' zei Knox. 'Ik heb de man nooit gekend. Maar volgens mij is het waarschijnlijker dat het iets te maken had met zijn praatje morgen.'

'Zijn praatje?'

'Ja. We zijn allemaal in Athene voor een conferentie over de Eleusische Mysteriën.' Hij wachtte even om te zien of er een spoor van herkenning op Angelos' gezicht te zien was, maar dat was niet zo. 'Dat waren heel belangrijke religieuze feesten die werden gehouden in de haven die u nu als Elefsina kent, maar die vroeger Eleusis werd genoemd. De Mysteriën deden hun naam volledig eer aan, want de ceremonies die zich daar hebben afgespeeld werden beschermd door hoge muren, gesloten deuren en een bijna pathologisch hardnekkige geheimhouding die zo succesvol was, dat er bijna niets over bekend is. Die onwetendheid was een kwelling, vooral omdat Sophocles, Pindar, Aristoteles, Cicero, Plato en vele andere verfijnde, intelligente en sceptische mensen de Mysteriën als een van de grootste ervaringen van hun leven beschouwden. Alle deskundigen zijn het er dan ook over eens dat daar iets opmerkelijks moet hebben plaatsgevonden; het probleem was dat niemand precies wist wat dat dan was. Eleusis was voor de oude Grieken nauw verbonden met Elysium, deels omdat de namen zo op elkaar leken, maar ook omdat men geloofde dat door de Mysteriën de deelnemers een glimp van het leven na de dood zagen.'

'En Petitier zou morgenmiddag op de conferentie spreken,' knikte Angelos. 'Waarover precies?'

'Dat weet ik niet,' zei Knox. 'Dat wilde de organisatie niet zeggen, behalve dan wat vage hints over hoe sensationeel het zou worden. Maar in de huidige omstandigheden weet ik zeker dat ze het u wel willen vertellen. Misschien staat de tekst wel op de laptop die u in beslag hebt genomen.'

Angelos trok een wenkbrauw op naar Theofanis. 'Laptop?' vroeg hij.

'Die heb ik voor onderzoek aan Stelios gegeven.'

'Ga eens kijken of hij een beetje opschiet, wil je?' Hij wachtte tot Theofanis weg was en wendde zich weer tot Knox. 'Uw vriend Augustin zou morgen ook een praatje houden, hè?'

'Ja.'

'Maar hij woont in Egypte, heb ik begrepen. Een Fransman die in Egypte woont. Waardoor is hij precies gekwalificeerd om over oude Griekse havens te spreken?'

'De Mysteriën werden niet alleen hier in Griekenland gevierd,' antwoordde Knox. 'Toen Alexander de Grote in de klassieke oudheid op veroveringspad ging, stichtte hij overal standplaatsen, met inbegrip van Egypte. In het zuidelijk deel van Alexandrië heet een heel district

Eleusis, en Augustin heeft daar onlangs opgravingen gedaan. Daar zou hij het over hebben. Mijn vriendin en ik hebben hem erbij geholpen, dus besloten we om met hem mee te gaan en er een vakantie van te maken.'

'Je vriendin?' vroeg Angelos.

'Gaille Bonnard,' zei Knox, naar zijn verklaring knikkend. 'Zij was de hele middag op de conferentie.'

'Waarom was u dan niet bij haar?'

'Ik was niet in de stemming. Daarbij had ik Augustin beloofd om hem naar het vliegveld te brengen om Claire op te halen.' Hij zag plotseling voor zich hoe ze met Augustin uit de aankomsthallen tevoorschijn was gekomen, stralend van blijdschap dat ze weer bij elkaar waren, met tegen haar borst een reusachtig boeket witte rozen geklemd, terwijl Augustin een karretje afgeladen met bagage duwde. 'Weinig bagage, hè?' had Knox gegrinnikt, terwijl hij haar op de wang kuste en een onmiskenbaar chemisch-citroenvleugje van een weggooizakdoekje opving.

'Die verdomde vrachtlui!' had ze uitgeroepen. 'Je gelooft niet hoe het in het honderd hebben laten lopen. Ik moest alles meenemen. Het heeft me een fortuin aan vrachtkosten gekost!' Ze had haar hoofd geschud en zich naar het bagagekarretje omgedraaid. 'Pathetisch, hè? Mijn hele leven en dit is alles wat je ervan ziet.'

'Je leven is nu bij mij,' had Augustin gezegd.

Haar ogen hadden geschitterd, ze had een glorieuze rode kleur gekregen. 'Ja,' had ze instemmend gezegd. 'Zo is het.'

De deur van de verhoorkamer ging open en Theofanis kwam weer binnen. 'Ik moet je spreken,' zei hij tegen Angelos.

'Waar gaat het over?'

Zijn ogen schoten naar Knox. 'Niet hier,' zei hij. Ze liepen de gang in, waar Theofanis iets aan zijn baas uitlegde, zo zacht dat Knox het niet kon verstaan. Maar het was duidelijk geen goed nieuws, als je mocht afgaan op de schreeuw van ergernis die Angelos slaakte of het geluid van een glas dat tegen de muur werd gesmeten.

De deur ging even later opnieuw open en Theofanis kwam enigszins geschrokken binnen. 'Ik ga u in een arrestantencel zetten,' zei hij. 'We pikken dit later weer op.'

III

Olympia's armen deden pijn toen ze de Ayiou Konstandinou afkeek of de bus er al aankwam. De schoolboeken die ze van Demetria had geleend, werden met de minuut zwaarder, maar de straat was door de recente regen te nat om ze neer te zetten. Ze wilde de last dolgraag kwijt, maar er was slechts één bankje in de buurt, en daarop zat een man die haar vanuit zijn ooghoek in de gaten hield, zijn hand lag in zijn schoot en hij streelde zichzelf met zijn duim. En terwijl ze opgewonden raakte wanneer knappe jonge mannen haar zo aanstaarden, vond ze dit soort griezels weerzinwekkend.

De goudkleurige Ferrari viel haar onmiddellijk op. Het kwam niet zozeer doordat hij absurd sexy was, met zijn zachte, lage grom, lange motorkap en glanzende koetswerk, maar door de manier waarop de bestuurder ermee omging, hij paradeerde ermee en reed als in een optocht zo langzaam, terwijl hij met zijn trofee pronkte. Ze keek er jaloers naar toen hij dichterbij kwam, want Olympia hield van mooie dingen. Maar even later schrok ze een beetje, omdat de auto plotseling uitweek en voor haar tot stilstand kwam. Ze bukte zich naar het raampje, in de veronderstelling dat de bestuurder de weg wilde vragen, maar in plaats daarvan stapte hij uit, sloeg zijn portier dicht en keek haar vriendelijk glimlachend aan.

'Ken ik jou?' vroeg ze.

Hij antwoordde niet meteen. In plaats daarvan liep hij om de auto heen en kwam op de stoep naast haar staan, terwijl zijn handen onschuldig langs zijn zijden hingen. Hij was een beetje langer dan gemiddeld, stevig gebouwd en zo knap dat ze zich vanbinnen een beetje vreemd ging voelen. Midden tot achter in de twintig, zo te zien, misschien tien of twaalf jaar ouder dan zij. Een hoog voorhoofd, platte neus en een klein sikje. Zijn donkere haar was zo kortgeknipt als dat van een soldaat, hoewel: konden soldaten zich zo'n auto veroorloven? Wolfachtig scherpe hoektanden en zulke duizelingwekkend blauwe ogen dat ze vermoedde dat hij wel contactlenzen moest dragen. Een perfect maatpak over een witzijden overhemd met open hals, zijn schoenen waren zachte, kalfsleren omhulsels, zijn gouden horloge hing losjes om zijn linkerpols zodat het als een armband rinkelde. 'Laat me je daar even mee helpen,' zei hij in correct Grieks met een zwaar accent, terwijl hij de bovenste twee boeken van haar overnam. 'Wat doe je?' protesteerde ze. Maar ze kon hem niet echt tegenhouden, niet met de rest van de stapel in haar handen. Bovendien was er iets aan hem, hij was het soort man dat precies deed wat hij wilde, wat iedereen ook zei. Hij wipte zijn kleine kofferbak open, legde haar boeken erin en ging de rest halen. Ze keek toe terwijl hij die ook wegborg en de klep dichtdeed. 'Wat doe je?' vroeg ze nogmaals.

Hij ging weer naast haar op de stoep staan, nog altijd minzaam glimlachend, alsof dit alles de natuurlijkste zaak van de wereld was. Maar haar roffelende hart vertelde haar dat er helemaal niets natuurlijks aan was. 'Wat is er aan de hand?' vroeg ze, en haar stem klonk een beetje schor. Ze keek om zich heen of iemand haar kon helpen, iemand uit de wereld der volwassenen. Maar die waren allemaal met hun eigen zaken bezig, zelfs de griezel op de bank keek nu de andere kant op. 'Geef me alsjeblieft mijn boeken terug.'

'Daar gebeurt niets mee, hoor,' zei hij.

'Maar ze zijn niet eens van mij.'

'Het komt prima in orde,' zei hij tegen haar terwijl hij haar bij de hand pakte. 'Vertrouw me maar.' Zijn huid schuurde bij de aanraking een beetje, als het fijnst denkbare schuurpapier. Hij keek haar glimlachend aan, zo direct en zelfverzekerd dat ze zich belachelijk zwak voelde, als op een van die ochtenden waarop haar kussen op de grond viel en ze haar hand niet eens kon uitsteken om hem op te rapen. Hij knikte alsof hij het precies begreep en wilde haar laten merken dat ze zich geen zorgen hoefde te maken, want het zou allemaal prima in orde komen. Toen opende hij de passagiersdeur van de Ferrari en gebaarde heel subtiel dat ze in moest stappen. Ze aarzelde, zich ervan bewust dat ze gek was als ze het deed, maar op een of andere manier deed ze het toch. Hij drukte de deur voorzichtig dicht, liep om de auto naar de bestuurderskant en stapte naast haar in. 'Je gordel,' zei hij, terwijl hij langs haar heen reikte om die op z'n plaats te klikken. 'We willen niet dat je iets overkomt, wel?'

'Wie ben je?' vroeg ze.

'Ik heet Mikhail,' zei hij tegen haar. 'En jij?'

Ze aarzelde even. 'Olympia.'

'Leuk kennis met je te maken, Olympia,' zei hij. Hij keek haar met die starende blik van hem aan, stak zijn hand uit, veegde een haarlok op haar slaap achter haar oor en streelde toen met zijn duim zachtjes langs haar wang. Haar huid tintelde op de plek waar hij haar aanraakte, haar hart draaide zich om en helde over als in een ritje op de kermis. Even viel er een volslagen stilte, hij glimlachte breder naar haar en zij merkte dat ze dat onwillekeurig met een glimlach beantwoordde. 'Je bent heel mooi, Olympia, weet je dat?' zei hij. 'Je zult een hoop harten breken.'

Daar gaf ze geen antwoord op. Ze wist niet wat ze moest zeggen. Hij zakte in zijn stoel terug en startte de motor. De motor brulde magnifiek, als een barbaars, gekooid beest in de dierentuin. Hij ontgrendelde de handrem en keek over zijn schouder of er een gaatje in het verkeer was. Onbekende sensaties verkrampten zich binnen in haar, heet en ijskoud, zuur en zoet. De laatste tijd had ze 's nachts de vreemdste gedachten, gedachten over precies zulke mannen als hij. Maar ze had zich geen moment voorgesteld dat er echt een in haar leven zou komen. Een stem in haar hoofd, die van haar moeder, smeekte haar uit te stappen nu het nog kon, maar ze wist al dat ze dat niet zou doen. 'Waar gaan we naartoe?' vroeg ze. Maar eigenlijk vroeg ze: wat ga je met me doen?

'Dat zul je wel zien,' zei Mikhail toen hij wegreed.

4

Een jongeman met feloranje haar keek geconcentreerd toe toen Knox naar de arrestantencellen werd gebracht. Hij fronste zijn wenkbrauwen en boog zich met een uiterst vreemde uitdrukking op zijn gezicht naar voren, alsof hij Knox herkende en hem iets van cruciaal belang moest vertellen. Toen kotste hij ineens op de grond.

Er werd een zwabber gebracht, maar de jongen met het oranje haar lag trillend op zijn zij op de bank tegen de muur. Kennelijk wilde geen van de celbewoners de moeite nemen, dus maakte Knox het schoon. De hoofdingang ging met regelmatige tussenpozen open, politieagenten die verdachten in en uit de verschillende stalen kooien begeleidden. Een man van een jaar of veertig kwam binnen, worstelde met zijn handboeien, beschuldigde hen ervan dat ze hem erin luisden; maar zodra ze hem daar hadden achtergelaten lachte hij en knipoogde alsof hij maar een spelletje speelde. Een jongen met een opgezwollen lip voelde aan zijn voortand om te kijken of die loszat. Een oudere man in een sjofel pak veegde zijn gezicht met zijn zakdoek af, in een poging te verdoezelen dat hij zat te huilen. Maar toen ging de hoofdingang nog een keer open en Gaille kwam binnen, die scherp met een politieman ging praten. Knox' hart sprong op, hij veerde overeind en haastte zich naar de deur van zijn kooi, ongeduldig wachtend tot de politieman hem openmaakte.

'Christus!' mompelde hij toen hij haar in zijn armen nam en haar stevig omhelsde, zich tot nu toe niet realiserend hoe wanhopig graag hij haar had willen zien. 'Is er nieuws over Augustin?'

Ze grimaste een beetje naar hem. 'Hij ligt op de intensive care van het Evangelismos-ziekenhuis. Hij is nog niet bij kennis geweest, dat is het laatste wat ik heb gehoord. Claire is in alle staten. Ik heb beloofd dat we er meteen naartoe gaan, vind je dat goed?'

'Mag ik dan weg?'

'Dat gaat elk moment gebeuren. Nico heeft zijn schoonzus gebeld.' Ze keek om zich heen en ging zachter praten, beducht voor wie haar zou kunnen horen. 'Ze heet Charissa. Ze is maar twee turven lang, maar mijn god! We kwamen nergens tot zij ten tonele verscheen, en plotseling sprong de politie door hoepels en blafte als een zeehond.' Ze trok haar voorhoofd samen. 'Zeehonden blaffen toch, hè?'

'Het schijnt dat honden het ook doen.'

Ze pakte zijn pols vast. 'Luister, ik heb namens jou wel iets moeten beloven. Ik leg het later wel uit, maar ik heb beloofd dat jij morgenochtend voor Augustin invalt en zijn praatje voor je rekening neemt.'

'Is daardoor de zeehondentrainer gekomen?'

'Min of meer.'

'Dan is het prima,' zei Knox.

Nico verscheen bij de deur, terwijl hij zijn hals met een groen-witte zakdoek depte. Hij was ongeveer de ongezondst uitziende man die Knox ooit had ontmoet, zo dik dat het bijna een karikatuur werd, slechts stompjes van armen en benen, zodat hij er in zijn donkere overhemd en pak uitzag als een of andere reusachtige antropomorfe kever, een figuur uit een kinderboek dat op wonderbaarlijke wijze tot leven was gebracht. 'Mijn beste Knox!' riep hij uit. 'Niet te geloven dat ze je op zo'n plek hebben weggestopt!'

'Het is al goed. En bedankt dat je bent gekomen.'

'Uiteraard. Uiteraard.' Hij stapte aan de kant en de vrouw die achter hem verstopt stond, kwam tevoorschijn. Ze was klein, slank, streng en onmiskenbaar ontzagwekkend. 'Dit is Charissa,' zei hij. 'De vrouw van mijn dierbare broer.'

'Gaille vertelde me net wat je hebt gedaan,' zei Knox. 'Heel erg bedankt.'

Ze wuifde zijn dankbaarheid opzij. 'Ik breng te veel tijd in vergaderruimtes door. Dit soort plekken doet mijn hart goed.'

'Het mijne niet,' zei Knox. 'Hoe snel kan ik eruit?'

'Nu,' zei ze tegen hem. 'Het is een schande dat ze je hier überhaupt hebben neergezet.'

'Goddank!'

'Maar ik ben bang dat daarmee het goede nieuws wel is opgedroogd. De politie lijkt het op je vriend Pascal te hebben voorzien. Zodra hij bijkomt, gaan ze hem in staat van beschuldiging stellen.'

'De klootzakken!' zei Knox boos. 'Zij zijn begonnen. Een van hen betastte Claire, ik zweer 't. Ze dekken zich alleen maar in.'

'Daar heb ik het niet over,' zei Charissa. 'Ik heb het over Petitier.'

'Wat bedoel je?' vroeg Knox met fronsende wenkbrauwen.

'Misschien weet je het niet, maar hij is bij aankomst in het ziekenhuis doodverklaard. En de politie is van plan om je vriend deze moord in de schoenen te schuiven.'

II

Een appartement, Tbilisi, Georgië

Het gedreun in de flat boven begon weer, Rezo en zijn beroerde geklus aan zijn huis. Nadya Petrova keek naar haar plafond omhoog. Ze ging telkens naar boven om erover te klagen, maar er was iets aan hem, in zijn tuinbroek, met zijn stoffige, met verf bespatte haar en zijn rimpelige, opgewekte glimlach, waardoor ze haar ergernis vergat. Tot ze weer beneden was, en hij weer met zijn gedreun begon.

Ze zuchtte en maakte haar artikel abrupter af dan ze normaal gesproken zou hebben gedaan, ze las het nog eens door en zette het op haar blog; daarna deed ze haar laptop uit. Dat moest voor vandaag genoeg zijn. Ze had de afgelopen week beestachtig hard gewerkt en zichzelf een vrije avond beloofd. Ze bleef nog een poosje langer zitten, staarde uit haar hoge raam en mijmerde over de vervallen, maar prachtige gebouwen op de steile heuvelrug onder haar, hun gedraaide schoorstenen en schuine daken overwoekerd met klimop en de paarsachtige bloemen die daar als druiventrossen hingen; en even ving ze een glimp op van een metafoor voor haar geliefde stad, die ze misschien zou gebruiken in een van haar volgende krantenartikelen, maar ze was te moe om hem vast te houden en toen was hij weg.

Ze werkte zichzelf overeind en zocht zich een weg naar de keuken. Haar mankheid, het resultaat van een ritje achterop bij een krankzinnige motorrijder die te veel indruk op haar wilde maken, was na een dag achter haar bureau altijd nadrukkelijker aanwezig. Ze had nog wat soep over van de lunch. Ze stak het gas aan om hem op te warmen en pakte toen een fles witte wijn uit de koelkast. Ze maakte die niet met-een open, proefde even van het moment. Het was opmerkelijk, ze had nog steeds het gevoel dat ze iets clandestiens deed als ze de eerste fles van de avond ontkurkte. Ze keek weer bedachtzaam naar haar plafond. Misschien had Rezo wel zin in een glas. Dan zou hij wellicht met dat la-waai ophouden.

Haar telefoon ging voordat ze een besluit kon nemen. Haar nek schoot onmiddellijk in de kramp; ze had een bloedhekel aan de tele-foon. Ze zei tegen zichzelf dat ze hem moest negeren, de voicemail het werk maar moest laten doen. Maar ze was journalist in hart en nieren, en je wist maar nooit. 'Ja?' verzuchtte ze. 'Met wie spreek ik?'

'Met mij, Gyorgi.'

'Gyorgi?'

'Van Airport Operations, weet je nog?'

'Sorry,' zei ze terwijl ze naar haar blocnote en pen reikte. 'Ik heb een lange dag gehad.'

Een vreugdeloze lach. 'Vertel mij wat. Ik moest vanochtend verdom-me om zes uur op. En hoe laat is het nu?'

'Komt hij dan thuis? Bel je me daarom?'

'Nee. Maar de Golfstroom van de Nergadzes staat op het punt om weer naar Athene af te reizen. Ik dacht dat je dat wel graag zou willen weten. Vier passagiers vertrekken, geen terugreis gepland. Wil je de-tails?'

Nadya trok met haar tanden het dopje van haar pen. 'Alsjeblieft.'

'Zelfde voorwaarden als de vorige keer, hè?'

'Natuurlijk,' zei ze. Ze kon zich niet herinneren wat ze hem de vorige keer had betaald, maar hij zei zelf dat hij goedkoop was, dat wist ze nog wel. Gokproblemen, had Petr gezegd. Maar wie was zij om daar een oordeel over te hebben?

'Oké dan. Vertrek van Tbilisi International om 6.45 uur onze tijd. Vluchtduur negentig minuten, arriveert door het tijdverschil om 7.15 uur plaatselijke tijd in Athene, bij de privéjetterminal op Eleftherios Venizelos. Namen van de passagiers zijn Boris Dekanosidze, Edouard Zdanevich, Zaal Markizi, Davit Kipshidze. Zegt dat je iets?'

'Nee.' Feitelijk herkende Nadya drie van de namen, maar ze was niet van plan dit aan zo'n loslippige man te vertellen. 'Ik kan zeker niet vóór hen in Athene zijn, hè?'

'Wat denk je wel niet? Dat ik je reisagent ben?'

'Ik vroeg het me alleen maar af.'

'Er gaan geen rechtstreekse vluchten van Tbilisi naar Athene,' verzuchtte hij. 'Je moet in Istanbul of Kiev overstappen. En daar kom je vanavond niet, niet op dit uur. Misschien morgenochtend.'

'Bedankt. Ik zorg dat je je geld krijgt.' Ze legde de telefoon neer, bleef daar een poosje zitten en wreef over haar slapen. Ze kon onmogelijk hun vliegtuig in Athene vóór zijn, dus wat hoopte ze te bereiken? Maar toen herinnerde ze zich die smerige blik in Mikhail Nergadzes ogen op de persconferentie, het was alsof ze het ondiepe plasje rondom haar ketel aanraakte, en van schrik maakte ze een sprongetje.

Ze ging rechtop zitten. Ze kon dan misschien niet eerder in Athene zijn dan het vliegtuig van Nergadze, maar dat betekende niet dat ze niet kon zorgen dat iemand het opwachtte als het landde. Daar was internet nu voor uitgevonden. Met een zucht zette ze haar witte wijn in de koelkast terug, hinkte haar werkkamer door, en deed haar laptop weer aan.

5

Er zat één voordeel aan als je voor de Nergadzes werkte, peinsde Edouard toen hij en Boris naar de wachtende Golfstroom 550 bij de Jet Aviation Terminal op Tbilis International werden gereden. Ze wisten hoe ze voor zichzelf moesten zorgen. De copiloot verwelkomde hen aan boord en escorteerde hen naar de luxe hoofdlounge achterin, waar nog twee van Nergadzes zware jongens aan het kaarten waren. Boris stelde ze allemaal kortaf aan hem voor. Zaal was een kleine, beweeglijke man met rusteloze, achterdochtige ogen, alsof hij zijn hele leven op de vlucht was geweest. Davit, daarentegen, was een glimlachende reus met bloemkooloren en een Zorro-neus.

Hij aarzelde nadat hij ze de hand had geschud, verwachtte dat hij werd uitgenodigd om mee te spelen, zoals ze dat met Boris wel deden. Maar die uitnodiging kwam niet, dus haalde hij zijn schouders op en liet zich in een witleren stoel aan de overkant van het gangpad zakken, strekte zijn benen uit en keek toe terwijl de bemanning het vertrekprotocol doornam. Ze taxieden bijna onmiddellijk weg, er was geen sprake van die onzin dat ze op andere luchtvoertuigen moesten wachten voor ze in de schemerige lucht boven Tbilisi konden opstijgen. Hij keek door zijn breedbeeldraam naar het verspreid liggende vreugdevuur van de stad dat gaandeweg achter hem verdween, iets versluierd door een paar wolkenflarden. Daarna werden er door een verontrustend androgyne steward lamskoteletjes op zilveren borden geserveerd, in combinatie met vintage champagne in zwartkristallen Fabergé-glazen.

Zijn neusholten knepen zich samen toen ze Athene naderden, zijn oren klapten dicht, zijn ogen gingen tranen: hij kneep in zijn neus en blies zachtjes om de druk te egaliseren tot ze zachtjes neerkwamen. Twee immigratiebeambten kwamen naar het vliegtuig toe om ze te begeleiden. Zijn oren zaten nog steeds dicht, hij moest naar voren buigen en zich inspannen om te kunnen verstaan wat ze zeiden. Er stonden een paar Mercedes-suv's met getinte glazen op het asfalt te wachten, de sleutels zaten al in het contactslot. Boris haalde een opgevouwen blocnotevel uit zijn zak. 'Dit is Mikhail Nergadzes adres,' zei hij tegen Edouard. 'We zien je daar.'

'Maar ik ken Athene helemaal niet. Hoe vind ik dat?'

'De auto's hebben satellietnavigatie,' zei Boris. 'Ik neem aan dat je wel weet hoe die werkt.'

'Ja, natuurlijk. Maar waar gaan jullie naartoe?'

'Dat gaat je verdomme geen barst aan.'

Edouard kleurde. Het was één ding om door Ilya en Sandro Nergadze grof te worden bejegend, het was iets anders als hun personeel dat deed. 'Ik stelde een volkomen beschaafde vraag,' zei hij. 'Als je daarop niet fatsoenlijk…'

'Je mobiel en je portefeuille,' zei Boris terwijl hij zijn hand uitstak.

'Sorry?'

'Je hebt me gehoord,' zei Boris. 'Je mobiel en portefeuille.'

'Maar stel dat ik ze nodig heb?' protesteerde Edouard.

'We zijn hier op een gevoelige missie,' zei Boris. 'Alleen veilige communicatie. Je mobiel is niet veilig, dus geef je hem aan mij.'

'En mijn portefeuille? Is die ook niet veilig?'

'Maak dit alsjeblieft niet moeilijker dan het hoeft te zijn,' zei Boris. 'Daar schiet je niets mee op.' Hij knikte naar Davit, die hem in de houdgreep nam terwijl Zaal zijn zakken doorzocht, zijn mobiel en portefeuille eruit haalde en die aan Boris gaf.

'Stel dat ik instort?' vroeg Edouard zwakjes.

Boris reikte in zijn achterzak naar een bundeltje euro's en haalde er twee briefjes van twintig van af, die hij minachtend in Edouards borstzakje stopte. 'Ik wil het wel terug,' zei hij, 'of een bonnetje zodat ik kan zien waaraan je het hebt uitgegeven. Begrepen?' Hij wachtte het antwoord niet af, stapte achter in de eerste Mercedes terwijl Davit en Zaal voorin gingen zitten, en toen waren ze verdwenen, Edouard slechts met zijn vernedering als gezelschap achterlatend.

II

Er deed zich een gênant moment voor toen Knox het politiebureau mocht verlaten en Theofanis het doorzichtige zakje leeggooide waarin hij eerder Knox' bezittingen had gedaan, dus lagen ze allemaal op de gelakte vurenhouten balie uitgespreid: zijn mobiel, portefeuille, sleutels en het kleine, rode kunstleren ringdoosje dat hij de afgelopen dagen bij zich had gehad. Hij keek naar Gaille; ze deed alsof ze zo lang werd afgeleid dat hij het in zijn zak kon laten glippen. Toen liepen ze de trap af en de voordeur uit, en zigzagden tussen geparkeerde politiewagens en fietsen door.

De nacht was gevallen. De stoepen glansden van een recente regenbui. Ze gingen even op in een groep studenten, die rumoerig schreeuwend met elkaar wedijverden over wat ze die avond zouden gaan doen. Een bejaarde lotenverkoper liet zijn ingekerfde stok als een parkeerhefboom voor Knox' borst zakken en beloofde hem een groot fortuin voor slechts vijf euro. Voor een dierenwinkel krijsten exotische vogels, terwijl honden lusteloos in kleine kooien achter de etalage lagen, net als zo veel Amsterdamse hoeren. Ze kwamen bij een zilverkleurige BMW uit de 5-serie; een advocatenauto, niet een van een archeoloog. Charissa deed het portier open en ging achter het stuur zitten, haar stoel stond zo ver mogelijk naar voren, zodat ze bij de pedalen kon komen. Nico ging op de passagiersstoel zitten, terwijl Knox de achterdeur voor Gaille opende, naast haar ging zitten en haar hand even drukte om te bedanken omdat ze er was.

Het interieur van de BMW was een en al glanzend walnotenhout en licht leer, en toch rook het er naar fastfood, en half verscholen onder de voorbank lag een kleurboek, samen met een paar weggegooide snoepwikkels. Bij het opvangen van die glimp gezinsleven vond Knox Charissa nog hartverwarmender dan vanwege het feit dat ze hem uit de gevangenis had gehaald. 'Wat nu?' vroeg hij.

'We moeten naar Augustin,' zei Gaille.

'Ik heb met iemand van het kantoor van de openbaar aanklager gesproken,' zei Charissa terwijl ze wegreed. 'De politie is voor haar doen ongewoon actief geweest. Ze hebben vast dringend snel resultaat nodig. De banden van de bewakingscamera's op de vijfde hotelverdieping zijn bijvoorbeeld al bekeken en er is een voorlopige chronologie van de gebeurtenissen vastgesteld. Mag ik die met je doornemen?'

'Natuurlijk?'

'Dank je. Professor Petitier stond vanmiddag even voor tweeën bij Augustin aan de deur. Zijn laptop hing aan zijn schouder, hij klemde een weekendtas vast en bleef maar om zich heen kijken alsof hij bang was dat hij werd gevolgd. Hij klopte aan. De deur ging open. Hij had een kort gesprek, waarschijnlijk met Augustin, hoewel die niet in beeld was, toen verdween hij naar binnen en ging de deur weer dicht. Om kwart over twee dook jij daar op, klopte aan en riep iets naar hem.'

'Ik zei tegen hem dat we moesten opschieten.'

'Augustin verscheen een minuut of zo later,' knikte Charissa, terwijl ze in de achteruitkijkspiegel naar Knox keek. 'Heeft hij gezegd dat er iemand binnen was?'

'Nee?'

'Heb je iets gehoord of gezien?'

'Nee.'

'Jullie liepen samen naar de liften. Enkele gasten kwamen en gingen, maar niemand is Augustins kamer in of uit gegaan totdat jij en Augustin een paar minuten over vier met Claire en een hoop bagage aankwamen. Jij ging Augustins kamer binnen. De eerste twee politiemensen arriveerden een paar minuten later. Klopt dat?'

'Behoorlijk. Maar als de politie dat weet, hoe kunnen ze Augustin dan verdenken?'

'Ze beweren dat hij Petitier heeft vermoord vóórdat jullie naar het vliegveld vertrokken.'

'Dat is belachelijk!' wierp Knox tegen. 'Hij leefde nog toen we binnenkwamen. Hij lag op de grond te stuiptrekken. Hij heeft zelfs tegen ons gepráát, in hemelsnaam!'

'Rustig maar. Ik vertel je alleen maar de huidige werkhypothese van de politie. Zij denken dat Augustin Petitier heeft aangevallen voordat jullie beiden naar de luchthaven op weg gingen, maar dat die aanval niet onmiddellijk fataal was en hij nog leefde toen jullie terugkeerden.'

'Onmogelijk,' protesteerde Knox. 'Het is onmogelijk dat Augustin iemand zoiets aan zou kunnen doen. Dat had ik aan hem gemerkt.'

'Je bent zijn beste vriend,' merkte Charissa op. 'Dus is het logisch dat je dat zegt, hè?' Ze keek weer op, speelde op zijn ergernis in. 'Begrijp me niet verkeerd, ik zegt niet wat ik geloof. Ik vertel je de zaak die de politie aan het opbouwen is.'

'Dat weet ik.'

'Zal ik verdergaan?'

'Graag.'

'Oké. Voorlopig onderzoek wijst uit dat Petitier met een enkele klap met een hard, zwaar stomp voorwerp is vermoord. Zoiets hebben ze niet in de hotelkamer gevonden.'

'Hoe zit het met Petitiers laptop?' vroeg Knox.

'Daarop zitten geen haar- of bloedsporen,' zei Charissa. Ze gromde spottend geamuseerd. 'En je gelooft niet wat ze gedaan hebben. Een of andere idiote politieman heeft hem opgestart. Toen hem om een wachtwoord werd gevraagd, deed hij een paar willekeurige pogingen. Vervolgens begon het verdomde ding alle gegevens op te eten.'

'Verdomme!' snoof Knox. Dat was het dus wat Theofanis aan Angelos buiten de verhoorkamer had verteld. 'Hoeveel zijn ze kwijt?'

'Dat weten ze nog niet. En ze zijn misschien toch nog in staat om het terug te halen. Het is niet zo dat we hier in Athene geen computerexperts hebben. Maar of ze de moeite zullen nemen…' Ze haalde veelbetekenend haar schouders op om aan te geven dat ze de moeite zouden nemen als het ze te pas kwam, maar anders niet. 'Hoe dan ook, Petitiers weekendtas was opengescheurd, en iets van de inhoud leek eruit te zijn, want er zat zo weinig in dat hij er op de camera niet zo lijvig uit had kunnen zien. Ze overwegen de mogelijkheid dat het moordwapen oorspronkelijk uit Petitiers tas kwam, maar dat Augustin dat heeft meegenomen toen hij naar het vliegveld ging. Klopt dat?'

Knox fronste zijn wenkbrauwen. Dat klopte inderdaad. Een grote crèmekleurige canvastas met iets groots erin. 'Wat is dat?' had hij gevraagd. 'Bemoei je met je eigen zaken,' had Augustin teruggekaatst. Knox huiverde voor het eerst ongerust. 'Het zag er niet zwaar uit,' zei hij tegen Charissa. 'Ik bedoel, niet iets waarmee je een man om zeep kunt helpen.'

'Hoe weet je dat? Heb jij hem voor hem gedragen?'

'Dit is belachelijk!'

'Ik vraag je alleen wat de politie je zal vragen. Wat is ermee gebeurd?'

Knox ging achterover zitten en probeerde het zich te herinneren. Hij was zelf bij de auto gebleven, wilde dat Augustin en Claire samen van hun hereniging konden genieten. 'Hij heeft hem meegenomen de terminal in,' zei hij.

'Weet je het zeker?'

Knox knikte. 'Ik weet nog dat hij hem bij zich had toen hij iemand tegenkwam.'

'En toen hij weer naar buiten kwam?'

Knox fronste zijn voorhoofd en schudde zijn hoofd. 'Hij had al Claires bagage op een kar gestapeld. Hij had er best tussen kunnen zitten, maar dat kan ik me niet herinneren.'

'Denk na,' drong Charissa aan.

'Dit is ronduit idioot,' protesteerde Knox. 'Deze hele zaak is ronduit idioot.'

'Je moet iets goed begrijpen, meneer Knox,' zei Charissa. 'Vorig jaar heeft onze Atheense politie een vijftienjarige jongen doodgeschoten. Misschien weet je het nog, er waren rellen in heel Griekenland. De toestand hier is nog altijd explosief. De autoriteiten bidden dat er niets gebeurt waardoor de toestand uit de hand loopt; ze willen wanhopig graag aantonen dat Augustin zijn verdiende loon heeft gehad. Als dat betekent dat ze selectief in hun onderzoek moeten zijn, hem verdacht kunnen maken of belastende details laten uitlekken naar hun journalistenvriendjes, dan zullen ze dat doen. Onze taak nu is dat we op elke zet die ze zouden kunnen doen anticiperen en daarop voorbereid zijn. Dus ik vraag je nogmaals: heeft hij zijn tas mee naar buiten genomen?'

'Ik weet het niet meer,' zei Knox. 'Maar dit slaat toch nergens op? Ik bedoel, Augustin had absoluut geen reden om Petitier te vermoorden. Hebben moordenaars doorgaans niet een motief?'

Het was een retorische vraag, hij verwachtte geen antwoord. Dus het was een beetje schokkend toen Nico zich half op zijn stoel omdraaide en een verontschuldigend gezicht trok. 'Nou,' zei hij, 'ik vind het vervelend om het te zeggen, maar ik vrees dat je vriend wél een motief had.'

Kasteel Nikortsminda, Georgië

Kiko Zdanevich had nog nooit zoiets gezien, als je schoolreisjes en ge-schiedenisboeken tenminste niet meetelde. Een maanverlichte vesting van met klimop overwoekerd steen met hoge kantelen voor boog-schutters, en spitse torens waaruit dappere, dolende ridders zoals hij mooie gevangen prinsessen konden redden, en dat allemaal op een klein eiland, vlak aan de rand van een inktzwart meer, omgeven door een oud bos en bergen met besneeuwde toppen. Hij drukte zijn gezicht tegen het raam toen ze over de landweg naar het eiland slingerden, keek met open mond toe toen de ophaalbrug voor ze werd neergelaten en de grote houten hekken krakend opengingen. 'Gaan we hier echt lo-geren, mama?' vroeg hij.

'Ik denk dat we wel moeten,' zei ze strak, alsof ze verontwaardigd was over zijn opwinding. Ze was in een vreemde stemming geweest sinds Alexei Nergadze en de mannen in zwarte pakken eerder die dag naar ze toe waren gekomen met een boodschap van hun vader dat ze het weekend bij de Nergadzes zouden doorbrengen.

Ze reden de buitenhekken door en kwamen op een uitgestrekte cen-trale binnenplaats. Schijnwerpers verlichtten grasvelden en de binnen-kant van de kantelen met de stenen buitentrappen erheen, een kapel met hoge toren, een lange rij wit geschilderde stallen en garages, om het nog maar niet te hebben over het hoofdbastion van grijze steen, waar ze nu voor de deuren halt hielden.

Bedienden in livrei haastten zich om hun bagage uit de kofferbak te halen, terwijl Alexei Nergadze ze binnenliet en ze door een lange, sche-merige galerij met streng kijkende portretten naar een wenteltrap met hoge treden leidde. Kiko's hart sprong even op bij het vooruitzicht om in een van de torenkamers te mogen slapen, maar ze gingen in plaats daarvan door een andere gang naar een nogal armoedige slaapkamer met twee ingezakte tweepersoonsbedden. 'De meisjes slapen hier,' zei hij, en hij knikte dat ze daar moesten blijven terwijl een van de bedien-den hun bagage uitpakte.

'Hoe zit het met Kiko en mij?' vroeg zijn moeder.

'Jullie zitten verderop.'

'We willen bij elkaar blijven.'

'Het huis zit vol dit weekend. Dit is het beste wat we te bieden hebben.'

'Dan is het hier prima voor ons, dank u.'

'Onzin,' zei Alexei. 'Mijn grootvader zou het me nooit vergeven als ik het jullie niet allemaal zo comfortabel mogelijk maak.'

'Maar ik verzeker u dat we...'

'Jullie gaan met mij mee,' zei Alexei. Ze liepen achter hem aan naar een andere trap, samen met de tweede bediende. 'Ik vind dit niet leuk, mama,' mompelde Kiko. 'Ik wil naar huis.'

Ze legde haar hand op zijn schouder. 'Alles komt prima in orde, liefje, beloofd.'

Alexei liet ze daarna Kiko's kamer zien. Die was een stuk groter dan die van zijn zussen. Er waren een open haard, stoelen, bureaus en wandkleden aan de muur, reusachtige crèmekleurige gordijnen die met een touw open- en dichtgingen en een met roze zijde behangen hemelbed dat versierd was met rozen. Kiko wierp zijn moeder een smekende blik toe toen Alexei haar naar haar kamer begeleidde. Ze gaf hem een bijna onmerkbaar knipoogje voor ze wegging, waarmee ze aangaf dat hij het voorlopig mee moest spelen en beloofde dat het in orde kwam.

Het duurde tien minuten voordat hij buiten voetstappen hoorde en toen kwam ze met haar tas binnen. 'Blijf je bij mij?' vroeg hij gretig.

'Het bed is groot genoeg, vind je niet?' glimlachte ze.

'Dat is groot genoeg voor een koning!' riep hij uit, en hij klom erop en ging erop springen.

'Voorzichtig,' waarschuwde ze. 'We willen niets stukmaken.'

Kiko knikte, liep naar het raam met verticale stijlen en deed zijn handen als een kommetje om zijn ogen om beter te kunnen zien. Drie zwarte limousines met getinte ramen kwamen de ophaalbrug over, hun koplampen zwaaiden langs de binnenkant van het kasteel. Bij de trappen aan de voorkant van het bastion was na hun komst een canvas baldakijn opgetrokken, en de auto's kwamen daaronder een voor een tot stilstand. Ze hoorden de portieren open- en dichtslaan, het vrolijke gebabbel van gasten die naar binnen gingen.

'Wat is daar zo boeiend?' vroeg zijn moeder, terwijl ze haar handen op zijn schouders legde en een kus op zijn kruin drukte.

'Mensen,' zei Kiko. 'Een heleboel.'

'Wauw!' zei ze. 'Dat zijn er inderdaad een heleboel, hè?'

'Waar is de baldakijn voor, denk je?' vroeg hij.

'Ik denk om al die gasten tegen de regen te beschermen.'

'Maar het regent helemaal niet.'

'Nee. Maar dat wisten ze niet toen ze hem neerzetten, wel?'

'Ik denk dat het is om ervoor te zorgen dat die camera's in de lucht niet kunnen zien wie het allemaal zijn,' verklaarde Kiko, die dol was op spionagefilms.

Zijn moeder streelde liefdevol zijn haar. 'Je verbeelding gaat écht met je op de loop, hè?' zei ze, terwijl ze de gordijnen dichttrok en hem wegleidde.

'Ja,' glimlachte hij. 'Dat zal wel.'

6

Edouard toetste Mikhail Nergadzes adres in de satellietnavigatie van de Mercedes in, om slechts te ontdekken dat iemand een geintje met hem wilde uithalen, want er werd een hese vrouwenstem gedownload die hijgerig tegenstrijdige instructies gaf. 'Na tachtig meter, *uhhh*, sla hárd links af,' drong ze aan, wat in Edouard een plotseling welkome herinnering opriep aan de enige keer dat hij ooit bijna vreemd was gegaan, toen hij zich uit verveling had laten verleiden om naar een vervallen escortbar in Kiev te gaan en een exorbitant bedrag aan champagne had moeten uitgeven om over zijn ontsnapping te onderhandelen.

'Verderop rechts afslaan. Pas op. Ja. Ja. Ja. Nú!'

Hij zette haar zo zacht mogelijk en verviel vervolgens in een somber peinzen, broedde op Nina en de kinderen en hoe hij ze kon helpen. Misschien moest hij contact opnemen met Tamaz. Ze waren niet bepaald dik met elkaar, maar ze waren nog steeds broers. Tamaz had hem een paar weken geleden uitgenodigd om een borrel te gaan drinken, hem geïntroduceerd bij een man die Viktor heette, en was toen zelf vertrokken. Viktors insteek was eenvoudig en direct geweest: geef me Ilya Nergadze en zeg wat je ervoor wil hebben. Edouard, die toen nog net als de Nergadzes zelf geloofde dat ze het slachtoffer waren van regeringspropaganda, was woedend weggestormd en had Tamaz sindsdien niet meer gesproken, maar misschien...

'Verderop, *uhh*, afslag naar links.'

Hij schudde zijn hoofd. Het was krankzinnig er alleen al aan te denken. Wat hem betrof was Viktor een mol van Nergadze, om zijn loyaliteit uit te testen. Hij zette de radio aan en zocht op de zenders tot hij vertroostende muziek vond. Hij reed zo'n veertig minuten door, langs de oostgrens van Athene naar de noordelijke heuveluitlopers. De straten werden smaller en stiller. Door gaten in muren en hekken ving hij glimpen op van dure villa's. Hij kwam bij een hoge stenen muur met daarbovenop gebroken glas en een rij naaldbomen erachter, als troepen op de kantelen. Een particuliere oprit werd geflankeerd door VER-

BODEN TOEGANG-bordjes, maar de hekken stonden open en zijn satellietnavigatie spoorde hem aan verder te rijden, dus knarste hij het grindpad op naar een witgepleisterd landhuis dat door discreet opgestelde schijnwerpers werd verlicht, een goudkleurige Ferrari stond schuin voor het huis geparkeerd; de passagiersdeur hing open, alsof iemand haastig naar binnen was gerend.

Edouard zette zijn auto erachter neer en bleef toen een tijdje zitten in de hoop dat Boris en de anderen zouden arriveren. Hij had niet veel zin om in z'n eentje naar binnen te gaan. Maar de minuten verstreken en er was geen spoor van ze te bekennen, dus stapte hij uit en liep naar de voordeur, die op een kiertje stond. Binnen klonk een liefdesliedje van Nino Chkheidze. Een Georgiër dus; hij was hier dus goed. Hij klopte tweemaal aan, maar niemand reageerde. Het lied zette zijn bekende crescendo in en kwam ten slotte ten einde. Hij klopte nogmaals voordat het volgende lied zou beginnen. Nog steeds niets. Hij ging behoedzaam naar binnen, kwam uit op een breed open atrium van twee verdiepingen, met een schitterend glazen koepeldak, waardoor hij nog net de nachtelijke hemel kon zien. Links van hem was er een glanzende wit met chromen keuken, rechts een gepolitoerde mahoniehouten eettafel met stoelen eromheen; recht voor hem een halve cirkel van zwartleren banken en fauteuils voor een reusachtige plasma-tv die zonder geluid op het 24 uursnieuws stond afgestemd. Aan weerszijden van hem liepen marmeren trappen omhoog naar een overloop op de eerste verdieping, die als een gordel om het atrium heen liep. Op die overloop kwamen talloze deuren uit, waarschijnlijk van slaap- en badkamers.

'Hallo!' riep hij uit. 'Is er iemand?' Maar hij kon nauwelijks boven de muziek uitkomen, dus liep hij naar de geluidsinstallatie. Een glazen salontafel lag bezaaid met de resten van een spontaan feestje: twee lege champagneflessen, een paar wegwerptaartschalen, een propvolle asbak en een emaillen doosje met wit poeder dat hij haastig sloot terwijl hij probeerde te doen alsof hij het niet had gezien. Verspreid over de vloer lagen slordig een rok, een gescheurde witte blouse, witte gympen, een blauwe sportbeha. Hij vond verschillende afstandsbedieningen, drukte op de geluidsknop tot er eindelijk een stilte viel. 'Hallo!' riep hij nogmaals. 'Is er iemand?'

Boven ging een deur open en een man verscheen op de overloop, naakt, op een saffraankleurige handdoek na die hij om zijn middel had geknoopt. Zijn torso en armen waren mager en zo gespierd als een middengewichtbokser, en op zijn rechterbiceps prijkte een grove gevangenistatoeage. Beslist een Nergadze, zo wist Edouard, gedeeltelijk door zijn karakteristieke brede neus en hoge voorhoofd, voor een ander deel door het air dat hij om zich heen had, maar vooral door de kalme maar doelbewuste manier waarop hij een afgezaagd geweer op Edouards gezicht richtte.

II

'Waar heb je het verdomme over?' vroeg Knox boos. 'Augustin kan Petitier nooit hebben vermoord.'

Nico stak een hand op. 'Je begrijpt het niet,' zei hij. 'Ik suggereer niet dat hij dat heeft gedaan. Ik zeg alleen dat de politie wellicht een motief boven water zou kunnen halen.' Voor zover zijn omvang dat toestond, draaide hij zich verder in zijn stoel om en perste zich tussen de deur en de handrem. 'Weet je waarom ik Petitier de kans heb gegeven een praatje te houden?'

'Nee.'

'Aanvankelijk was ik van plan die voordracht zelf te houden, maar ik deed voor hem een stap terug. Ik verzeker je dat ik dat niet zomaar doe. Ik ben dol op praten.' Hij giechelde geringschattend om zichzelf. 'Dat is eerlijk gezegd een van de redenen waarom ik deze conferenties organiseer: omdat niemand anders me uitnodigt. Maar deze keer had ik een goede reden om plaats te maken. Petitier heeft me zo'n zes weken geleden ge-e-maild met de eis dat hij de conferentie mocht toespreken. Heel agressief, heel arrogant. Ik kon me hem amper herinneren, hoewel hij vroeger vrij dik was met een van mijn collega's op de universiteit.'

'En?'

'Ik bedankte hem voor zijn belangstelling, maar zei tegen hem dat alle sprekers al waren ingevuld. Wat ook zo was natuurlijk; dit soort dingen worden maanden van tevoren afgesproken. Ik zei dat hij welkom was om tijdens een van onze rondetafelbijeenkomsten te spreken. Hij hield vol dat dat niet goed genoeg was, en verzekerde me dat het de moeite waard zou zijn, dat hij iets buitengewoons aan de wereld te vertellen had. Ik vroeg hem wat dat dan was, maar dat wilde hij niet zeggen. Ik nam aan dat ik niets meer van hem zou horen. Je hebt altijd van die malloten die op conferenties rondhangen, ervan overtuigd dat ze alle raadsels uit de klassieke oudheid hebben opgelost. Maar toen arriveerde er een pakketje op mijn kantoor. Een briefje van Petitier, en tien Lineair A- en Lineair B-zegels en zegelsteenfragmenten in watten verpakt. Dat is mijn terrein helemaal niet, dus nam ik er foto's van en mailde ze rond: want als deze fragmenten al in de openbaarheid zouden zijn geweest, zou een van mijn collega's die zonder meer herkennen. Maar dat gebeurde niet. Dus het zag ernaar uit dat Petitier op zijn allerminst een paar nieuwe zegels had gevonden en dus hoogstwaarschijnlijk ook een belangrijk nieuw opgravingsterrein.'

'Dan nog,' zei Knox, 'verdient dat nauwelijks een platform op een conferentie als deze.'

'Inderdaad,' zei Nico instemmend. 'Maar er was nog iets. Dat was me ontgaan omdat ik geen taalkundige ben. Maar een van mijn collega's pikte het onmiddellijk op. Je moet weten dat geen van de Lineair A-zegels te ontcijferen viel, maar twee van de Lineair B-zegels waren dat wel. Althans, één woord op elk zegel.'

'En?'

'Het eerste is "goud" of "gulden".'

En het tweede?'

Er trok een nogal schaapachtige uitdrukking over Nico's gezicht. '"Vlies",' zei hij.

7

Met stomheid geslagen stak Edouard zijn handen in de lucht toen Mikhail Nergadze zijn geweer op zijn gezicht richtte. 'Niet schieten, alsjeblieft,' smeekte hij.

'Geef me één goede reden.'

'Ik ben Edouard Zdanevich,' zei hij, terwijl hij iets wegslikte. 'Ik werk voor je vader. Hij heeft me gestuurd om...'

'De antiekexpert.'

'Ja.'

Mikhail hield zijn geweer nog even op Edouards gezicht gericht, misschien om het verhaal in overweging te nemen, maar eerder om te benadrukken wie de controle had; maar toen liet hij het langs zijn zij zakken. 'Ik verwachtte Boris en nog een paar.'

'Die komen zo. Ze moesten nog iets doen...'

Plotseling klonk er een gedempte kreet uit de kamer achter Mikhail. Een vrouw, duidelijk bang en van streek. Edouard keek verbijsterd op. Ze slaakte opnieuw een kreet, luider en duidelijker, alsof ze een prop had uitgespuugd. Ze klonk jong. 'Wie is dat?' vroeg hij.

'En waarom zou jou dat aangaan?'

Het meisje bleef doorroepen, angstig, smekend, in paniek, haar Grieks ging te snel voor de beperkte kennis die Edouard van de taal had, maar de boodschap was maar al te duidelijk. Hij aarzelde. Mikhail keek glimlachend op hem neer, zich ervan bewust wat er door hem heen moest gaan, nieuwsgierig wat hij zou doen. Hij kon daar niet blijven staan, dus ging hij de trap op, zijn angst onderdrukkend toen hij langs Mikhail liep, en hij bleef ontsteld staan toen hij het jonge meisje naakt op de kale matras zag liggen, alle lakens, kussens en het dekbed lagen op de grond. Ze zag hem en probeerde zich met haar rechterarm te bedekken en wilde zich op haar zij draaien. Ze bewoog zich zo onhandig dat zijn aandacht naar haar linkerpols werd getrokken, die met een handboei aan de bedstijl vastzat. Uit haar bescheiden boezem, het heupvet en de donzige venusheuvel maakte hij op dat ze ongeveer vijftien jaar moest zijn, net zo oud als zijn eigen tweeling. Op haar bovenarmen en borst waren verse blauwe plekken, naast haar navel zat iets wat eruitzag als een sigarettenbrandplek, en om haar hals zat een felrode striem, alsof iemand haar bijna had verstikt. Ze zou knap zijn geweest, ware het niet dat er een onbedoeld masker van tranen en bloed over haar gezicht zat. Op het matras waren ook bloedspatten, met nog andere uiteenlopende vlekken die Edouard niet zo nodig hoefde te analyseren. Hij draaide zich ontzet naar Mikhail om. 'Wat heb je verdomme met haar gedaan?' vroeg hij op dwingende toon.

'Niets wat ze niet wilde.'

'Hoe kom je daarbij? Kijk haar nou eens! Ze smeekt je haar te laten gaan.'

'Wat iemand zegt hoeft niet noodzakelijkerwijs hetzelfde te zijn als wat hij wil.'

Edouard schudde zijn hoofd. 'Hoe oud is ze?'

'Hoe moet ik dat weten?'

'Niet aan gedacht om dat te vrágen?'

Mikhail lachte. 'Je moest jezelf eens zien! Je wilt haar alleen maar voor jezelf, hè?'

'Je bent ziek.'

'Ga je gang. Ze vindt het niet erg, geloof me. Ze zal ervan genieten.'

'Wat ben je voor man?'

'Het soort dat jij zou willen zijn, als je er de ballen voor had.'

'Ik maak haar los,' zei Edouard. 'Waar is de sleutel?'

'Ik ben nog niet klaar met 'r.'

'Ja, dat ben je wel.' Hij zei het vastberaden en hield Mikhails ogen vast, er zeker van dat deugdzaamheid wel zou werken. Maar Mikhails ijsblauwe ogen doorboorden zijn zelfvertrouwen en hij realiseerde zich te laat dat dit een ander soort man was dan waar hij ooit mee te maken had gehad, zelfs als het om de andere Nergadzes ging. Zijn hart zette het op een lopen, hij voelde zijn keel droog worden, rook een vage, ranzige geur die hij intuïtief als zijn eigen angst herkende. Dat riep een onwelkome herinnering op: toen hij vele jaren geleden in een restaurant in Tbilisi op een plekje stond te wachten, struikelde een dronken kerel over zijn eigen voeten en kwam tegen een tweede man aan, die op een barkruk een glas met ijsblokjes tinkelende moutjenever koesterde, die over zijn hand morste. Hij had zich te laat verontschuldigd, was te laatdunkend geweest. De man op de barkruk had uiterst merkwaardig gekeken. Hij had zijn kristallen glas op de bar kapotgeslagen, zich omgedraaid, het met kartelranden en al in het gezicht van de dronkaard geduwd en het een slag gedraaid, waardoor de oogbol scheurde en zijn neus en wang uiteengereten werden. Het bloed stroomde eruit, spatte over de bar en door het restaurant, terwijl hij jankend over de tafels viel. In de jaren daarna was Edouard het verwoeste gezicht van het slachtoffer vergeten, maar niet de kille, calculerende blik op het gezicht van de aanvaller in de halve seconde voor die aanviel, alsof zijn woede een leger was waarover hij het bevel had, een macht die hij naar believen kon inzetten.

Het meisje moest de machtsverschuiving hebben opgemerkt; ze ging luider snikken, wanhopiger. Edouard werd door haar angst aangestoken. Hij voelde zweetdruppels op zijn voorhoofd en zweet dat koud uit zijn oksels sijpelde. 'Sorry,' zei hij, terwijl hij zijn ogen onderdanig neersloeg. 'Ik bedoelde er niets mee.'

Even was hij bang dat zijn verontschuldiging niets uithaalde, maar toen leek de spanning van het moment weg te ebben en was die plotseling helemaal weg. 'Misschien heb je wel gelijk,' zei Mikhail schouderophalend. 'We hebben zaken te bespreken.' Hij pakte zijn broek, viste er een sleuteltje uit en gooide dat naar hem toe.

Edouards handen trilden toen hij worstelde om haar handboei los te maken; maar die klikte ten slotte open, het meisje greep een laken om zich ermee te bedekken en rende snikkend naar de badkamer. 'Ik ga haar kleren halen,' zei Edouard, terwijl hij naar de overloop liep.

Boris en zijn mannen waren juist aangekomen, gingen rondom de salontafel zitten en staken een sigaret op. Hij keek ze zuur aan, want ze hadden zijn aanvaring met Mikhail vast gehoord. Maar je moest een dikke huid hebben om voor de Nergadzes te werken; je moest weten wie de baas was. 'Misschien moeten we haar iets geven,' opperde Edouard, toen hij weer boven was. 'Zodat ze haar mond houdt.'

'Die praat niet,' zei Mikhail.

'Hoe weet je dat zo zeker? Ik bedoel, wat zou je grootvader zeggen als dit uitkomt?'

'Ik heb niets met haar gedaan wat zij niet wilde. Vraag het haar zelf.'

Edouard klopte op de badkamerdeur. 'Ik heb je kleren.' De deur ging op een kiertje open, haar hand schoot naar buiten en griste ze weg. Hij bleef daar staan, zich er maar al te goed van bewust dat Mikhail hem in de gaten hield, tot de deur opnieuw openging en ze naar buiten kwam, haar gezicht gewassen, maar bleek, haar haren geborsteld terwijl ze de scheur in haar blouse bijeenhield.

Edouard legde een arm om haar schouder en leidde haar door de slaapkamer, maar Mikhail ging pal voor haar staan. Hij had zijn witte broek in de hand en nu schoof hij zijn leren riem los. Het gezicht van het meisje vertrok toen ze dat zag. 'Nee,' smeekte ze. 'Alsjeblieft niet.'

Mikhail glimlachte haar geruststellend toe. 'Wees maar niet bang. Ik wilde onze vriend Edouard gewoon iets duidelijk maken. Hij denkt dat je gaat rondbazuinen wat hier vanavond is gebeurd. Maar dat doe je niet, hè?'

'Nee. Nee. Ik zweer dat ik dat niet zal doen.'

'Zelfs niet als ze je willen dwingen?'

'Nee.'

'Waarom niet?'

'Omdat je weet waar ik woon,' zei ze, alsof ze een lesje opdreunde. 'Omdat je mij, mijn ouders en mijn broer iets aandoet als ik dat wel doe.'

'Precies,' zei Mikhail. En hij deed een stap opzij.

Edouard leidde haar de deur uit en de trap af naar beneden. 'Waar woon je dan?' vroeg hij.

'Piraeus,' zei ze, haar hele lichaam trilde hevig, alsof ze zojuist in een sneeuwstorm had gezeten.

'Ik zorg dat een van de jongens je naar huis rijdt.'

Ze greep hem bij de arm. 'Kunt u me niet brengen? Alstublíéft?'

Mikhail dook op de overloop op, nu gekleed in de witte spijkerbroek, een kastanjekleurig zijden overhemd en een zwartleren trenchcoat. Boris stond op. 'Geweldig je weer te zien, baas,' zei hij. 'Veel te lang geleden.'

'Wie zijn die twee?'

'Davit en Zaal,' zei Boris terwijl hij ze een voor een aanwees. 'Goeie kerels. Heb ze zelf uitgekozen.'

'Heb je het geld bij je?'

Boris knikte, maakte ruimte op de salontafel en zette er een grote stalen koffer op. Hij toetste van beide sloten de combinaties in, opende hem en draaide hem rond zodat Mikhail het kon zien. Er lagen dikke bundels euro's in, in elke coupure, van vijftigjes tot vijfhonderdjes, meer cash dan Edouard ooit bij elkaar had gezien. Ook het meisje hapte even naar adem.

'Hoeveel?' gromde Mikhail.

'Vier miljoen,' zei Boris.

'Ik had tien gevraagd.'

'Meer konden we op zo'n korte termijn niet regelen. Bovendien, je weet hoe het met onderhandelen gaat. Als je met tien miljoen aan komt zetten, dan krijgen ze die tien miljoen...'

'Heeft mijn grootvader je soms gezegd dat je mij dat moest vertellen?'

'Ja.'

Even viel er een stilte terwijl Mikhail dit antwoord tot zich liet doordringen. Het was alsof je naar een landmijn keek die zojuist plotseling geluid had gemaakt. 'Prima,' zei Mikhail ten slotte. 'We doen het ermee.' Hij kwam naar beneden en liep naar de koffer, haalde er een pakje van vijftigeurobiljetten uit en maakte er een rolletje van. Daarop liep hij naar het meisje, haakte een vinger in haar bh en stopte de biljetten erin. 'Koop maar iets moois voor jezelf,' zei hij tegen haar. 'Een jurk of een halsketting of zoiets. Dan kun je die dragen wanneer je morgen terugkomt.'

'Terugkomen?' vroeg ze ontsteld.

'Dat doe je, weet je.' Hij wendde zich tot Edouard. 'Vrouwen vallen altijd voor hun eerste man. Dat zit in hun genen, of zo.'

'Ik kom niet terug,' wierp ze tegen. 'Ik kom nooit meer terug.'

'Dat zeggen ze allemaal,' grijnsde hij. 'Maar uiteindelijk komen ze toch terug. Daar kunnen ze niets aan doen.' Hij wendde zich tot de anderen. 'Davit. Ik wil dat jij haar naar de stad terugbrengt. Regel een taxi. Zorg dat ze goed thuiskomt. Er is werk aan de winkel.'

'Ja, baas.' Hij liep de kamer door en pakte het meisje bij de elleboog.

'Hoe zit het met mijn boeken?' jammerde ze. 'Kan ik dan niet tenminste mijn boeken terugkrijgen?'

'Je kunt ze morgen komen ophalen.'

'Maar je hebt het beloofd. Ze zijn niet eens van mij. Ze zijn van Demetria.'

'Ik zei morgen,' zei Mikhail. 'Kom hier om vijf uur naartoe. Tot die tijd hebben we het druk.'

'Maar morgen ga ik…'

Mikhails gezicht verdonkerde. 'Laat me je niet hoeven ophalen, Olympia,' waarschuwde hij. 'Dat doe ik als het moet, maar dat zal je berouwen, dat verzeker ik je.' Hij keek toe hoe Davit haar naar de deur begeleidde en wendde zich toen weer tot Edouard en de anderen. 'Goed,' zei hij terwijl hij in zijn handen wreef. 'Misschien kunnen we dan nu ter zake komen.'

II

'Dat meen je niet,' zei Knox verdwaasd. 'Had Petitier het Gulden Vlies gevonden?'

'Dat zei ik niet,' antwoordde Nico behoedzaam. 'En dat heeft híj ook niet gezegd. Hij heeft er op zijn hoogst op gezinspeeld dat hij het had gevonden, of iets wat ermee te maken heeft. Hij heeft zichzelf meer dan genoeg de ruimte gegeven om zich te kunnen terugtrekken, als hij dat wilde. Hij had het als een misverstand kunnen afdoen. Hij had kunnen beweren dat het puur toeval was dat die twee woorden de enige waren die we konden lezen.'

'Hij was een Minoïsch deskundige. Niemand zou hem hebben geloofd.'

'Nee,' zei Nico, die het met hem eens was. 'Dat was precies de reden waarom ik een stap terug wilde doen om hem zijn praatje te laten houden.'

'En wist Augustin hiervan?'

'Dat weet ik niet zeker, maar het is heel goed mogelijk. Weet je, ik…' Hij onderbrak zichzelf toen de BMW tegen de stoep botste en voor een imposant ogend gebouw stilhield.

'Het Evangelismos-ziekenhuis,' zei Charissa zuinigjes. 'Gaan jullie maar vast naar binnen. Ik ga een parkeerplekje zoeken.'

Nico schudde zijn hoofd. 'Ik ben bang dat ik nu weg moet. Ik moet naar het hotel terug, de deelnemers vertellen dat het programma van morgen is gewijzigd.' Hij trok een zorgelijk gezicht. 'Dat begrijpen jullie toch wel?'

'Natuurlijk,' zei Knox. 'Zullen we elkaar dan later treffen? Voor het diner, bijvoorbeeld?'

'Uitstekend idee. Ken je The Island?'

Nee.

Hij kuste zijn vingertoppen. 'Dat is in Exarchia. Charissa weet waar het is. De beste zeevruchten in Athene, en niet al te duur. Niet voor wat je ervoor krijgt, althans. Ik reserveer wel een tafel, als je wilt.'

'Klinkt perfect. Hoe laat?'

Hij keek op zijn horloge. 'Half tien. Dan heb ik tijd genoeg. Als ik tenminste een taxi weet te bemachtigen.'

'Gaan jullie beiden maar naar binnen,' zei Charissa. 'Ik zet Nico bij zijn hotel af en kom dan terug.'

Knox en Gaille liepen door een poort naar de personeelsparkeerplaats. Onder aan de trap naar de ingang stond een tv-ploeg en er hingen een paar journalisten rond die sigaretten rookten en lachten, in afwachting van wat er zou gaan gebeuren. In de avondschemering konden Knox en Gaille met gemak langs hen heen over de marmeren treden naar boven glippen. De vrouw achter de receptie was opmerkelijk vierkant, alsof iemand een tapijt over een wasmachine had gegooid. Ze vroegen haar naar Augustin. Ze wees hun intensivecareafdeling Eén, maar waarschuwde hen dat de politie geen andere bezoekers toeliet dan zijn verloofde.

Bolvormige lampen gloeiden als talrijke manen aan de hoge, brede gangen. Luide hakken klakten als dominostenen op de grillige patronen van de tegels. Monitors, brancards, wasmanden en andere ziekenhuisbenodigdheden stonden tegen in pastelgele en -blauwe tinten geschilderde muren gestapeld, een loffelijk streven naar een opgewekte sfeer, die al lang geleden tot kleurloosheid was verschoten. Een jammerklacht doorkliefde de stilte: iemand worstelde met angst of verdriet. Knox huiverde door een tien jaar oude herinnering, toen hij op een andere intensive care had gelopen in een ander Grieks ziekenhuis, en afscheid nam van zijn zus Bee op de dag dat haar was verteld dat ze zou sterven. De gedempte, benauwende echo's van dit soort plekken, de meedogenloze witheid van de apparatuur, dat verdoofde, onwezenlijke gevoel dat je eerder zweefde dan liep, dat je niet in staat was je dierbaren te beschermen.

Voor de dubbele deuren van de intensive care zat een politieman op een harde stoel een tijdschrift te lezen. 'Verdomme,' mompelde Knox. Hij had gehoopt dat de politie alleen bezoekers had verboden, niet dat ze iemand op wacht zouden zetten. Tegen de muur stond een wagentje met een hartmonitor. 'Leid hem af,' zei hij tegen Gaille, toen hij het vastgreep.

Ze knikte en ging hem een vraag stellen. De politieman schudde zijn hoofd. Ze vroeg hem nog iets, glimlachte en raakte even zijn arm aan. Ze had een ongelooflijk ontwapenende glimlach, Gaille. Daarmee kon ze gletsjers laten smelten. De politieman stond op en liep een stukje met haar mee, wees toen de gang in, lachte en gebaarde met zijn handen, nauwelijks acht slaand op Knox toen die met gebogen hoofd de monitor door de dubbele deuren van de intensivecareafdeling duwde. Die liet hij tegen de muur staan, waste in een wastafel zijn handen met gel, droogde ze en opende de deur naar de afdeling zelf. Twee verpleegkundigen stonden achter de receptiebalie met gedempte stem te kibbelen, hij ving iets op over ontbrekende voorraden. Claire zat in de verste hoek op het verste van vier bedden. Ook al was Knox erop voorbereid, hij was toch geschokt toen hij Augustin zag, al die buisjes en monitors van de apparatuur, de kooi over zijn borst om zijn bovenlichaam van het beddengoed vrij te houden, het witte verband om zijn schedel, het zuurstofmasker over zijn mond en neus, het gezwollen jukbeen en de felgekleurde tinten van onmenselijke kleuren.

Claire moest hebben gevoeld dat hij eraan kwam, want ze keek op, afgetobd, grijs en gekweld, geen spoortje meer van de eerdere blijdschap. Ze fronste haar wenkbrauwen en knipperde met haar ogen toen ze hem daar zag staan, alsof ze worstelde om hem te plaatsen. Toen raakte ze met een vinger haar lippen aan, kwam overeind en liep met hem naar buiten.

'Hoe gaat het met 'm?'

'Hoe ziet hij eruit?'

Knox wist niet wat hij moest zeggen, wat Claire van hem nodig had. In dit soort situaties waren normale taal en de conventies van het menselijk gedrag ontoereikend. Hij legde zijn armen om haar heen, hield haar tegen zich aan, streelde haar haar. Het duurde even voor de tranen kwamen, maar toen ze eenmaal met huilen begon, kon ze niet meer ophouden, haar schouders schokten van verdriet, zorg en angst, en niet alleen maar om Augustin, stelde hij zich zo voor. Dat was juist zo wreed, dat goede mensen als Claire zich bij dit soort drama's over hun eigen toekomst zorgen maakten, zodat ze later verscheurd werden door hun eigen egoïstische gedachten terwijl hun dierbaren lagen te sterven. Hij legde zijn mond dicht tegen haar oor en murmelde: 'Het komt allemaal in orde, echt.'

Ze verstijfde onmiddellijk, zodat hij wist dat hij iets verkeerds had gezegd. Ze maakte zich los, deed een paar stappen naar achteren en wreef in haar ogen. 'In orde?' vroeg ze. 'Ben jij een deskundige op het gebied van traumatisch hersenletsel of zo?'

'Ik wilde niet…'

'Augustins schedel is bijna zeker gebroken en zijn pariëtale en frontale lobben zijn zwaargewond geraakt. Zijn bloedhersenbarrière is kapot. Dan gaat zich hersenoedeem vormen. Weet je wat dat is?'

'Nee.'

'Dat ontstaat wanneer bloed en andere vloeistoffen sneller in de hersens worden gepompt dan dat ze kunnen worden afgevoerd. Het hele hoofd zwelt op, zoals een gootsteen zich vult wanneer de stop erin zit. Eerst zal het de witte materie aantasten, daarna de grijze. Het is een van de meest voorkomende oorzaken van onomkeerbare hersenbeschadigingen, en dat is op dit moment bij Augustin aan de hand, en ik kan er helemaal niets aan doen, behalve zijn hand vasthouden en bidden. En jij komt me vertellen dat het allemaal in orde komt?'

'Ik vind het zo erg, Claire.'

Ze knikte twee keer, wreef opnieuw met de muis van haar hand in haar ogen. 'Ik heb in een verpleeghuis gewerkt,' zei ze tegen hem. 'Ik heb slachtoffers gezien van verkeersongelukken, geweerschoten en mensen met een hersentumor. Denk je soms dat ik dit niet eerder heb meegemaakt? De artsen brengen Augustin in een kunstmatige coma; wie weet of en wanneer hij daar weer uitkomt? En daarna? Je gaat niet meteen dood aan traumatisch hersenletsel. Wist je dat? Dat neemt er naar eigen goeddunken zijn eigen tijd voor, terwijl het lichaam stukje bij beetje eromheen uit elkaar valt. En zelfs als hij het haalt, loopt hij de rest van zijn leven een verhoogd risico op tumoren, depressie, impotentie, epilepsie, alzheimer, hoofdpijnen en wat al niet. Dus leg jij me nou maar eens uit hoe het in orde komt.'

'Ik vind het zo erg,' herhaalde Knox hulpeloos.

'Wat heb ik daaraan? Wat heb ik aan het zo erg vinden? Wat ga je eraan dóén?'

'Alles wat ik kan.'

Ze schudde bruusk haar hoofd alsof ze hiernaartoe had gewerkt. 'Eerder vandaag hoorde een van de verpleegkundigen de politie praten. Ze willen Augustin hier weghalen. Ze willen hem in verzekerde bewaring stellen. Hij gaat dóód in verzekerde bewaring. Maar dat willen ze natuurlijk ook. Ze willen dat hij doodgaat, want zij denken dat dit hele incident dan samen met hem verdwijnt. Dus als je echt wilt helpen, dan doe je dáár iets aan. Zorg ervoor dat hij niet wordt verplaatst.'

'Ik doe mijn best. Dat beloof ik.'

'Je best? Net zoals toen dat verdomde monster Augustin halfdood sloeg?'

'Wat bedoel je?'

'Ik bedoel dat je ten mínste had kunnen proberen hem tegen te houden. Dat had je mínstens kunnen proberen. Hij had dat wel voor jou gedaan. Hij had álles voor je gedaan. Maar jij stond daar maar.'

Er viel een stilte. Knox keek haar hulpeloos aan, voelde zich misselijk. 'Het spijt me,' zei hij.

Maar ze draaide haar rug naar hem toe en keek niet meer om tot hij de intensivecareafdeling had verlaten.

8

Het haardvuur wierp flakkerend licht in de grote hal van het kasteel, kleurde de stenen muren oranjegrijs. Het brandde zo fel dat Sandro Nergadze de warmte ervan door zijn overhemd en colbert heen op zijn rug kon voelen. Toch had hij het ergens evengoed koud. 'Kunt u dat een keer herhalen?' vroeg hij afgemeten.

'U moet één ding begrijpen,' zei generaal Iosep Khundadze. 'U hebt het hier over een situatie waarin het normale legercommando instort.' Hij knikte naar de twee mediamagnaten die verderop aan de eiken tafel zaten, en die zojuist hun plannen hadden ontvouwd. 'Zelfs als deze twee hun aanval met de stemmentruc voor elkaar kunnen krijgen...'

'Dat krijgen we voor elkaar,' zei de krantenmagnaat die Merab heette. 'Als we tenminste de beloofde exitpollgegevens krijgen.'

'Wat suggereert u eigenlijk?' vroeg Levan Kitesovi, hoofd van Georgiës grootste onafhankelijke opiniepeilingbureau, boos. 'Is mijn woord soms niet goed genoeg?'

'Heren, heren,' zei Sandro. 'We moeten elkaar vertrouwen. Daarom zijn we allemaal hier.' Iedereen was wat gespannen. Er deden geruchten de ronde dat er een nieuwe inlichtingenafdeling zou worden opgezet om specifiek de Nergadze-campagne te onderzoeken. Hun beveiligingsmaatregelen waren prompt verscherpt, want voor hun gasten zou het ongelegen komen als ze moesten uitleggen wat ze hier dit weekend deden. Ze hadden alle kamers op afluisterapparatuur binnenstebuiten gekeerd, aanvullende voorzorgsmaatregelen genomen tegen luchtsurveillance en meer bewakers ingehuurd. Maar bij zulke veiligheidsmaatregelen sneed het mes aan twee kanten: mensen werden er altijd nerveuzer van.

Hij wendde zich weer tot de generaal. 'Laten we alsjeblieft aannemen dat het eerste deel van ons plan heeft gewerkt. Anders heeft deze bespreking geen zin. Het is verkiezingsdag. De media gebruiken de exitpolls om aan te kondigen dat Ilya Nergadze vanuit een achterstand op de overwinning afstevent. Maar dan trekt de regering de overwinning naar zich toe. We overspoelen de radio met verhalen dat handlangers van de regering in mysterieuze bestelbussen stembussen hebben meegenomen. Onze bronnen binnen de ministeries lekken en bevestigen dat vervolgens. Onze vrienden in de wereld verklaren dat de president corrupt is. De Hoge Raad, Kerk en politie...' en hij boog zich naar de desbetreffende vertegenwoordigers over, '...zullen namens ons spreken, of onthouden zich ten minste van commentaar. En dus zal iedereen naar de in zulke situaties ultieme arbiters van de macht kijken: het leger. Vorige maand hebt u ons verzekerd dat u uw collega's zou meenemen; in elk geval zo veel dat ze de doorslag zouden geven. Waardoor bent u van gedachten veranderd?'

Er was een lichte glans op het voorhoofd van de generaal verschenen. Toen hij zijn beloften had gedaan, had Ilya Nergadzes zaak nog altijd hopeloos geleken. 'Zoals ik al zei,' bromde hij. 'Zelfs als u dit allemaal voor elkaar krijgt, zelfs als het erop lijkt dat de president de overwinning káá123pt, dan zal niet het héle leger plotseling een andere kant kiezen. In het beste geval zullen er facties ontstaan. Ik kan u zeker helpen om die facties te bewerken.'

'Dat mag ik hopen,' mopperde Sandro, terwijl hij achterover in zijn stoel ging zitten en opkeek naar de familieportretten waarmee de muren van de grote zaal overvloedig waren behangen; die begonnen tijdens de heerschappij van Erekle II en liepen door tot op de dag van vandaag. Ze vertoonden allemaal de karakteristieke Nergadze-gelaatstrekken; ze waren allemaal nobel, dapper en machtig geportretteerd. Alle schilderijen waren gesigneerd door een of andere grootmeester in de Georgische kunst; het waren allemaal vervalsingen die hij in de afgelopen jaren had laten maken om zijn familie de nodige uitstraling van erfgoed en respectabiliteit te verlenen. De hele wereld was één grote oplichterij; sommige mensen wisten dat, maar de meeste niet.

'Maar dat is niet genoeg,' vervolgde de generaal. 'U moet begrijpen hoe het er in het leger aan toegaat. Wanneer de normale commandoketen wordt doorbroken, zoals dat in deze situatie zal gebeuren, dan ben je afhankelijk van andere factoren. Dan word je afhankelijk van de soldaten zelf. Ze hoeven niet langer bevelen op te volgen, maar kíézen welke bevelen ze opvolgen. En ze kiezen de officieren die ze bewonderen en vertrouwen, niet degenen met de meeste sterren en strepen. Die mensen moeten we aan onze kant zien te krijgen; en het zal u wellicht verbazen dat die mensen maar tot op een bepaald punt om te kopen zijn. Het zal u wellicht verbazen te weten dat dit soort mannen, de soldaten tegen wie andere soldaten het meest opkijken, werkelijk waarden als eer, moed en patriottisme huldigen.'

'Bespaar me de preek,' zei Ilya. 'Kom ter zake.'

'Goed dan,' zei de generaal en hij ontmoette Ilya's blik. 'Het gaat hierom. Ze doen het niet. Althans niet voor u. Ze mogen u niet.'

'Hoezo?' vroeg Ilya.

'Omdat ze denken dat u corrupt bent. En ze riskeren geen burgeroorlog om slechts de ene corrupte politicus voor de andere te verruilen.'

Er viel een geschokte stilte. Niemand sprak zo over of tegen Ilya Nergadze. 'Hoe durft u?' barstte Sandro uit. 'Mijn vader is niet corrupt.'

'O nee?' antwoordde de generaal droogjes. 'Waarom betaalt hij me dan verdomme elke maand honderdduizend dollar?'

Het gelach dat opklonk, duidelijk bewonderend voor zulke stoere taal, werd snel in de kiem gesmoord.

'Uitstekend,' zei Ilya, die wist wanneer hij terug moest bulderen en wanneer hij moest luisteren. 'Wat stelt u dan voor?'

'Ons land bloedt nog steeds van het Russische fiasco,' zei de generaal. 'Mensen willen heel graag verandering, maar niet zomaar élke verandering. Ze willen hoopvolle verandering. Ze willen eervolle verandering. Overtuig ze dat u de voorbestemde man bent om wie Georgië roept, en dan zal het leger zich achter u scharen als ware u een redder, dan zou ik niemand over de streep hoeven trekken. Momenteel staat u aan het hoofd van een politieke partij; u moet hoofd van een beweging worden. U moet mensen inspiréren. U moet een vlag laten wapperen die ze kunnen volgen. Tot die tijd…' Hij schudde zijn hoofd.

Na deze nuchtere vaststelling viel er een stilte rond de tafel. Iedereen wist in z'n hart dat het waar was, niet alleen voor het leger, maar voor Georgië als geheel. Ilya boog zich naar voren. 'Een vlag die ze kunnen volgen,' mompelde hij. 'Er is wel iets.'

'Wat dan?'

Hij keek naar Sandro. 'Mijn zoon is momenteel ergens mee bezig.'
Iedereen keek Sandro's kant op. Die voelde zijn maag samentrekken. Het was absoluut te vroeg om het idee van het Gulden Vlies naar voren te brengen. Als er niets uitkwam, zouden ze voor joker staan. Op zoek naar inspiratie keek hij op naar het grote schild aan de tegenoverliggende muur. Dat was zo glanzend gepoetst dat hij de vlek van zijn eigen reflectie kon zien, en de oranje gloed van het vuur als een halo achter hem. Het familiewapen van de Nergadzes stond erop, een klimmende leeuw die een speer vasthoudt. Daar had hij ook opdracht toe gegeven, samen met al het wapentuig en de wapenrustingen waarmee de muren bedekt waren. Hij was nieuwsgierig hoe overtuigend deze vervalsingen waren, en had er een paar mee naar Tbilisi genomen, waar hij ze voor Edouard, hun gedweeë historicus, had uitgestald, en had gedaan alsof hij ze toevallig ergens was tegengekomen. Wat had de grote expert uit z'n nek geluld! Wat hadden ze hem uitgelachen toen hij eenmaal weg was! Maar als Gurieli iemand als hij om de tuin kon leiden... 'Ik moet met een paar mensen overleggen voor ik het op tafel kan leggen,' zei hij. 'Maar geloof me, u kunt inderdaad op uiterst opwindend nieuws rekenen.'

Kort daarna eindigde de bijeenkomst, iedereen maakte opgewekt grapjes met elkaar en het water liep hun al in de mond bij het vooruitzicht van het aanstaande Nergadze-feestmaal. Ilya trok Sandro aan zijn mouw terug. 'Je zorgt maar dat je met dat verdomde Vlies op de proppen komt,' zei hij.

'Geen zorgen, vader,' stelde Sander hem gerust. 'Ik zorg dat je 't krijgt. Op de een of andere manier kom ik er wel aan.'

II

'Op het succes!' proostte Mikhail toen ze met hun glas wodka, die regelrecht uit de vriezer kwam, om de salontafel stonden.
'Op het succes!' echoden ze.
De ijskoude, stroperige vloeistof verkilde en verwarmde Edouards keel en borst tegelijk. Zijn ogen gingen tranen en hij moest ze wegknip-

peren. Hij was niet gewend aan zulke sterkedrank, maar weigeren was geen optie. Boris vulde hun glazen weer bij, toen liet Mikhail zich in een leunstoel vallen en legde zijn voeten op de salontafel. 'Zo, weten jullie allemaal waarom jullie hier zijn?' vroeg hij.

'Ik wel,' zei Boris.

'Ik ook,' zei Zaal.

Edouard ging op de verste leuning van de bank zitten, zo ver mogelijk bij Mikhail vandaan. 'Ik weet alleen wat je vader me heeft verteld,' zei hij.'

'En dat is?'

Edouard stond zichzelf een uiterst vaag glimlachje toe. 'Dat we het Gulden Vlies gaan kopen.'

'Denk je dat het een geintje is?' zei Mikhail met gefronst voorhoofd.

'Het Vlies bestaat niet,' zei Edouard. 'Heeft nooit bestaan ook. Het was ooit slechts een legende, dat is alles.'

'Je hebt 't mis,' zei Mikhail. 'Het bestond wel. Het bestaat. En we gaan het morgen kopen.'

Edouard spreidde zijn handen. 'Moet je horen,' zei hij, 'je vader en grootvader hebben me gevraagd hier te komen omdat ik een deskundige ben op dat gebied. En als deskundige zeg ik je dat er nooit zoiets heeft bestaan als een Gulden Vlies. Dat was slechts een mengelmoes van lokale tradities en fantasieverhalen, en…'

Mikhails gezicht verdonkerde. Hij duwde zichzelf overeind en liep naar de plek waar Edouard op de leuning van de bank zat. 'En ik zeg je dat het Gulden Vlies bestaat. Maak je me soms voor leugenaar uit?'

'Nee,' zei Edouard en hij sloeg zijn ogen neer. 'Natuurlijk niet. Ik bedoelde alleen dat…'

'Bedoelde alleen?' schimpte Mikhail. Hij legde de top van zijn wijsvinger op de brug van Edouards neus en duwde die zachtjes naar achteren. Edouard probeerde tegenstand te bieden, maar er was iets onverbiddelijks aan Mikhail en hij viel languit achterover terwijl zijn wodka over zijn pols en de vloer morste. 'Jullie intellectuelen!' zei Mikhail die over hem heen ging staan. 'Jullie zijn één pot nat. Jullie trekken overal je neus voor op. Maar laat me je dit vertellen. Vanochtend heb ik een man gesproken, toevallig een geschiedenisprofessor, want ik weet dat deze dingen belangrijk zijn voor jullie soort. Hij heeft het Vlies met eigen ogen gezíén. Hij is vorige week nog naar Kreta gereisd, speciaal om het te bekijken, om er zeker van te zijn dat het echt is. Hij heeft het vastgehouden, gewogen en de textuur gevoeld. Het is echt. Hij bezwoer me op zijn leven dat het echt is.'

'Heeft hij je dat verteld?'

'En hij had geen reden om te liegen, dat kan ik je verzekeren.' Mikhail staarde naar hem omlaag, zijn pupillen waren triomfantelijke, pikzwarte speldenprikken. 'Het Vlies komt naar Athene,' zei hij. 'Het komt hierheen, omdat ík in Athene ben, en het is mijn lotsbestemming om het naar zijn thuis in Georgië te brengen. Sommige dingen staan geschreven. Dít staat geschreven. Begrijp je dat?'

'Ja,' zei Edouard schor.

'Morgenochtend gaan we het bekijken. Morgenochtend gaan we het kópen. En dan nemen we het mee naar huis. Verder nog vragen?'

'Nee.'

'Mooi zo,' zei Mikhail. Hij wendde zich van Edouard af en liet hem met een machteloos en besmeurd gevoel liggen.

'Wat is dan nu het plan, baas?' vroeg Boris terwijl hij nog meer wodka inschonk.

'De man die het Vlies heeft, is van plan het morgenmiddag tijdens een praatje te ontsluieren. Dus gaan we morgenochtend vroeg bij hem langs, en halen hem over om het aan ons te verkopen.'

'Verwacht hij ons dan?'

'Dat niet precies. Maar ik weet waar hij verblijft.'

'Stel dat hij niet wil verkopen?'

Mikhail lachte. 'Dat wil hij wel tegen de tijd dat ik met hem klaar ben, geloof me. Dan smeekt hij om het aan ons te mógen verkopen.'

'Waarom betalen we er dan überhaupt voor?' gromde Zaal. 'Waarom nemen we het niet gewoon mee?'

'Omdat het niet alleen om het Vlies gaat,' zei Mikhail tegen hem. 'Het gaat ook om de verkiezingen. Het gaat erom dat mijn grootvader het Vlies voor het Georgische volk kóópt, koste wat het kost, omdat hij zo'n soort patriot is.'

Edouards hartslag had zich weer hersteld. Hij stond op, vulde zijn eigen glas met wodka bij, sloeg het achterover en hervond weer wat moed. 'Die professor met wie je hebt gesproken,' zei hij. 'Degene die naar Kreta is geweest om het te bekijken. Als ik het Vlies voor je moet onderzoeken, moet ik zelf met de man spreken.'

'O ja?' vroeg Mikhail. 'Hoezo?'

'Geef me zijn adres, dan ga ik naar hem toe.'

'En wat levert jou dat op?' vroeg Mikhail. 'Tenzij je een ouijabord meeneemt, natuurlijk.'

'O, jezus!' mompelde Edouard.

Mikhail lachte. 'Maak je geen zorgen. Ik weet wat ik doe.' Hij wendde zich tot Boris, als een arts die met een collega een interessant geval bespreekt. 'Ik heb hem zelfs zover gekregen dat hij zijn eigen briefje heeft geschreven. Verbazingwekkend waartoe mensen bereid zijn.'

'Wie is de vent met dat Vlies dan?' vroeg Zaal. 'Die we morgen gaan opzoeken, bedoel ik?'

'Hij heet Roland Petitier,' zei Mikhail. Hij wierp Edouard nog een minachtende blik toe. 'Toevallig ook een professor.'

De plasma-tv stond geluidloos op het nieuws, waarop een in wit laken gehuld lijk op een brancard in een ambulance werd gehesen, terwijl boven in het scherm de hoofdpunten van het nieuws werden getoond. Edouard voelde een vleug vermetele, bijna kinderlijke blijdschap toen hij Mikhail daarop wees. 'Je bedoelt toch niet hem, hè?' vroeg hij.

III

Toen Knox van de intensive care terugliep, flakkerden de lampen in de ziekenhuishal allemaal tegelijk als in een spasme op, ze sidderden als een bliksemflits. Gaille zat op een houten bank, diep in gesprek met Charissa. Ze keken beiden op toen hij op ze toe kwam. 'En?' vroeg Gaille. 'Hoe gaat het met hem?'

Knox schudde zijn hoofd. 'Niet best. Maar hij lijkt in elk geval stabiel.'

'En Claire? Hoe houdt zij zich?'

'Ze is geschrokken, maar dat is logisch.'

'Is er een kans dat ze met de pers kan praten?' vroeg Charissa. 'We hebben een sympathiek iemand nodig die als woordvoerder optreedt voor Augustin.'

'Vanavond niet,' antwoordde Knox. 'Ze is te zeer van streek. Misschien morgen.'

'En jij?'

Knox deed een stap naar achteren om een portier door te laten die een oudere vrouw in een rolstoel voortduwde, haar hoofd bungelde naar een kant en ze huilde geluidloos. 'Is het niet de taak van een advocaat om woordvoerder te zijn?'

'Ik zal er ook zijn, geloof dat maar,' zei Charissa. 'Maar op dit moment is het onze voornaamste taak om het publiek aan Augustins kant te krijgen, en het publiek is in dit soort zaken normaliter vooringenomen. Ze nemen bijvoorbeeld aan dat alleen schuldige mensen een advocaat nodig hebben. En verder nemen ze aan dat advocaten bereid zijn om voor geld alles te zeggen.'

'Overdrijf je het niet een beetje?'

Ze schudde invoelend haar hoofd. 'Wist je dat het jurysysteem is begonnen als een populariteitswedstrijd? De partij met de meeste aanhangers won de zaak, op basis van de gedachte dat goede mensen meer vrienden hebben. Zo werkt de publieke opinie ook. We moeten laten zien dat Augustin vrienden heeft die in hem geloven en die hem in verschrikkelijke omstandigheden trouw blijven. Op dit moment zijn jij en Gaille dat. En van jullie tweeën ben jij al veel langer zijn vriend.'

'Prima,' zei Knox. 'Wat moet ik zeggen?'

'Begin met te zeggen wie je bent. Je bent Daniel Knox, je hebt Alexanders tombe ontdekt, je hebt de Dragoumises ten val gebracht. Niet opscheppen, laat de kijkers alleen weten dat je niet zomaar iemand bent. Vertel ze vervolgens wat je mij hebt verteld: dat je al jarenlang Augustins vriend bent en dat het idee dat hij verantwoordelijk zou zijn voor iemands dood op zich al absurd is, maar dat je zeker weet dat hij déze dode niet op zijn geweten kán hebben, omdat jij de hele middag bij hem bent geweest, dat je samen met hem zijn verloofde – let wel, niet zijn vriendín, zijn verlóófde – van het vliegveld hebt opgehaald, en dat Petitier nog leefde toen je hem vond. Leg uit dat Augustin zelf de hulpdiensten heeft gebeld, en dat dit allemaal niet was gebeurd als een politieman Claire niet had betast, waardoor hij geen andere keus had dan haar eer te verdedigen. Wij Grieken weten wat eer is.'

'Oké.'

'Probeer de schuld zo gericht mogelijk te houden. Eén foute politieman, niet het hele departement. En wat je ook doet, zorg ervoor dat het niet iets wordt van buitenlanders tegen de Grieken. Dan ben je alle sympathie in één klap kwijt.'

'Begrepen.'

'Mooi,' knikte ze. 'Laten we het dan maar doen.'

9

Even was Edouard bang dat hij een verschrikkelijke fout had begaan door het nieuws van Petitiers dood zo opgewekt onder Mikhails aandacht te brengen. Maar Mikhail was te zeer van streek door wat hij zag om zich daar zorgen over te maken. Hij greep de afstandsbediening en zette het geluid aan. Een nieuwslezer besprak de laatste ontwikkelingen met een verslaggever op locatie buiten het Evangelismos-ziekenhuis; maar toen brak de verslaggever af en wendde zich naar de ziekenhuistrappen, waar twee mannen en een vrouw liepen, terwijl in de nacht hun gezichten door een vloed van flitslichten werden bestookt.

'Dat is Daniel Knox,' mompelde Edouard.

'Wie?' vroeg Mikhail.

'De egyptoloog. Hij heeft Alexander de Grote gevonden en daarna Aknathon. Dat herinner je je vast wel. En die vrouw links van hem is zijn vriendin, Gaille Bonnard.'

'Ze is mooi,' mompelde Mikhail, terwijl hij met zijn hand naar zijn kruis zwierf. 'Ik hou van een vrouw die het beste uit zichzelf haalt.'

Edouard ging geïntrigeerd achterover zitten. Knox en Bonnard hadden met hun recente ontdekkingen de archeologische wereld op z'n kop gezet. Plotseling werd de kans dat het Vlies echt was aanzienlijk groter.

Knox introduceerde in rap Grieks zijn metgezellen, vertelde zijn eigen achtergrond voordat hij een bezielende aanval deed op het idee dat Augustin Pascal iets te maken had gehad met Petitiers dood, niet in de laatste plaats omdat hij de hele middag bij hem was geweest. Toen keek hij recht in de camera en voegde eraan toe: 'Ik hou van Griekenland. Ik hou van het Griekse volk. Ik vind het heerlijk in Athene te zijn. Dus ik geloof dat wat mijn vriend is overkomen eerder het werk is van één foute politieman.' Hij maakte een hoofdbeweging naar het ziekenhuis. 'Maar ik hoorde zojuist iets verontrustends op de intensivecare-afdeling. Ik hoorde dat de politie heeft geregeld dat ze mijn vriend in hechtenis gaan nemen, ook al kunnen ze daar niet fatsoenlijk voor hem zorgen. Dus wil ik die politiemensen iets vragen: waarom zou u hem willen arresteren, tenzij u eigenlijk wilt dat hij doodgaat?'

Een van de journalisten gromde hoorbaar, verrast door zo'n rechtstreekse beschuldiging; de flitslichten flitsten nu nog sneller en een salvo van in het Engels en Grieks gestelde vragen werd op hem afgevuurd. De advocate wierp Knox een felle blik toe en probeerde toen de beschuldiging af te zwakken door iedereen ervan te verzekeren dat Augustin de beste medische zorg kreeg die Athene te bieden had, en dat dat ook zo zou blijven. Toen bedankte ze de pers dat die was gekomen en beloofde de volgende ochtend met verder nieuws te komen.

De camera zwaaide terug naar de verslaggever, die afrondde en er werd teruggeschakeld naar de studio, waar onmiddellijk naar een andere verslaggever werd doorgeschakeld, die bij de hoofdinspecteur van politie was, die werd voorgesteld als Angelos Migiakis. 'Dat is een schandelijke verdachtmaking,' raasde hij, toen hij Knox' beschuldiging te horen kreeg. 'Vanmiddag was onze eerste prioriteit de behandeling van meneer Pascal veilig te stellen. We hebben hem zelf naar het Evangelismos gebracht. We zouden nooit iets doen waardoor zijn leven in gevaar gebracht zou worden.'

'Maar u moet toch erkennen dat het uw agent was die...'

'Ik erken niets. We onderzoeken de zaak grondig, en wanneer dat afgerond is, weten we wat er is gebeurd. Maar ik wil twee punten benadrukken. Pascal was vandaag niet het enige slachtoffer. Professor Petitier is wreed vermoord. Laten we dat niet vergeten. We zijn het hem verplícht om uit te zoeken wie hem heeft vermoord. En de veiligheidscamera van het hotel toont duidelijk dat niemand Augustin Pascals kamer in of uit gegaan is, behalve Pascal zelf en deze man Knox. Dus vertel het me dan maar eens, hè. Naar wie moeten we anders op zoek gaan?'

'Beschuldigt u Daniel Knox van betrokkenheid bij de moord op Petitier?'

'En ik zal nog eens iets anders zeggen,' vervolgde Migiakis. 'Er zijn spullen uit Petitiers weekendtas ontvreemd. Dat weten we zeker. We weten ook dat Pascal een tas bij zich had toen hij naar het vliegveld vertrok. Wat zat daarin? Dat wil niemand ons vertellen. Wat is ermee gebeurd? Dat weet niemand. Hij is op raadselachtige wijze verdwenen toen ze op de luchthaven waren. Dus ik vraag u nogmaals; naar wie moeten we anders zoeken dan naar deze twee?'

De verslaggever schakelde weer terug naar de studio, de nieuwslezeres stapte op het volgende onderwerp over. Mikhail schakelde het geluid weer uit, wendde zich tot Edouard en wees naar het scherm. 'Het Vlies,' zei hij.

'Sorry?'

'Dat zat in de tas. Mijn Gulden Vlies. Die twee verdomde archeologen hebben Petitier erom vermoord. Toen hebben ze het gestolen.'

'Dat zou een mogelijkheid kunnen zijn, ja.'

'Het is geen mógelijkheid, zoals jij het formuleert,' zei Mikhail. 'Dat is echt gebeurd. Heb je niet geluisterd? Ze hebben het meegenomen naar de luchthaven en het daar verstopt.'

'Dat kun je niet weten,' zei Edouard. 'Niet zeker, althans.'

'Je hebt het mis. Ik kan het wél weten.' Hij raakte zijn borst aan. 'Dat weet ik hier vanbinnen. Ik vergis me nooit als ik iets vanbinnen weet.'

'Ja, maar stel nou…'

'Twijfel je aan mijn instincten?'

Edouard sloeg zijn ogen neer. 'Nee. Nee. Natuurlijk niet.'

Mikhail wendde zich tot Boris. 'Ik wil met die man Knox spreken,' zei hij. 'Ik wil hem nú spreken.'

'Maar we weten niet waar hij is.'

'Die persconferentie was toch buiten het Evangelismos-ziekenhuis? Heb je nooit van telefoonboeken gehoord? Van internet? In jullie auto's zit satellietnavigatie, of niet soms? Of is het te veel voor jullie om een enkel verdomd ziekenhuis te vinden?'

'De persconferentie is afgelopen,' zei Zaal. 'Die zijn allang vertrokken.'

'Misschien,' erkende Mikhail. 'Maar Knox' beste vriend ligt op de intensive care, weet je nog? Die komt gauw genoeg terug, geloof me maar. En dan wachten we hem op.'

'Wat was dat, verdomme?' zei Charissa met norse blik toen zij, Knox en Gaille het ziekenhuisterrein af waren gelopen en de camera's niet meer op hen gericht waren. 'Is de politie van plan om Augustin te arresteren?'

'Claire was bang dat ze dat zouden proberen,' zei Knox tegen haar.

'Ze zouden niet durven.'

'Nu zeker niet.'

Charissa schudde boos haar hoofd. 'Ik kan je niet vertegenwoordigen als je de politie onnodig provoceert. Ik moet in andere zaken met ze samenwerken. Ik moet goede communicatielijnen openhouden. Hoe moet ik dat doen als jij in het wilde weg beschuldigingen naar hun hoofd slingert?'

'Sorry,' zei Knox. Hij liep achter Charissa een korte trap af naar een parkje, waar een jonge vrouw met sprietig donker haar op een omgekeerde bierkrat stond en waarschuwde dat Jezus in aantocht was, dat Hij leefde. 'Je hebt gelijk, dat was stom van me. Het zal niet meer gebeuren.'

'Als je 't maar uit je hoofd laat,' waarschuwde ze. Ze liepen het park uit naar een hoofdweg en sloegen rechts af. Ze liepen in een ijzig stilzwijgen naar Charissa's auto, die vlak langs de stoeprand achter een truck stond. 'Ik zet je bij je restaurant af,' zei ze.

'Ga je niet mee?'

'Ik wil als het even kan mijn kinderen graag minstens één keer per dag zien,' zei ze. 'En ik moet nog wat telefoontjes plegen, om die haren glad te strijken waar jij daarstraks tegenin hebt gestreken.'

'Sorry,' zei Knox nogmaals. Maar deze keer meende hij het.

'Het is al goed,' verzuchtte ze. 'Ik regel het wel. En ik zal eens kijken of ik meer te weten kan komen over wat de politie in haar schild voert.'

'We moeten het over je honorarium hebben,' zei Knox. 'We moeten enig idee hebben wat we kunnen verwachten. We zijn tenslotte maar archeologen.'

'Tot nu toe niets,' verzekerde Charissa hem. 'Nico heeft me gevraagd te helpen, dus heb ik geholpen. Maar uiteraard, als je wilt dat ik op de zaak blijf…'

'Dat willen we,' zei Gaille en ze greep haar bij de pols. 'Absoluut.'

'Dan is het wellicht goed als jullie morgenochtend bij mij op kantoor komen. Dan praten we erover.'

'Niet 's ochtends,' zei Knox. 'Dan moet ik Augustins praatje houden.'

'In de middag dan.' Ze gaf hem haar kaartje. 'Bel voordat je komt, mijn assistente weet wel een gaatje te vinden. En maak je geen zorgen. We komen er wel uit. Ik reken heus geen torenhoog honorarium, niet voor zo'n zaak. Eerlijk gezegd is het goed voor mijn reputatie. Maar realiseer je dat je niet alleen met mijn honorarium rekening te houden hebt. We hebben wellicht een medisch consult nodig over Petitiers verwondingen, bijvoorbeeld. Misschien hebben we privédetectives nodig om het politieonderzoek te volgen. Tenslotte hebben ze in dit geval met een van hun eigen mensen te maken. In het allerbeste geval hópen hun superieuren dat Augustin schuldig is. Het ligt in de menselijke natuur om naar bewijs op zoek te gaan dat voor hem belastend is en hun collega vrijpleit. Dus misschien is het wel zo verstandig om zelf onderzoek te doen. Die Petitier, bijvoorbeeld. Wie is hij? Waarom heeft hij contact met Nico gezocht? Heeft dat iets te maken met dat gedoe rondom het Gulden Vlies? Wat stond er op zijn laptop? Wat is er uit zijn tas gehaald? Als we zulke vragen kunnen beantwoorden, staan we veel sterker.'

'Gaille en ik kunnen daar induiken,' stelde Knox voor. 'We hebben enige ervaring met dit soort dingen.'

'Dit is geen spelletje,' zei Charissa scherp. 'Petitier is vandaag vermoord. Vergeet dat niet. En wie het ook heeft gedaan, hij loopt nog steeds vrij rond... tenzij je gelooft dat het je vriend Augustin was, natuurlijk. Denk je werkelijk dat ze blijven toekijken hoe jullie je neus in hun zaken steken, vooral wanneer je dicht in de buurt komt?'

'Nee,' erkende Knox. 'Dat zal wel niet.'

III

Onder het politiebureau van Omonia was een garage, een privéparkeerplaats voor de senioragenten. Maar Angelos Migiakis was niet van plan hier zijn eigen auto voor te gebruiken. Hij ging achter het stuur van een politiepatrouillewagen zitten, zette hem in de eerste versnelling, reed hem tegen de garagemuur en liet de motor woedend brullen terwijl hij zijn voet op de rem hield, zodat de banden verschroeiden in een vruchteloze poging naar voren te rijden en de lucht zich met een brandlucht vulde.

Theofanis bonsde op het raam van de passagiersdeur, opende de deur en stapte in. 'Dat is aangekomen, hè, dat interview?'

'Heb je die klootzak van een Knox gehoord?'

'Ja.'

'Hij suggereerde dat we Pascal van de intensive care zouden weghalen! Hoe dúrft-ie?' Hij liet de motor tot in het rode vlakje toeren maken om zijn woede kracht bij te zetten. 'Wat voor soort mensen denkt-ie wel niet dat we zijn?'

'Dat weet ik niet, baas.'

Er was iets in Theofanis' stem. Angelos haalde zijn voet van het gaspedaal en staarde hem woest aan. 'Dat heb je niet gedaan, hè? Zeg alsjeblieft dat je dat niet hebt gedaan.'

'Wat niet gedaan, baas?'

'Dat weet je verdomde goed: dat je je mond voorbij hebt gepraat over dat we Pascal zouden arresteren.'

Theofanis trok een gezicht. 'Ik heb alleen gevraagd wat de procedure zou zijn.'

'Jezus!'

'U wilde dat we Knox onder druk zouden zetten om tot een soort regeling te komen. Ik dacht dat dit zou helpen.'

'Ja. Wat een absolute triomf!' De stank van verschroeid rubber die de auto vulde was bijna bijtend, alsof die door zijn kleren en huid heen vrat. Hij zette de motor af en stapte uit, beende terug naar het bureau en sloeg de deur zo hard dicht dat de dienstdoende agent opsprong. Hij wendde zich tot Theofanis, zijn driftbui nu weer onder controle, zijn geest terug bij de praktische aspecten. 'Oké,' zei hij, 'dit wil ik. Geen persconferentie meer voor Knox en zijn advocaat voor dat verdomde ziekenhuis, zodat iedereen eraan wordt herinnerd dat Pascal binnen ligt. Begrepen? En nu we het er toch over hebben: Knox zei dat hij dat óp de intensive care had gehoord. Hoe is hij daar verdomme binnengekomen? Ik dacht dat er een mannetje bij de deur stond.'

'Hij moet erdoorheen geglipt zijn. Ik zal ervoor zorgen dat het niet meer gebeurt.'

'Dat is je geraden. En in dat ziekenhuis wil ik meer politie. Iedereen die rondneust, journalisten of wie dan ook, die wil ik ondervragen, ik wil precies weten wat ze daar doen. We moeten dit verhaal de kop indrukken voordat het uit de klauwen loopt. Begrepen?'

'Ja, baas, begrepen.'

10

Het was rumoerig en druk in The Island, alle tafels waren bezet, ook de barkrukken, terwijl er binnen bij de deur nog meer mensen krioelden die op een plekje wachtten. De besnorde hoofdkelner kromp een beetje ineen toen hij Gaille en Knox aan zag komen, alsof hij nog meer klanten niet aankon. Hij keek om zich heen, misschien in de hoop dat er door een of ander wonder een plekje aan een andere tafel vrij was, maar daar leek weinig kans op. Los van al het andere had het restaurant een onhandige indeling, een en al bogen, alkoven en scherpe hoeken, en elke mogelijke vierkante centimeter werd al benut, de bezoekers zaten zo dicht op elkaar dat bij mensen die wat groter waren de tafelrand in hun middenrif drukte.

'Hier!' riep Nico, die in de verste hoek opstond en enthousiast naar ze wenkte. Ze trokken hun buik in en begaven zich tussen de tafels door naar een alkoof waar Nico een hele bank voor zichzelf had. 'Wijn?' vroeg hij terwijl hij een halflege karaf omhoogstak.

'Graag,' zei Gaille.

'Ik niet,' zei Knox.

'Ik ben zo vrij geweest om te bestellen,' zei Nico, terwijl hij ondanks Knox' antwoord in alle drie de glazen harswijn klotste. 'Ik hoop dat jullie dat niet erg vinden.' Hij legde een hand op zijn maag, alsof hij dagen geleden voor het laatst had gegeten.

'Ik weet zeker dat je weet wat 't beste is.'

'Ik ben zo vrij geweest om ook nog iets anders te doen.' Hij stak zijn hand in zijn colbertzak en haalde een stapeltje papieren tevoorschijn. 'Augustins praatje,' zei hij terwijl hij het aan Knox overhandigde. Het witte papier was bezaaid met kleverige vingerafdrukken. 'Voor het geval je het later nog wil doorlezen.'

'Bedankt,' zei Knox, die de papieren opvouwde. 'Heel attent van je.'

'Graag gedaan.' Zijn blik gleed langs Knox heen en zijn gezicht klaarde op. 'Ah,' zei hij. 'Perfecte timing.' Een kelner en een serveerster maakten ruimte op hun tafel en zetten glanzende metalen schalen met sappige zeevruchten neer, mandjes met warm knapperig brood en een mengeling aan sausjes en bijgerechten. Nico liet zijn vingertoppen even op de tafelrand rusten, als een priester die op het punt stond zijn zegen uit te spreken, reikte toen met verrassende gratie naar de taramosalata, schepte er ruim een derde van zo op zijn bord, garneerde die met drie gegrilde koningsgarnalen waarvan het zwartroze vel glom van een laagje knoflookboter. Hij pakte er een, beet de krokante schaal pal door terwijl zijn lippen glansden van de sappen. 'We hebben hier in Griekenland de beste zeevruchten ter wereld,' verklaarde hij gewichtig. 'Weet je wat ons geheim is?'

'Wat dan?'

'Zout!' jubelde hij, gebarend met zijn hand. 'De Middellandse Zee is net een grote zoutmarinade, die de vissen hun hele leven lang voorbereidt op onze maaltijden. En er zijn nog steeds mensen die niet in God geloven!'

Knox glimlachte. 'Doodjammer dat we eigenlijk geen zout meer mogen eten.'

'Dat geldt voor jou misschien, beste jongen. Dat geldt misschien voor jou. Het grote voordeel van mijn aandoening is dat ik me daar niet langer zorgen over hoef te maken.'

'Aandoening?' vroeg Gaille. 'Welke aandoening?'

'Sorry,' zei Nico met gefronste wenkbrauwen. 'Ik nam aan dat je het wist. Iedereen weet het. Het is bepaald geen geheim. Mijn hart, zie je. In m'n jeugd te veel steroïden gehad. Ik was gewichtheffer. En een goeie ook, al zeg ik 't zelf. Ik had er natuurlijk ook het postuur voor: eerder breed dan lang. Niet zo breed als ik nu ben, dat geef ik toe. Waardeloos voor football, mijn andere grote liefde, maar perfect voor gewichtheffen. We hadden in huis altijd gewichten. Familietraditie. Ik begon al met gewichtheffen voordat ik leerde lezen. Ik was een soort wonderkind, als je tenminste in zoiets prozaïsch een wonderkind kunt zijn. Op mijn vijftiende zat ik in het nationale team. Mijn coach sprak al over de Olympische Spelen. En ik droomde van medailles. Ik droomde van góúd. Daar had ik mijn ziel voor verkocht. Steroïden leken daar een onbeduidende prijs bij. En kijk nou!' Hij stiet een blaffende lach uit. 'En natuurlijk haalde ik de Spelen helemaal niet. Mijn schouder knalde eruit!'

'Wat erg voor je,' zei Gaille.

Nico wuifde haar bezorgdheid weg. 'Eigen schuld. Ik was een oplichter. Mensen zeiden steeds maar tegen me dat ik nog maar een kind was, te jong om zulke beslissingen voor mezelf te nemen, dat mijn… mijn coach dat er bij me ín had moeten prenten. Maar zó jong was ik nou ook weer niet. Ik wist heel goed dat ik de boel bedotte. Waar waren die heimelijke trainingskamptrips naar Oost-Duitsland anders voor? Waarom moest ik zweren alles geheim te houden? Het maakte me geen bal uit. Sterker nog, ik was gretiger dan wie ook. Ik stónd erop. Ik dacht dat ik voorbestemd was, zie je. Bovendien leef ik nog, waar of niet?' Hij praatte in korte salvo's, en vanuit een mondhoek, zodat hij de andere vrij had om te kunnen eten. Hij reikte over de tafel met een stuk royaal met boter besmeerd brood en schepte er een sint-jakobsschelp op. 'Ik heb nog het meest te doen met mijn teamgenoten. Zij hebben al lang geleden het loodje gelegd. Een hartaandoening vanwege die verdomde steroïden. In elk geval op één na. Hij kon het niet verdragen langer te wachten, dus nam in plaats daarvan pijnstillers. Dat kan verschrikkelijk zijn, wachten.' Hij glimlachte wat opgewekter en knaagde zich een weg door een gegrilde sardine. 'Dat is de reden waarom ik deze conferenties organiseer. Ze geven me iets om over na te denken. Een doel hebben, daar gaat het om. En het lijkt te werken. Mijn dokters verzekeren me keer op keer dat ik nog maar een paar maanden te leven heb, maar het was zeven jaar geleden toen ze dat voor het eerst tegen me zeiden. Dus wat weten zij er nou van?' Hij lachte en gebaarde met een hand. 'En als je dat voor kennisgeving aanneemt, als je eenmaal de doodsangst voorbij bent, is dat merkwaardig bevrijdend. Voor mij geen pijnstillers, dat weet ik wel zeker. Ik ben van plan om in de tijd die me nog rest het onderste uit de kan te halen.' Hij boog zich over de tafel naar de gevulde krab. 'Iedereen wil me steeds maar op een régime zetten. "Je moet niet roken," zeggen ze. "Je moet niet drinken. Eet niet zo veel." "Waarom niet, in hemelsnaam?" vraag ik dan. "Ik ben sowieso verdoemd, toch? Mag ik tijdens het wachten dan niet ten minste genieten?"' Hij lachte opnieuw, spietste wat inktvis aan zijn vork, veegde er wat olieachtige koriandersaus van zijn bord mee op tot hij glinsterde en droop, en viel er toen gulzig op aan.

'Je neemt het heel goed op,' merkte Knox op. 'Als mij dat was overkomen, zou ik mijn coach hebben willen vermoorden.'

'Ja, nou ja,' zei Nico schouderophalend. 'Hij wist niet welke schade steroïden toebrachten. Dat wist niemand toen.'

'Je was nog maar een kind,' zei Gaille boos. 'Hij had een verantwoordelijkheid.'

'Dat ligt nu achter me.'

'Hoe kun je dat zeggen? Leeft hij nog, die coach van je?'

'Ja.'

'Zie je hem nog wel eens?'

Hij schudde zijn hoofd, en zo te zien wilde hij dat hij het onderwerp niet ter sprake had gebracht. 'We kregen ruzie,' zei hij. 'Toen Tomas stierf. Mijn vriend Tomas. Degene die de pijnstillers heeft genomen. Mijn coach... hij sprak op de begrafenis. Al die mooie woorden. Ik weet niet, ik vermoed dat ik ze niet geloofde; of misschien was ik gewoon kwaad dat hij er zelf zonder kleerscheuren af was gekomen. Hoe dan ook, ik stond op en beschuldigde hem er regelrecht van dat hij Tomas had vermoord, en dat hij mij ook ter dood had veroordeeld. Je kunt je voorstellen dat dat de laatste keer was dat we elkaar spraken.'

'Goed van je.'

Nico leek daar niet zo zeker van te zijn. Hij trok een treurig gezicht. 'Misschien,' zei hij. Toen voegde hij er ter verklaring aan toe: 'Hij was niet alleen mijn coach, zie je. Hij was ook mijn vader.'

II

Ze gingen met beide Mercedessen naar Athene, Mikhail zat in de eerste met Boris en Davit en ze lieten Edouard in de andere met Zaal. Op die manier kon hij zijn satellietnavigatie tenminste uitzetten en gewoon achter de auto voor hem rijden. Het raakte bewolkt en toen ze bij het stadscentrum aankwamen begon het te spetteren. Voetgangers trokken hun jas dichter om zich heen, liepen dicht tegen de gebouwen om van de luifels te profiteren en het gespat van het verkeer te omzeilen.

'Boris zegt dat je een meisjestweeling hebt,' gromde Zaal.

'En een zoon,' zei Edouard trots.

'Hoe oud zijn ze?' vroeg Zaal. 'De meisjes, bedoel ik?'

Edouard wierp hem een zure blik toe. 'Vijftien. Hoezo?'

'Zomaar.'

Voor het Evangelismos-ziekenhuis zetten ze de auto langs de stoeprand. Het wemelde er van de politie. Ze stapten uit om te overleggen. 'Jij weet hoe Knox eruitziet,' zei Mikhail tegen Edouard. 'Jij blijft hier en kijkt naar hem uit. Als hij opduikt, bel je me.'

'Hoe moet ik dat doen?' vroeg Edouard. 'Boris heeft me mijn telefoon afgepakt.'

'Je vader wil niet dat hij naar huis belt,' zei Boris, toen Mikhail hem vragend aankeek.

'Oké. Zaal, jij blijft bij hem.'

'O, geweldig!' Zaal keek Edouard verontwaardigd aan. 'Je wordt bedankt.'

'Wat gaan jullie doen?' vroeg Edouard.

'Een hapje eten,' zei Mikhail. 'Hoezo? Heb je daar moeite mee?'

'Nee,' zei Edouard. 'Geen probleem.'

'Mooi zo,' zei Mikhail. 'Dan zien we jullie later wel.'

III

De lichten in The Island vielen uit en in de omliggende straten en gebouwen ook, waardoor het restaurant bijna in volslagen duisternis werd gehuld, op de blauwe gasvlammen in de keuken en de koplampen van het langskomende verkeer na. Een paar gasten lachten, anderen zuchtten. Een vrouw knipte haar aansteker aan en stak die in de lucht, waardoor ze eruitzag als het Vrijheidsbeeld. Het personeel schakelde soepel over op hun geoefende routine, een kelner ontstak olielampen en hing ze met een bamboestok aan plafondhaken op, terwijl een serveerster kaarsen aan de tafels uitdeelde, waardoor een gezellige en romantische sfeer ontstond. 'Ah, Griekenland!' glimlachte Nico, terwijl hij in een spontane toost zijn glas hief. 'Dat het nooit efficiënt zal worden.'

'Je zei eerder vandaag iets in de auto,' zei Knox, het moment aangrijpend om hem van zijn jeugdherinneringen af te leiden. 'Dat Augustin misschien iets wist over het Gulden Vlies. Hoe kom je daarbij?'

'Ik heb aan iedereen van mijn sprekerslijst foto's van Petitiers zegels rondgestuurd, inclusief je vriend. Het was wel zo fatsoenlijk om uit te leggen waarom het programma werd gewijzigd. Dus genoeg mensen hadden ervan kunnen weten, zeker als ze hun Lineair-B kenden. En ik suggereer trouwens niet dat hij van het Vlies af wist, alleen dat de politie er wellicht een zaak van maakt.' Hij ging achterover zitten om de serveerster gelegenheid te geven af te ruimen. 'Ik had ze er meteen bij moeten roepen,' zei hij meesmuilend. 'Al mijn collega's hebben me dat aangeraden.'

'Echt?' vroeg Gaille.

Nico knikte. 'Petitier had geen recht op die zegels. Wettelijk was hij verplicht om de autoriteiten te informeren in plaats van ze over de wereld mee te zeulen en er praatjes over te houden. Dus ja, technisch gesproken had ik de politie op de hoogte moeten stellen en het aan hen over moeten laten. Maar niemand wist waar Petitier was of waar hij had gewoond, dus het was niet gemakkelijk voor ze geweest om hem op te sporen. En als hij erachter was gekomen dat de politie hem op de hielen zat, was hij misschien weer ondergedoken, en hadden we nooit vernomen wat hij had gevonden. En waar ging het nou helemaal over? Hij zou toch al naar ons toe komen, duidelijk met de bedoeling zijn vondst aan ons te laten zien en erover te vertellen. Het leek me niet nodig hem te bestraffen door hem eerst bij de politie aan te geven.'

De serveerster verscheen weer met drie glazen, die ze ruimhartig volschonk met Metaxa. 'Ik snap iets niet,' zei Gaille, nadat ze samen het glas hadden geheven. 'Als Petitier het Vlies werkelijk had gevonden en dat wilde aankondigen, waarom ging hij dan niet gewoon naar de pers? Waarom koos hij daar een archeologische conferentie voor?'

Nico knikte, alsof hij zich dat zelf ook al had afgevraagd. 'Hij moet geweten hebben dat wat hij deed onwettig was. Misschien wilde hij zichzelf zo veel mogelijk rechtvaardigen door zijn aankondiging in een academisch jasje te steken.'

De lichten flakkerden en gingen weer aan. Knox knipperde met zijn ogen en ging in het plotselinge felle licht achteroverzitten, en niet omdat hij het vervelend vond dat de intieme sfeer was verdwenen. 'Maar waarom déze conferentie? Wat heeft het Vlies met Eleusis te maken?'

'Meer dan je zou denken.' Nico keek hen beiden geamuseerd aan. 'Hoeveel weten jullie eigenlijk van de legende over het Vlies?'

'Zoveel als je mag verwachten,' zei Knox.

'Dan zal ik je wat achtergrondinformatie geven. Om te beginnen behoort het tot de oudste van onze heroïsche legenden. Het komt al bij Homeros voor, dus het dateert van minstens zeven- of achthonderd jaar voor Christus, maar bijna zeker uit de late bronstijd of zelfs nog eerder. Het komt erop neer dat er tegen de tweeling van koning Athamas, Phrixus en Helle, een complot was gesmeed door hun gemene stiefmoeder Ino. Zij had een orakel omgekocht om te zeggen dat ze moesten worden opgeofferd om een einde te maken aan de hongersnood. Maar op het laatste moment stuurde Poseidon een gouden vliegende ram om hun ontsnapping veilig te stellen. De ram nam ze mee over de zee, maar tragisch genoeg viel Helle ervan af en verdronk op de plek die we nu als de Hellespont kennen. Phrixus haalde het tot aan Colchis, dat in het huidige moderne Georgië ligt, waar hij uit dankbaarheid de ram aan Poseidon offerde en zijn vlies in een heilig bos ophing.'

Gaille rimpelde haar neus. 'Ik heb dat altijd een beetje moeilijk voor de ram gevonden.'

'In de Griekse mythologie kun je maar beter geen dier zijn,' gaf Nico toe. Hij bedekte zijn mond met zijn hand en produceerde een diepe, lange en tevreden boer. 'Hoe dan ook, het Vlies bleef in Georgië tot de heerschappij van Jason. Jason was uiteraard de rechtmatige koning van Thessalië, maar zijn oom had hem van de troon gestoten, en die weigerde hij op te geven tenzij Jason zichzelf bewees door het Vlies terug te brengen. Jason bouwde een schip, de Argo, en verzamelde daarna het neusje van de zalm onder de Griekse helden om zich heen, de Argonauten, met wie hij naar Colchis uitvoer. Ze moesten de gebruikelijke rampspoed doorstaan – vuurspuwende ossen en draken en metalen reuzen, en zo – maar uiteindelijk bracht Jason het Vlies triomfantelijk naar Thessalië en eiste zijn troon op. En dat is het eigenlijk, voor dát Vlies, althans.'

'Voor dát Vlies?' vroeg Gaille.

'Ja,' glimlachte Nico. 'Punt is namelijk dat er in de Griekse traditie over nóg een Gulden Vlies wordt gerept. Dat is veel minder bekend, maar het is veel waarschijnlijker dat het wel heeft bestaan. En het fascinerende ervan is dat het naar verluidt in Eleusis werd bewaard. Wisten jullie dat in Eleusis iedereen die het zich kon veroorloven en Grieks sprak ingewijd kon worden, zelfs slaven? Maar er was één uitzondering. Mensen met bloed aan hun handen. Met andere woorden: moordenaars. Voor ze konden deelnemen, moesten ze een zuiveringsceremonie ondergaan. De Italianen waren zo vriendelijk om ons ter gelegenheid van de conferentie een vaas te lenen met een afbeelding waarop Hercules wordt gereinigd. Misschien heb je het wel gezien. Hij zit op een troon, en raad eens wat er op die troon gedrapeerd ligt?'

'Een Gulden Vlies?' opperde Knox.

'Een Gulden Vlies,' knikte Nico. 'En uitgerekend bij Eleusis gaat het er nu juist om dat we zo weinig weten van wat er tijdens de ceremonie plaatsvond. Maar we weten wel zeker dat er tijdens de ceremonie verschillende onbekende heilige voorwerpen werden getoond. Dan moet het Vlies daar toch ook bij zijn geweest?'

'Maar ik dacht dat Petitier het op Kreta had gevonden,' zei Knox. 'Wat deed het Vlies daar dan?'

'Opnieuw ligt het meer voor de hand dan je denkt. In de eerste plaats speelt Kreta een prominente rol in de Argonaut-legende; daar komt Jason de bronzen reus Talos tegen. En meer dan een paar wetenschappers geloven dat ten minste een deel van de Vlies-legende oorspronkelijk uit Kreta stamt. En Eleusis had ook zo zijn eigen, heel sterke banden met Kreta. De legende van Demeter en Persephone is zonder twijfel Kretenzisch: los van al het andere wordt in de *Homerus Hymnen*, onze beste bron over de Mysteriën, botweg beweerd dat Demeter van Kreta kwam. Dionysos wordt ook als eerste in verband met Kreta genoemd. Zijn naam is "Dio-Nysa" of "God van Nysa", en Nysa lag hoogstwaarschijnlijk op Kreta. Natuurlijk was hij een god met vele gezichten, zoals zovelen dat waren. Met andere woorden, hij was niet alleen Dionysos, maar ook Zeus en Poseidon. Als god van de zee was Poseidon van cruciaal belang voor de Minoërs: en vergeet niet dat het Poseidon was die om te beginnen het Gulden Vlies stuurde om Phrixus en Helle op te halen.'

'Dat is wat magertjes, vind je niet?'

'Wat denk je dan hiervan: de families van de hogepriester in Eleusis stonden bekend als de Eumolpidai, naar hun voorvader Eumolpos, de eerste hogepriester die vanuit Kreta hierheen kwam. De hogepriesteressen stamden ook af van Kretenzer families. Je kunt je wel voorstellen dat ik daar de laatste tijd veel over heb nagedacht. De Mysteriën werden overal rond de Middellandse Zee gevierd, vanaf het vroege Myceense tijdperk, althans vanaf het einde van de Minoïsche tijd. De ondergang van de Minoërs lijkt met aan zekerheid grenzende waarschijnlijkheid te zijn bespoedigd door de uitbarsting van de vulkaan Thera, de grootste ramp in de menselijke geschiedenis. En ik neem aan dat je het ook niet vergezocht vindt je voor te stellen dat er vanuit Kreta een diaspora naar de randgebieden van de Middellandse Zee op gang kwam, waarbij de Minoïsche priesters zo overhaast moesten vluchten dat ze hun heilige schatten moesten achterlaten. Of, als dat me niet vergund is, hebben we goede reden om aan te nemen dat de heilige families hun banden met Kreta hebben onderhouden; dus toen Eleusis ten slotte bedreigd werd door het christendom, was het dan niet logisch dat ze daar hun toevlucht zochten?'

'En al hun kunstschatten met hen mee terugnamen. Inclusief het Gulden Vlies.'

'Precies.'

'En nu heeft Petitier het gevonden.'

'Of hij wilde ons dat laten geloven.'

'En morgen zou zijn grote onthulling zijn geweest,' zei Knox knikkend. 'Maar iemand anders was hem voor.'

11

Toen hij Knox om de rekening zag wenken, leek er een schok door Nico heen te gaan. 'Jullie moeten me verontschuldigen,' zei hij, terwijl hij zich overeind werkte. 'Ik heb voor morgenochtend nog stápels werk liggen. Stápels eenvoudigweg. Ik moet mijn praatje nog voorbereiden. Schema's veranderen.' Hij maakte een vaag gebaar. 'Dat kun je je niet voorstellen.'

'Natuurlijk,' zei Knox. 'We zijn je dankbaar dat je nog zoveel tijd hebt vrijgemaakt.'

'Geeft niets. Helemaal niets.' Hij klopte op zijn zakken op zoek naar zijn portefeuille, terwijl hij zijn wenkbrauwen steeds meer fronste toen hij die niet kon vinden. 'O jeetje,' zei hij.

'Laat maar zitten,' haastte Gaille zich te zeggen. 'Dit betalen wij. Dat is het minste wat we kunnen doen na alles wat jij en Charissa voor ons hebben gedaan.'

'Je bent al te vriendelijk,' zei hij een beetje beschaamd toen hij ze de hand schudde. Toen zei hij tegen Knox: 'Als je de opstelling voor je praatje wilt zien: ik ben vanaf acht uur in Eleusis.'

'Ik zie je daar,' knikte Knox.

Ze keken hem na toen hij vertrok, glimlachten toen ze zagen hoe de andere gasten hun tafels opzij moesten schuiven om ruimte te maken en keken elkaar daarna grimmig aan. 'Hij zit echt in de knoei,' zei Gaille verdedigend. 'Hij financiert de conferentie uit eigen zak. Wat moest ik anders zeggen?'

'Precies wat je zei,' verzekerde hij haar, terwijl hij zijn hand over de hare legde. Maar het incident had hem wat geprikkeld. Hij verontschuldigde zich en ging naar het toilet, waar hij het rode kunstleren doosje uit zijn zak viste. Sinds hij het op het politiebureau had teruggekregen, had hij geen moment de kans gekregen om te kijken of de ring er nog in zat. Dat was zo, goddank. Hij haalde hem eruit en hield hem tegen de streep licht boven de wastafel. Hij was licht opgetogen toen hij hem aanraakte, het heldere koele goud, de fonkeling van halfedelsteen. Meer dan hij zich kon veroorloven, maar daardoor ging het niet bij hem tintelen.

Drie weken geleden waren Gaille en hij met de tram naar fort Qait Bey in Alexandrië gegaan, de middeleeuwse vesting die op de plek van de oude vuurtoren van Pharos was gebouwd. Daar hadden ze genoten van avondjes uit, het carnavalsgevoel, de jongens die in en buiten de menigten tikkertje met elkaar speelden, de jonge vrouwen die tegen de zeewering met hun man stonden te flirten terwijl de golven tegen de golfbrekers van oeroud steen sloegen en hoog in de nachtelijke lucht opspatten, donkere vlekken op het asfalt achterlatend. Het wemelde er van de straatventers, die hun misselijkmakende zoete lekkernijen verkochten en trots hun nieuwste protserige prulspeelgoed lieten zien. Een jongen met apenoren en een ontbrekende voortand had zich aan Knox opgedrongen en geprobeerd een of ander pronkerige broche voor Gaille aan hem te verkopen, voordat hij achter mogelijk betere klanten aan was gegaan. Maar het had Knox een opening geboden om een vraag te stellen die hem steeds bezighield. 'Ooit van alexandrite gehoord?' had hij haar gevraagd.

'Alexandrite?'

'Een halfedelsteen. Veelkleurig. Tenminste, afhankelijk van het licht verandert hij van kleur, net als die zonnebrillen.'

Ze glimlachte. 'Je bent ook zo'n druiloor.'

'De duurste zijn overdag groen, maar worden 's nachts rood. Twee halfedelstenen voor de prijs van één. Je weet hoe zuinig ik ben.' Ze hadden samen om dat privégrapje moeten lachen. 'Punt is dat ik er eigenlijk altijd dol op ben geweest, vanwege Alexander, bedoel ik. Ze moeten iets met hem te maken hebben, denk je niet? Of in elk geval met deze stad.'

'Dat denk je echt, hè?'

Hij knikte kortaf, maar hij had gehoopt dat ze enthousiaster was geweest. 'Dus als je erover nadenkt, zijn ze eigenlijk ónze halfedelstenen, hè?'

Ze was blijven staan en had zijn hand gepakt. 'Dat zal wel, ja,' had ze behoedzaam geantwoord. 'En ik weet zeker dat ze prachtig zijn. Maar persoonlijk hou ik meer van diamanten.'

Hij glimlachte naar de ring. En het waren diamanten. Plotseling omklemde iets heets zijn borst, wilde dat het achter de rug was, Gaille als zijn verloofde, zijn vrouw. Maar niet vanavond, niet nu Augustin in levensgevaar verkeerde. Hij sloot het doosje, stopte het weg en liep naar buiten.

Gaille zat te bellen. 'Claire,' mimede ze terwijl ze vragend een wenkbrauw optrok. Hij schudde zijn hoofd en liep naar de bar. Zijn rekening lag klaar: hij kreeg bijna een beroerte, zo hoog was die. Geen wonder dat Nico op zijn zakken had geklopt. Hij legde zijn creditcard neer; daar zou hij zich wel zorgen over maken als dit alles voorbij was. 'De verpleegkundigen maken een bed voor haar op in het ziekenhuis,' zei Gaille, toen ze naast hem opdook. 'Ik heb gezegd dat we haar wat spullen komen brengen. Ik hoop dat dat goed is?'

'Natuurlijk.'

'Ze vroeg of je nog iets over je gesprek met haar eerder op de dag hebt gezegd. Wat bedoelde ze daarmee?'

'Dat weet ik niet.'

'Ja, dat weet je wel.'

'Laten we maken dat we hier wegkomen,' zei hij. Het had geregend en de lucht was fris en verkwikkend na het rokerige, warme restaurant. 'Dat was echt lekker,' zei hij en hij klopte op zijn maag. 'Nico kent absoluut zijn restaurants.'

Gaille keek hem spottend aan. 'Kom op, Daniel,' zei ze. 'Waar ging dat gesprek over? Hebben jullie ruzie gehad, of zo?'

'Dat geloof ik niet.' Hij haalde licht zijn schouders op. 'Ze vond alleen dat ik meer had kunnen doen om die politieman tegen te houden, zodat die niet op Augustin kon inbeuken.'

'Wát vond ze?' vroeg Gaille, die verstijfde van plaatsvervangende ergernis. 'Maar ik dacht dat zijn partner je tegen de muur duwde.'

'Dat deed hij ook. Claire vindt alleen dat ik me sneller had kunnen bevrijden, als ik dat had geprobeerd.'

'En is dat zo?'

Hij aarzelde even voor hij antwoordde. 'Ja,' gaf hij toe. 'Ik denk het wel.'

II

Kiko voelde hoe rusteloos zijn moeder was toen ze naast hem in het hemelbed lag. Ze was al ongedurig sinds het diner, dat ze in de keukens hadden gegeten, samen met het kasteelpersoneel dat niet tijdens het banket hoefde te bedienen. Ze hadden aan een lange, ruwe houten tafel gezeten, perfect om er een splinter aan over te houden. Na zo'n onrustige dag was het immens vertroostend geweest, met het opgewekte gebabbel van het personeel, de warme ovens, de aanblik en geuren van het verrukkelijke eten dat voor het feestmaal werd klaargemaakt: zalm en geroosterd varken, wildbraad en krielkipjes in walnotensaus en rode bonen met granaatappel en koriander. Niet dat iets daarvan voor hen bestemd was, uiteraard, zelf kregen ze een schapenstoofpot met aardappels en uien voorgeschoteld.

Alexei Nergadze en twee van zijn vrienden waren binnengekomen toen ze met een stuk warm brood hun bord aan het schoonvegen waren. Terwijl Alexei met de koks over het menu was gaan praten, waren zijn vrienden bij de tafel blijven staan en hadden Eliso en Lila bekeken, terwijl ze grappen hadden gemaakt die Kiko niet begreep maar waar alle anderen van moesten blozen. Sindsdien was zijn moeder onrustig geweest. Kiko wist dat ze met haar gedachten bij hen was en niet bij hem.

Maar toch was hij bijna in slaap gevallen toen ze uit bed glipte. Bijna. Hij draaide zich op zijn zij en zag haar witte nachtpon als een vriendelijk spook naar de deur fladderen, en dat ze die zo ver opende dat ze zich ervan kon verzekeren dat er niemand buiten was. Hij ging rechtop zitten en deed het bedlampje aan. 'Waar ga je naartoe, mama?'

'O,' zei ze. 'Je bent wakker.'

'Ja. Ik ben wakker.'

'Ik ga alleen even bij je zusjes kijken. Zeker weten of alles goed met ze is.'

'Maar je komt wel terug, hè?'

'Ga nou maar slapen, liefje.'

'Maar ik ben bang,' zei hij tegen haar. 'Wat doen we trouwens op deze afschuwelijke plek? Waarom mogen we niet naar huis?'

'Het is maar voor een paar dagen.'

'Waar is papa? Ik wil papa.'

'Alsjeblieft, liefje. Je moet sterk zijn. Dat moet. Ik kan je zusjes niet alleen laten. Hier niet. Vanavond niet.'

'Laat me dan met je meegaan.'

'Er is daar geen bed voor je.'

'Daar is ook geen bed voor jou.'

'Nee, maar ik ben het gewend om op oncomfortabele plekken te slapen. Ik heb tenslotte het bed met je vader moeten delen.'

Wanneer ze grapjes over zijn vader maakte, hadden ze meestal het gevoel dat ze een onderonsje hadden. Maar Kiko had dat gevoel nu niet, vanavond niet, niet hier. Hij trok zijn mondhoeken zo ver omlaag als hij kon. 'Waarom maak je je altijd zo ongerust over Eliso en Lila?' vroeg hij. 'Waarom maak je je niet bezorgd over mij?'

Ze zuchtte en liep weer naar het bed. 'Je zusjes komen op een bepaalde leeftijd,' zei ze tegen hem, terwijl ze zijn hand pakte. 'Mannen zijn niet altijd te vertrouwen in de buurt van meisjes zoals je prachtige zussen. Je hebt die twee eerder vanavond gezien.'

'Ga alsjeblieft niet weg.'

'Het komt prima in orde,' zei ze, en ze deed het licht uit. 'Echt.' Ze kuste zijn voorhoofd, liep toen weer naar de deur en maakte die open. 'Droom maar lekker,' mompelde ze voordat ze naar buiten glipte.

Droom maar lekker! Hij huiverde onder het dekbed, de angst voor nachtelijke monsters werd al groter en groter. Geluiden die met zijn moeder naast zich niets betekenden, leken plotseling luider en kwaadaardiger te klinken. De wind ruiste en kraakte, regenspatten tikten tegen het venster, klimop streek over de verticale raampanelen als een ontsnapte gevangene die naar binnen probeert te komen. Een uil kraste. Een deur sloeg dicht. Ergens klonk joelend gelach. Er ging een hevige siddering door hem heen; het was hier veel kouder dan in Tbilisi, en de dekens waren dunner. Hij trok ze tot aan zijn keel op en bad tot de oude goden om hem te beschermen.

III

De hotelbeheerder putte zich uit in verontschuldigingen over de staat waarin Claires bagage verkeerde, wat dit soort mensen altijd doet wanneer ze iemand anders de schuld kunnen geven. Hij legde met onbeschaamd leedvermaak uit hoe de politie haar koffers naar een lege kamer had meegenomen en die als een praatzieke verdachte aan de tand had gevoeld. Ze hadden de inhoud alle kanten op gegooid, de voering opengesneden en incuneus de tandpastatube uitgeknepen voordat ze het hotelpersoneel grommend toestemming hadden gegeven om ze naar de kelder te verhuizen. Hij bracht Knox en Gaille daarheen en liet ze daarna alleen.

Gaille ging op haar hurken zitten om de dichtstbijzijnde koffer open te klikken; die sprong als een duveltje uit een doosje open door de opgepropte chaos die erin zat. Ze keek vermoeid naar Knox op. 'We moeten alles opnieuw inpakken,' zei ze. 'Zo kunnen we het Claire niet geven.' Dat deden ze snel terwijl Gaille intussen schone kleren voor Claire apart legde, samen met haar toilettas, handdoek en andere essentiële spullen, die ze daarna in de kleinste koffer pakte.

Knox droeg die naar de auto en gooide hem op de achterbank. 'Ik blijf buiten staan,' zei hij. 'Jij kunt dan naar binnen rennen en hem afgeven.'

'Je gaat Claire toch niet uit de weg, hè?'

'Dat is het niet,' zei hij terwijl hij wegreed. 'In de buurt van het ziekenhuis is het gewoon een nachtmerrie om te parkeren.'

'Dat weet ik, dat weet ik.' Ze legde haar hand op de zijne die op de versnellingspook rustte. 'Maar luister eens: wat er met Augustin is gebeurd, kwam doordat een politieman over de rooie ging. Het was niet jouw schuld.'

'Dat weet ik wel, maar...'

'Het was niet jouw schuld,' drong ze aan. 'Misschien had je één klap kunnen tegenhouden. Misschién. Je zou bijna zeker zelf ook het ziekenhuis in zijn geslagen als je dat had gedaan.'

'Je begrijpt het niet.'

'Jawel, echt. Jij bent degene die het niet begrijpt. Je bent een dappere man, Daniel. Joost mag weten hoe vaak je jezelf voor mij in de waag-schaal hebt gesteld. Dus als het je vanmiddag ergens aan ontbroken heeft, dan was het niet aan moed. Misschien drong het gewoon niet tot je door wat er gaande was. Je was in shock, dat is alles, en mensen in shock zijn verdoofd. Dat gebeurt dan met je. Ik geloof niet dat je het beseft, maar Augustin is als een grote broer voor je, en grote broers zijn onoverwínnelijk. Je kon het niet bevatten toen je zag dat hij zo werd aangevallen.'

'Zou kunnen,' zei hij.

'Dat is gewoon zo, Daniel. En hoe dan ook, het is nu bepaald niet het moment om aan jezelf te gaan twijfelen. Ik heb je veel te hard nodig. Augustin heeft je veel te hard nodig. Cláíre heeft je veel te hard nodig. Oké, ze is eerder vandaag tegen je tekeergegaan, maar dat komt door-dat de man van wie ze houdt in levensgevaar verkeert, en ze is doods-bang. Angst is een van de weinige manieren die ze heeft om ermee om te gaan, want ze is menselijk. Dus heeft ze jou nodig om alles af te kun-nen reageren, hoe irrationeel of kwetsend dat ook mag lijken, en toch moet je er voor haar zijn.' Ze kneep in zijn pols. 'Begrijp je dat?'

Als altijd sterkten haar woorden hem. 'Ja,' zei hij. 'Dat begrijp ik.'

12

'Nemen ze hun vriendinnen mee naar huis, je dochters?' vroeg Zaal.

'Vind je het erg om niet in de auto te roken?' vroeg Edouard.

'Ja, dat vind ik wel erg,' zei Zaal. Bij wijze van compromis liet hij zijn raampje zakken. 'Zo dan?' vroeg hij. 'Je dochters? Nemen ze vriendinnen mee naar huis? Na school en zo?'

'Natuurlijk.'

'Zitten er lekkere stukken bij?'

'In hemelsnaam!'

'Dat heb ik nou altijd een van de voordelen gevonden, als je dochters hebt,' mijmerde Zaal. Hij wierp vanuit zijn ooghoek even een blik opzij, alsof hij wilde kijken hoe ver hij Edouard op de kast kon jagen. 'Als je een stukje ouder wordt, wordt het verdomd moeilijk om jonge meisjes te ontmoeten. Ik bedoel, iedereen vindt je pervers als je bij scholen rondhangt, toch? Maar als je zelf dochters hebt, dan is er geen probleem, wel? Dan komen alle leuke meisjes naar je toe.'

'Ik heb geen zin in dit gesprek.'

'En vakanties, jezus!' Hij tipte as uit zijn raam. 'Ben jij even een slimme klootzak. Al die hete jonge lijven die zich op het strand met olie voor je neus insmeren, en dan samen in het hotel gaan douchen. Genoeg om een man gek te maken, hè?'

'Zo werkt dat niet bij vaders.'

'Voor jou misschien niet. Maar hoe zit het dan wanneer jouw meisjes bij hun vriendinnen logeren? Ik durf te wedden dat hún vaders hun handen niet thuis kunnen houden. Wat vind je daarvan? Maak je je daar geen zorgen over, vertrouw je je dochters met die vieze ouwe kerels?'

'Hou je mond, ja?'

'Ik zeg het alleen maar. Je wilt toch voorzichtig zijn.'

Edouard keek stuurs en balde een vuist. Zaal moest weten dat zijn dochters gegijzeld werden, en dat zijn angst om hen hem tot waanzin dreef. Natuurlijk was dat zo. Daarom verkneukelde Zaal zich nu zo. Hij deed de radio aan en ging op zoek naar een zender waardoor zijn passagier wellicht z'n mond zou houden, of hem ten minste zou overstemmen. Aan de overkant van de weg stopte een auto. Hij zag niet veel door de miezerregen, maar toen ging de passagiersdeur open en stapte Gaille Bonnard uit.

'Is dat de vrouw?' vroeg Zaal.

Edouard aarzelde, afkerig om narigheid over de jonge vrouw af te roepen, maar toen stelde hij zich voor wat Mikhail met hem zou doen als hij erachter kwam dat hij haar afschermde. 'Ja. Dat is ze.'

Zaal schoot zijn sigaret weg, klapte zijn mobieltje open en belde. 'Ze zijn er,' zei hij. 'De vrouw neemt een tas mee. De man zit buiten te wachten.' Hij zweeg even om te luisteren. 'Een Citroën. Blauw. Zo te zien een huurwagen.' Hij boog zich naar voren en tuurde naar buiten. 'Kan het van hieraf niet lezen.' De ziekenhuisdeuren gingen weer open en Gaille haastte zich naar buiten. 'Ze komt weer naar buiten. Ze heeft de tas zeker binnen afgegeven.' Tegen Edouard zei Zaal: 'Achter ze aan.'

Hij wachtte tot de Citroën was gepasseerd en reed toen weg. Hij sloeg af naar Vasilissis Sofias in de richting van Syntagma. Zaal kon de borden niet lezen dus Edouard moest hem de weg wijzen zodat de anderen de achtervolging konden oppikken. Regelrecht Stadhiou op, noordwaarts naar Omonia. Het plein zat verstopt; al bij de lichtste motregen kwam Athene tot stilstand. Ze draaiden de Tritis Septemvriou op, waar het wemelde van de hoeren die onder de luifels naast elkaar stonden, de een nog verleidelijker dan de ander, en oogcontact probeerden te maken. De Citroën sloeg links af een eenrichtingsstraat in en draaide daarna een parkeerterrein van een hotel op. Edouard reed door en stopte langs de stoeprand. Autodeuren sloegen dicht; Knox en Gaille haastten zich het parkeerterrein af en staken de weg naar het hotel over.

'Hou ze tegen,' zei Zaal.

'Wat? Hoe dan?'

'Weet ik veel. Doe het nou maar. Tot de anderen hier zijn.'

'Waarom doe jij het niet?'

'Omdat Mikhail wil dat jij het doet.' Hij stak het mobieltje naar hem uit. 'Tenzij je het liever zelf met hem wilt bespreken.'

Edouard hield een antwoord in. Hij stapte uit met zijn arm boven zijn hoofd tegen de motregen, bleef staan om een blauwe bestelbus te laten passeren en haastte zich toen de straat over. Het hotel had een glazen voorgevel, maar binnen was het een van die plekken waar men had geprobeerd om van hun erfgoed een deugd te maken. In de lobby lag weelderig rood tapijt, overal waren gepoetste koperen accessoires, kroonluchters hingen aan opzichtige hoge plafonds, het personeel was in scharlakenrood met goudkleurige livreien gestoken. De bar rechts van de hoofdingang zat vol belachelijk ogende buitenlanders die in comfortabele stoelen van hun whisky en wijn zaten te nippen. Een paar van hen keken op toen Knox en Gaille naar de receptie liepen, en plotseling keek iedereen. Door hun optreden in het nieuws waren ze duidelijk halve beroemdheden geworden.

Op de weg werd luid getoeterd; een motor brulde en koplampen veegden door de eenrichtingsstraat voor hij in een slip voor het hotel tot stilstand kwam. De achterdeur ging open en Mikhail stapte uit, terwijl hij de kraag van zijn trenchcoat tegen de regen omhoogzette. 'En?' vroeg hij.

'Ze zijn net hun sleutels aan het halen,' zei Edouard. Mikhail knikte en pakte een geweer van achter uit de auto. Hij klikte het open, stopte er twee patroonhouders in en klikte het weer dicht. 'Waar is dat verdomme voor?' protesteerde Edouard.

'Je vriend Knox heeft eerder vandaag een man gedood vanwege mijn Vlies,' zei Mikhail. 'Denk je dat hij het zomaar teruggeeft?'

'Maar al die mensen…'

'Nou en?' Hij verborg het geweer in zijn trenchcoat en liep toen voorop door de automatische glazen deuren de hotellobby in, net op het moment dat Knox en Gaille hun sleutels hadden gehaald en op weg waren naar de lift.

II

Kiko werd in paniek wakker van het geruis van klappende wieken en lichten buiten zijn raam, waardoor hij aan demonen met klauwen en scherpe tanden moest denken, en zijn hart begon te bonzen als paardenhoeven tijdens een race. Maar toen zag hij het ding zelf en herkende wat het was. Een helikopter. Eerder die avond was die met nog meer Nergadze-gasten in zijn buik geland; nu bracht hij ze duidelijk weer naar huis. Zijn angsten weken terug, slechts een vochtige zweetplek op zijn matras achterlatend. Hij lag daar maar in de toenemende kou en vroeg zich voor de honderdste keer af wat ze op deze ellendige plek deden, waar hun vader was, hoe hij had kunnen toestaan dat dit met hen gebeurde.

Hij doezelde weer weg tot hij luide voetstappen hoorde. Ze leken pal buiten zijn kamer te blijven staan. Hij verstijfde; hij staarde als verlamd naar de vlek van het ganglicht door de kieren van zijn deur, smeekte dat hij het zich maar verbeeldde. Maar daarna hoorde hij de deurkruk kraken en hield hij zijn adem in toen de deur steels open- en weer dichtging. 'Mama?' vroeg Kiko, terwijl zijn hart als een razende tekeerging. 'Ben jij dat?'

'Ik heb je wakker gemaakt,' bromde een man. 'Dat was niet m'n bedoeling.' Een aansteker schraapte en een blauwgele vlam sprong tot leven, een dikke gele kaars werd aangestoken, die eerst flakkerde en trilde en daarna zo veel licht gaf dat een magere, lange oude man in een blauwe zijden pyjama en een rode kamerjas werd onthuld. Ilya Nergadze.

'Wat doet u hier?' vroeg Kiko.

Ilya probeerde Kiko met een glimlach op zijn gemak te stellen, maar dat werkte eerder averechts. 'Herinner je je me nog, Kiko? Je hebt vorig jaar bij me geluncht in Tbilisi. Je hebt in mijn zwembad gezwommen. Dat deed je heel goed.' Het flauwe kaarslicht creëerde een merkwaardige intimiteit toen hij dichterbij kwam. 'Dit is mijn andere huis. Dit hele kasteel en al het land eromheen, zo ver het oog reikt. Vind je het mooi?'

'Ja, hoor.'

Een flits gele tanden die wellicht een glimlach geweest had kunnen zijn. 'Dat klinkt alsof je het niet zeker weet.'

'Ik wil mijn vader,' zei Kiko. 'Ik wil naar huis.'

De oude man was bij het bed aangekomen. 'O jeetje,' zei hij, toen hij zag dat Kiko's voorhoofd vochtig was van het zweet. 'Je hebt een náchtmerrie gehad.' Hij zette de kaars op het nachtkastje, haalde een zakdoek uit zijn mouw tevoorschijn en depte Kiko's voorhoofd.

'Wat doet u?'

'Je moet niet onder nat beddengoed slapen,' zei Ilya. 'Dan vat je een akelige kou.'

'Met mij gaat het goed, hoor.'

'Schuif in elk geval op naar een droog plekje. Het bed is groot genoeg. En je moeder zou het me nooit vergeven als je iets zou oplopen.' Hij keek minzaam toe toen Kiko opzijschoof, terwijl hij intussen de lakens strak om Kiko's lichaam heen trok. Sinds de laatste keer dat hij hem had gezien, waren Ilya's haar en wenkbrauwen op de een of andere manier zwart geworden en ze glansden als schoenpoets, merkte Kiko op. Dat maakte zijn onwerkelijke gevoel er alleen maar erger op.

Ilya vouwde zijn zakdoek dubbel en depte nogmaals Kiko's voorhoofd: zijn kamerjas viel onderwijl open, waardoor een ruitvormige opening in Ilya's zijden pyjama zichtbaar werd, een glimp zilverkleurig krulhaar en gerimpeld vlees. 'Kijk mij nou,' zei Ilya, terwijl hij zijn pyjama goed deed en de ceintuur van zijn kamerjas opnieuw dichtknoopte. 'Dat ziet er niet uit.' Hij glimlachte naar Kiko. 'Hou je van paardrijden?'

'Dat weet ik niet,' zei Kiko ellendig. 'Dat heb ik nog nooit gedaan.'

'Heb je dat nog nooit gedaan?' vroeg Ilya met geveinsde verbazing. Zijn adem rook naar alcohol en kriebelde tegen Kiko's wang. 'Dan moeten we daar wat aan doen, hè? Moet je horen. Morgen gaan we samen in de heuvels rijden. Vind je dat leuk?'

'Is mama er ook bij?'

'Natuurlijk. Je zusjes ook. Dan maken we er een feestje van. En maak je maar geen zorgen. Ik weet een pony die precies goed voor je is. Als watten zo zacht. Perfect voor een jongeheer die moet leren paardrijden. Al mijn kleinzoons hebben het op haar geleerd. Vertrouw me maar. Je stuitje zal misschien een tijdje beurs zijn, maar je zult er heel snel verzot op raken.' Hij draaide zich op zijn rug, hield zijn hand als een kommetje achter de kaars en blies hem uit, zodat de kamer weer in het duister gehuld was. De krakende beddenveren, het trekken van het beddengoed, die zachte, zure adem tegen zijn wang, en toen legde Ilya een hand op zijn ribben en streelde hem door het beddengoed heen, ritmisch van zijn borst naar omlaag tot zijn navel en toen weer omhoog. 'Doe je ogen dicht,' murmelde Ilya, terwijl hij zijn andere arm onder Kiko's kussen door wurmde, zijn onderarm optilde en Kiko's hoofd tegen zijn borst legde. 'Zo. Probeer wat te slapen. Nu geen nachtmerries meer. Niet zolang ik hier ben.'

III

De liften van het hotel waren een exponent van zijn retrochique design, reusachtige oude dienstliften met van ouderdom gevlekte spiegels en automatische rasterhekken. Knox was er vanaf het eerste moment dat hij er instapte behoorlijk gecharmeerd van geweest, maar ze klommen en daalden in zo'n belachelijk bezadigd tempo dat hij er nu alleen nog maar wrevelig van werd.

'Hé, moet je kijken,' zei Gaille, toen het hek als een harmonica in elkaar schoof. 'Je bent beroemd.'

Hij glimlachte toen hij zijn naam zag, die met een dikke rode viltstift op het congresprogramma van de volgende dag was geschreven, en dat met plakband op een van de spiegels was geplakt. 'Ik neem aan dat Nico inderdaad nog stapels werk te doen had,' zei hij. Hij wilde net op de knop van hun verdieping drukken toen hij vijf mannen doelbewust door de lobby zag benen. Deze liften waren weliswaar traag, maar tenminste heel groot. 'Naar boven?' vroeg hij.

'Graag,' zei de eerste man, zijn zwartleren trenchcoat was enigszins vochtig van de regen.

'Welke verdieping?'

De man aarzelde. 'De bovenste,' zei hij.

Knox knikte en drukte op zes en zeven; ze begonnen aan hun trage klim. Het was er met z'n zevenen vol, helemaal omdat een van de nieuwkomers een reus was met een platte neus en oren als platgeslagen deeg. Door het hekwerk hadden ze uitzicht op elke verdieping, en de gasten die op een lift stonden te wachten konden hen ook zien. Ze stonden allemaal met hun neus dezelfde kant op, hielden hun blik neutraal en de standaardetiquette in acht. Allemaal, behalve de man in de trenchcoat. Hij staarde naar Gaille met zo'n open en overduidelijke belangstelling dat Knox op het punt stond er iets van te zeggen. Maar Gaille moest het zich hebben gerealiseerd, want ze kneep in zijn pols, een verzoek om haar dit zelf af te laten handelen. Toen draaide ze zich naar de man om en zei: 'U moet me uw naam en adres geven.'

'Waarom?' vroeg hij.

'U schijnt zo graag naar me te staren dat ik misschien een poster van mezelf kan laten maken zodat u die op uw muur kunt hangen.'

De man lachte ongedwongen. 'Niet nodig,' verzekerde hij haar. 'Ik kan goed gezichten onthouden.'

De lift stopte abrupt op de zesde verdieping, waardoor ze allemaal een beetje door elkaar werden geschud. Het hekwerk ging automatisch open. Knox plaatste zichzelf tussen Gaille en de man en liep toen achter haar de lift uit. De man in de trenchcoat wilde achter hen aan gaan, en de anderen ook, maar Knox draaide zich om en versperde hun de weg. 'U wilde naar de bovenste verdieping,' verklaarde hij, toen het hek weer dichtging.

'Mijn fout,' antwoordde de man, die hem met zijn voet blokkeerde. 'Ik dacht dat de zesde de bovenste verdieping wás.'

Er viel even een stilte toen hij en Knox elkaar strak aankeken. Knox wist niet wat er aan de hand was, alleen dat het fout zat. 'Wie bent u?' vroeg hij. 'Logeert u hier?'

Op dat moment ging er een deur in de gang open. Twee bebaarde mannen kwamen opgewekt babbelend tevoorschijn en liepen naar de lift. Knox greep het ogenblik aan om Gaille bij de hand te nemen en haar naar hun kamer te werken, waar hij zijn elektronische sleutelkaart door het slot haalde en zich dankbaar naar binnen haastte.

13

'Jezus!' rilde Gaille. 'Wat een engerd.'

'Ja,' stemde Knox in. Hij deed de deur dubbel op slot en controleerde de gang door het kijkgaatje in de deur.

Ze keek hem nieuwsgierig aan. 'Wat?'

'Ik weet het niet.' Hij draaide zijn gezicht naar haar toe. 'Had je niet het gevoel dat hij iets... in z'n schíld voerde?'

'Hij was gewoon een klootzak, meer niet,' zei Gaille. 'Zat mannen die denken dat een vrouw opgewonden raakt als er zo naar haar gestaard wordt. Jij was daar vanavond gewoon toevallig.'

'Misschien,' zei Knox.

'Echt,' zei ze tegen hem. 'Ga nou niet paranoïde over me doen.'

'Was dat niet precies wat Augustin over Petitier zei, paranoïde?' vroeg hij. 'En kijk eens wat er met hem is gebeurd.'

'Je wilt toch niet suggereren dat die kerel iets te maken had met Petitiers dood, hè?' vroeg Gaille met gefronst voorhoofd.

Knox haalde zijn schouders op terwijl hij naar het bed liep. 'Augustin zei dat Petitier naar hem toe kwam omdat er in zijn eigen kamer nog werd schoongemaakt. Maar is dat eigenlijk wel zo? Ik bedoel, het schoonmaakpersoneel is hier verdomde efficiënt. Dat moet je ze nageven. Er wordt 's ochtends gestofzuigd, niet 's middags.'

'Misschien was de vorige gast laat uitgecheckt.'

'Misschien. Maar het kan ook iets anders zijn geweest. Ik bedoel, de lobby is hier behoorlijk open en bloot, hè? Vond jij het niet ongemakkelijk dat iedereen ons zo aanstaarde toen we er daarstraks binnenliepen?'

'En?'

'Ik zeg het alleen maar. Verplaats je eens in Petitiers positie. Bijna twintig jaar heeft hij buiten de wereld geleefd, hij is vast bang voor menigten. Hij checkt hier in. Mensen staren hem aan. Misschien komt het alleen maar doordat hij er een beetje gek uitziet, maar hij is bang dat het bekend is geworden dat hij een kostbare schat in zijn tas heeft. Hij durft nu niet naar zijn eigen kamer te gaan. Hij weet dat Augustin hier een van de praatjes zal houden. Zijn vroegere student, iemand die hij kan vertrouwen. Hij vraagt welke kamer hij heeft, of misschien vangt hij tijdens het inchecken een glimp van zijn kamernummer in het register op. Hij gaat naar boven, klopt aan, hangt een verhaal op over het feit dat zijn kamer nog niet in orde is en belooft dat hij niet lang zal blijven. Maar dan vertrekt Augustin naar het vliegveld en Petitier maakt het zichzelf gemakkelijk, neemt een douche.'

'In de kamer van iemand anders?'

'Waarom niet? Augustin blijft zeker twee uur weg, misschien wel drie. En heb jij nooit dat gevoel gehad dat je je smerig voelt en het idee hebt dat je slecht gekleed bent als je na een lange reis tussen al dit pluche belandt?'

'Oké. Ga door.'

'Verplaats je eens in de schoenen van iemand anders. Stel: je zit in de lobby. Nico heeft je foto's van Petitiers zegels gemaild, of misschien heb je alleen geruchten gehoord. Maar plotseling zie je de man in eigen persoon terwijl die zijn tas tegen zich aanklemt en er zo nerveus als ik weet niet wat uitziet. Jézus! denk je. Misschien is er toch iets van waar. Je hele leven heb je gehoopt om iets buitengewoons te vinden; of misschien was je wel een beetje op weg, maar kreeg je het toch niet voor elkaar. Je loopt achter Petitier aan naar de liften. Hij probeert je af te schudden door naar Augustins kamer te gaan, maar je weet hem op de een of andere manier op te sporen en je hoort dat Augustin hem binnenvraagt. Misschien heb je een kamer in de buurt. Of ken je iemand die er een in de buurt heeft. Hoe dan ook, je houdt je vlakbij schuil wanneer ik twintig minuten later arriveer en Augustin meeneem naar de luchthaven en we Petitier alleen achterlaten. Vervolgens luister je aan de deur en hoor je dat de douche aangaat.'

'Niet aan de deur,' zei Gaille. 'Dat zou de camera hebben opgepikt.'

'Dan hoor je het door de muur.' Hij knikte naar hun eigen badkamer. 'Ik bedoel, we kunnen precies horen wat onze buren uitspoken. Waarschijnlijk geldt dat ook voor de kamers een verdieping lager.'

'Dus ik hoor de douche aangaan,' zei Gaille instemmend. 'Dat is mijn kans.'

'Precies,' zei Knox. 'Een volgende krijg je misschien nooit meer. Je loopt je balkon op en ziet dat Augustins deur openstaat. Het is tenslotte een zwoele middag. Het is niet gemakkelijk om eroverheen te klimmen, maar ook niet heel moeilijk, niet wanneer er zo'n buit op je ligt te wachten. De douche loopt nog steeds. Je glipt naar binnen, pakt Petitiers tas van het bed en draait je om om te vluchten, maar Petitier hoort je en komt uit de douche gestormd. Hij achtervolgt je tot op het balkon, waar jullie om de tas worstelen. Die scheurt open. Er zit een kunstvoorwerp in, massief en zwaar. Je pakt het op en slaat ermee op zijn hoofd. Hij valt hard neer, maar weet naar binnen te kruipen in een poging bij de telefoon te komen. Maar jij denkt dat hij dood is, dus je vlucht naar je kamer terug en je neemt de buit mee.'

'Een enorm risico.'

'Maar wel aannemelijk, hè?'

'Aannemelijker dan dat Augustin het heeft gedaan,' erkende Gaille. 'Dus een van onze medegasten, hè? Misschien een van Augustins buren.'

'Het zou kunnen.'

'Hoe zit het dan met die kerels in de lift?'

'Misschien zijn dié wel zijn buren.'

Ze huiverde veelzeggend. 'Denk je dat we het tegen iemand moeten zeggen?'

Hij dacht daar even over na, stelde zich voor dat hij zijn theorie aan die vijandige hoofdinspecteur uitlegde, de minachting die hij over zich heen zou krijgen. 'Vanavond niet,' zei hij. 'Het is te laat. Ik zal het morgen aan Charissa voorleggen, eens kijken wat zij ervan vindt.' Hij was zo nerveus dat hij nogmaals controleerde of de deur wel op slot was, en die van het balkon ook. Toen trok hij zijn boxershort uit, ging languit op bed liggen, haalde Augustins praatje tevoorschijn en begon dat door te lezen.

II

Elke hoop die Edouard had dat Mikhail vanavond Knox met rust zou laten, werd al snel de bodem ingeslagen. Ze liepen naar de hotelbar,

gingen aan een hoektafeltje zitten, bestelden een sterke borrel en be-
spraken manieren om ervoor te zorgen dat Knox zijn deur open zou
doen, ondanks het feit dat hij nu duidelijk op zijn hoede was. 'Laten we
z'n deur gewoon met een geweer opblazen,' grinnikte Zaal.

Edouard keek hem ontsteld aan. 'Praat niet zo hard,' smeekte hij.

'Hoezo? Denk je nou werkelijk dat iemand hier Georgisch spreekt?'

'Je weet het maar nooit.'

'Waarom stichten we geen brand?' grapte Boris. 'Dan komen ze wel
naar beneden.'

'Eigenlijk,' zei Mikhail bedachtzaam, 'is dat nog niet eens zo'n slecht
idee.'

'Ben je gek geworden!' siste Edouard. 'Er logeren hier vast honderden mensen.'

'We hoeven niet feitelijk brand te stichten,' zei Mikhail, overdreven
geduldig. 'We hoeven alleen maar het alarm af te laten gaan. Alle gasten
komen dan naar beneden en verzamelen zich buiten, inclusief onze
twee vrienden. We hoeven ze alleen maar te grijpen wanneer ze tevoorschijn komen.'

'Dat zal niet gemakkelijk zijn,' merkte Boris op. 'Er lopen dan een
hoop mensen rond.'

'Laten we dan eerst naar hun verdieping gaan,' opperde Zaal. 'We
zorgen dat het alarm afgaat en wachten tot ze hun deur opendoen.'

'Stel dat iemand ons ziet?' vroeg Edouard.

'Stel dat iemand ons ziet,' mimede Zaal, waarmee hij de lachers op
zijn hand kreeg.

'Stel dat…'

'We doen het,' zei Mikhail terwijl hij zijn drankje achteroversloeg.
'Tenzij je een beter idee hebt, natuurlijk.'

Edouard liet zijn hoofd hangen. 'Nee.'

'Hou dan je mond.' Hij stond op en de anderen ook. Alleen Edouard
bleef zitten. 'Jij ook,' zei Mikhail.

'Ik ben echt niet geschikt voor…'

'Ik zei: jij ook.'

Hij stond schoorvoetend op en liep achter ze aan naar de liften. Hij
had geen idee waarom Mikhail hem erbij wilde hebben, behalve dat hij

er genoegen in schepte om mensen dingen te laten doen waar ze een hekel aan hadden. Maar voor hem was dat reden genoeg. De lift huiverde en begon aan zijn klim. Het idee dat Knox en Bonnard iets met Petitiers dood te maken hadden was ronduit belachelijk; alleen niet voor Mikhail. Hij nam voetstoots aan dat iedereen van nature net zo boosaardig en hebzuchtig was als hijzelf. Ze kwamen op de zesde verdieping. Het hekwerk ging open. Met de moed in de schoenen liep Edouard achter de anderen aan de lift uit. Pas op het laatste moment zag hij het gewijzigde congresprogramma dat op de spiegel geplakt zat. Hij had geen tijd om het goed door te denken, maar hij griste het weg en gooide het naar Mikhail. 'Kijk!' zei hij. 'Knox houdt morgen een praatje.'

'En?'

'Dan is hij al de derde die iets met de conferentie te maken heeft en die iets overkomt. Met het meisje erbij worden het er vier. De politie gaat uit haar dak.' Hij stak een vinger uit naar de beveiligingscamera's. 'En in hemelsnaam, moet je die zien. Ze hebben ons zo te pakken. Bovendien zal Knox het Vlies heus niet hier hebben, wel? Weet je nog wat die politieman zei? Hij en Pascal hebben het in een tas naar het vliegveld meegenomen. Ik durf er van alles om te verwedden dat ze het daar hebben verstopt. En na zijn praatje zal hij er zeker niet naartoe gaan, niet terwijl hij nog verdacht wordt.'

'Stel dat zijn praatje daarover gaat?' vroeg Mikhail. 'Stel dat hij mijn Vlies tijdens het congres gaat onthullen? Wat dan?'

'Dat laat-ie wel uit z'n hoofd,' antwoordde Edouard. 'Wie anders kan het nou hebben dan degene die Petitier ervoor heeft vermoord?'

Een paar ogenblikken was het stil, terwijl ze hierover nadachten. 'Hij heeft wel een punt, baas,' zei Boris onwillig.

'En dat is nog niet eens het belangrijkste,' zei Edouard, zijn voordeel uitbuitend. 'Het belangrijkste is dat we nu precies weten waar hij morgen naartoe gaat. We kunnen wachten tot hij klaar is, hem oppikken en alles met hem doen wat we willen. En niemand zal zelfs maar weten dat hij weg is.'

Mikhail fronste zijn wenkbrauwen terwijl hij dit van alle kanten bekeek. Toen klaarde zijn gezicht op. 'Ja,' zei hij, alsof het zijn idee was geweest. 'We wachten tot na zijn praatje. We weten tenslotte precies waar hij dan is.'

'Ja, baas,' knikte Zaal. 'Goed bedacht.'

Ze draaiden zich om naar de lift. Een zweetdruppel drupte langs Edouards zij. Catastrofe afgewend, in elk geval voor vanavond. Maar wat moest hij verdomme morgen doen?

III

Knox had grote moeite om zich op Augustins praatje te concentreren. Gaille ging in de badkamer haar normale avondroutine af en had de deur plagerig op een kier laten staan. Ze draaide zich om, alsof ze wel wist dat ze zijn aandacht had, en zwaaide met haar tandenborstel naar hem. 'Hoe vaak moet ik je nog vragen om na het tandenpoetsen de dop weer op de tube te doen,' zei ze tegen hem. 'Nou heeft-ie een baard. Je weet dat ik een bloedhekel heb aan tandpastabaarden.'

'Ja,' glimlachte hij. 'Ik weet dat je een bloedhekel aan tandpastabaarden hebt.'

Ze keek hem goedhartig dreigend aan en haalde met de tandenborstel naar hem uit, waardoor kleine witte spikkels zijn kant op vlogen, voordat ze zich weer naar de wastafel omdraaide. Hij keek vertederd naar haar. Ze droeg een van zijn oude T-shirts, haar lievelingsshirt, dat voor hem te wijd was en als een minirok op haar dijen viel, normaal gesproken zedig genoeg, behalve als ze zich naar voren boog om tandpasta uit te spugen en er iets meer te zien was. Ze poetste haar tanden zoals gebruikelijk ritmisch en energiek, spoelde met water dat ze door haar mond gorgelde voordat ze het witte schuim uitspuugde. Daarna spoelde ze de tandenborstel uit en draaide zich nadrukkelijk naar hem om toen ze de dop op de tandpastatube schroefde voordat ze beide zo toegewijd als een schoolmeisje in het glas terugdeed. Daarna borstelde ze haar haar, twintig slagen met haar rechterhand, twintig met haar linker. Elke avond dezelfde routine. In de afgelopen paar maanden was Knox eraan gewend geraakt, hij merkte het zelden nog op. Maar zo nu en dan, zoals vanavond, was het weer als nieuw voor hem, en voelde hij zich gezegend.

'Kom in bed,' zei hij.

'Zo meteen.'

Voordat ze minnaars werden, waren ze vrienden en collega's geweest, altijd al een lastige overgang, althans tenzij die werd overgoten door overvloedige hoeveelheden alcohol. Knox was door de Aknathon-toestand ervan overtuigd geraakt dat hij iets moest doen. Het had toen maar een haar gescheeld of hij was haar kwijt geweest, en hij had zich gerealiseerd hoeveel ze voor hem betekende. Hij had het plan opgevat om in een ongedwongen gesprek, tijdens een romantisch etentje bijvoorbeeld, om het onderwerp heen te draaien, er een paar grappen over te maken, haar wat flirtende blikken toe te werpen, om te kijken hoe ze zou reageren, terwijl hij de lijnen openhield om zich terug te kunnen trekken. Maar zo was het niet gegaan. Media vanuit de hele wereld hadden geschreeuwd om een interview met beiden, tot Yusuf Abbas, secretaris-generaal van het Hooggerechtshof, uiteindelijk het groene licht had gegeven. Hij had een enkele persconferentie georganiseerd, in de collegezaal van het ziekenhuis op de ochtend dat Gaille werd ontslagen. Zij en Knox hadden naast elkaar aan een schraagtafel gezeten, terwijl ze de vragen zo goed mogelijk ontweken, precies zoals Yusuf ze had geïnstrueerd, waardoor de journalisten weinig andere keus hadden dan ernaar te vissen.

'En?' vroeg een Fransman met een woeste rode sik en kraaltjes in zijn haar. 'Is er iets – hoe zal ik dit formuleren? – romántisch tussen jullie aan de gang?'

Gaille had Knox aangekeken om te zien wie van hen zou antwoorden en had zich toen naar de verzameling microfoons gebogen. 'Nee,' had ze gezegd. 'We zijn collega's, meer niet. Zakenpartners.'

De gelegenheid was voor Knox te mooi geweest om voorbij te laten gaan. 'Nu zien jullie waar ik mee te maken heb,' had hij gezegd, terwijl hij in zijn stoel naar achteren was gaan zitten. 'Je redt een meisje van de Macedonische separatisten, redt haar van de verdrinkingsdood en wat krijg je daar tegenwoordig voor terug? Collega's! Verdomde zakenpartners!' Hij had zijn armen wijd uitgespreid en vragend om steun gekeken naar de samengepakte rijen journalisten. 'Ik bedoel, kom op, jongens. Help me een beetje. Denken jullie dat ik niet minstens een date heb verdiend?'

'Bent u zelfs nog nooit met hem uitgeweest?' vroeg de Fransman ongelovig.

'Hij heeft het me nooit gevraagd,' had Gaille tegengesputterd, terwijl ze Knox verwijtend aankeek. 'Niet op die manier.'

'Nou,' had hij glimlachend gezegd. 'Dan vraag ik het je nu.'

'Echt waar?'

'Ja. Echt waar.'

Haar hals en wangen hadden prachtig gekleurd. Haar ogen hadden gefonkeld. 'Oké dan,' had ze tegen hem gezegd. 'Dat wil ik heel graag.' Ze kwam nu de slaapkamer weer in, terwijl ze haar handen als een kam door haar haren haalde. 'Wat?' vroeg ze achterdochtig, toen ze hem naar zich zag staren.

'Niets.'

'Echt wel!'

'Soms vergeet ik gewoon hoe mooi je bent. En dan kom je binnen en zie je er zo uit.'

Ze wierp hem een veelbetekenende blik toe. 'Vanavond niet,' zei ze. 'Ik ben afgepeigerd.'

'Zo bedoelde ik het niet,' lachte hij. 'Ik bedoelde alleen dat ik soms vergeet hoe mooi je bent.'

'O.' Die bekende warme roze kleuren stegen weer naar haar hals en wangen op. Die slingerden en draaiden elke keer weer aan zijn hart, als prikkeldraad om je polsen. 'Nou, dank je wel.' Ze sloeg haar kant van het dekbed open en klauterde onbeholpen, kinderlijk bijna, in bed. Hij schoof ook onder het dekbed, strekte zijn voet naar haar toe en streek met zijn blote hiel over haar kuit. 'God, wat heb je koude voeten,' protesteerde ze.

'Ik wil best mijn sokken weer aandoen,' zei hij. 'Ik heb gehoord dat vrouwen dat heel sexy vinden.'

'Onweerstaanbaar.'

Opnieuw voelde hij zich gelukkig dat ze er was, maar deze keer werd dat overschaduwd. Geluk was uiterst onzeker wanneer je zo veel dierbaren had verloren als hij. Met Petitiers dood en die bullebakken in de lift voelde Athene op dit moment aan als een gevaarlijke plek. Het kon hem niet schelen als hij zelf wat risico liep, maar met Gaille was het iets anders. Hij leunde op een elleboog. 'Je voelt je er wel oké bij, hè?' vroeg hij. 'Dat we Augustin en Claire helpen, bedoel ik?'

'Natuurlijk,' zei ze met gefronst voorhoofd. 'Hoe kun je nou iets anders denken?'

'Hoe ver ben je bereid te gaan?'

Ze kneep haar ogen een beetje toe, voelde iets, hoewel ze niet precies wist wat. 'Waarom vraag je dat?'

Hij zette zijn onschuldigste blik op. 'Nou ja, we hebben tot nu toe al onze aandacht gericht op wat er hier in Athene gebeurt,' zei hij. 'Dat ligt natuurlijk voor de hand, want tot nu toe heeft alles zich ook in Athene afgespeeld. Maar misschien zien we iets over het hoofd. We weten zeker dat Petitier een belangrijke nieuwe plek op Kreta heeft gevonden, met dank aan de zegels die hij naar Nico heeft gestuurd. Er bestaat grote kans dat hij werd vermóórd om wat hij daar heeft gevonden. Het kan heel goed de sleutel tot zijn onderzoek zijn. En die is niet hier in Athene. Die is op Kreta.'

Gaille sloeg haar armen over elkaar. 'Nee,' zei ze.

'Wat nee?'

'Nee, ik ga niet.'

'Ik heb niet gezegd dat dat moest.'

'Dat was je wel van plan.'

Knox nam niet de moeite om de beschuldiging te ontkennen. Ze kende hem te goed. 'Iemand moet erheen,' zei hij. 'Dat begrijp je toch zeker wel. En Claire kan niet. Zij zal niet van Augustins bed wijken, niet nu. En ik kan ook niet, want ik moet die verdomde lezing geven, en de politie heeft het verdomd duidelijk gemaakt dat ik in Athene moet blijven. Hoe dan ook, het enige waar we op af kunnen gaan zijn een paar zegels met Lineair-A/B, en jij weet heel wat meer van die geschriften af dan ik.'

'Maar ik weet niets van Kreta,' protesteerde ze. 'Ik zou niet weten waar ik moest beginnen.'

'De British School voert een grote operatie in Knossos uit,' zei Knox. 'Villa Ariadne, waar Sir Arthur Evans tijdens zijn opgravingen woonde. Een van de archeologen daar heet Iain Parkes. Hij zat tegelijk met mij op Cambridge.'

'Waarom vraag je hém dan niet om Petitiers spoor te volgen?'

'Kom op, Gaille. Het gaat er niet alleen om uit te zoeken waar Petitier de afgelopen twintig jaar heeft uitgehangen. Iemand moet erheen, rondneuzen, kijken wat Petitier heeft uitgespookt. Ik kan Iain niet vragen dat allemaal te doen. Dat is te veel. Ik heb hem in geen tijden gezien. Maar ik weet zeker dat hij je op weg helpt.'

'Als je hem in geen tijden hebt gezien, hoe weet je dan dat hij daar zelfs maar is?'

'Omdat ik contact met hem heb gezocht nadat we hadden besloten hierheen te gaan, en hem heb gevraagd of hij hier ook zou zijn; maar hij zei van niet, dat hij op de winkel moest passen.'

'Ik wil er niet heen,' zei ze. 'Ik wil bij jou blijven.'

'We moeten uitzoeken waarom Petitier hierheen is gekomen,' drong Knox aan. Hij reikte naar zijn mobieltje. 'Moet je horen. Ik bel Iain. Jij zoekt uit welke tickets er beschikbaar zijn.'

'Nú?' vroeg ze.

'Het is paasweekend, Gaille. Wie weet wanneer je weer een vlucht kunt krijgen als we tot morgen wachten?'

Ze staarde hem in de ogen, probeerde de waarheid erin te lezen; maar hij gaf geen krimp, keek niet weg en ten slotte gaf zij het maar op. 'Denk je werkelijk dat dit Augustin helpt?' vroeg ze.

'Ja, dat denk ik echt.'

'Oké dan,' verzuchtte ze.

'Mooi zo,' zei hij. Hij boog zich opzij en gaf haar een kus op de lippen. 'Ik hou van je,' zei hij.

'Ik ook van jou,' antwoordde ze. Maar voor het eerst sinds ze dat tegen elkaar zeiden, wist hij niet zeker of dit uit haar hart kwam.

14

Buiten Knox' balkondeur klonk luid gekletter. Hij was onmiddellijk wakker en ging rechtop zitten, hij kon het even niet plaatsen. Opnieuw gekletter, maar nu herkende hij het, en er was niets aan de hand: vuilnismannen die beneden in de steeg het afval ophaalden. Zijn hart kwam weer tot bedaren, hij ging achterover liggen en luisterde even soezerig naar hun opgewekte gebabbel voordat hij bestookt werd door de tumultueuze herinneringen aan gisteren, en daarna reed de vuilniswagen naar achteren, terwijl het achteruitalarm jankte. Hij rolde zich op zijn zij, verlichtte de wijzerplaat van zijn reiswekker en kreunde.

'Hoe laat is het?' mompelde Gaille.

'Tien voor half vijf. We hebben nog een paar minuten.' Hij had gelijk gehad om zo'n haast te maken met de vliegtickets voor Pasen: Gaille had de keus om deze ochtend heel vroeg te vertrekken of te wachten tot zaterdagmiddag. Ze was er niet blij mee geweest, maar had evengoed de vroege vlucht geboekt.

Het was iets na vijven toen ze vertrokken. De straten waren leeg; ze waren prachtig op tijd. Eerst probeerde Gaille over koetjes en kalfjes te praten, maar het was zo duidelijk dat ze daar moeite mee had dat Knox de radio aanzette, hij wilde niet dat ze zich verplicht voelde. Ze liet haar hoofd tegen het raampje rusten en doezelde weg, tot hij door een kuil reed en ze wakker schrok, en ze met kleverige ogen van vermoeidheid haar armen om zich heen sloeg. Daarna deed hij het wat rustiger aan, lette er zelfs op dat hij zich aan de snelheid hield. Hij zette de auto bij kort-parkeren neer en maakte haar zachtjes wakker.

'Je hoeft niet met me mee naar binnen te gaan, hoor,' zei ze een beetje stijfjes, toen hij haar weekendtas op zijn schouder hees en naar de terminal wilde lopen. 'Je moet niet te laat komen voor je praatje.'

'Wees niet boos op me,' smeekte hij.

'Ik ben niet boos op je.'

'Ja, dat ben je wel.'

Ze klemde haar tanden op elkaar, alsof ze worstelde om niet iets te zeggen waar ze later spijt van kreeg, maar dat mislukte. 'Dit is een stomme klotetrip,' zei ze. 'Ik weet niet waarom je me erheen stuurt.'

'Ik dacht dat je het ermee eens was. We moeten Augustin helpen.'

'Maar dit gaat niet om Augustin, wel? Niet echt. Het gaat erom dat die klootzak in de lift gisteravond je de stuipen op het lijf heeft gejaagd en dat je dit ellendige plan hebt bedacht om me buiten gevaar te krijgen.'

Knox stond daar maar, voelde zich dwaas. 'Ik weet niet wat ik zou doen als je iets zou overkomen,' zei hij zwakjes.

'En ik weet niet wat ik zou doen als jou iets zou overkomen. Maar dat betekent niet dat ik erom zou liegen en jou erin zou luizen, of dat althans zou proberen, of je dwingen om iets te doen waar je normaal gesproken niet voor zou kiezen. Dat betekent niet dat ik zo laag denk over jouw hulpvaardigheid dat ik je wegstuur wanneer ik je het meest nodig heb.' Ze zuchtte en schudde haar hoofd. 'Laat maar zitten. Laten we het er maar over hebben als ik weer terug ben. Ik zal mijn best doen, dat beloof ik. En wie weet? Misschien kom ik wel met iets thuis.' Ze knikte begrijpend, alsof ze zichzelf moest overtuigen. 'Misschien wel.'

Hij greep het stuur stevig vast toen hij de stad weer in reed. Hij voelde zich beurtelings gekrenkt, moedeloos, dwaas en eenzaam. De ochtendzon brak achter hem door en wierp schaduwen. Het verkeer begon op gang te komen, nog niet zodanig dat hij vertraging opliep, maar het was wel duidelijk dat hij geen tijd meer had om langs Augustin te gaan als hij om acht uur in Eleusis wilde zijn; eerlijk gezegd was hij opgelucht dat hij dat besluit moest nemen, want hij had het hart niet om Claire onder ogen te komen.

Hij reed westwaarts over de oude Heilige Weg. Daar zou de geschiedenis van moeten afdruipen, want dit was de weg waar vele honderden jaren geleden feestvierders zich een weg zochten van Athene naar Eleusis. Maar hij leek niet meer heilig, slechts een serie armoedige winkels en appartementenblokken, zo nu en dan onderbroken door een klein bedrijventerrein. Onderweg gebruikte hij zijn tijd om zijn praatje te prevelen, zich de thema's en ritmes ervan verder eigen te maken. Achter op de groene bestelbus voor hem flitsten remlichten op en die kwam met piepende remmen tot stilstand, waardoor Knox ook op zijn rem moest trappen. Hij leunde uit zijn raampje om te kijken en zag dat de weg verderop geblokkeerd was. Een minuut verstreek zonder dat er beweging in kwam. Twee minuten. Bestuurders reageerden hun frustratie af op hun claxons, laat voor hun werk of met vermoeide ogen van de nachtdienst. Knox nam de gelegenheid te baat om een paar telefoontjes te plegen. Hij liet een boodschap voor Charissa achter, hoewel zijn overpeinzingen van gisteravond hem vanochtend zwak voorkwamen. Hij belde Iain Parkes nogmaals, want de avond tevoren was hij niet verder gekomen dan de voicemail. Zijn mobieltje stond nog steeds uit, dus liet hij opnieuw een boodschap achter en gaf Gailles vluchtnummer door, evenals haar verwachte aankomsttijd.

Rechts van hem zag hij in de verte de beroemde Rarianvlakte, waar de jonge maagdelijke godin Persephone op een dag krokussen was gaan plukken. Hades, heer van de onderwereld, had haar gezien en werd smoorverliefd op haar; hij ontvoerde Persephone en nam haar met hem mee in het onderaardse. Het was begrijpelijk dat Demeter, Persephones moeder en godin van de landbouw, radeloos was. Ze zocht vruchteloos de aarde af, waarna ze in Eleusis een poosje de moed opgaf. Maar uiteindelijk liet ze de gewassen po aarde verdorren, waardoor er zo'n hevige hongersnood ontstond dat de andere goden Hades overhaalden om Persephone vrij te laten. Vlak voordat ze wegging, had Hades haar verlokt om granaatappelzaden te eten, waardoor ze elk jaar een paar maanden naar de onderwereld moest terugkeren, en in die periode was de aarde weer dor. Uiteraard een metafoor voor de seizoenen, hoewel de mythe veel complexer en subtieler was dan alleen dat.

Het verkeer begon langzaam weer op gang te komen. Drie banen moesten naar twee en uiteindelijk naar één baan. Verderop een blauw zwaailicht van de politie, een defect autoalarm dat krijste, en dan de boosdoener: vier auto's stonden op de afgezette weg, verkreukelde motorkappen en leeggelopen airbags, een man die woedend in het wilde weg stond te schreeuwen terwijl een vrouw haar verklaring tegenover de politie aflegde. En toen was hij erlangs, de weg opende zich voor hem, waardoor hij het gas weer kon intrappen en een beetje verloren tijd kon inhalen.

Links van hem kreeg hij steeds meer van de zee te zien, de donkerblauwe horizon, een vistrawler en ten slotte de haven zelf, tankers en vrachtschepen die aan het einde van de lange navelstrengen die de pieren vormden werden in- en uitgeladen; en toch was het op de een of andere manier mooi om te zien, met de heldere hemel en de zon die op het rimpelende water schitterde.

Hij ademde diep door zijn neus in en voelde zich verbazingwekkend bevoorrecht dat hij hier een lezing mocht houden.

Het hedendaagse Elefsina. Het oude Eleusis.

II

Nina Zdanevich liet haar tweelingmeisjes achter en keerde naar Kiko's kamer terug, die al was opgestaan en aangekleed, en onhandig bij het voeteneind stond, alsof hij haar had horen aankomen en wilde doen alsof er niets aan de hand was, wat, uiteraard, precies de tegengestelde uitwerking had. Maar ze kende haar zoon wel zo goed dat ze er niet direct over begon. 'Goedemorgen, lieverd,' zei ze.

'Goedemorgen, mama.'

'Heb je lekker geslapen?' vroeg ze.

'Ja, dank je wel,' zei hij. Maar hij wilde haar niet aankijken.

Ze voelde plotseling een steek van wanhoop en moest zich dwingen om te blijven glimlachen. Ze ging op haar hurken zitten, nam zijn hoofd in haar handen en tilde dat zo ver op tot hij haar in de ogen keek.

'Is er iets gebeurd, Kiko?'

'Nee.'

Ze overwoog even om aan te dringen, maar bedacht zich toen. Hij was te fantasierijk en tegendraads. Als ze nu zou doordrammen, zouden de leugens als cement uit een molen komen druipen en algauw in steen veranderen, en dan kreeg ze de waarheid nooit meer uit hem. Ze knikte alsof ze hem geloofde en glimlachte breed. 'Prima. Zullen we dan maar gaan ontbijten?'

'Ja, graag,' zei hij zachtjes. Hij pakte haar hand toen ze naar de deur liepen. Met zijn blik op het tapijt gericht zei hij achteloos: 'Ga je vanavond weer bij de meisjes slapen?'

Tranen prikten in haar ogen. Even voelde ze een intense haat: jegens zichzelf, haar man, die weerzinwekkende Nergadzes, jegens de hele verdomde wereld. 'Nee,' stelde ze hem gerust. 'Vannacht blijf ik bij jou.'

'Beloofd?'

'Ja, liefje. Beloofd.'

III

Knox reed de stad in, sloeg van de hoofdstraat links af en volgde de borden naar de oude stad. Zelfs het parkeerterrein leek er deel van uit te maken, een plein van lukraak neergelegde kinderkopjes, met aan alle kanten betonblokken, stenen randen en frontons, samen met sporen van oude tempels, zuilengangen, altaren en fonteinen. Eerst zag hij Nico niet, maar toen kwam hij door de halfopen hekken tevoorschijn, in ernstig gesprek met een uitzonderlijk lange zwarte man die licht gebogen liep, alsof hij zijn lengte wilde verdoezelen. Hij kon niet ver in de veertig zijn, maar toch had hij een overdreven academische uitstraling, met zijn versleten pak en halve bril met gouden montuur die aan een koordje om zijn nek bungelde.

'Sorry dat ik zo laat ben,' zei Knox. 'Er was een opstopping.'

'Dat hebben we gehoord, ja,' zei Nico droefgeestig. 'Zag het ernaar uit dat die gauw is opgelost?'

'Dat hangt van jullie verkeerspolitie af.'

'Dan zijn we verdoemd,' zei Nico in een vergeefse poging het luchtig op te vatten. Hij gebaarde naar zijn metgezel. 'Ken je doctor Claude Franklin? Een collega van de universiteit.'

'Ik geloof het niet,' zei Knox.

'Ik ook niet,' zei Franklin. Hij had elegante lange, slanke vingers voor zijn postuur, dus Knox was enigszins verbaasd over zijn ferme handdruk.

'Ik geloof dat ik het gisteravond over hem heb gehad,' zei Nico. 'Hij kende Petitier toen hij hier voor de Franse school werkte.'

'Ah,' zei Knox met groeiende belangstelling. 'Waren jullie met elkaar bevriend?'

'Zover ging het nou ook weer niet precies,' zei Franklin behoedzaam. Hij sprak langzaam, articuleerde duidelijk, alsof hij eraan gewend was dat mensen moeite hadden met zijn licht Amerikaans accent. 'We hebben een poosje een huis gedeeld, dat is alles.'

'Jullie moeten me verontschuldigen,' zei Nico. 'Ik moet zelf naar dat ongeluk gaan kijken. Voor het geval ik maatregelen moet nemen.'

'Ik red me wel,' zei Knox. 'Er is tijd genoeg.'

Maar Nico schudde alleen maar zijn hoofd. 'Een congres over Eleusis in Eleusis in de paasweek. Ik dacht dat het zo'n goed idee was. Ik dacht dat ik geïnspiréérd was!' Hij lachte woest en schopte een steen stuiterend over de kinderhoofdjes weg. 'Wat haalde ik in mijn hoofd?'

Knox haalde meevoelend zijn schouders op en wendde zich toen tot Franklin. 'En?' vroeg hij. 'Woonden alleen jij en Petitier in dat huis?'

'Niet bepaald,' glimlachte Franklin. 'Het was zo'n typisch universiteitsonderkomen: groot, oud en vervallen.' Hij bleef duidelijk articuleren, terwijl hij zich tijdens het praten telkens naar Knox wendde, ervoor zorgend dat hij steeds zijn mond kon zien. 'Vier slaapkamers. Twee van ons per kamer, soms wel drie, afhankelijk van wie met wie een kamer deelde. Iedereen was welkom, Griek of buitenlander, zolang je maar kon betalen en genoot van intelligente gesprekken op de late avond. Mooie tijden. Daar heb ik mijn dissertatie geschreven. Over de Dorische invasie nog wel.'

'De Dorische invasie?' vroeg Knox beleefd, toen ze het terrein zelf betraden en een binnenplein met kinderhoofdjes overstaken naar een oeroud pad met verweerde grijze stenen dat naar de gewijde heuvel liep. In de stille ochtend kon je je nauwelijks de furieuze, euforische bedrijvigheid van de oude festivals zelf voorstellen, wanneer alle Atheners er waren, uitbundig en opgetogen. Knox was geen religieus man, maar sloot alles wat de wonderen en eigenaardigheden van de wereld vierde in zijn hart.

'Ik weet het,' lachte Franklin. 'Maar dat was in die tijd nu eenmaal zo. Bovendien…' Hij wees met een klein gebaar naar zijn huidskleur. 'Ik was een jonge, zwarte man die hogerop wilde in de academische wereld. In de Grieks-academische wereld. Ik moest bewijzen dat ik betrouwbaar was. En wat kon nou betrouwbaarder zijn dan pleiten voor de Europese wortels van de Europese cultuur?' Hij leidde Knox tussen twee van Eleusis' legendarische symbolen door, de bron waarnaast Demeter om het verlies van haar dochter Persephone had zitten rouwen, en de Plutoneion, een grot die ooit naar de onderwereld had geleid. 'Ik neem aan dat je het algemene standpunt over de Dorische invasie kent?' informeerde hij.

'Arische rassen die vanuit het noordwesten van Griekenland of wellicht de Balkan binnenvielen,' zei Knox. 'Ze liepen de Myceners onder de voet en brachten de klassieke Griekse cultuur mee.'

Franklin knikte. 'Een overtuigend stukje geschiedenis, waar slechts één smet aan kleeft.'

'Geen bewijs,' opperde Knox.

'Geen bewijs,' stemde Franklin in. 'Ik wist natuurlijk dat het zelfs in die tijd aan de magere kant was. Maar dat maakte niet uit. De denkers die ik het meest bewonderde waren ervan overtuigd, dus moest het wel waar zijn. Waarom zouden ze er tenslotte om liegen? Of – milder gezegd – zichzelf voor de gek houden?'

'En toen kwam Petitier langs?' opperde Knox.

'Ja,' glimlachte Franklin. 'Toen kwam Petitier langs.'

IV

Edouard was bij dageraad wakker geworden, maar was nog niet opgestaan, bleef in plaats daarvan futloos in bed terwijl zijn kamer om hem heen lichter werd. Als vader had hij de nodige angst moeten doorstaan, maar nog nooit zoiets als dit. Zijn vrouw en kinderen gijzelaars, en hij die zich er op geen enkele manier van kon verzekeren of ze veilig waren. Pijpen gorgelden, deuren sloegen dicht. Hij zei steeds maar tegen zichzelf dat hij moest opstaan, maar hij bleef liggen. Ten slotte voetstappen voor zijn deur, daarna de obligate klop en Boris kwam binnen, die minachtend op hem neerkeek. 'Sandro Nergadze voor je,' zei hij terwijl hij zijn mobieltje naar hem uitstak.

'Voor mij?'

'Ja,' zei Boris. 'Voor jou.'

'Meneer Nergadze,' zei Edouard terwijl hij ongerust rechtop ging zitten. 'Wat is er aan de hand? Is er iets met mijn kinderen gebeurd?'

'Nee?'

'Zweert u dat?'

'Natuurlijk. Je gezin is prima in orde. Ze zijn toevallig net met mijn vader gaan paardrijden.'

'Wat is er dan?'

Een kleine aarzeling. 'Dat Vlies,' zei hij. 'Ik wil dat u me vertelt hoe dat eruitziet.'

'Ik begrijp u niet,' zei Edouard met gefronste wenkbrauwen. 'We weten pas hoe het eruitziet als we het straks hebben gezien.'

'Dat geldt niet meer. Ik heb mijn vader beloofd dat hij het Gulden Vlies aan het eind van dit weekend heeft, en ik ga hem er een geven, wat er aan jouw kant ook gebeurt.'

'Ik begrijp het niet.'

'Luister dan. Ik heb net een paar kilo goud gekocht. Ik heb ook een… ambachtsman geregeld. Geen zorgen, hij is te vertrouwen. Hij heeft veel werk voor onze familie verricht. Hij verzekert me dat hij een overtuigend Vlies kan maken, zolang ik hem de juiste specificaties kan geven waarmee hij aan het werk kan. Was het van puur goud gemaakt, bijvoorbeeld, of waren er ook andere materialen gebruikt? Zo ja, welke dan, en in welke verhouding? Hoe zwaar zou het zijn geweest? Welke vorm had het? De textuur? Hebben ze een mal gebruikt, wellicht, of gouddraad? Hoe werd ermee omgegaan? Kon iemand het hebben gedragen? Kortom, hoe moet het eruit hebben gezien?'

'O,' zei Edouard. 'Dat weet niemand. Er zijn afbeeldingen van op oude vazen en kunstwerken, maar die zijn slechts aan de fantasie ontsproten, en ze zien eruit zoals je kunt verwachten; dat wil zeggen: ze lijken op schapenhuiden, alleen met goud bedekt. En misschien was het dat ook feitelijk. Wist u dat de Georgiërs vliezen op houten frames spanden en die in de rivier plaatsten, zodat al het goudstof dat erlangs spoelde in de wol bleef hangen? Daarna hingen ze die aan de takken te drogen. Die moeten er net zo uit hebben gezien als het Gulden Vlies.'

'Denk je dat Petitier dat heeft gevonden? Een schapenvel bedekt met goudstof?'

'Nee,' zei Edouard. 'Het is heel goed mogelijk dat daar de legende oorspronkelijk vandaan komt, maar dat heeft hij niet gevonden, onmogelijk. Een schapenvel is organisch. Een echt Vlies zou duizenden jaren geleden al vergaan zijn. Tenzij het in een extréém gunstige omstandigheid was achtergelaten, veronderstel ik. Veel gunstiger dan wat Griekenland te bieden heeft. Misschien in Egypte, of een andere woestijn zou het wellicht…'

'Ik hoef geen lezing,' zei Sandro afgemeten.

'Ik zeg alleen dat een echt schapenvel overdekt met goud nu een hoop stof zou zijn. Waardevol stof, dat wel, maar niettemin stof.'

'Dus als het 't wél heeft overleefd, hoe zou het er dan uitzien?'

Edouard aarzelde. Het was al erg genoeg dat hij een Vlies voor echt moest verslijten, het was iets totaal anders om advies te geven bij de vervalsing ervan. 'Dat maakt niet uit,' improviseerde hij. 'Je komt er nooit mee weg. Ze kunnen tegenwoordig allerlei ingewikkelde tests doen. Ze kunnen de chemische samenstelling van een metaal analyseren, bijvoorbeeld, en precies bepalen waar en wanneer het gedolven was.' Zijn hart klopte in zijn keel toen hij dit zei, want lood, zilver en koper waren op die manier te achterhalen, maar dat gold niet voor goud; nog niet althans. Maar het was de moeite waard om het te riskeren.

'Stel dat we weigeren om het te laten testen?'

'En waarom zou u dat doen, tenzij u wist dat het een vervalsing was?'

De stilte aan de andere kant bewees dat zijn argument was aangekomen. Maar zijn opluchting was van korte duur. 'Ik weet wat,' zei Sandro. 'We gaan je Turkmeense schat ervoor gebruiken. Dat is oud Colchisch goud, toch?'

'Dat kunt u niet doen!' protesteerde Edouard geschokt. 'Die schat is onbetaalbaar.'

'Niet zo onbetaalbaar als hij gaat worden,' merkte Sandro droogjes op. 'En we gebruiken het goud dat ik heb besteld om ook replica's te maken van alle Turkmeense stukken, zodat niemand ooit zal weten wat we hebben gedaan.'

'Ik doe het niet. Hier werk ik niet aan mee.'

'Je zult wel moeten,' drong Sandro aan. 'Of ben je vergeten dat je vrouw en kinderen bij mij te gast zijn?'

De weerstand vloeide onmiddellijk uit Edouard weg. Hij voelde zichzelf ineenzakken. 'Ik heb tijd nodig om erover na te denken,' zei hij zwakjes. 'En ik wil ook met mijn vrouw spreken.'

'Wil je het soms met me op een akkóórdje gooien?'

'Ik ben vader,' zei Edouard ellendig. 'Ik kan nergens anders aan denken zolang ik niet weet dat mijn vrouw en kinderen veilig zijn.'

'Ik heb je mijn woord al gegeven dat ze veilig zijn.'

'Je hebt ze uit mijn huis ontvoerd,' snauwde Edouard. 'Hoe kan ik je in godsnaam op je woord geloven?' Hij wist dat hij te ver was gegaan, maar het was de waarheid, het dreef hem tot waanzin. 'Alsjeblieft,' smeekte hij. 'Ik kan niet goed nadenken. Hoe kan ik nou helpen als ik niet goed kan nadenken?'

Er ontstond een gespannen stilte aan de andere kant van de lijn, als het koord van een wurgpaal. 'Goed dan,' zei Sandro ten slotte. 'Je kunt je vrouw te spreken krijgen als ik je terugbel. Werk jij intussen uit hoe je het beste een Gulden Vlies voor me kunt vervalsen.

15

Het oude pad leidde Knox en Franklin in een trage spiraal rond de natuurlijke piramide van de gewijde heuvel omhoog, waar aan weerszijden de vervallen ruïnes bedekt waren met hoog gras waartussen uitbundig wilde bloemen bloeiden, paardenbloemen, boterbloemen en felrode papavers, terwijl op de top boven hen een verwaarloosde klokkentoren de verkeerde tijd sloeg en een Griekse vlag er verwelkt bij hing. 'Petitier was niet zoals wij,' zei Franklin. 'Om te beginnen was hij veel ouder, en hij was al veel verder in zijn academische carrière. Ik herinner me dat hij in Parijs had gedoceerd, hoewel hij die periode slecht heeft afgerond. Een vriend van hem had een baan voor hem geritseld bij de Franse school hier. Zij hadden natuurlijk hun eigen accommodatie, maar hij kreeg daar ruzie met iemand en verhuisde naar ons. Wat ons betrof was dat prima. Nog een portemonnee waarmee we de rekeningen konden delen, vers bloed voor onze discussies laat op de avond. Je weet hoe het studentenleven is.'

'Ja.'

'Hoewel ik niet weet hoe hij het bolwerkte, eerlijk gezegd. Ons maakte het niet uit, wij waren bezig met ons proefschrift en zo, dus wij konden wegkomen met dronken de nacht doorhalen. Maar hij had overdag een baan. Niet dat die erg belastend was, wat ik eruit heb begrepen. Voornamelijk administratief. Correspondentie, dat soort dingen. Een verspilling van zijn intellect, in feite, want hij was op zijn eigen manier briljant. Neem mijn Dorische invasie bijvoorbeeld. Ik had zonder ook maar enige kritiek de gangbare wetenschap erover opgezogen. Ik had voetstoots aangenomen dat het wel móést kloppen, omdat zo veel mensen zeiden dat dat zo was, en die hadden allemaal hele slierten letters achter hun naam staan. Maar zo dacht Petitier niet. Hij nam juist aan dat welke gevestigde versie dan ook wel fout móést zijn. Hij stelde me steeds maar vragen, waarvan hij heel goed wist dat ik daar geen adequaat antwoord op had, en elke keer dat ik over de hiaten struikelde, dreef hij de spot met me, lekte mijn vertrouwen nog verder weg en dan ging ik inderdaad broedend naar bed. Toen ik daar op een avond zo lag, kreeg ik wat ik alleen maar kan omschrijven als een goddelijke openbaring, een plotselinge verlichting van iets wat zo voor de hand lag maar voorheen zo ondenkbaar was. Er was geen Dorische invasie geweest, er waren geen Arische stammen geweest die vanuit het noorden aanvielen. De hele zaak was een verzinsel, het werk van politieke propaganda, niet gecreëerd met bewijs, maar ondanks dat bewijs.'

'Is dat niet een beetje te vergezocht?'

'Kijk eens naar mij, meneer Knox. Vind je dat ik er Europees uitzie?'

'Toevallig wel.'

Franklin lachte. 'Nou, zo voel ik het niet. Nooit gedaan ook. Amerika was anders. Daar voelde ik me thuis, gewoon. Mijn vader was zwart; mijn moeder was Griekse. Nou en? Gemengde gezinnen betekenden niets in Washington DC. Toen mijn moeders moeder echter ziek werd, gingen we hierheen om voor haar te zorgen. Het zou slechts voor een paar weken zijn, maar ze bleek een vechter. Een half jaar ging voorbij. Een jaar. Mijn vader vond het verschrikkelijk. In die tijd waren zwarten een zeldzaamheid hier. Hij was een uitermate intelligente man, maar hij kon geen werk krijgen, en zeker niet als docent. En mijn moeder weigerde te vertrekken, niet terwijl haar moeder op sterven lag, dus ten slotte pakte mijn vader zijn koffers en vloog terug naar DC. Ik háátte hem erom. Ik laaide van woede, hoewel ik dat heel goed kon onderdrukken. Maar nu realiseer ik me dat het voor hem niet makkelijk moet zijn geweest.' Hij maakte een handgebaar om aan te geven welke spanningen er voor iedereen in het gezin heersten. 'Het was zelfs voor mij moeilijk, ook al had ik een Griekse moeder en sprak ik de taal redelijk vloeiend omdat mijn moeder het thuis altijd met me had gesproken. Mijn klasgenootjes lachten me uit omdat ik anders was, zoals kinderen nu eenmaal doen. Ik ben nooit een atleet of vechtersbaas geweest, dus moest ik iets terugdoen op de enige manier die in mijn vermogen lag: examens.' Ze liepen langs een paar massieve marmeren zuilen die langs de kant van het pad lagen, evenals de gehavende buste van een Romeinse keizer; waarschijnlijk Hadrianus, aan zijn baard te zien. 'Ik was een vreselijk conventionele student, tot Petitier arriveerde.

Ik studeerde ijverig en gedroeg me voorbeeldig. Ik deed zo mijn best om erin te passen. Maar desondanks – of misschien juist wel juist daarom – had ik een verschrikkelijke brandende woede in me; verbolgen omdat ik als minderwaardig werd beschouwd, alleen maar vanwege mijn huidskleur. Volgens mij heeft Petitier dat aangevoeld. Hij daagde me met radicale ideeën uit. Hij suggereerde dat Hannibal misschien wel zwart was geweest, bijvoorbeeld. En Cleopatra ook. Sócrates zelfs. Denk je eens in: de grootste icoon van filosofie en wijsheid, een zwarte man.'

'Dat heb ik nog nooit gehoord,' zei Knox beleefd.

'En om een heel goede reden,' glimlachte Franklin. 'Het is niet waar. Of accurater gezegd: er is verdomd weinig bewijs voor. Maar het verwees naar een grotere waarheid, waarvoor je alle bewijs had die je maar wilde.' Hij zweeg even om een paar papegaaien te bewonderen die in de lentezon dartelden en duikvluchten maakten. 'Wij westerlingen vinden onszelf speciaal, hè, meneer Knox? We hebben dat beeld van onszelf zoals dat in de wieg van de Griekse klassieke oudheid geboren en gekoesterd is, erfgenamen van haar grote tradities: democratie, wetenschap, filosofie, geneeskunde, wiskunde, technologie, architectuur, universiteiten. Het beste van de westerse cultuur, we hechten geloof aan de miraculeuze opbloei van het genie dat hier tweeënhalf millennium geleden ontstond. Maar door Petitier ben ik nog eens naar de beelden gaan kijken. Hij liet me zien dat al die onbetwistbare grootse zaken, al die prachtige ontdekkingen en uitvindingen... Zie je, die waren eigenlijk helemaal niet Grieks. Nee. Ze waren Afrikáans.'

II

Gaille was nog steeds zwaarmoedig door haar aanvaring met Knox toen haar vliegtuig naar Heraklion op weg ging. Maar het was een wolkeloze dag en ze zat bij het raam; ze merkte dat ze steeds meer opging in het fonkelende groen van de Egeïsche eilanden, zo ver onder haar in de verbazingwekkend blauwe Middellandse Zee. Maar toen zetten ze bijna onmiddellijk de landing naar Kreta in en kwam zijzelf ook weer met beide benen op de grond. Ze had geen idee wat ze na de landing moest doen, vooral niet als Knox' vriend Iain Parkes haar niet stond op te wachten. Maar gelukkig stond hij wél te wachten. Althans, een lange, opgewekte en goed uitziende dertigplusser, met kort, strokleurig haar stond buiten de aankomstgate en hield een groot stuk karton omhoog met in rode viltstift haar naam erop gekrabbeld. 'Doctor Parkes, neem ik aan,' zei ze glimlachend terwijl ze naar hem toeliep.

Hij grijnsde toen hij zijn karton wegdeed. 'Dit heb ik nou om een of andere reden altijd al willen doen. Hoewel ik mezelf had voorgesteld in vol chauffeursornaat, weet je, met uniform en kleppet en al.'

'Zo veel betoverender dan archeologie,' zei Gaille instemmend.

'En ook beter betaald,' lachte hij. Hij had een charmante, ongekunstelde lach die haar onmiddellijk op haar gemak stelde, en het stelde haar ook gerust dat hij er eerder als een veldarcheoloog dan als een academicus uitzag, met zijn donkere teint, kaki fotografenbroek en een blauw shirt met korte mouwen.

'Daniel heeft je dus weten te bereiken?' vroeg ze.

'Dat niet precies. Maar hij heeft ongeveer vijftig boodschappen op mijn mobiel achtergelaten. Als het even kan, heb ik dat verdomde ding nooit aan. Maar mensen blíjven me maar bellen.'

'Verschrikkelijk om vrienden te hebben, hè?'

Hij nam haar tas van haar over en slingerde die achteloos over zijn schouder. 'De auto staat daar,' zei hij, terwijl hij met zo'n natuurlijk gezag naar de uitgang beende dat de menigte zonder het zelf te merken voor hem uiteen week.

'Het is echt geweldig dat je me bent komen ophalen,' zei Gaille, die min of meer naast hem draafde om hem bij te kunnen houden. 'Je hebt het vast heel druk.'

'Helemaal niet.' Hij moest zich hebben gerealiseerd dat hij te snel liep, want hij minderde een paar passen vaart, maar dat hield hij niet vol. 'Er gebeurt niet veel in Knossos. Tijdens de paasweek is alles altijd gesloten.'

'O ja? Ik had gedacht dat het een drukte van belang was.'

'In de toeristenbranche wel, ja,' zei hij instemmend. 'Ik bedoel bij onze opgravingen. Het plaatselijke personeel drukt sowieso altijd al z'n snor, dus hebben we dit jaar van de nood een deugd gemaakt en iedereen een week vrij gegeven. Ik hou de boel alleen maar een beetje in de gaten; maar nu kan ik je wel helpen bij wat Knox ook in zijn hoofd heeft, als je dat tenminste wilt?'

'Dat zou fantastisch zijn.'

'Schitterend,' zei hij grijnzend. 'Ik heb jullie avonturen met enorme afgunst gevolgd. Het werd tijd dat ik ook mijn aandeel in de pret krijg.' Ze liepen door automatische deuren naar een zonverlichte promenade buiten, heiig van de uitlaatgassen, al heter dan het in Athene was geweest, hoewel het nog steeds vroeg op de dag was. Je vergat zomaar dat Kreta bijna net zo dicht bij Afrika lag als bij Athene.

'Wauw!' mompelde Gaille, toen ze bij een schitterende donkerrode Mustang aankwamen. 'Zó slecht betaalt archeologie hier toch ook weer niet.'

'Een kerstcadeautje, helaas. Mijn schoonvader is een van die grote swingende klootzakken op Wall Street. Tenminste, ik weet niet van dat grote en swingende, maar dat laatste klopt wel ongeveer.'

De passagiersstoel had in de zon staan bakken en voelde door Gailles dunne katoenen broek heen ongemakkelijk heet tegen haar achterbenen, zodat ze steeds heen en weer schoof. 'Hij valt vast wel mee, als je dit onder je kerstboom aantreft.'

'Mijn vrouw heeft hem gevonden, niet ik.' Hij maalde niet om veiligheidsgordels en keek ook niet om zich heen, startte gewoon de motor en zette hem in de versnelling. 'Ik krijg altijd een vulpen. Zijn manier om zijn lieve kleine schattebout te laten merken dat ze ver onder haar stand is getrouwd.'

'Dat heeft niets te maken met haar gelukkig proberen te maken.'

'Je hebt de man niet ontmoet,' zei hij terwijl hij zo abrupt wegreed dat de chauffeur van een blauwe bestelbus hard op zijn rem moest trappen, waarna hij bij wijze van verontschuldiging zijn middelvinger opstak toen de bestuurder woedend toeterde. 'En voordat je te zeer partij voor hem trekt, zal ik je waarschuwen dat hij die strijd heeft gewonnen. Zijn kleine schattebout is weer voor een lange onderbreking terug in de vs en heeft mijn zoon meegenomen, en ik ben daar niet een beetje pissig over.'

'O,' zei Gaille. 'Wat erg voor je.'

'Maar ik heb de auto tenminste nog, hè. Grote swingende klootzak vraagt me voortdurend of ik hem verkoop en de opbrengst naar hem doorstuur. Maar hij kan de boom in, ja? Als zijn kleine schattebout het geld zo graag wil, kan ze hierheen komen en hem zelf verkopen. Dat is ze me wel verschuldigd.'

'Wat is er misgegaan?'

Hij slaakte een lange zucht en gaf zo lucht aan zijn woede. 'Het bestaan als vrouw van een archeoloog was niet bepaald wat ze ervan had verwacht, vermoed ik. Hoewel god weet dat ik haar geen gouden bergen heb beloofd. En het leven op Kreta kan zwaar zijn, vooral als je niet van de warmte houdt. Ze kreeg steeds huiduitslag en sliep slecht. En toen raakte ze zwanger. Ze kon hier geen arts vinden die ze helemaal vertrouwde, wat ik wel kon begrijpen, dus ging ze voor de bevalling naar huis. En natuurlijk hebben ze het haar daar zo comfortabel mogelijk gemaakt, dus was het gemakkelijker om te blijven. Maar het was vooral het soort leven hier. Helemaal geen glamour en opwinding. Volgens mij dacht ze dat ik minstens één nieuwe schat per week zou opgraven, net als jij en je man Knox.'

'Je overdrijft.'

'Ik had het moeten zijn, weet je,' zei hij glimlachend. 'Op Cambridge blonk ik als student altijd uit, niet Daniel. En kijk jullie twee nou eens. Eerst Alexander en daarna Aknathon.' Hij schudde spottend verwijtend zijn hoofd. 'Echt, hadden jullie niet ten minste een stap terug kunnen doen en de rest van ons ook een kans kunnen geven?'

Door wegwerkzaamheden was de tegengestelde rijbaan afgesloten, waardoor het verkeer in beide richtingen over hetzelfde smalle stuk asfalt moest. Zonder verkeerslichten of verkeersregelaar was het een gekkenhuis, iedereen reed agressief de rijbaan op in een poging tegemoetkomende auto's terug te dwingen. Gaille vreesde dat ze er nooit doorheen zouden komen, maar toen schoot Iain met zijn Mustang in het kleinst denkbare gaatje en waren ze aan de andere kant. 'Christus!' mompelde ze. 'Jij liever dan ik.'

'Je raakt eraan gewend.'

De verkeersdrukte nam af. Een bord kondigde Knossos aan. Ze kwamen boven aan een heuvel en zagen links van hen auto's geparkeerd staan, en daarachter een glimp van de archeologische opgraving, het paleis van koning Minos en het befaamde domein van het legendarische labyrint. Naar verluidt zou de half man, half stier Minotaurus de jonge mannen en vrouwen die vanaf het Griekse vasteland als offer werden gestuurd, hebben afgeslacht tot hij uiteindelijk door Theseus werd verslagen, dankzij de hulp van Ariadne, koning Minos' dochter. Maar Iain draaide regelrecht een privéweg op, langs een charmante verzameling gebouwen rondom een tuin met stokrozen en dadelpalmen, naar een prachtig huis te midden van weelderige tuinen met acacia's, hibiscus, lelies en hyacinten, evenals een paar Romeinse beelden zonder hoofd. 'Villa Ariadne,' zei hij, enigszins overbodig. Hij knikte verder in de richting van het pad. 'Het Strat-Mus is die kant op,' zei hij.

'Het wat?'

'Sorry. Het Stratigrafisch Museum, waar we onze vondsten bewaren.' Een hond begon woedend te blaffen. 'Uit veiligheid,' zei Iain, toen ook een tweede hond inzette. 'Ze liggen aan de ketting. Ik wil niet dat die krengen los rondrennen, niet wanneer ik hier ben. Die verdomde beesten jagen me de stuipen op het lijf.'

'Gaan we niet naar binnen?' vroeg ze.

'Nee. Eigenlijk doen we het meeste werk in wat wij de Taverna noemen, de gebouwen waar we aan het begin van de weg langskwamen. Veel relaxter dan de villa. Nog een reden voor de kleine schattebout om naar de vs terug te gaan, vermoed ik. Ze zag zichzelf al in dat schitterende huis, weet je, met bedienden in livrei die ons muntcocktails kwamen brengen en mimosa op het grasveld, dat soort dingen.'

'Het is prachtig,' zei Gaille neutraal.

'Als je wilt leid ik je straks wel rond. Maar eerst gaan we wat koffie brouwen. Dan kun je me je plannen vertellen.'

'Ik heb eigenlijk geen plannen,' bekende Gaille. 'Behalve dan dat ik hier ben om de sporen van die Petitier te volgen. Maar ik heb geen flauw idee hoe.'

'Ga dan maar even met je benen omhoog zitten,' opperde Iain. 'Ik kan wel wat rondbellen.'

III

Knox en Franklin hadden het Telesterion bereikt, het grote rechthoeki-ge binnenplein waar de Mysteriën in de oudheid werden gevierd. De hoge muren, die ooit garant hadden gestaan voor de geheimhouding van de riten, waren al lang afgebrokkeld, alleen hun contouren waren er nog, en toch was het nog altijd een sfeervolle plek. 'Afrikaans?' zei Knox glimlachend. 'Is dat niet een boude uitspraak?'

'Zonder meer,' gaf Franklin toe. 'Het is een heel boude uitspraak. Maar daarmee is die niet per se fout. Het is natuurlijk niet pasklaar. Dat geldt voor alles. Maar ik blijf erbij dat de kern ervan klopt, dat de wes-terse wereld een duister geheim heeft: de gouden eeuw van Athene is niet kant-en-klaar uit het niets ontstaan dankzij een of andere buiten-gewone bloei van de Griekse genius. Het was eenvoudigweg een onder-deel van de algehele evolutie van de rede; en dat we veel, of misschien wel de meeste, doorbraken die we aan de Grieken toeschrijven feitelijk in Egypte hebben opgedaan en dat die alleen maar door de Grieken zijn úítgedragen. En het opmerkelijke is dat de oude Grieken dat zelf min of meer hebben toegegeven. Niet alleen geven ze de Egyptenaren expliciet de eer dat ze de pioniers waren op het gebied van godsdienst, filosofie en de rede, maar ze reisden voor hun opleiding ook in grote aantallen naar Egypte. Thales, de grondlegger van de filosofie, heeft daar jaren doorgebracht, evenals Pythagoras, de vader van de wiskun-de, Solon, de grondlegger van wet en democratie, en Herodotus, de va-der van de geschiedenis. Archimedes en Anaximander zijn er beiden geweest, net zoals Democritus, Hipparchus, Plato en...'

'Je hoeft me er niet van te overtuigen dat de Grieken zijn beïnvloed door de Egyptenaren,' zei Knox, zich ervan bewust dat de lijst nog wel een tijdje kon doorgaan.

'Sorry,' zei Franklin. 'Ik was vergeten dat jij egyptoloog bent.' Hij zweeg even om het uitzicht te bewonderen, over de omringende muur en terracotta daken naar een jachthaven, waar masten in de lichte bries wiegden en tikten. 'Maar door het feit dat je je ervan bewust bent ben je eerder de uitzondering dan de regel. Hoewel dat, laten we zeggen, vierhonderd jaar geleden niet het geval zou zijn geweest. Toen accepteerden westerlingen op grote schaal de eigen versie van het belang dat de Grieken aan de Egyptenaren hechten.' Hij zweeg even en draaide zich naar Knox om. 'Europeanen doen hun best om het te vergeten, maar niet alleen Amerika is van slavernij rijk geworden. Dat moet voor Europa's verlichte aristocratie iets merkwaardigs zijn geweest, denk je ook niet, om er slaven op na te houden? Ze zagen zich graag als goede mensen, dat willen we allemaal; maar het moet moeilijk zijn geweest dat ze hun medemensen met duizenden naar hun plantages verscheepten en ze vervolgens met de zweep doodsloegen, alleen maar omdat ze de verkeerde huidskleur hadden. Het idee dat Afrikanen hun gelijken konden zijn of zelfs hun meerderen, zou een onverdraaglijk idee zijn, dus deden ze het voor de hand liggende. Ze herschreven de geschiedenis om Afrika buiten te sluiten. En dat is alles wat mijn geliefde Dorische invasie ooit is geweest: de zoveelste van de vele theorieën die door blanke mensen zijn uitgevonden om het verhaal van de klassieke Grieken te herschrijven als een triomf van de blanke man.'

Knox keek hem nieuwsgierig aan, voelde hoe de woede onder de oppervlakte wegbrandde. 'Als een theorie niet goed uitpakt,' bracht hij naar voren, 'betekent dat nog niet dat ze boosaardig is.'

'Ik vertel je alleen maar wat ik destijds dacht,' zei Franklin, niet erg overtuigend. 'Ik was een jongeman die zijn korte academische leven aan een theorie wijdde, slechts om te ontdekken dat die fout was. Het is niet verbazingwekkend dat ik me wat bitter voelde. En er is ook iets onbeschrijfelijk bedwelmends aan het besef dat de keizer geen kleren aanheeft, weet je. Je wilt het aan iedereen die maar wil luisteren uitleggen, niet altijd op de sympathiekste manier.' Hij onderbrak zichzelf toen hij voorging op een smalle houten trap die uitkwam op het voorplein van het Eleusis-museum, waar het conferentiepaviljoen was opgetrokken. 'Dus heb ik het op me genomen om niet alleen die theorieën aan te vallen, maar ook uit te leggen waarom die om te beginnen zijn bedacht, en waarom sommigen van mijn collega's daar zo hardnekkig aan vasthouden, in weerwil van al het bewijs.'

Knox trok zijn wenkbrauwen op. 'Heb je ze van racisme beschuldigd?'

'Racisme, kolonialisme, imperialisme, gebrek aan eruditie.' Hij lachte enigszins meesmuilend. 'Dat laatste knaagde natuurlijk echt. Gebrek aan eruditie.'

'En hoe is dat allemaal afgelopen?' vroeg Knox terwijl hij de paviljoendeur voor hem opendeed en hem in de koele duisternis naar binnen werkte.

Franklin draaide zich met een charmante glimlach naar hem om. 'Heel anders dan verwacht,' antwoordde hij.

16

Gaille schonk in de Taverna-keuken een kop verse koffie voor zichzelf
in, en ging toen aan de wandel. Aan de muren hingen uit de toon vallen-
de ingelijste foto's van marmelade en cyperse katten. Een boekenplank
in de eetkamer stond vol ontspanningslectuur, oude tijdschriften, PG
Wodehouse-romans en thrillers met opgebolde gele, gescheurde bladzijden waarvan de felle omslagen half loslieten. Ze pakte een oude *Ma-
rie Claire* en nam die mee naar het overdekte dakterras buiten, waar ze
een stoel in de gespikkelde schaduw van een hoge conifeer neerzette. Op
de bries ving ze flarden van Iains telefoongesprekken op, zijn toon was
beurtelings vleiend, humoristische en resoluut, maar ze werd al snel
door vermoeidheid overmand en doezelde licht weg, om wakker te
schrikken toen Iain plotseling op het terras opdook. 'Dáár ben je dus!'
zei hij, alsof hij haar urenlang had gezocht.

'Sorry,' zei ze. De zon was boven de bomen uit gekomen, waardoor
ze haar ogen met haar hand moest afschermen toen ze naar hem opkeek. 'Vannacht niet veel geslapen.'

'Ik plaag maar wat,' zei hij glimlachend. 'Ik zag dat je hierheen ging.
Ik had je willen laten slapen, maar ik heb wat vooruitgang geboekt en
ik dacht dat je dat wel wilde weten.'

'Fantastisch!'

'Ik zal beginnen met het slechte nieuws. Geen spoor van Petitier bij
de plaatselijke overheidsinstanties. Maar let wel, dat is ook niet ver-
wonderlijk als je weet hoe ze hier zijn.' Hij pakte een koekje en begon
erop te kauwen, terwijl hij al kruimels rondsproeiend verder praatte.
'Maar je zei dat hij archeoloog was, dus kreeg ik een idee. Ik heb zijn
naam door onze database gehaald en raad eens? Blijkt dat hij hier regelmatig op bezoek is geweest.'

'Wat bedoel je?'

'Ik bedoel dat hij hier soms onderzoek kwam doen, alleen kende ik
hem als Roly. Van belang is dat we een paar jaar geleden door een be-
veiligingsfase heen zijn gegaan en we al onze gastonderzoekers een ID

met foto hebben gegeven. Ik heb dus een foto van hem, helpt dat?'

'Dat is schitterend!'

'Dacht al dat je er blij mee zou zijn,' zei hij met een grijns. 'Ik maak er nu een kopie van.' Met een vaag gebaar nodigde hij haar uit mee te lopen naar zijn kantoor. Haar benen gedroegen zich op de trap merkwaardig ongecoördineerd, alsof ze haar uitscholden dat ze te vroeg wakker waren gemaakt; maar binnen was het alleraangenaamst koel na het directe zonlicht, terwijl de plafondventilator op de laagste stand stond en als een vriendelijke engel naar haar omlaag ademde. De printer stond in de hoek, de pagina was nog steeds bezig. 'Het duurt eeuwen met dat kloteding,' zei hij terwijl hij erheen liep. 'Er is nooit geld voor nieuwe technologie: niet als we het aan oude boeken kunnen spenderen.'

Het was precies een kantoor waar Gaille dol op was: tegen alle muren hoge planken, volgepakt met academische teksten over het Minoïsche Kreta en de Myceners, andere over het oude Egypte en klassieke Griekenland, de Hettieten en Babyloniërs, en op het bureau lag nog meer opgestapeld. Een brief markeerde een pagina in een gebonden compendium van *Journals of Egyptian Archaeology*. Ze werd nieuwsgierig en liep ernaartoe. Hij was van een kleine, maar gerespecteerde Londense uitgever en geadresseerd aan Iain, waarin het schema voor zijn volgende boek werd bevestigd. 'Hé!' zei ze. 'Gefeliciteerd!'

Hij keek op van de printer en bloosde een beetje toen hij haar naar de brief zag kijken. 'Dat is persoonlijk,' zei hij, terwijl hij naar haar toeliep en hem van haar afnam, hem opvouwde en in zijn bovenste la opborg.

'Sorry,' zei Gaille, een beetje van haar stuk gebracht. 'Dat had ik niet in de gaten.'

Hij zuchtte en wist een glimlach tevoorschijn te toveren. 'Sorry,' zei hij. 'Ik wilde niet kortaf zijn. Alleen ben ik door de jongens wat met een scheef oog aangekeken.'

'Waarom in hemelsnaam? Je gaat je boek publiceren. Daar zou je echt trots op moeten zijn.'

'Heb je de titel niet gezien?'

'Nee. Hoezo?'

Hij trok een laatdunkend gezicht over zichzelf. 'Mijn boek gaat erover dat we ons begrip over de oostelijke Middellandse Zee in de bronstijd moeten herzien, waarbij we gebruikmaken van alle informatie die we uit onze opgravingen hier op Kreta verzamelen evenals die op Santorini en de andere eilanden. Ik had het oorspronkelijk ingestuurd als *Het Pelasgische en Minoïsche Egeüs: een nieuw paradigma.*'

'Pakkend,' zei Gaille.

'Precies. Geen greintje interesse. Ik bleef het maar herschrijven en nog eens herschrijven, ik dacht dat het aan mijn ideeën of de schrijfstijl lag. Maar toen kreeg ik op een avond een ingeving. Ik veranderde de titel in *De Atlantisconnectie* en kreeg binnen een week een aanbod.' Ze moesten samen lachen over hoe de dingen in de wereld werkten, en op dat moment was de spanning vergeten.

De printer was klaar met spuwen en ze liepen er samen heen. Gaille voelde een schokje toen ze Petitier zag: tot nu toe was hij een abstract concept geweest. Ze werd niet warm of koud van zijn foto, hij was duidelijk verontwaardigd dat hij voor de camera moest poseren, ongeduld en superioriteit waren in de zure rimpels van zijn bovenlip te lezen, zelfs zichtbaar door zijn warrige, getaande grijze baard. 'Je hebt zeker geen adres van hem?'

'Toevallig hebben we er een voor onze database nodig,' zei Iain tegen haar, 'maar hij heeft een of ander hotel in Heraklion opgegeven. Ik heb ze gebeld, voor het geval dat, maar de vrouw had nooit van hem gehoord, of van iemand die aan zijn beschrijving voldeed. Misschien hield ze hem de hand boven het hoofd, maar dat denk ik niet. Persoonlijk ben ik hem nooit in Heraklion tegengekomen, en dat was zeker gebeurd als hij daar in de afgelopen tien jaar had gewoond. Maar maak je geen zorgen. Ik heb je het mooiste nog niet verteld.'

'Het mooiste?'

Zijn ogen fonkelden. 'Het schoot alleen maar door me heen. Ik bedoel, als hij hier onderzoek heeft gedaan, dan is hij misschien ook bij andere opgravingen geweest, ja? Dus ben ik wat gaan rondbellen, en raad eens?'

'Heeft dat iets opgeleverd?'

Hij knikte driftig. 'Iets ten oosten van hier is die Belgische opgraving. Een van de meisjes daar kent Petitier heel goed. Dat kwam omdat een paar jaar geleden haar broer op bezoek kwam en ze hem het eiland had laten zien. Tijdens haar rondtoer liep ze niemand minder dan Roland Petitier tegen het lijf, die wat kilo's walnoten aan de dorpswinkel verkocht en beloofde dat hij bij zijn volgende bezoek meer zou meenemen.'

'Z'n thuisbasis!' riep Gaille uit. 'Waar was dat?'

'Een dorpje dat Anapoli heet. Het ligt in de heuvels boven Chora Sfakion aan de zuidkust.'

'En hoe kan ik daar komen?'

Zijn grijns werd breder. 'Door weer in mijn auto te stappen en van de rit te genieten,' zei hij tegen haar.

II

Er zaten met opzet geen ramen in het paviljoen, zodat het licht tijdens de praatjes goed kon worden bediend. Momenteel was alleen een derde verlicht, het achterste gedeelte, twee matroneachtige vrouwen waren koffiekopjes en kannen water op de schraagtafels aan het klaarzetten. Knox voelde een scheut paniek. Hij had verwacht dat de av-jongens in de buurt zouden zijn om hem te laten zien hoe alles werkte. Ze zaten zeker vast in het verkeer. Hij schonk voor zichzelf en Franklin een glas water in. Ze namen het mee naar de achterste rij van de houten klapstoelen, waar ze aan weerskanten van een looppad gingen zitten. 'Je was aan het vertellen hoe het afliep met je kruistocht,' zei hij.

'Klopt,' zei Franklin. 'Op zichzelf was het absurd. Een van mijn professoren – je zou hem mijn mentor kunnen noemen – had ten slotte genoeg van me. Hij nodigde me bij hem thuis uit, zonder meer een teken van stront aan de knikker. Maar ik was blij. Ik had de geest gekregen, wilde dolgraag mijn jonge carrière bestormen. Hij was erg op punctualiteit, dus stond ik stipt om zeven uur 's avonds bij hem op de stoep. Maar niet hij deed de deur open. Het was zijn dochter, Maria.'

'Ah!' glimlachte Knox.

'Zeg dat wel,' zei Franklin instemmend. 'Op zulke momenten leert een man zichzelf kennen. Eén blik op Maria was voldoende om mijn prioriteiten in het leven te heroverwegen. In zeker opzicht schaam ik me daarvoor. In een ander kon ik niet trotser zijn.'

'Werd het beantwoord?'

'Ze werd mijn vrouw, als je dat bedoelt, hoewel het me een paar jaar kostte om haar te veroveren. En haar eerste indrukken van mij waren niet best. Ze plaagt me er nog steeds mee, zoals ik haar stond aan te gapen. Haar vader werd op de universiteit opgehouden, vertelde ze me. Een of andere idioot had het brandalarm af laten gaan.' Hij schudde zijn hoofd wegens de perverse trucs van het lot. 'Maria bleef bij me terwijl ik wachtte. Tegen de tijd dat haar vader eenmaal thuiskwam, was ik tot over mijn oren verliefd en wist ik niet hoe snel ik mijn excuses moest aanbieden. Ik bezwoer hem dat ik hem nooit meer op de universiteit in verlegenheid zou brengen. Hij gaf Petitier eerder de schuld dan mij en vroeg me onmiddellijk en volledig met hem te breken. Ik ging akkoord. Hij was zo vriendelijk om me nog een kans te geven.'

'Hoe nam Petitier dat op?'

'Dat weet ik niet. Ik heb hem nooit meer gezien. Ik verhuisde toen hij aan het werk was en hij vertrok kort daarna uit Athene.' Hij stiet een kort lachje uit. 'Dat was op zichzelf nog een verhaal. De Britse School organiseerde een reeks lezingen ter herinnering aan Sir Arthur Evans en diens opgravingen op Knossos. Kennelijk was Petitier tijdens een vraag-en-antwoordsessie opgestaan en in een dronkenmanstirade uitgebarsten. Het was de laatste druppel. De Franse School ontsloeg hem omdat hij ze in verlegenheid had gebracht, en kort daarna is hij vertrokken.'

'Waar ging die tirade over?'

'Hij beschuldigde Evans en zijn opvolgers ervan dat ze met het Minoïsche Kreta precies hetzelfde hadden gedaan als wat andere academici met de Dorische invasie hadden gedaan; dat wil zeggen dat ze de geschiedenis hebben herschreven ten gunste van de Grieken en ten koste van Egypte en het Nabije Oosten.' Hij keek Knox aan om te zien of meer uitleg nodig was en concludeerde duidelijk van wel. 'Kreta werd pas in 1898 onafhankelijk van het Ottomaanse Rijk, zie je. Maar de nieuwe regering van Kreta wilde geen onafhankelijkheid, ze wilden in plaats daarvan zich met Griekenland verenigen. Daarom wilden ze dolgraag elke historische band met Griekenland uitspelen en die met Egypte en Turkije onderschoffelen. En dat was bijna precies het moment waarop Evans in Knossos met zijn opgravingen begon. Zijn hoofd zat zo vol Griekse mythen en legenden, dat hij binnen een week nadat hij in de grond was gaan scheppen, Ariadnes badkamer vond. Niet zomaar een badkamer of zelfs een kóninklijke badkamer. Nee. Die van Ariádne. Daarna was het de troonkamer van Minos, en ga zo maar door. Dat was geen archeologie. Dat was mythevorming.'

Knox moest lachen. 'En Petitier heeft dat allemaal gezegd tijdens de herdenking van Evans' werk?'

Franklin knikte. 'En eerlijk gezegd is er heel wat te zeggen voor wat hij beweerde. Als Knossos bijvoorbeeld door een egyptoloog was opgegraven, hadden we bijna zeker een heel ander beeld van het Minoïsche Kreta gekregen. We denken er graag aan als het meest westerse gedeelte van de oostelijke Middellandse Zee, niet als het zuidelijkste deel van Griekenland. Maar wanneer een idee eenmaal in het gangbare geweten heeft postgevat, is het er bijna onmogelijk weer uit te krijgen.' Hij slaakte een emotionele zucht. 'Mensen realiseren zich gewoonweg niet hoeveel Egyptisch materiaal er in Minoïsche verband is gevonden. Aardewerk, sieraden, neushoornivoor, zegels en scarabeeën. Muziekinstrumenten, wapens, lampen, noem maar op. De Minoïsche cultuur wordt wijdverbreid als uniek beschouwd, vanwege haar stierengevechtfresco's en kenmerkende artistieke stijl; en toch hebben we door heel Egypte en Klein-Azië bewijzen van die fresco's gevonden, en identieke kunststijlen in Tell el-Daba en elders. En dan heb ik het nog niet over de verleidelijke verwijzingen die we in de taal hebben gevonden. Het woord "Minoïsche" komt van Kreta's legendarische koning Minos, bijvoorbeeld. Maar Minos was niet zozeer de naam van een persoon als wel de benaming voor een titel. En wie was de eerste farao van Egypte?'

'Menes,' antwoordde Knox.

'Die Boven- en Beneden-Egypte zou hebben verenigd,' zei Franklin knikkend. 'Maar in de moderne wetenschap wordt gesuggereerd dat Menes ook een titel was. Het Egyptisch kende geen klinkers, zoals je weet, zodat we alleen maar zeker kunnen zijn dat de medeklinkers mns erin zitten, preciés hetzelfde als in Minos. Toeval?'

'Waarschijnlijk,' zei Knox. Het licht in het auditoriumpaviljoen ging plotseling aan. Hij keek om zich heen en zag dat achterin zich een paar babbelende en koffiedrinkende deelnemers hadden verzameld, babbelden en koffie dronken. Maar er was nog altijd geen spoor van Nico.

'De Egyptenaren zetten belangrijke gebouwen in lijn met de dageraad,' vervolgde Franklin, niet merkend dat Knox werd afgeleid. 'Dat deden de Minoërs ook. Wist je dat op bepaalde belangrijke dagen van het jaar de eerste stralen van de opkomende zon zich dwars door de dubbele deuren van Knossos boorden en de troonkamer in licht baadden? En kijk eens naar de religie: Osiris en Isis zijn in de Egyptische mythe de centrale goden. Ze bezaten een merkwaardig soort onsterfelijkheid, ze schonken zichzelf het leven. Hetzelfde gold voor de Minoïsche goden. Dionysos werd als jonge man én als bebaarde koning aanbeden. Demeter werd geëerd als maagd, moeder en oude vrouw. Een bij uitstek Egyptische geloofsovertuiging die op Kreta werd omgevormd en de basis werd van de Griekse religie, en wel hier in Eleusis.'

'Nu we het daar toch over hebben,' zei Knox glimlachend, terwijl hij opstond. 'Ik moet echt mijn lezing nog een keer doorlezen voordat...'

'En er is nog iets,' zei Franklin en hij pakte Knox bij de mouw om te voorkomen dat die wegging voor hij klaar was. 'In Eleusis heerste een graancultus, dat moet je niet vergeten. Alles draaide om de landbouw.'

'Sorry, maar ik moet echt...'

'Nee. Dit vind je mooi. Zie je, Petitier was ervan overtuigd dat de landbouw de sleutel was om te begrijpen hoe religie en cultuur zich door de klassieke oudheid hadden verspreid. Hij schilderde een woordbeeld van een grote gouden vlakte met tarwe en gerst die als een zonsopgang uit het oosten kwamen aanstormen en socialisatie, technologie en verlichting mee terugbrachten; hij was ervan overtuigd dat zo'n gunstige ontwikkeling zeker in de Griekse legenden zou worden herdacht. En omdat mensen graag zelf de eer willen opstrijken, veronderstelde hij dat het verhaal herschreven zou zijn met de Grieken als nobele helden die zich de kostbare geheimen van de geniepige oosterse schurken toe-eigenden, voordat ze die naar Griekenland terugbrachten.'

'Niet zeggen,' mompelde Knox. 'Jason en de Argonauten.'

'Precies,' zei Franklin glimlachend. 'En de buit die zij mee terugnamen, noemde hij "het Gulden Vlies".'

III

Nadya Petrova deed haar sjaal om en zette haar zonnebril op voordat ze de aankomsthal van de Atheense luchthaven in liep. Sokratis, de privédetective met wie ze de avond tevoren via internet contact had opgenomen, stond zoals afgesproken op haar te wachten. Hij was kort van stuk en een weinig innemende man in een versleten bruin pak, met een vaalgele huid en de onaantrekkelijke gewoonte om met zijn duim en wijsvinger aan zijn neustussenschot te plukken terwijl hij zijn best deed het eruit te laten zien alsof hij alleen maar krabde. Hij bood ook niet aan haar met haar bagage te helpen, draaide zich alleen om en nam haar mee naar zijn roestige groene Volvo buiten, waarvan de voorbumper met zilverkleurig tape vastzat en de banden zo glad waren als die van een racewagen.

'Gelukt?' vroeg ze, terwijl ze haar gordel vastmaakte.

Sokratis knikte kortaf. 'Er waren er vier, zoals je al zei. Ze stapten in twee grote zwarte Mercedessen met getinte ramen. Drie in de eerste, een in de tweede. Ik ben achter de tweede aangegaan; minder kans om opgemerkt te worden. Hij reed naar de heuvels ten noorden van Athene. Héél duur daar, héél exclusief. Als je geen scheepsmiljardair of Russische oligarch bent, vergeet het dan maar. En het huis...' Hij maakte een gebaar met zijn vingers alsof hij zich gebrand had. 'Ik kon niet achter hem aan de oprit op, dan had hij me zeker in de gaten gehad. Dus ben ik een stukje doorgereden, om hem wat tijd te geven naar binnen te gaan, en ben toen te voet verdergegaan. Er stond al een andere auto geparkeerd, een goudkleurige Ferrari. Maar ik dacht dat je in de Mercedes geïnteresseerd was, dus heb ik daar mijn zendertje op bevestigd, en raad eens?'

'Wat?'

'Die andere verdomde Mercedes dook plotseling op!' Hij stiet een lach uit, om haar te laten merken hoe koel hij in een crisis kon handelen. 'Ik moest me snel uit de voeten maken, dat kan ik je wel vertellen!'

'Maar je hebt de zender kunnen plaatsen, hè?'

'Absoluut.' Hij klopte trots op de monitor van de satellietnavigatie die klungelig op zijn dashboard was geschroefd. 'Vanochtend geen teken van leven, maar zodra ze in beweging komen, zullen we het weten.'

'Mooi werk,' zei ze. 'Goed gedaan.'

'En dat allemaal in één dag tijd,' zei hij. 'En nu we het er toch over hebben…'

Ze knikte en gaf hem een witte envelop uit haar tas. Hij maakte hem open, telde de biljetten twee keer en borg ze in zijn portefeuille op. 'Dus daar gaat het allemaal om, hè?' vroeg hij. 'Echtgenoot op vrijerspad?'

'Zoiets, ja.'

'Dat is het altijd,' grinnikte hij. 'Dat is tegenwoordig het enige wat ik nog krijg, echtscheidingen.'

'Is dat een probleem?'

'Niet zolang ik betaald krijg.'

'Mooi zo,' zei ze. 'Dan begrijpen we elkaar.'

17

De ochtend sleepte zich voort en Mikhail was nog altijd niet uit zijn kamer tevoorschijn gekomen. 'Zullen we kloppen?' vroeg Zaal.

'Hij is gisteravond nog met de Ferrari weggeweest,' mompelde Boris. 'Ik denk dat hij iemand mee naar huis heeft genomen.'

'Is dat ja of nee?'

'Als je wilt aankloppen, laat je je dan door mij niet weerhouden.'

'Misschien nog tien minuten.'

Zo lang duurde het niet. Mikhails deur ging plotseling open en hij verscheen op de galerij. Hij zag er heel erg Hollywoodachtig uit met een zonnebril, jeans, een wit katoenen T-shirt en zijn leren trenchcoat. Een verwaarloosd uitziende jonge vrouw in een lovertjesjurk en op hoge hakken liep vlak achter hem aan de trap af, terwijl ze zich achter hem verschuilde. Met haar korte bruine haar en tengere postuur had ze wel iets weg van Gaille Bonnard, en Edouard vroeg zich onwillekeurig af of Mikhail door de korte ontmoeting in de lift gisteravond jeuk had gekregen en er specifiek op uit was gegaan om die te laten wegkrabben. 'Knox begint zo dadelijk aan zijn lezing,' zei hij bruusk, alsof hij degene was geweest die had zitten wachten. 'We vertrekken over vijf minuten. Sta dan klaar.'

'Ik moet hier blijven,' zei Edouard. 'Je vader heeft me gevraagd te werken aan...'

'Je gaat mee.'

'Ja, maar...'

'Ik zei dat je meegaat,' zei Mikhail. 'Praat maar in de auto met mijn vader.' Hij draaide zich om en liep voordat Edouard verder kon protesteren naar de keuken waar hij Boris instructies begon te geven.

'Maak je niet zo druk,' zei Davit, met onverwacht meegevoel vanuit een leunstoel. 'Het komt best in orde.'

'Ik ben historicus,' zei Edouard schokschouderend terwijl hij zich bij de reus voegde. Hij was klam van het zweet. 'Dit soort zaakjes...' Hij schudde zijn hoofd.

'Ik begrijp het,' zei Davit. 'Het duurt even voordat je eraan went.'

Edouard ging zuchtend zitten. 'Waarom kom je me zo bekend voor?' vroeg hij. 'Hebben we elkaar eerder ontmoet?'

'Dat denk ik niet. Maar misschien kijk je naar rugby?'

'Dat is het!' zei Edouard en hij knipte met zijn vingers. 'De Tbilisi Lions! Je was tweederijer voor ze.'

'Vroeger ja,' grijnsde Davit.

'Ik heb je een paar jaar geleden tegen Pavel zien springen in de halve finales. Wat een wedstrijd was dat, zeg.'

'Hij was goed bij de *line-out*, Pavel. De beste tegen wie ik ooit heb gespeeld.'

'Je hebt het 'm anders verdomd moeilijk gemaakt.'

'We hebben toch verloren.'

'Bij dat soort wedstrijden zijn er eigenlijk geen verliezers.'

'Jij hebt nog nooit van sport hoeven leven, dat hoor ik zo.'

Edouard grinnikte. 'Pavel is de held van mijn zoon. Hij wil tweederijer worden, dat is het enige wat hij in zijn leven wil. Hij heeft geluk als hij zo groot wordt dat hij als scrumhalf kan spelen.'

'De beste positie, scrumhalf,' verzekerde Davit hem. 'Alle eer, alle meisjes, maar blessures, ho maar.'

'Probeer hem dat maar eens wijs te maken.'

'Misschien doe ik dat wel, als ik je een keer bij een wedstrijd tegenkom. Dan kan ik hem wel met Pavel laten kennismaken, als je dat wilt.'

'Wil je dat? Dat zou hij geweldig vinden. Echt, hij verafgoodt jullie. Ik zou een jaar lang zijn held zijn als je…'

'Gaan jullie de hele avond zitten kleppen?' vroeg Boris, die met Mikhail en zijn hoer bij de deur stond.

'We komen al,' zei Davit en hij stond op.

'Verdomme!' sputterde Edouard, die zich weer wat misselijk voelde. 'Stel dat ze ons zien? Stel dat iemand zich ons herinnert?'

'Maak je geen zorgen,' mompelde Davit, terwijl hij naar Mikhail knikte. 'Wie zal zich jou herinneren als ze naar Morpheus daar kunnen kijken?' Hij zei het zachtjes, maar Mikhail moest het toch hebben gehoord. Hij draaide zich onmiddellijk hun kant op en beende met zo'n kille blik in zijn ogen naar hen toe dat Edouard en Davit beiden verstarden. Onder het lopen trok hij zijn leren zweepriem los, deed een uiteinde door de gesp zodat er een geïmproviseerde strop ontstond en wikkelde het losse uiteinde twee keer stevig om zijn vuist. Hij hief hem omhoog en deed alsof hij Edouard met de lasso wilde vangen, maar in plaats daarvan gooide hij hem over het hoofd van de reus en trok hem zo snel strak dat deze geen tijd had om zijn vingers ertussen te wurmen. Toen trok hij er zo hard aan dat Davit achterwaarts over de stoelleuning viel, de geboende houten vloerdelen trilden ervan. Nu sleurde Mikhail hem achter zich aan, terwijl Davit vergeefs schopte, kronkelde en aan het wurgende leer krabbelde, niet in staat om te voorkomen dat het leer steeds strakker om zijn keel werd getrokken en zijn luchtpijp afsneed, waardoor zijn gezicht opzwol en donkerrood werd.

Edouard keek vol afgrijzen toe. Davit was alleen maar in de problemen gekomen omdat hij hem gerust had willen stellen. Hij had het gevoel dat hij iets moest doen om hem te helpen, maar hij was verlamd van angst. Davit sloeg op de grond ten teken dat hij zich overgaf, maar Mikhail liet zich niet vermurwen. Davits verzet nam af, zijn ogen dreigden omhoog te rollen. Uiteindelijk liet Mikhail de riem minachtend op de grond vallen, waardoor Davit een vingertop onder de strop kon wurmen om die los te maken, zich toen op zijn zij rolde en grote teugen lucht in zijn hongerige longen zoog.

Mikhail ging op zijn hurken zitten om zijn riem te pakken en reeg die weer om zijn broekband. Toen greep hij Davits hoofd bij een bos haar vast en keek hem in de ogen. 'Ik heb je levend nodig,' zei hij. 'Daar mag je blij om zijn.'

'Sorry, baas,' hijgde Davit terwijl de tranen over zijn wangen stroomden. 'Ik bedoelde er niets mee.'

'Als je ooit iets oneerbiedigs zegt over…'

'Dat doe ik niet! Ik zweer dat ik dat niet zal doen!'

'Val me niet in de rede,' zei Mikhail. 'Ik hou er niet van als ik in de rede word gevallen.'

'Sorry,' huilde Davit. 'Het spijt me. Ik bedoelde er niets mee.'

'Goed zo. Wat ik aan het zeggen was, als je ooit weer iets oneerbiedigs over me zegt, maakt het niet meer uit of ik je wel of niet levend nodig heb. Begrepen?'

'Ja.'

'Ja wat?'

'Ja, baas.'

Mikhail liet hem los, stond op en keek laatdunkend omlaag. 'Raap jezelf bij elkaar,' zei hij. 'Er is werk aan de winkel.'

II

Iain en Gaille reden in de richting van de centrale hooglanden en lieten de dichtbebouwde noordelijke kust snel achter zich. Op een bergkam stond een rij windturbines als de over de zee wakende beelden op Paaseiland. Rechts van haar kwamen in de verte de met sneeuw bedekte pieken van de Witte Bergen in beeld. Vlakbij waren ruwe terrassen trapsgewijs uit de heuvelrug gehakt, de velden stonden vol onrijpe jonge gewassen, terwijl het zonlicht op de micarijke stenen muurtjes glinsterde. Wanneer de weg door dorpen en steden smaller werd, raakte het verkeer verstopt. Ze hadden nog geen uur gereden toen ze een volgende bergkam passeerden en de zee in het zuiden zichtbaar werd; op de vlakte onder hen krioelde het van lelijke, met grijze polytheen bedekte kassen, net wormen.

Iain boog zich naar voren en wees naar links. 'Zie je die heuvel?' vroeg hij. 'Phaistos.'

'Waar de Schijf vandaan komt?' vroeg Gaille. Iain knikte. De Schijf van Phaistos was een beroemd Minoïsch aardewerken tablet met daarop aan beide zijden onbekende symbolen in een spiraalvorm. Archeologen, historici en iedereen die hem had bestudeerd, stonden voor een raadsel, en de verklaringen liepen uiteen, van alles tussen een wiskundige formule tot aan een bordspel.

'Als we tijd hebben, laat ik je op de terugweg het paleis zien,' zei Iain. 'Het is een schitterende plek. En veel minder toeristen dan in Knossos, natuurlijk, hoewel nog behoorlijk druk, vooral in het hoogseizoen.' Hij keek haar van opzij aan. 'In dat opzicht is Kreta net als Egypte. Toeristen komen voor de zon en het strand, maar ze houden ook van een stukje cultuur. Daarom zijn de Minoërs big business. Neem de Schijf van Phaistos bijvoorbeeld. Over de authenticiteit zijn de meningen verdeeld. Persoonlijk ben ik er behoorlijk zeker van dat hij echt is, maar vele anderen denken dat Luigi Pernier, de Italiaanse archeoloog die hem heeft gevonden, hem zelf heeft gefabriceerd uit jaloezie op alle publiciteit die Sir Arthur Evans over Knossos ten deel was gevallen. Maar het punt is dat het meningsverschil hoe dan ook in een oogwenk opgelost zou kunnen worden als het museum in Heraklion een thermoluminescentietest toestond. Dat willen ze natuurlijk niet. Het is een van de meest iconische beelden van Minoïsch Kreta, dus waarom zouden ze het riskeren?' Hij schudde zijn hoofd. 'Zo werken de dingen hier. Winst gaat altijd vóór de waarheid.'

'Zegt de auteur van *De Atlantisconnectie*,' plaagde ze.

'Mijn verdiende loon, vermoed ik,' lachte hij meesmuilend, terwijl ze tijdens de kronkelige afdaling achter een dieseldampen spuwende vrachtwagen zaten. 'Maar ik probeer tenminste niets te verbergen. Ik geloof oprecht dat de legende van Atlantis puur en alleen een volksherinnering is aan de Minoërs.' Hij keek haar even aan. 'De essentie ervan ken je, neem ik aan?'

'Natuurlijk,' zei Gaille schokschouderend. 'In tienduizend of zo voor Christus bestond er een groot rijk, Atlantis genaamd, ergens ten westen van de zuilen van Hercules. Het was groter dan Afrika en ongelooflijk machtig, maar uiteindelijk werd het verslagen door de Atheners en andere Griekse steden voordat het door een uitzonderlijke ramp werd vernietigd en nooit meer is gezien.'

'Je klink sceptisch,' zei Iain, ver naar links uitwijkend om te kijken of hij de vrachtwagen op een of andere manier kon passeren, voordat hij scherp terugzwenkte toen er een tegenligger aankwam.

'We hebben slechts één bron voor dat verhaal,' antwoordde Gaille, 'en dat is Plato, die er bepaald niet voor terugschrok om zijn ideeën door middel van allegorieën te verklaren. Er zijn nooit grote eilanden geweest ten westen van de zuilen van Hercules, anders hadden geologen die nu wel ontdekt. En in tienduizend voor Christus waren er geen beschavingen van betekenis, anders hadden we daar wel bewijzen voor gevonden. En zelfs als ze er waren geweest, dan kon Athene niet bij de vernietiging ervan betrokken zijn geweest, want dat bestond toen nog niet. En Egyptische tempels konden er geen gewag van maken, want die bestonden ook nog niet. Dus, ja, ik ben enigszins sceptisch.'

Voor hen uit was de weg leeg. Gaille zette zich met haar voeten schrap toen Iain met de Mustang roekeloos naar voren spurtte om in te halen, terwijl hij op zijn claxon drukte om de vrachtwagenchauffeur en eventuele tegenliggers te waarschuwen. 'Kijk,' zei hij, weer naar rechts zwenkend toen hij erlangs was, 'ik weet dat Atlantis riskant terrein is. Al die bizarre theorieën over zeemeermensen uit de ruimte met bespottelijk geavanceerde technologie. Maar bij Plato is niets terug te vinden over zeemeermensen of aliens. Geloof me. Ik heb ernaar gezocht. En de technologie die hij beschrijft behelst niet veel meer dan irrigatiesystemen en warm en koud stromend water, en we weten dat de Minoërs die hadden.'

'Niet in tienduizend voor Christus.'

'Natuurlijk niet. Je hebt absoluut gelijk dat veel van Plato's verslag eenvoudigweg niet klopt.' Ze sloten achter een lange verkeersfile aan en een afschuwelijk moment vreesde Gaille dat Iain ze allemaal in één keer ging inhalen, maar toen klakte hij duidelijk gefrustreerd met zijn tong en bleef in plaats daarvan in de rij. 'Maar je moet in gedachten houden dat het verhaal heel ver teruggaat voordat het bij Plato terechtkwam. Om te beginnen had een of andere Egyptenaar het verhaal op schrift moeten stellen. Makkelijker gezegd dan gedaan. In die tijd hadden ze geen Reuters. Ze konden niet even CNN aanzetten. In de klassieke oudheid sijpelden misleidende verhalen door, waar maar weinig van over was om er nog wijs uit te kunnen worden. En als ze eenmaal iets hadden opgetekend, moesten ze dat veilig bewaren in hun tempelarchieven, ook al stonden die tempel en een groot deel van Noord-Egypte tijdens het merendeel van het Minoïsche tijdperk onder buitenlandse heerschappij. En jij weet beter dan wie ook dat de Egyptenaren niet zo zorgvuldig waren in het bijhouden van hun archieven als men in het algemeen zou willen. Ze waren net zo lui, onbetrouwbaar, propagandistisch en vatbaar voor natuurrampen als ieder ander. Dan heb je nog de Egyptische hogepriester die het verhaal in zijn tempelverslagen las en het aan de Griek Solon vertelde. De kans bestaat zonder meer op z'n minst dat iemand de vertaling verhaspeld heeft. Solon ging daarop naar huis terug en vertelde het aan zijn kleinzoon, die het later weer aan zijn kleinzoon doorvertelde, die het op zijn beurt weer aan Socrates doorgaf voordat Plato het opschreef. Langs hoeveel verschillende mensen is het wel niet gegaan? En toch verwacht je op de een of andere manier dat hij een volmaakt accuraat verslag van de ondergang van het Minoïsche rijk heeft gegeven?'

'Ik verwacht niets,' zei Gaille op milde toon.

'Neem dat gedoe met de datums. Plato zegt dat Atlantis negenduizend jaar voor Solons tijd werd verwoest. Het Minoïsche rijk stortte negenhónderd jaar voor Solons tijd in. Is het dan niet mogelijk dat iemand ergens een symbool verkeerd heeft geïnterpreteerd?'

'Hoe zit het dan met het feit dat het ten westen van de zuilen van Hercules zou zijn geweest? Of groter was dan Afrika?'

'In die tijd geloofden sommige mensen dat Hercules zijn zuilen bij de Hellespont had geplaatst, niet bij de Straat van Gibraltar. Kreta lag daar ten westen van. En ja, de Egyptische hogepriester beschreef Atlantis inderdaad als groter dan Afrika, maar hij zei daar onmiddellijk achteraan dat het 't hoofdeiland was van een archipel die door een federatie van koningen werd geregeerd. Plato beschrijft dit hoofdeiland als een ruw langwerpig eiland, zeshonderd kilometer lang en driehonderd kilometer breed. Helemaal niet zo groot als Afrika, eigenlijk lijkt het behoorlijk op Kreta. Dus niet het éíland Atlantis was reusachtig groot, maar het gebied waarover zijn heerschappij gold. Het Minoïsche rijk had over het hele oostelijke Middellandse Zeegebied buitenposten, van Griekenland tot Egypte, net zoals dat met Atlantis het geval was. Voeg al die ruimte bij elkaar, land én zee, dan krijg je inderdaad een immens gebied, zo groot als men toen dacht dat Afrika was.'

'Dat zal wel, ja.'

'En Plato beschrijft een paar details van het hoofdeiland van Atlantis. Hij zegt dat het bergachtig was met een groot plateau in het zuiden.' Hij gebaarde met zijn hand uit het raam. 'We zijn net over een bergketen gekomen en momenteel rijden we over een grote vlakte. De mensen van Atlantis aanbaden Poseidon, net zoals de Minoërs. Ze vereerden stieren, net als de Minoërs. En Atlantis was in minstens tien koninkrijken verdeeld, net als Minoïsch Kreta. En toen dat uiteindelijk instortten, verviel het aan het vasteland van de Grieken, net zoals Minoïsch Kreta.'

'Herinner ik me niet iets dat Atlantis was gevormd uit zwarte, rode en witte steen?' vroeg Gaille speels.

'Klopt,' knikte Iain. 'Klinkt niet erg als Kreta, dat geef ik toe, maar het is wél een perfecte beschrijving van Santorini, de belangrijkste Minoïsche buitenpost. We weten niet precies hóé belangrijk, natuurlijk, want op Santorini was vroeger een vulkaan, de Thera, totdat die zichzelf opblies in de gewelddadigste uitbarsting in de menselijke geschiedenis, slechts een halve cirkel rots in het water achterlatend. En die uitbarsting is natuurlijk een ander punt van overeenkomst tussen de Minoërs en de Atlantis-legende, misschien zelfs wel de opmerkelijkste van allemaal. Plato zegt dat Atlantis na een grote aardbeving verdween en slechts een onbegaanbare modderbank achterliet. De uitbarsting van de Thera moet als een reusachtige aardbeving hebben gevoeld, zelfs zo ver weg als in Egypte, en de Egeïsche streek moet tientallen jaren gezucht hebben onder een dikke brij van puimsteen en as. En die heeft absoluut een dodelijke wond toegebracht aan het Minoïsche rijk, overgeleverd aan de genade van wie het 't eerst zou veroveren. Toevallig waren dat de Myceners.'

'Als jij dat zegt.'

Ze kwamen in de stad Timpaki. Iain deed zijn richtingaanwijzer aan en remde om naar de kant te gaan. Even was ze geschrokken, bang dat hij aanstoot nam aan haar opmerking, dat hij wilde stoppen om haar de auto uit te zetten. Maar hij reed alleen maar naar een benzinestation. 'Blijf maar hier,' zei hij, terwijl hij uitstapte. 'Ik moet tanken.'

III

De congresdeelnemers stroomden het paviljoen binnen. De bussen uit het hotel waren dus aangekomen. Nico kwam ook binnen, geanimeerd in gesprek met een van zijn personeelsleden. Knox liep naar hen toe, en samen liepen ze naar het podium, waar ze het bedieningspaneel met hem doornamen. Hij voelde plotseling een oprisping van zenuwen, die koperachtige smaak achter in zijn mond. In het openbaar spreken ging hem niet gemakkelijk af.

'Een kwartier,' zei Nico. 'Oké?'

'Oké.' Hij liep heen en weer over de achterkant van het podium, hield zijn zenuwen in bedwang terwijl hij Augustins tekst nog een laatste keer doornam. In het hoofdgedeelte van het paviljoen gingen de lichten uit, op het podium werden ze feller. Hij ging op de hem toegewezen stoel zitten. Nico nam alle tijd om naar het podium te lopen, waar hij op de microfoon tikte om er zeker van te zijn dat die het deed, schraapte zijn keel en rekte het moment. Het auditorium was nu bomvol, achterin moesten de mensen staan, zelfs een paar journalisten, te oordelen naar de blocnotes en camera's, waarschijnlijk op zoek naar nieuwe aanknopingspunten over Petitiers dood.

'Ik weet zeker dat u allen inmiddels van de verschrikkelijke gebeurtenissen van gistermiddag hebt gehoord,' begon Nico. 'Mijn eerste opwelling was uiteraard om het congres voor vandaag af te gelasten. Maar jullie waren zo goed om van ver naar deze conferentie toe te komen, en het komt zo zelden voor dat zoveel van 's werelds grootste deskundigen op het gebied van Eleusis-autoriteiten bijeenzijn, dat we het naar mijn gevoel de wetenschap verplicht waren om door te zetten, hoe tragisch de omstandigheden ook zijn. En tot mijn vreugde zijn velen van u het daarmee eens, gezien het feit dat u in zo groten getale bent gekomen.'

Alle praatjes werden voor het nageslacht opgenomen en de camera streek nu over het publiek heen. Daarop kreeg Knox een idee. Iedereen die gisteren bij het middagpraatje was geweest, had een waterdicht alibi voor Petitiers moord, aangezien het hotel in Athene ruim veertig minuten rijden was. Maar iedereen die daar niét was geweest, had iets uit te leggen, helemaal als…

Plotseling werd zijn naam omgeroepen. Hij keek op en zag dat Nico hem wenkte. Er klonk een beleefd applaus op dat aanzwol toen hij naar Nico toeliep en hem de hand schudde. Hij stelde zich op het podium op, liep de controlepanelen nog even na en controleerde de teleprompter.

In al die jaren dat Knox Augustin nu kende, had hij zijn vriendschap als vanzelfsprekend aangenomen. Dat ging zo met mensen als Augustin, want ze maakten er nooit een punt van, ze vroegen er nooit iets voor terug. Plotseling doemde het beeld voor hem op van hem op de intensive care, zijn gezwollen gezicht, zijn gebroken schedel, vechtend voor zijn leven; en tegelijkertijd had hij het sterke gevoel dat hij hier in het paviljoen aanwezig was, nu naar hem lag te kijken, zijn armen sardonisch over elkaar geslagen, alsof hij er zeker van wilde zijn dat Knox hem recht zou doen. En plotseling kreeg hetgeen Knox als een wederdienst aan Nico had beschouwd, omdat die hem uit het gevang had gehaald, een ander aspect. Augustin had luchtig over zijn lezing gesproken, maar het was zijn kans geweest om zich aan de wereld buiten Alexandrië te bewijzen en hij had er keihard aan gewerkt. Hij had de tekst talloze malen herschreven, eindeloos gerepeteerd. Maar nu lag hij in een intesivecarebed en misschien – het was wreed, maar wel iets om rekening mee te houden – kon deze lezing wel eens zijn in memoriam blijken te zijn. Knox was het aan hem verschuldigd dat hij er iets moois van maakte.

Een paar maanden geleden was de kust van Alexandrië door een aardbeving getroffen. Niet heel heftig, zo bleek, ze had amper stof van het pleisterwerk doen opwaaien en hoogstens een paar daken door elkaar geschud, waardoor nerveus naar elkaar glimlachende mensen naar buiten waren gesneld. Maar ze had wel een scheur veroorzaakt in een oud flatgebouw dat over de Nouzha-tuinen uitkeek, en een week later had de gevel van het gebouw gekreund en was toen eenvoudigweg ingestort. Het pand was prompt afgekeurd en afgebroken. Een bulldozer had een ondergrondse kamer onthuld. De Hoogste Raad voor Oudheden in Alexandrië had Augustin erbij geroepen en hij had op zijn beurt Knox en Gaille erbij gehaald.

Nu speelde hij op het reusachtige scherm de bewerkte hoogtepunten af van Gailles film van die eerste onderzoekingen, terwijl ze springend en hotsend over steenbrokken en puin klauterden, de wazige opflakkering van flitslichten die over de *loculi* en het verweringspuin op de grond speelden, mensenbotten en hier en daar een potscherf die bleek glanzend tegen het grauwe puin afstaken. Hij sprak niet, liet de sfeer zich opbouwen. Dat was een van de grote voorrechten van archeologie, dat je zulke plekken als eerste in honderden of zelfs duizenden jaren mocht onderzoeken. Maar ten slotte voelde hij het moment aan. 'Ziehier Eleusis in Alexandrië,' begon hij. 'Ze noemen het de Mysteriën. Maar in elk geval in Egypte zullen ze dat dankzij mijn goede vriend Augustin Pascal niet veel langer meer zijn.'

IV

Ze troffen Knox' Citroën aan op de kinderhoofdjes van de parkeerplaats buiten de ingang van het terrein. Edouard manoeuvreerde de auto achteruit op een parkeerplek er vlak in de buurt, dan waren ze des te sneller weer weg. Daarna liepen Zaal en hij naar de andere Mercedes, waar Boris en Davit uitstapten. Het achterraam zoefde omlaag; binnen wenkte Mikhail hen. Ze liepen allemaal naar hem toe. Mikhail had zijn broek opengeritst en die was tot zijn dijen afgezakt, zag Edouard tot zijn ontzetting, en het gezicht van de hoer was in zijn schoot begraven. 'En, baas?' vroeg Zaal, die geen krimp gaf. 'Wat nu?'

Mikhail wees naar een café in de buurt, waarvan de tuin over het parkeerterrein uitkeek. 'Wacht daar maar op me,' zei hij. 'Bestel koffie en ouzo voor me. Ik ben met een minuut bij jullie.' Het raam zoefde weer omhoog.

Ze namen een hoektafeltje met uitzicht op de ingang van het terrein en de auto's. Edouard keek gefascineerd toe toen Mikhails Mercedes heen en weer begon te wiegen en naar de verschrikte gezichten van voorbijgangers bij het schimmige tafereel dat zich achter de getinte ramen afspeelde. Die pure minachting voor anderen om op klaarlichte dag een hoer te neuken, wat was Edouard daar jaloers op. De climax kwam en ging voorbij; de Mercedes viel stil. Een paar ogenblikken verstreken en toen ging de achterdeur open en de hoer stapte uit, zwaaide haar jasje over haar schouder, jeukte aan haar kruis en waggelde een beetje op haar hoge hakken die ongeschikt waren voor de kinderhoofdjes. Mikhail kwam zelf even later tevoorschijn. Hij controleerde zijn spiegelbeeld in het getinte glas, trok zijn kraag recht en liep toen naar het café.

Op dat moment rinkelde Boris' mobieltje. Hij nam op en gaf het aan Edouard door. 'Voor jou,' zei hij.

'Heb je antwoorden voor me?' vroeg Sandro zonder plichtplegingen.

'Heb jij mijn vrouw voor me?' antwoordde Edouard.

'Ze is hier. Je krijgt een halve minuut.'

'Nina?' vroeg hij gretig. 'Alles goed?'

'Met mij is het prima,' verzekerde ze hem, hoewel haar stem behoedzaam klonk. 'We hebben vanochtend paardgereden. Zelfs Kiko. Het was de eerste keer dat hij buiten was sinds die keer met Nicoloz Badridze.'

'Nicoloz Badridze?' zei Edouard met gefronst voorhoofd, terwijl hij opschoof om ruimte te maken voor Mikhail. 'Je bedoelt toch niet…'

'Ja,' zei ze. 'Nicoloz Badridze. Maar maak je geen zorgen. Oom Ilya heeft de hele tijd naast hem gereden, hij hield zijn hand op zijn arm, dus hij kon onmogelijk vallen. We vermaken ons allemaal best. Begrijp je dat?'

'Ja,' zei Edouard met holle stem. 'Ik begrijp het. Zeg tegen de kinderen dat ik aan ze denk.'

'Natuurlijk. Ik hoop dat we snel weer van je horen.'

'Ja,' zei hij. 'Ik zal alles doen om…'

'Dat is een halve minuut,' zei Sandro die de telefoon had overgenomen. 'Vertel me nu over mijn Vlies.'

Het kostte Edouard even om zijn hoofd helder te krijgen en zich te concentreren. 'Luister,' zei hij. 'We komen hier nooit mee weg als mensen in eerste instantie ongelovig reageren. Ik bedoel, als ze eenmaal gaan lachen, houden ze nooit meer op. Dus het moet geloofwaardig zijn. Vergeet dat het gaat om een van goud vervaardigd Vlies dat op een schapenvacht lijkt. Dat is te onwaarschijnlijk en een te grote technische uitdaging, zowel voor de oude Georgiërs als voor ons. Maar ik heb een ander idee. Het is niet zo spectaculair, maar een heel stuk aannemelijker.'

'Ga door.'

'Metalen waren in de klassieke oudheid enorm belangrijke handelsgoederen. Zilver, tin, brons, koper, ijzer, noem maar op. Rondom de Middellandse Zee werden ze allemaal in staven verpakt, soms in de vorm van een baksteen, maar even vaak in platte rechthoeken met op elke hoek een klein uitsteeksel, wellicht om ze makkelijker hanteerbaar te maken, maar wat ontegenzeggelijk op een dierenhuid lijkt.'

'Ah!' zei Sandro.

'Precies. Archeologen noemen ze ossenhuidstaven: maar feitelijk lijken ze meer op schaapsvachten. En er is geen enkele reden waarom een van die staven niet van goud kan zijn gemaakt. En als het van oud Colchisch goud was vervaardigd...'

Er viel een stilte waarin Sandro daarover nadacht. 'Ik neem aan dat het voldoet,' zei hij ten slotte. 'Kun je ons de details geven?'

'Op ons museumintranet staan verschillende afbeeldingen en specificaties. Ik kan ze je e-mailen zodra ik bij een computer kan komen.'

'Laat dat maar zitten. Geef alleen je logingegevens.'

Edouard zuchtte. Met mensen als de Nergadzes raakte je er steeds dieper in. Hij gaf hem wat hij wilde en overhandigde de telefoon aan Boris. Hun drankjes waren gearriveerd: zijn koffiekopje kletterde een beetje toen hij het oppakte, opnieuw terugdenkend aan het gesprek met zijn vrouw, aan de naam die ze had laten vallen. Nicoloz Badridze! Hij had gehoopt nooit meer van hem te horen. De man was een pedofiel, na twintig jaar gevangenisstraf vrijgelaten en gehuisvest in een appartementencomplex een paar deuren van hun huis in Tbilisi. De wetenschap dat zo'n monster zo dicht in de buurt van hun tweeling woonde, werd ondraaglijk voor hem. Uiteindelijk hadden ze de boel verkocht en waren verhuisd, met een onuitsprekelijk schuldgevoel, omdat de kopers zelf een dochtertje hadden en ze er met geen woord van hadden gerept. Hij noch zijn vrouw had de naam Badridze ooit nog genoemd.

Tot nu toe dan.

Hij boog zich vanuit zijn middel naar voren, tot de tafelrand als een beginnende hartaanval tegen zijn borst drukte. Ilya Nergadze uit rijden met Kiko, zijn hand op zijn arm. Hij herinnerde zich plotseling Ilya's opmerking over zijn charmante zoon, en dat prachtige knaapje dat in het vliegtuig champagne had geserveerd. Jézus! Wat had hij over zijn dierbare zoon afgeroepen?

Belangrijker nog, wat ging hij eraan doen?

18

Gaille liep het benzinestation binnen om te betalen terwijl Iain zijn tank volgooide. 'Je hebt al zoveel voor me gedaan,' zei ze, toen hij binnenkwam. 'Laat mij dit betalen.'

'Al te vriendelijk.' Hij haalde toch wat geld tevoorschijn om pepermunt en een zakje snoepjes te kopen. 'Ik heb last van m'n keel,' legde hij uit. 'Al dat gepraat, daar ben ik niet aan gewend.'

'Dan zijn die ook voor mijn rekening. Je zou niet praten als ik je niets zou vragen.'

'Je verwent me.'

'Volgens mij is die kans al verkeken.'

Ze lachten samen toen ze naar de auto terugliepen. Iain opende het zakje snoepjes en gooide ze lukraak in het muntenbakje tussen hen in, pakte toen een pepermunt, kneep die tussen duim en wijsvinger en liet hem zo uit het papiertje in zijn mond vallen. 'Waar waren we?' vroeg hij.

'Je had net bewezen dat Minoïsch Kreta Atlantis was.'

'Ah, scepsis. De beste vriend van de academicus.'

'Mij is die altijd heel goed van pas gekomen. Vooral bij vragen die niet beantwoord kunnen worden.'

Hij boog zich naar voren om te kijken of er geen verkeer aankwam en reed de weg op. 'Daar zou ik nog niet zo zeker van zijn. Ik bedoel, al die overeenkomsten die ik net heb opgesomd moeten iets te betekenen hebben. En bij Plato zijn er onbedoelde aanwijzingen.'

'Onbedoelde aanwijzingen?'

'Natuurlijk. Je kent dat wel. Zoals dat verhaal in Herodotos, over de farao die om Afrika heen wilde varen. Hij gaf enkele Feniciërs opdracht om naar de oostkust te varen en daarna naar het westen.' Hij zoog een paar keer op zijn pepermunt en rolde die van wang tot wang. 'Ze doken drie jaar later weer op en beweerden dat het ze gelukt was. Maar Herodotos bespotte ze openlijk, want ze zeiden dat de zon rechts van hen was geweest toen ze de kaap rondden, maar iedereen wist dat Afrika zich niet verder dan de evenaar uitstrekte. Natuurlijk weten we nu wél dat het zich over de evenaar uitstrekt, maar het is behoorlijk hard bewijs dat ze er feitelijk helemaal omheen zijn geweest.'

'En in Plato's verslag over Atlantis staan vergelijkbare details?'

Hij knikte resoluut. 'Mensen vergeten dat het verhaal van Atlantis ook het verhaal van Athene is, want het waren de Atheners die de strijd tegen Atlantis aanvoerden. Plato en zijn tijdgenoten wisten niet veel over het vroege bronzen tijdperk van Athene, behalve dan wat anekdotes in Thucydides. En toch bevat Plato's verslag opmerkelijk accurate bijzonderheden over Griekse steden in het bronzen tijdperk.' Hij liet nog een pepermunt in zijn mond vallen en gebaarde theatraal naar zijn keel. 'En hij heeft het over een zondvloed op de Akropolis, bijvoorbeeld, die door een aardbeving zou zijn veroorzaakt. In zijn tijd was er helemaal geen zondvloed, en toch hebben archeologen in de jaren dertig van de vorige eeuw er een gevonden. Hoe kon hij dat nou weten? Was het echt maar een gok?'

'Het is amper een bewijs dat Atlantis heeft bestaan.'

'Nee, maar daardoor is het wel de moeite waard om zijn verslag serieus te nemen. En wie weet wat daar nog steeds op ons ligt te wachten? Dat is een van de redenen waarom ik hier zo graag door de bergen wandel; er bestaat nog steeds alle kans om een nieuwe site te ontdekken. En als het dan niet hier is, dan is Santorini er nog. Daar liggen onder de vulkanische as nog steeds hele Pompeï's te wachten om herontdekt te worden. Stel dat we iets zouden vinden wat nadrukkelijk door Plato wordt vermeld? Een fries met de afbeelding van een tafereel uit zijn verhaal, bijvoorbeeld. Of dat gouden beeld van Poseidon in een triomfwagen die door zes gevleugelde paarden wordt voortgetrokken. Of een paar van de honderd zeenimfen op hun dolfijnen? Zou dat genoeg voor je zijn?'

'Zeker. Als je ze zou vinden.'

'Misschien hebben we ze al. Of in elk geval sporen ervan. Je zou versteld staan hoeveel kunstvoorwerpen we in Knossos hebben gevonden waar we nog amper naar gekeken hebben, laat staan bestudeerd. Wie zegt dat daar geen schatten op ons liggen te wachten?'

'Het verbaast me dat je jezelf hebt kunnen losrukken,' glimlachte Gaille.

'Hé,' grinnikte hij, 'wie zegt dat er ook geen schatten in Petitiers huis op ons liggen te wachten?'

II

De verlichting in het paviljoen was zo zwak dat pas toen Knox het licht van zijn dia's aandeed hij de gezichten op de eerste paar rijen kon zien, die zwijgend naar voren leunden. Hij maakte een grap waarom veel meer werd gelachen dan die verdiende, en hij voelde het bedwelmende vertrouwen van een spreker wiens praatje goed liep. Hij hoefde niet zo vaak van de teleprompter gebruik te maken als hij had gedacht, merkwaardig genoeg leek die eerder een leidraad terwijl zijn vriend de kans kreeg om te spreken.

Het was bijna een schok voor hem toen hij aan het eind van de teleprompter was en er niets meer kwam. Hij had er niet erg over nagedacht hoe hij moest afronden, dus hij gaf à l'improviste een eerbetoon aan Augustin en bedankte het publiek voor zijn tijd en aandacht. Er viel een korte stilte, alsof verder iedereen ook enigszins verrast was. De stilte hield net lang genoeg aan om er onrustig van te worden, waardoor hij het gevoel kreeg dat hij zich had vergist in hoe goed het was gegaan. Maar toen brak het applaus los en zwol aan, zoiets had Knox nooit eerder gehoord, en zeker niet tijdens zo'n formele conferentie. Een vrouw stond op en toen een man, daarna her en der groepjes mensen, en plotseling stond het hele auditorium te juichen, te klappen en met de voeten te stampen. Niet voor hem, wist Knox, of voor het praatje; maar voor Augustin en al het miskende werk dat hij jarenlang in Alexandrië had verricht, ze wilden laten zien dat ze geen moment de aantijgingen van de politie jegens hem geloofden.

Nico voegde zich bij hem op het podium. 'Hoe kan ik daar nou verdomme aan tippen?' mompelde hij met spottende wanhoop.

Knox lachte en knikte naar de cameraman. 'Je maakt er opnamen van, hè?'

'Natuurlijk. Wil je er ook een?'

'Niet voor mij. Maar ik denk dat Claire moet weten hoe goed Augustins praatje is aangekomen.'

Nico stemde daar meevoelend knikkend mee in. 'Goed idee. Ik zal er zelf voor zorgen.'

'Bedankt.' Het daverende applaus ging nog steeds door, alsof het een partijcongres van een politieke partij was. Hij gebruikte het moment om Nico erop te wijzen dat hij van degenen die gistermiddag afwezig waren moest nagaan wie van het Gulden Vlies af wist.

'Dat had ik me ook al afgevraagd,' erkende Nico. 'Maar iedereen was hier. Iedereen, behalve Augustin, in elk geval. En Antonius, natuurlijk.'

'Antonius?'

'Een vroegere collega van de universiteit. Een autoriteit op het gebied van oude geschriften, de reden waarom ik dacht dat hij misschien kon helpen. Maar hij is nooit op komen dagen. Hij heeft zich afgezonderd, ben ik bang. Hij verlaat bijna nooit zijn huis.'

'Zelfs niet voor een congres als dit?'

'Nee.' Maar hij keek bedachtzaam. 'Denk je dat ik hem moet bellen?'

'Dat zou niet verkeerd zijn.'

'Ik doe het straks.' Hij knikte naar het publiek, het applaus nam eindelijk af. 'Je beantwoordt wel eerst nog een paar vragen, hè?'

'Een paar,' stemde Knox in. 'Maar dan moet ik echt terug naar Athene.'

19

Iain en Gaille reden de hooglanden in, kwamen door pittoreske bergdorpjes en -plaatsjes voor ze links afsloegen naar Plakias. De rotsachtige flanken van de Kourtaliotikio-kloof torenden boven hen uit, waardoor Gaille lichte tintelingen van duizeligheid kreeg toen ze ernaar omhoog staarde. Een glimp van een witgepleisterde muur leverde het bewijs dat de Grieken geen bergrichel ongemoeid kunnen laten zonder er een kerk op te bouwen. Tot haar opluchting lieten ze de kloof al snel achter zich, maar binnen een paar kilometer kwamen ze bij de volgende, waar de kronkelige weg bezaaid lag met gevallen rotsen en stenen. 'Christus!' mompelde ze toen Iain er achteloos tussendoor slalomde, waardoor ze onbehaaglijk dicht bij de rand kwam. 'Hoeveel van die verdomde kloven zijn hier?'

'Massa's,' grinnikte hij. Hij wees naar de vloer van de auto. 'De Afrikaanse en Europese tektonische platen zitten precies onder ons. Dit hele eiland is daardoor ontstaan; en die kloven zijn de plekken waar de korsten onder al die druk zijn gespleten.'

'Alsof een baguette is opengebarsten?' opperde Gaille.

'Zo je wilt.'

De bochtige weg slingerde maar door. Groepjes huizen klampten zich macaber vast aan steile hellingen, als verstarde klimmers die hun kunnen te boven waren gegaan. De wegen waren smal en slecht onderhouden; daarom was er weinig verkeer. Ze kwamen bij een kustvlakte, langs het rustige toevluchtsoord Frangocastello en de beschutte haven van Chora Sfakion, voordat ze een klifweg beklommen die zo steil was dat het Gaille toescheen dat die als een sliert spaghetti tegen de berg was gegooid. De haarspeldbochten werden met de draai scherper. Ze was misselijk en haar voeten waren verkrampt. Iain leek totaal geen last te hebben van de hoogte; hij nam de bochten met een bezadigde kalmte, zelfs als de banden op het stoffige asfalt slipten, en bracht ze gevaarlijk dicht bij de rand. 'Alsjeblieft,' smeekte Gaille, terwijl ze de deurhendel omklemde. 'Ik heb een bloedhekel aan hoogtes.'

'Maak je geen zorgen,' stelde hij haar gerust. 'Ik rij voortdurend over dit soort wegen.'

'Alsjeblieft,' zei ze nogmaals.

De toon waarop ze het zei kwam aan. Hij haalde zijn voet van het gaspedaal en schoof van de rand weg. Ze waren al verbazingwekkend hoog, de kleurige huizen en boten van Chora Sfakion lagen als speelgoed op de ruwe, gebroken kustlijn onder hen en de kleuren van de zee waren verbijsterend, diepblauw als van een hyacintkleurige papegaai. De weg was inmiddels niet meer dan een strook ruw gesteente. Voor hen zeilde een puinwagen vol asfalt roekeloos de hoek om en dwong hen zo ver uit te wijken dat Gaille niets anders dan leegte onder zich zag. Heet verstikkend stof blies door hun open ramen, waardoor ze beiden een hoestaanval kregen. En nog hoger en hoger klommen ze, totdat Gaille het niet meer kon verdragen en alleen maar met haar ogen dicht naar achteren kon gaan zitten.

'Het is al goed,' zei Iain eindelijk. 'We zijn erlangs.'

Ze opende haar ogen en zag aan weerskanten van haar heuvels, waardoor ze zelfs niet eens meer kónden vallen. Haar duizeligheid zakte onmiddellijk, hoewel ze nog steeds een beetje misselijk was. Ze kwamen bij een plaatsje met een rustig plein. 'Ik ga naar binnen en vraag naar Petitier. Blijf jij maar hier. Ze zullen niet zo snel praten als er een vreemde in de buurt is.

'Jij bent anders een vreemde.'

'Ik woon hier al tien jaar, ik spreek de taal. Dat is een wereld van verschil, vertrouw me nou maar.'

Ze ging er niet tegenin, nog altijd van slag door de rit. Ze bekeek zichzelf in de spiegel, veegde het ergste stof weg, streek haar haar glad en stapte uit. Een prettig plaatsje, het soort waar dezelfde paar gezinnen al honderden jaren dezelfde akkers bewerkten; waar dezelfde paar achternamen steeds maar weer op het kerkhof opdoken. Naast de winkel was een café, de glazen deuren stonden wijd open. Ze kuierde ernaartoe. Een kanarie tsjilpte in zijn kooi. Geitenhuiden waren op de muren uitgespreid. Een opgezette adelaar stond op het punt het luchtruim te kiezen. Naast een potkachel lagen houtblokken opgestapeld, waarnaast vier mannen zaten te kaarten. Drie van hen keken met goedmoedige onverschilligheid naar haar op, terwijl de vierde haar met zijn glas begroette. Ze glimlachte en liep weer naar de auto.

Het duurde nog vijf minuten voor Iain uit de winkel tevoorschijn kwam, met twee witte plastic tassen vol eten en water. 'Je moest dus betalen voor je informatie, hè?' zei ze toen hij ze in zijn kofferbak zette.

'Het was elke cent waard,' verzekerde hij haar. 'De vrouw herkende Petitier meteen van de foto. Hij kwam hier eens per maand spullen verkopen.'

'En? Heeft ze verteld waar hij woonde?'

'Ja,' grijnsde hij. 'Inderdaad.'

II

Onder andere omstandigheden had Edouard er misschien van genoten dat hij in een café in Eleusis koffie zat te drinken. Het was tenslotte een aangename ochtend en gezinnen uit de buurt waren naar buiten gedreven om van het frisse lentezonnetje te genieten. Maar hij had er nog steeds moeite mee om de implicaties van zijn korte gesprekje met zijn vrouw tot zich te laten doordringen, om uit te zoeken wat hij in hemelsnaam hoopte te bereiken, terwijl...

'Hé, baas,' zei Zaal tegen Mikhail, en hij wees over het parkeerterrein naar de zijhekken, waar nu een man tevoorschijn was gekomen. 'Dat is Knox toch?' vroeg hij.

'Dat is inderdaad Knox,' zei Mikhail instemmend. Hij stond op, maar aarzelde toen. Er liepen zo veel mensen buiten rond, met inbegrip van de bewakers bij de ingang van het terrein, dat zelfs hij zich moest realiseren dat dit een beroerde plek was om iemand te ontvoeren. Bovendien, als Knox ze in de gaten zou krijgen, zou hij ze onmiddellijk van de vorige avond herkennen. Daarom bleven ze bij het café wachten tot hij bij zijn auto was en wegreed, waarna ze wat geld op tafel gooiden en zich naar hun Mercedes haastten.

III

Knox was snel uit Eleusis weer in Athene terug. Ondanks Nico's wantrouwen jegens de verkeerspolitie was er geen spoor meer van de botsing met de vier auto's te bekennen. Hij liet de kust achter zich, passeerde een rotsachtig bosgebied en bereikte de heuveltop.

Nico had een paar keer naar zijn oude collega Antonius gebeld, maar zonder resultaat. Hij had zich steeds meer ongerust gemaakt, want kennelijk leefde Antonius niet alleen teruggetrokken, maar had hij ook last van onvervalste pleinvrees waardoor hij er zelfs moeite mee had om voor een boodschap de straat op te gaan. Zijn ongerustheid was op Knox overgeslagen, die had aangeboden om langs zijn huis te rijden om even te gaan kijken. Nico had hem ervan verzekerd dat het gemakkelijk te vinden was, want het lag in de schaduw van het Olympisch Stadion. 'Je kunt het niet missen,' had hij tegen hem gezegd. 'Groot, wit en glanzend. Je kunt het overal vandaan zien.'

Overal, behalve hier, leek het wel. Hij maakte zijn handschoenenkastje open, greep de plattegrond van Athene die met zijn huurauto was meegeleverd, vouwde hem op zijn stuur open en probeerde toen onder het rijden te lezen, terwijl zijn ogen heen en weer vlogen tussen de weg en…

De zwarte Mercedes dook uit het niets op, sneed hem vlak langs zijn motorkap af en trapte tegelijk op z'n rem, waardoor Knox een ruk aan zijn stuur moest geven en keihard op de rem trapte, de banden gierden op het stoffige wegdek. Hij raakte tegelijk de wegrand en de achterbumper van de Mercedes, en zijn gordel trok strak. Iets botste van achteren tegen hem aan. Hij keek om zich heen en zag dat een tweede Mercedes hem in het nauw dreef. Uit beide auto's sprongen mannen; hij herkende ze onmiddellijk van de avond tevoren. Hij probeerde zijn gordel los te maken, maar die zat vast en wilde hem niet laten gaan. Daarna probeerde hij zichzelf in te sluiten, maar het was te laat. Zijn deur werd opengerukt en de man van gisteravond liet hem een glimp zien van het afgezaagde geweer onder zijn leren trenchcoat. Die stak kalm zijn hand uit en haalde de sleutel uit het contactslot. 'Jij gaat met ons mee,' zei hij.

Knox' gordel liet eindelijk los, gleed als een beschaamde hond terug in zijn behuizing. 'Wie ben je?' vroeg hij terwijl hij probeerde zijn angst te verbergen. 'Wat wil je?'

De man knikte in de richting van zijn Mercedes. 'Dat zul je wel merken,' zei hij.

20

Iain en Gaille reden vanuit Anapoli over een smalle, verlaten kronkelweg, er was alleen een kudde schapen die slechts schoorvoetend ruimte maakte toen ze toeterden. Ze staken via een smalle houten brug een diepe kloof over, onder hen ratelden de planken. Aan weerszijden van de weg groeiden olijfbomen, overal hingen zwarte netten in de klauwen van hun takken en irrigatiepijpen kronkelden zich als mythische slangen om hun stammen. Ze slingerden tussen akkers, bossen en grasland door naar een klein berggehucht, Agia Georgio geheten, waar de doorgang werd versperd door een metalen hek. 'Ik neem aan dat ze hiermee het einde van de weg bedoelen,' zei Iain. 'Wil jij het openmaken?'

'Mag dat?'

'Natuurlijk,' zei hij. 'Het moet alleen de geiten binnenhouden.'

Een dobermann, die aan een spijl was vastgebonden, lag aan de andere kant van het hek te doezelen. Hij werd onmiddellijk wakker en barstte in fel geblaf uit waardoor een heel hondenkoor in het dorp inzette. Ze deed het hek snel achter Iain dicht en stapte dankbaar weer in. De dobermann gooide zich tegen haar raam toen ze erlangs reden en haalde machteloos naar haar uit, bruine vegen op het glas achterlatend.

'Christus, wat haat ik die beesten,' mopperde Iain, die niet een beetje bleek zag. Hij reed over een dorpsplein naar een open spoor waar diepe gaten in zaten. Een vastgebonden muilezel keek even op en graasde toen weer verder. Ze kwamen bij een onbegaanbare rij zware rotsen die als geïmproviseerde versperringen op het spoor vóór hen waren geplaatst, dus ging Iain van het spoor af en parkeerde in de beschutting van een paar bomen, waarvan de witgewassen stammen als zombiearmen over de grond naar voren staken. 'Vanaf hier moeten we lopen,' zei hij terwijl hij uitstapte.

'Hoe kreeg Petitier zijn boodschappen hier?' vroeg Gaille toen ze terugliepen. 'Denk je dat dat zijn muilezel was?'

'Zou kunnen.' Hij maakte de kofferbak open, die vol outdoorspullen zat.

'Wauw. Je hebt je voorbereid.'

'Eens een padvinder...' glimlachte hij. Toen voegde hij eraan toe: 'Ik weet nooit wanneer ik de kans krijg om een trektocht te maken.' Hij stopte de voorraden die hij net had gekocht in zijn rugzak en trok zijn loopschoenen aan.

'En ik dan?' vroeg Gaille en ze wees naar haar dunne gymschoenen. 'Ik ben hier bepaald niet voor uitgerust.'

'We zien wel,' zei hij. 'Dikke kans dat we binnen een paar uur terug zijn. Zeker voor donker.'

'En zo niet?'

Hij klopte op zijn dikke rugzak. 'Ik heb een tent, slaapzakken, eten, alles wat we nodig hebben.' Hij pakte een reserverugzakje uit zijn kofferbak. 'Maar misschien wil je een stel schone kleren mee, voor het geval dat.'

De heuvelrug rees hoog boven Gaille afschrikwekkend steil op naar een rotsachtige richel. Maar ze was hier omwille van Augustin, en dit was niet het moment om laf te zijn, dus ze hevelde wat kleren en haar toilettas in het rugzakje over en hees dat op haar rug.

'Klaar?' vroeg Iain terwijl hij zijn eigen rugzak omdeed.

'Helemaal,' zei ze.

II

Het geweer stak als een veestok in Knox' rug terwijl hij naar de Mercedes marcheerde. De reus opende de achterdeur en gaf met een knik te kennen dat hij moest instappen. Hij keek verlangend naar de weg, al die auto's, trucks en motorfietsen die onverschillig langs zoefden en giftige rook in zijn gezicht uitbraken. Hij overwoog even het op een lopen te zetten, dwars door het verkeer heen, of iemand neer te maaien. Maar toen hij zich schrap zette, pakte de reus hem bij de arm en lieten zijn zenuwen hem in de steek. Hij boog zijn hoofd en stapte in de...

Hij hoorde de auto voor hij hem zag, de oude motor brulde en er werd uitzinnig getoeterd. Hij keek om zich heen en zag een roestige, opgelapte Volvo met gierende remmen stoppen, de bestuurder zat over het stuur gebogen terwijl een vrouw op haar knieën op de passagiersstoel zat en de achterdeur opengooide. 'Stap in!' gilde ze.

Knox aarzelde geen moment, hij wrong zijn arm los, sloeg het geweer opzij en dook met zijn hoofd naar voren op de achterbank. 'Rijden,' riep de vrouw. De bestuurder trapte op het gas. Iemand greep Knox bij zijn been en trok hem terug. Hij schopte zichzelf los maar bungelde uit de deuropening, zijn schoenen, enkels en knieën hotsten en schraapten over de weg toen de Volvo wegspurtte. Door de versnelling werd de deur tegen zijn heup geslagen terwijl hij zijn vingernagels in de synthetische stoelbekleding klauwde in een vergeefse worsteling zich vast te houden. De vrouw schreeuwde naar de bestuurder dat hij langzamer moest rijden, greep Knox bij de onderarm en verschafte hem zo een kostbaar moment om zijn greep aan te passen en zich naar binnen te trekken.

Het geweer schoot twee keer, hagelkogels tinkelden en kletterden op de carrosserie van de Volvo en lieten vorstcirkeltjes op de achterruit achter. Knox sloeg de deur dicht, keek achterom naar de man die op de weg zijn geweer herlaadde terwijl het verkeer langs hem heen reed en zijn mannen naar hun Mercedes sprintten.

'Hij heeft een geweer!' jammerde de chauffeur. 'Hij heeft verdomme een geweer!'

'Wat is er aan de hand?' vroeg Knox. 'Wie zijn jullie?'

'O, jezus!' zei de bestuurder, terwijl hij in zijn achteruitkijkspiegel keek. 'Ze komen achter ons aan. Niet te geloven. Dit is verdomme niet te geloven.'

'Wie zijn jullie?' vroeg Knox nogmaals.

'Ik wilde jou dezelfde vraag stellen,' antwoordde de vrouw, indrukwekkend koeltjes.

'Waarom volgen jullie me als je niet weet wie ik ben?'

'We zaten niet achter jou aan.' Ze knikte naar de satellietnavigator. 'We zaten achter hen aan.'

'O, christus!' prevelde de chauffeur. 'Ze komen dichterbij.'

Knox keek achterom. De eerste Mercedes was nog altijd ruim tweehonderd meter achter hen, maar won snel terrein; de oude Volvo kon ze op de open wegen onmogelijk voorblijven. De bestuurder moest zich dat gerealiseerd hebben, want hij gaf een ruk aan zijn stuur en nam een scherpe bocht naar rechts, de banden snerpten uit protest toen ze bijna onmiddellijk weer links afsloegen, een steeg in achter een autodealer.

'Nou?' vroeg de vrouw, terwijl ze haar gordel omdeed. 'Wie ben je?'

'Daniel Knox,' zei hij tegen haar terwijl hij door de achterruit keek. 'En jij?'

'Nadya. En dit is Sokratis. Waarom zitten de Nergadzes achter je aan?'

De eerste Mercedes dook in de steeg achter hen op, toen de tweede. Knox vloekte hardop. 'De Nergadzes?' vroeg hij.

'Ken je die niet?'

Hij schudde zijn hoofd. 'Gisteravond waren ze in mijn hotel. Maar los daarvan...' Verderop was een pijp gesprongen, water borrelde over het grijze asfalt; toen ze de volgende bocht namen, slipten hun banden zo scherp weg dat Knox over de achterbank werd gegooid. 'Wie zijn dat?'

'Degene met het geweer is Mikhail Nergadze. Hij is de kleinzoon van Ilya.' Ze schudde haar hoofd toen ze zijn nietszeggende blik zag. 'Heb je nooit van Ilya Nergadze gehoord?' vroeg ze.

'Wie?'

'Hij is een van de rijkste oligarchen in Georgië. En momenteel voert hij campagne om onze volgende president te worden.'

'Ik wist niet eens dat er verkiezingen waren.'

'De zittende president was daartoe gedwongen,' legde Nadya uit. 'Hij staat onder druk sinds het fiasco in Zuid-Ossetië. Dat weet je vast nog wel, hè?'

'De republiek die zich wilde afscheiden,' zei Knox. 'Jullie hebben geprobeerd die terug te krijgen. De Russen hadden daar een ander idee over.' Ze vlogen langs een meubelpakhuis, werknemers staarden met open mond toen de Volvo schroeiplekken achterliet op hun betonnen platform.

'Zoiets, ja,' zei ze instemmend. Een vrachtwagen denderde over een

T-kruising vóór hen, waardoor Sokratis zo hard op de rem moest trappen dat Knox tegen de achterkant van Nadya's stoel werd gegooid en hun motor afsloeg. Sokratis draaide als een uitzinnige aan de contactsleutel, maar hij wilde niet starten. De twee Mercedessen kwamen nu snel dichterbij. De motor startte in elk geval weer. Sokratis schoot in een gat in het verkeer dat zich sloot voordat een van de Mercedessen achter hem aan kon komen.

'Maar wat willen ze in godsnaam met mij?'

Ze kwamen langs een open terrein vol tractors, maaimachines en andere landbouwwerktuigen, gierden naar links een smalle steeg in, hotsten hard over een gat in de weg, waardoor ze de lucht in schoten en daarna links een hoek om. De hoofdweg was verleidelijk dicht vóór hen, maar hun weg werd versperd door een rij witgeschilderde tonnen met hyacinten en acacia's. 'Verdomme!' schreeuwde Sokratis, en hij gooide gefrustreerd zijn handen in de lucht.

'Laten we het op een lopen zetten,' zei Nadya.

'En mijn auto aan hen geven?' vroeg Sokratis op hoge toon. 'Geen sprake van. Ze hebben me binnen een minuut te pakken.' Hij gooide zijn Volvo in z'n achteruit, maar op de satellietnavigatie was te zien dat een Mercedes snel naderde. 'Shit!' jammerde hij.

Links van hen zat een caravandealer, daarnaast was een parkeerterrein waar drie kapotte caravans op elkaar gepakt stonden; tussen de wrakken en de muur van het bedrijf zat een gat waar alleen een groene rolcontainer stond, het rottende vuilnis stak onder het deksel uit. Knox sprong naar buiten en rolde de container weg. Een zwarte kat sprong er krijsend uit voordat hij naar de caravans wegschoot. Sokratis reed achteruit de ontstane ruimte in, waarbij hij de stenen muur zo hard raakte dat zijn achterbumper er met een klap afviel. Knox reed precies op het moment dat de eerste Mercedes opdook de container voor de motorkap van de Volvo terug.

Nadya wenkte hem, wilde dat hij weer instapte voor het geval ze snel weg moesten rijden. Hij liet de container los om zich in het gat tussen de caravan en de auto te persen, maar de voorkant van het parkeerterrein helde iets en de rijdende container rolde langzaam naar omlaag waardoor ze verraden dreigden te worden. Knox dook er met zijn volle lengte op, schaafde zijn borst op het grindachtige oppervlak en greep een van de wielen van de container met zijn rechterhand beet, waarbij zijn vingernagels over het harde plastic schraapten.

Onder de container door zag hij de onderkant van een zwarte Mercedes langsrijden en bij de bloementonnen halt houden. De tweede Mercedes arriveerde even later en kwam amper op anderhalve meter afstand van Knox tot stilstand. De ophanging van de Volvo kraakte een beetje achter hem, omdat Sokratis of Nadya in de auto verschoof. Deuren gingen open en dicht. Leren laarzen en schoenen verzamelden zich voor een verhitte discussie in een onbekende taal. Knox lag onhandig op het asfalt, scherpe stenen drukten tegen zijn ribbenkast, maar hij waagde het niet om ook maar een spier te vertrekken. De container werd zwaarder en zwaarder. Zijn bicepsen begonnen te brandden van de inspanning.

III

Een oud pad slingerde heen en weer over de heuvelrug, maar Iain had daar geen geduld voor. Hij beende meteen met grote passen recht omhoog, draaide zich om de paar minuten om en wachtte dan nogal nadrukkelijk op Gaille. Desondanks begon ze ervan te genieten. Op deze hoogte was het koel en de wandeling was onmiskenbaar prachtig. Wilgen bogen zich over een klein kunstmatig meer, bewonderden zichzelf in het stille water. Hagedissen koesterden zich op hun stammen terwijl vlakbij schaapsbellen klingelden. Ze kwamen bij een open plek die bespikkeld was met schitterend gekleurde bijenkorven, bij hun openingen krioelde het van de bijen, zodat de lucht zoemde als een soort defect elektrisch apparaat. 'Goede honing?' hijgde ze, om Iain wat af te remmen.

'De beste,' zei Iain knikkend, terwijl hij zich naar haar omdraaide en naar haar terugliep. 'Altijd zo geweest. Ze beweren zelfs dat Alexander de Grote met Kretenzer honing is gebalsemd.' Hij trok vragend een wenkbrauw op. 'Was dat ook zo? Jullie hebben zijn lichaam gevonden.'

'Wat? Denk je soms dat ik aan hem heb gelikt?'

'Dat zal wel niet,' zei hij lachend. 'Toch is het jammer dat we dat nooit zullen weten.'

'Alexander is in Babylon gestorven,' merkte Gaille op. 'Wat zouden de Babyloniërs nou met Kretenzer honing te maken hebben?'

'In die tijd kwamen de beste balsemers uit Egypte. Dat zou je moeten weten. Alexanders generaals hebben ze laten halen en ze hadden hun eigen spullen bij zich. De Egyptische honing was niet al te best. Dat heeft met de seizoenen te maken, uiteraard. Bijen maken geen honing voor hun plezier. Als je die bij ze weghaalt, gaat hun korf dood, tenzij ze meer stuifmeel kunnen verzamelen. Dus ideaal gesproken hebben bijen een streek nodig waar altijd bloesems te vinden zijn.'

'Zoiets als Kreta?' glimlachte Gaille.

'Precies.' Hij maakte een weids gebaar over de heuvelrug, een caleidoscoop van grassen, anemonen en irissen, orchideeën en affodillen, papavers en andere wilde bloemen, allemaal omgeven door een natuurlijk hek van gele gaspeldoorn en roze knoppen van judasbomen in hun prille bloei, zelfs op zo'n duizend meter boven de zeespiegel. 'Heraklion stond vroeger bekend als Chandia, waar ons woord "candy" vandaan komt. En de eerste alcoholische drank die hier werd gebrouwen was mede. Dionysos wordt meestal gezien als de god van de wijn, maar hij begon hoogstwaarschijnlijk als god van de mede. Sterker nog, sommige van de vroegste mythen over hem kunnen heel goed brouwinstructies zijn.'

'Echt?'

'Absoluut. Mede is een gevaarlijk goedje als je niet weet wat je doet. Ze moeten een manier hebben gevonden om hun recepten te onthouden en door te geven. Kijk maar eens naar hoe de verhalen zijn opgebouwd, het gebruik van cijfers…'

Ze kwamen langs een rij bomen, de grond eronder was een bruin tapijt van de bladeren, dennennaalden en denappels van vorig jaar, evenals de zachte korrels van dierenuitwerpselen. Reusachtige spinnenwebben strekten zich over het pad uit, de draden glinsterden als ragfijn zilver, en bleven in haar handen en haar kleven. Aan de andere kant veranderde het landschap opvallend. De helling werd steiler en overal staken vuisten van grijze rots omhoog. Ze vond het steeds moei-

lijker om hem bij te houden. Iain was niet alleen fitter, maar zijn schoenen waren ook veel geschikter voor de glibberige, scherpe ondergrond,
terwijl zij steeds in haar lage gymschoenen zwikte, zodat haar enkels al
snel bont en blauw waren, en bloedden.

Ze pakte haar flesje water, warm geworden door de zon, nam een
paar flinke slokken, spatte wat op haar voorhoofd en veegde haar haar
ermee naar achteren. Nu ze was blijven staan, voelde ze de spanning in
haar kuiten en een waarschuwende steek in haar achillespees. Ze keek
verlangend naar een met mos bedekte rots.

'Even uitblazen?' vroeg Iain.

'Het gaat best,' verzekerde ze hem. 'Maar jij mag wel, als je dat wilt.'

Hij lachte, een mengeling van plezier en begrip. 'Bedankt,' zei hij
terwijl hij zijn rugzak afschudde. 'Dat wil ik wel.'

21

Een konvooi van legertrucks denderde over de hoofdweg, verveelde soldaten staarden achterin naar buiten. Edouard sloeg instinctief zijn ogen neer naar Mikhails geweer, maar dat hield deze veilig uit het zicht. Ze wachtten geduldig tot de laatste truck voorbij was, toen draaide Mikhail zich weer naar Davit om en prikte hem met een vinger in de borst. 'Nou?' vroeg hij op hoge toon. 'Ik dacht dat je zei dat ze deze kant op waren gegaan.'

'Dat deden ze ook, baas,' mompelde Davit. 'Ik heb ze gezien.'

'Waar zijn ze dan, verdomme?'

'Dat weet ik niet, baas.'

'Dat weet je niet?'

'Nee, baas.'

'Misschien hebben ze het op een lopen gezet,' opperde Edouard.

'Ja hoor,' zei Mikhail. 'Terwijl ze hun Volvo met zich meezeulden, zeker?' Hij schudde minachtend zijn hoofd en wendde zich weer tot de anderen. 'Wie waren dat trouwens? Waar kwamen ze vandaan?'

Er viel een stilte, niemand durfde iets te zeggen. 'Misschien een paar barmhartige Samaritanen,' merkte Zaal ten slotte op.

'Barmhartige Samaritanen!' schimpte Mikhail. 'Waarom zouden barmhartige Samaritanen ons volgen?'

'Dat deden ze niet,' zei Boris. 'Het was toeval. Ze zaten op de weg achter ons.'

'Ze volgden ons,' hield Mikhail vol. 'Controleer de onderkant van de auto's.' Het was Zaal die de zender vond, hij trok hem van onder de tweede Mercedes los en stak hem als een trofee naar Mikhail omhoog. Hij pakte hem aan, woog hem in zijn hand en draaide zich toen naar Edouard om. 'Dat is toch jouw auto?'

'Het is een huurauto,' zei Edouard. 'Ik heb hem op het vliegveld op-gehaald.'

'Jij hebt ze naar mij toe geleid,' zei Mikhail. 'Je hebt ze verdomme naar mijn huis geleid.'

'Nee,' zei Edouard, terugdeinzend. 'Ik heb…'

Mikhail deed een stap naar hem toe. 'Hoe kón je zo verdomde stom zijn?' vroeg hij op hoge toon. 'Je hebt deze hele operatie in gevaar gebracht. Je hebt míj in gevaar gebracht!'

'Nee,' zei Edouard. Hij stootte met zijn kuit tegen een van de bloempotten; hij stapte er zijwaarts langs de weg op. Maar Mikhail liep achter hem aan, drong zich naar voren. Edouard probeerde onderdanig te glimlachen en raakte zijn arm aan in een poging tot toenadering.

Mikhail keek ongelovig omlaag. 'Heb je me net aangeraakt?' vroeg hij.

'Ik wilde alleen maar…'

Mikhail deed een stap naar voren en duwde zijn gezicht in dat van Edouard, zodat die instinctief een stap achteruit op de weg deed. Een vrachtwagen moest uitwijken en toeterde, tikte daarbij het achterwiel van een passerende motorrijder aan, die over de weg begon te slingeren tot de berijder zich herstelde. Edouard danste de stoep weer op, zijn hart ging als een razende tekeer.

'Wat nu?' vroeg Boris.

'We moeten die Volvo vinden,' zei Mikhail, die al geen belangstelling meer had voor Edouard.

'Hoe dan?'

'Heeft een van jullie idioten het kenteken gezien?' Ze schudden allemaal hun hoofd. Mikhail zuchtte en wees naar de zender die Zaal vasthield. 'Dat kloteding moet van iemand zijn. Zoek uit van wie. En dan breng je me zijn hoofd op een verdomde schaal.'

'Maar hoe…'

'Op een verdomde schaal,' zei Mikhail. 'Of anders wordt het 't jouwe.' Hij keek op zijn horloge. 'Jullie hebben drie uur. Als ik jullie was, zou ik ze goed gebruiken.'

II

Terwijl Gaille hoger klom, hoorde ze een vreemd ruisend geluid, als dat van een hard stromende rivier. Ze zwoegde nog een paar minuten omhoog, terwijl haar benen brandden en trilden van vermoeidheid, voordat ze ontdekte wat het was: de wind, die tussen twee hoge pieken door een smalle pas suisde. Grijze wolken hadden zich in de opening ertussen verzameld, als mismoedige spoken die buiten de poorten van het vagevuur stonden te wachten om binnengelaten te worden.

Het werd al snel frisser, alle koude lucht joeg door dit smalle gat, de wind geselde haar rug, spotte met haar katoenen blouse, sloeg haar broek om haar enkels. Rillingen werden sidderingen, ze dagdroomde van een trui en dikke jassen. Het zicht werd ook steeds minder, op sommige plekken was de wolk zo dik als een mistbank. Ze kwamen bij een hek van prikkeldraad, op de houten staken waren grotesk geitenschedels gespietst, voodoofetisjen om onwelkome bezoekers af te schrikken. 'Weet je zeker dat we niet op verboden terrein komen?' vroeg ze.

'Maak je geen zorgen,' stelde Iain haar gerust. Hij haalde het bovenste stuk draad weg zodat de stokken aan weerskanten naar hem toe bogen, en hielp haar eroverheen. 'Vertrouw me nou maar. Ik loop voortdurend door deze bergen. Zolang je je gedraagt, is iedereen die je tegenkomt blij met wat gezelschap. Bovendien, dit is inmiddels vast Petitiers terrein, en hij zal bepaald niet gaan klagen, wel?'

Het was een verraderlijk pad met losse stenen ten gevolge van een aardverschuiving, waardoor Gaille haar ogen op het pad gericht moest houden om te kijken waar ze liep. Ze raakte Iain in de dichte mist kwijt, maar nam aan dat hij voor haar liep. Ze had een paar minuten doorgelopen, toen ze Iain ongerust hoorde roepen: 'Gaille! Waar ben je?'

'Hier,' antwoordde ze. 'Hoezo?'

'Wees voorzichtig. Volgens mij zitten we ergens vlak bij een rand.'

'Wat voor rand?' Een vlaag wind beantwoordde de vraag voor haar, waardoor de wolk even dunner werd en de pas onthulde die enkele stappen verderop plotseling in een duizelingwekkend gat verdween. Ze bleef stokstijf staan en deed een stap achteruit. 'Verdomme!' zei ze. 'Je bent vast paranormaal begaafd.'

Hij kwam op haar stem af en dook uit de mist op. 'Je krijgt gevoel voor dit soort dingen, als je maar genoeg trektochten maakt.' Hij leidde haar naar links, weg van het midden van het pad. De wind nam onmiddellijk af, de wolk loste op en verdween, waardoor er wat welkome zonneschijn doorheen kon komen, die ook onthulde waar ze al kort even een glimp van had opgevangen: dat ze op de rand van een natuurlijk amfitheater in de rotsen stonden, als de krater van een uitgedoofde vulkaan. Aan de voet ervan, diep beneden, was een vruchtbare cirkel, met een diameter van misschien twee of zelfs drie kilometer, verdeeld in velden en groepjes bomen, met een grote gele zee van gaspeldoorn aan de uiterste noordkant ervan. Ongeveer in het midden van dit plateau stond een boerderij, te ver weg om details te kunnen onderscheiden, behalve dan een zwarte watertoren op het dak en de reflectie van zonnepanelen. En voorbij de boerderij twee van die lelijke, van polytheen gemaakte broeikassen. 'Wat nu?' vroeg ze, ontmoedigd door de natuurlijke omheining van een muur van steile hellingwanden.

'Er moet ergens een pad zijn. Als Petitier hier met een muilezel in- en uitging, dan kunnen wij dat zeker.'

'Ik weet het niet,' zei ze.

'Vertrouw me nou maar,' hield hij vol. 'Het komt prima en orde.'

Vertrouw me nou maar, dacht ze, een beetje zuur. Dat was kennelijk zijn standaardantwoord.

III

Knox lag nog steeds op het asfalt, zijn spieren trilden van de spanning doordat hij de vuilcontainer moest blijven vasthouden, zijn neus werd bestormd door de oververhitte stank. De kat die een minuut eerder verschrikt was weggesprongen, was weer tevoorschijn gekomen en keek vanaf het dak van de dichtstbijzijnde caravan naar hem omlaag, en begon te miauwen.

Hij hoorde geschreeuw op de weg. Iemand kreeg de wind van voren. Even later dook een van de Georgiërs op en ging op handen en knieën liggen, reikte toen onder de Mercedes en trok een zender los die daar met zwarte tape bevestigd was. Hij had alleen maar wat om zich heen hoeven kijken om Knox onmiddellijk in de gaten te krijgen, maar godzijdank deed hij dat niet. Er werd nog meer gepraat. Besluiten werden genomen. Ze stapten allemaal weer in hun Mercedes, keerden en reden de steeg uit.

Knox wachtte nog ongeveer een halve minuut, kwam toen overeind, klopte zichzelf af en ging kijken. Geen spoor van ze te bekennen. Hij keek om de hoek. De weg was leeg. Hij trok de vuilcontainer opzij zodat Sokratis kon wegrijden, duwde hem daarna op de lege plek terug en stapte achter in de Volvo. Sokratis reed behoedzaam weg. Zijn lichtblauwe shirt was nu tweekleurig van het zweet; hij stonk bijna even erg als de vuilcontainer. 'Ik dacht dat die man je echtgenoot was,' zei hij beschuldigend tegen Nadya.

'O ja?' vroeg Nadya onschuldig.

'Ik doe die maffiashit niet. Ik doe echtscheidingen. Meer niet.'

'Dan is dit een uitstekende kans om je werkterrein uit te breiden.'

'Vind je dit soms grappig?' schreeuwde hij. 'Je hebt tegen me gelogen.'

'Ik heb niet gelogen. Jij hebt iets verondersteld, dat is alles.'

'Ik werk niet voor klanten die tegen me liegen. M'n auto uit, nu.'

'Wees niet zo'n klootzak,' kaatste ze terug. 'Je hebt mijn bagage nog. Breng me naar mijn hotel, dan doe je verdomme maar wat je wilt, als je voor dit soort werk de ballen niet hebt.'

'Ik heb zíjn bagage niet,' zei Sokratis terwijl hij met een duim naar Knox wees.

'Rij nou maar, wil je. Of je geeft me m'n geld terug.' Ze draaide zich in haar stoel om. 'Waar wil jij naartoe?'

Het had voor Knox niet veel zin om naar zijn auto terug te gaan. Mikhail had de sleutels. 'Wat dacht je van een metrostation?'

'Je hebt hem gehoord,' zei Nadya tegen Sokratis.

Hij keek haar boos aan, maar had er geen hoop op dat ze het eens konden worden. Behoedzaam reed hij verder. Ze kwamen op de hoofdweg en hij boog zich zo ver mogelijk naar voren, keek bijna op komische wijze uit naar een zwarte Mercedes.

'Je was me over de Nergadzes aan het vertellen,' bracht Knox Nadya in herinnering.

'Ja,' zei ze. Ze wierp een blik op Sokratis, ze vertrouwde hem duidelijk niet meer. 'Spreek je Frans?' vroeg ze.

'Ja.'

'Mooi zo.' Ze stapte naadloos op die taal over. 'Ik zal je wat achtergrondinformatie geven over Ilya. Hij bezit verschillende olie- en gasbelangen, zoals de meeste oligarchen, maar er gaan geruchten dat hij zijn eerste miljard heeft verdiend met wapenhandel in Afghanistan in ruil voor heroïne.'

'Jezus.'

'De Amerikanen hebben de Georgische regering onder druk gezet om achter hem aan te gaan. Maar families als de Nergadzes vormen een gesloten front. Je kunt niet zomaar een van hen arresteren zonder een kleine oorlog te ontketenen. Ze planden een gelijktijdige massa-arrestatie, maar iemand had gebabbeld. De hele clan vluchtte naar Cyprus, daar hebben ze verscheidene huizen, om het nog maar niet te hebben over hun megajacht en veel van hun contante geld. Maar Ilya is niet het soort man om als banneling te leven, hoe goed hij ook wordt verzorgd. Onderhandelingen om terug te keren liepen op niets uit, dus stichtte hij zijn eigen politieke partij om kwetsbare regeringszetels te bestoken, en hij kreeg er zo veel aan zijn kant dat hij een luis in de pels van de president werd.'

'En ongetwijfeld mocht hij plotseling weer terugkomen?'

'Uiteraard. Toen hij eenmaal had bereikt wat hij wilde, nam iedereen aan dat hij de politiek vaarwel zou zeggen; maar kennelijk had hij de smaak te pakken gekregen. Je moet iets begrijpen. Georgië is een van de grote breuklijnen in onze moderne wereld. Het is de scheidslijn tussen degenen die olie en gas hebben en degenen die het nodig hebben. Het is de scheidslijn tussen de NAVO en de oude Sovjet-Unie, tussen islam en christendom, tussen drugs en hun markten. Degene die de baas is in Georgië doet ertoe.'

'En dat wil Nergadze?'

Nadya knikte. 'Hij deed in 2008 voor het eerst een gooi naar het presidentschap, maar hij schraapte amper een derde van de stemmen bij elkaar. Daarmee zou het voor een paar jaar van de baan moeten zijn geweest, ware het niet dat Zuid-Ossetië er was. Nergadze en de andere oppositieleiders dwongen nieuwe verkiezingen af. Nergadze had zichzelf tot belangrijkste uitdager uitgeroepen. De huidige president is zo impopulair dat hij ermee zou moeten kappen, nog afgezien van het feit dat hij zelf in ernstige moeilijkheden verkeert. Om te beginnen vindt men dat hij te dicht op de Russen zit, en wij Georgiërs háten de Russen. Aan de andere kant haten we ze niet alleen, we vrézen ze ook. Dus als Nergadze kiezers ervan kan overtuigen dat hij de man is om onze relatie met Moskou te herstellen zonder dat onze onafhankelijkheid in gevaar komt, wint hij. Daarom zitten zijn toespraken de laatste tijd vol nationalistische bullshit, en spendeert hij een fortuin aan het opkopen en repatriëren van Georgische kunst en kunstvoorwerpen, hij doet er alles aan om te bewijzen dat hij onze grootste patriot is.'

Knox ging achterover zitten. Hij begreep nu waarom Mikhail Nergadze in Athene was, hoewel het niet verklaarde waarom hij achter Knox aanzat, tenzij… 'O, verdomme,' mompelde hij.

'Wat?' vroeg Nadya.

'Ze zitten achter het Gulden Vlies aan,' zei hij somber tegen haar. 'Ze denken vast dat ik dat heb.'

22

Uiteindelijk hoefde Kiko niet aan Nina te vertellen wat er die avond daarvoor was gebeurd. Dat was tijdens het paardrijden maar al te duidelijk geworden. De zorg waarmee Ilya Nergadze Kiko op zijn rijdier had geholpen, zoals hij naast hem had gereden en door zijn haar had gewoeld, over zijn rijkdom en landerijen had opgeschept: kortom, hij gedroeg zich als een smoorverliefde vrijer die indruk wil maken op zijn geliefde.

Er was geen sprake van dat Edouard eerder dan op z'n vroegst morgen haar te hulp kon schieten. Hij had zelf te veel problemen. Zij was dus degene die voor de veiligheid van Kiko en de tweeling moest zorgen. Dat mocht niet te veel gevraagd zijn. Dit was weliswaar een kasteel, en ook al stond de ophaalbrug omhoog en was het niet realistisch om te denken dat ze van het eiland weg kon komen, er waren wel allerlei plekken waar ze zich konden verschuilen. Ze nam de kinderen mee naar haar kamer, waarschuwde ze dat ze niet weg mochten tot ze weer terug was en ging op onderzoek uit. In het bolwerk zelf was het te druk en te vol voor wat ze in gedachten had, dus ze begon met de bijgebouwen. De stallen waren schoon en ruim, stonken penetrant naar dieren. Maar de boxen waren bijna allemaal bezet en de lege waren ongerieflijk.

Twee stalknechten kwamen lachend binnen, maar ze zwegen en sloegen respectvol hun ogen neer zodra ze haar zagen, dachten dat ze iemand was die ertoe deed. Ze wendde zich van hen af, liep door een deur naar een open garage, die vol stond met suv's en een rode Lamborghini. Uit een open deur aan de overkant kwam een brandlucht. Ze werd nieuwsgierig. Een smidse, het vuur laaide knetterend op, tangen, hamers en een bijl hingen aan de muur, evenals paardenhoeven, scharnieren, ploegen, zwaarden, tuingereedschap en andere staaltjes van het vak. Sandro en Ilya Nergadze stonden met twee andere mannen bij het aambeeld te overleggen en papieren te bestuderen. Sandro ging op zijn hurken zitten en pakte een gouden bokaal uit een blauwe plastic mand, en Nina zag onmiddellijk dat die deel uitmaakte van de Turkmeense schat van haar man.

Ze was even zo verontwaardigd dat ze onbesuisd dreigde te worden, maar ze werd net op tijd door haar eigen voorzichtigheid gered. Ze dook uit hun gezichtsveld, glipte uit haar schoenen, pakte ze op en liep stilletjes op haar tenen weg

II

'Het Gulden Vlies?' vroeg Nadya. 'Ben je gek geworden?'

'Was het maar waar,' zei Knox. Hij bracht haar op de hoogte van Petitier en de zegelstenen die hij had gevonden, gaf haar toen de details van de geschiedenis van het Vlies en hoe dat in verband stond met Eleusis en Kreta.

Toen hij was uitgesproken, keek Nadya verbijsterd. 'Denk je werkelijk dat het bestaat?'

'Het zou kunnen. Heeft dat invloed op de verkiezingen?'

Ze stiet een droog lachje uit. 'Je maakt een geintje, zeker? Wij Georgiërs zijn ongelooflijk trots op ons erfgoed; en we zijn bovendien bijgelovig, vooral in onzekere tijden. Als Nergadze het Vlies naar Georgië terugbrengt, en het is authentiek, dan wordt hij een nationale held, dan wint hij de verkiezingen op z'n slóffen.' Ze schudde haar hoofd, alsof het vooruitzicht te verschrikkelijk voor woorden was.

'Zo erg, hè?'

'Hij is drugssmokkelaar. En wapenhandelaar.'

'En waarom is dat jouw probleem?'

'Het is mijn baan,' verzuchtte ze. 'Ik ben journalist, politiek journalist. Of een blogger, zo zou je me eigenlijk moeten noemen.'

'Levert dat wat op?' vroeg Knox verbaasd.

'Niet bepaald. Maar het is een goeie manier om je profiel op te bouwen; en met een profiel kun je zeker geld verdienen. Bovendien is het heus niet zo dat ik op kaviaar en champagne leef.'

'En je bent hier om een stuk over de Nergadzes te schrijven?'

'Min of meer.' Ze staarde een poosje uit het raam, terwijl ze erover nadacht wat ze hem zou vertellen. Een slager was vet van het karkas van een geslacht lam aan het snijden, met geoefende steken en met zo'n lang mes dat het eerder een zwaard leek. 'Ik was een week geleden of zo op een persconferentie van Nergadze,' zei ze ten slotte. 'Ilya kondigde voor de vijftigste keer een nieuwe politiek aan. Als je een paar van die dingen afloopt, realiseer je je algauw dat alle interessante dingen achter het toneel gebeuren. Tegen de achterwand stond een man geleund. Hij was duidelijk een Nergadze. Na een tijdje ga je ze herkennen. Maar hem had ik nog niet eerder gezien, wat vreemd was, want de hele familie was de laatste tijd eindeloos op campagne geweest.'

'Misschien was hij een neef,' opperde Knox.

'Niet als je zag met hoeveel respect hij door de mensen om hem heen werd bejegend. Hoe dan ook, ik was nieuwsgierig en volgde hem toen hij wegging. Hij werd naar de privéjet gereden in de terminal op Tbilisi International Airport, en stapte op Nergadzes vliegtuig. Ik belde een contact van me bij Airport Operations. Op de passagierslijst stond maar één naam: Mikhail Nergadze. Ik had zelfs nog nooit van hem gehoord. Ik heb zijn geboortebewijs achterhaald: hij is Sandro Nergadzes zoon, en daarmee dus Ilya Nergadzes kleinzoon. Al Sandro's jongens hebben op dezelfde school buiten Georgië gezeten. Ik heb een vriend hun gegevens laten natrekken. Mikhail was daar tot zijn veertiende, toen werd hij plotseling naar een Engelse privéschool gestuurd.'

'En?'

'Het kwam me alleen vreemd voor, dat is alles. In een opwelling keek ik de plaatselijke kranten erop na. Twee dagen voor Mikhail werd weggestuurd was een twaalfjarige meisje ontvoerd uit een weeshuis in de buurt.'

'Dat is behoorlijk magertjes,' zei Knox.

'Ik heb contact opgenomen met zijn Engelse school, beweerde dat Mikhail naar een baan bij me had gesolliciteerd en dat ik zijn referenties controleerde. Hij is daar nog geen jaar geweest, en op zijn volgende school slechts twee semesters. Ik meldde me aan bij een van de netwerksites van die school en vroeg of iemand zich hem herinnerde. Niemand wilde me veel vertellen. Het leek wel of ze bang voor hem waren, zelfs na al die jaren nog.'

Sokratis reed op dat moment met een ruk naar de kant, de banden knerpten tegen de stoeprand. 'Je metrostation,' zei hij, en hij reikte naar achteren om Knox' deur te openen. 'Nu d'r uit.'

'Nog even.'

'Nee. D'r uit. Nu.'

'Hou je mond,' zei Nadya tegen hem, haar geduld raakte op. Ze wendde zich weer tot Knox. 'Niemand wist precies waarom Mikhail van al zijn Engelse scholen is weggegaan, hoewel er allerlei akelige geruchten de ronde deden. Daarna verdween hij min of meer, op een paar hits op internet na, waar hij de rijke jongen uithing op Cyprus, met jetsetparty's en nachtclubopeningen, dat soort dingen. Ik vroeg mijn contact bij Airport Operations me te laten weten of en wanneer Mikhail terugkwam, maar toen hij me de keer daarop belde, liet hij me weten dat het Nergadze-vliegtuig op het punt stond om weer naar Athene te vertrekken, met vier van Nergadzes personeelsleden. Ik had het idee dat er iets groots gaande was. Ik kon er niet vóór hen zijn, dus heb ik via zijn website met onze dappere Griekse vriend hier contact opgenomen en hem gevraagd hun spoor op te pikken.'

'Genoeg!' snauwde Sokratis, alsof hij in de gaten had dat hij werd beledigd. 'D'r uit.'

Knox stapte de stoep op, maar hield de deur open. 'Zullen we later afspreken?' vroeg hij. 'Volgens mij kunnen we elkaar helpen.'

'Vanavond niet,' zei Nadya. 'Ik heb het te druk.'

'Wat dacht je van ontbijt?'

'Prima.' Ze haalde haar agenda tevoorschijn. 'Waar?'

Knox vertrouwde Sokratis voor geen meter. Hij pakte Nadya's agenda en schreef de naam van een Plaka-café op, samen met hoe ze er moest komen. 'Half negen?' stelde hij voor.

'Zie je dan,' zei ze instemmend.

'Nog één ding, zei hij. 'Waarom ben je echt zo in die kerel geïnteresseerd?'

'Dat heb ik je al gezegd. Ik ben journalist.'

'Flauwekul. Niemand doet wat jij hebt gedaan, alleen maar omdat een man tegen een muur leunde.'

Ze snoof een beetje; haar ogen dwaalden af over zijn schouder, gericht op herinneringen. 'Ik herkende hem,' gaf ze toe. 'Zodra ik hem zag, wist ik dat ik hem eerder had gezien.'

'Wanneer?' vroeg Knox.

Haar blik keerde van de verte terug; op de een of andere manier wist ze te glimlachen. 'Op de avond dat mijn man werd vermoord,' zei ze.

III

Gaille stemde maar al te graag in met Iains voorstel dat hij de weg zou verkennen zodat ze van de steile helling af konden komen, al was het maar omdat ze daardoor de kans kreeg haar pijnlijke benen wat te ontlasten. Het terrein was hier rotsachtig en kaal, en het beetje begroeiing dat er was, verdedigde zich fel met doorns. Ze haalde alles wat breekbaar was uit haar rugzak, ging er toen op zitten en liet haar lichaam uitrusten. Een zwarte kever vorderde traag door het zand. Ze keek net zo lang tot hij weg was. Vlak bij haar stak een rechthoekig stuk rots uit de grond omhoog. Het zag er onnatuurlijk glad uit, als een oud monument ter ere van de hoge pas. En tenzij haar ogen haar bedrogen…

Ze trok een gezicht toen ze zich weer overeind werkte en ernaartoe liep. Ja. In het oppervlak zat een patroon, als oeroude graffiti waren er twee symbolen in uitgehakt: een lopende man en dan een uitgestoken hand, hoewel, het was zo vaag dat ze er niet zeker van was. Ze zette haar camera-telefoon aan en maakte een foto. Het signaal was zwak en wisselvallig, maar het was er tenminste. Als ze ooit Petitiers vlakte zouden bereiken, zou er helemaal geen signaal meer zijn. Ze voelde zich niet op haar gemak dat niemand wist waar ze waren, hoe ervaren Iain ook mocht zijn, dus liep ze naar de rand van de steile, natuurlijke rotsomheining en maakte een foto van de vlakte en de boerderij, en nog een van zichzelf terwijl ze naar de camera kust. Toen ging ze zitten en toetste een sms'je in voor Knox, praatte hem bij over de voortgang voordat ze het met de foto's verstuurde.

Het duurde nog vijf minuten voordat Iain terugkeerde. 'Goed nieuws,' zei hij. 'Ik heb een pad gevonden. Min of meer, althans.'

'Min of meer?' vroeg ze, en ze kromde haar tenen bij het vooruitzicht dat ze weer duizelig zou worden. 'Stel dat het huis daarbeneden niet van Petitier is?'

'Kan niet anders. De vrouw uit de winkel zei dat het hier was. Bovendien, wie gaat er nou in zo'n uithoek wonen? De Kretenzers worden gek zonder gezelschap: alleen wij buitenlanders zijn graag alleen.'

'En als het op slot zit?'

'Geen probleem. Ik heb mijn tent en alle voorraden die we nodig hebben. Trouwens, als we nu weggaan, moeten we morgen weer terugkomen. En ik had toch min of meer de indruk dat snelheid essentieel was om de naam van je Franse vriend te zuiveren?'

Het noemen van Augustin was de aansporing die Gaille nodig had. 'Je hebt gelijk,' zei ze terwijl ze opstond. 'Laten we gaan.'

IV

Sokratis reed in stille ergernis naar het centrum van Athene, wilde Nadya laten merken dat hij het haar kwalijk nam zoals ze hem had behandeld. Er was weinig verkeer en ze waren al snel bij haar hotel. Hij zette haar buiten af, deed zijn kofferbak open zodat ze haar weekendtas en laptop kon pakken en stoof toen zonder om te kijken weg.

Maar zijn woede was slechts uiterlijk vertoon, waarachter hij zijn schuldgevoel moest verhullen. Hij reed een blokje om, parkeerde tweehonderd meter verderop in de straat en ging toen de hoteldeur in de gaten houden. Het duurde niet lang voor zijn achterdocht werd beloond. Een taxi kwam voorrijden en Nadya verscheen opnieuw met haar tassen en keek steels om zich heen toen ze de trap af hinkte.

De bitch! Hij wíst dat ze iets van plan was.

Hij gaf haar een gezonde voorsprong. Ze was duidelijk op haar hoede. De taxi reed Plaka in, de wirwar van smalle toeristenstraatjes aan de voet van de Akropolis, en stopte toen voor een ander hotel. Sokratis stopte achter een bestelbus om te voorkomen dat ze hem zou zien. Hij zag dat een hotelkruier haar met haar bagage hielp. Ze betaalde de taxichauffeur en hinkte daarop naar binnen.

Toen hij zijn plan klaar had, voelde hij een steekje schaamte, maar dat drukte hij stevig de kop in. Een dak boven zijn hoofd, brood op de plank, een beetje geld om zo nu en dan een vrouw te plezieren. Dat was het enige wat hij vroeg. Bovendien maakte zijn website heel duidelijk dat hij een echtscheidingsspecialist was. Het was haar eigen verdomde schuld dat ze hem in zo'n onmogelijke situatie had gewerkt. Ja, het was haar eigen verdomde schuld.

23

Knox leunde tegen de deur van het metrorijtuig toen een vrouw in rouwzwart met uitgestoken rechterhand, met een kind in een draagdoek op haar linkerheup, tussen de passagiers door zigzagde, steeds een halfhartige smeekbede herhaalde, geen aalmoes verwachtte en er ook niet een kreeg. De sporen waren hier verhoogd, waardoor je uitzicht had over de stad. Nico had gelijk. Je kon inderdaad op afstand het Olympisch Stadion zien, de glanzende witte bogen torenden boven de lelijke huizen van een voorstad uit, die door graffiti en satellietschotels zelfs nog lelijker waren.

Hij stapte bij Irini uit, liep de trap af tussen twee ondiepe decoratieve vijvers door naar een door de wind geteisterd plein. Een beetje onverwacht kwam een fanfarekorps uit Souza aandreunen en maakte marcherend pas op de plaats, alsof tegelijk spelen en zich vooruit bewegen te hoog gegrepen was. Een kleine wervelstorm deed de bladzijden van een weggegooid telefoonboek als een applaus opfladderen, terwijl papieren zakken en lege snoepwikkels in indrukwekkend strakke cirkels rondwervelden, als gymnasten met hun lintjes.

Hij haalde het stukje papier tevoorschijn waarop Nico Antonius' adres had gekrabbeld en vroeg toen net zolang de weg aan voorbijgangers tot een van hen hem wees waar het was. Hij liep over een groot parkeerterrein, dat leeg was, op een paar gezinnen na die naar het zwembad gingen, hij kon het gespatter en de opgetogen kreten horen. Hij haastte zich de hoofdstraat over. Een vrouw die haar hond uitliet wees hem naar een straat met duur ogende, halfvrijstaande huizen met doezelende politieagenten en nette rijen gepoetste auto's, onderbroken door hier en daar een puincontainer vol losgerukt tapijt. Maar zo'n restauratie vond niet plaats bij Antonius' huis, een rotte kies in een verder perfect gebit. Zijn voortuin was een jungle, zijn muren waren overwoekerd door klimop. Het huis had zich in zichzelf teruggetrokken, net als zijn eigenaar.

Knox belde aan. Niemand. Hij legde zijn oor tegen de deur, maar de buren hadden bouwvakkers in huis, en door hun hamers en boren kon hij onmogelijk iets horen. Hij bonsde op de voordeur, keek toen omhoog naar de ramen van de eerste verdieping. Geen teken van leven. De brievenbus aan het hek liep over van junkmail. Zijn bange voorgevoel nam toe. Misschien had Antonius het bouwlawaai zo erg gevonden dat hij was verkast, maar nu Petitier dood was en met Mikhail Nergadze aan de rol was het moeilijk zich geen zorgen te maken.

Een smalle achteromsteeg leidde naar de zijkant van het huis. Het schilderwerk was gekrast en bladderde af, alsof het in een messengevecht het onderspit had gedolven. Een schuifraam stond een paar centimeter open, waardoor het huis lucht kon krijgen. Hij probeerde het omhoog te schuiven, wat gemakkelijk ging. Als Antonius voor een paar dagen weg was gegaan, zou hij toch zeker fatsoenlijk hebben afgesloten? Hij keek om zich heen om zich ervan te verzekeren dat niemand hem zag en klauterde toen naar binnen. Er hing een zurige lucht in huis, alsof er iets lag te rotten. 'Hallo!' riep hij. 'Iemand thuis?'

Geen antwoord. Hij liep door een korte gang de keuken in. De rolgordijnen van de achterramen waren dicht, de deur werd geblokkeerd door stapels kratten en dozen. Op een bord lag een half opgegeten, groen uitgeslagen snee brood waarvan de hoeken waren opgekruld.

Hij ging de andere kant op. De vloer in de wc beneden was doorweekt. Hij kwam in een mistroostige kamer met een goedkope vurenhouten tafel en stoelen, waarvan de poten vol zaten met klungelige klodders witte lijm. De muren waren zo vochtig dat het oude behang loskwam. Het middagzonlicht wierp door de jaloezieën de schaduw van een traliewerk op het bruine ribbeltapijt, dat half bedekt was met afgedankte enveloppen met inhoud: rekeningen, aanmaningen, eisen, woedend geformuleerde brieven van kleine zelfstandigen. Een leven dat uiteenvalt.

Het gehamer bij de buren werd nu zo hevig dat de muren ervan schudden, waardoor vlokken stof in de lucht terechtkwamen en in Knox' keel belandden, zodat hij stilletjes in zijn vuist moest hoesten om het kwijt te raken.

Op tafel lag een stapel boeken, alsof Antonius die had doorgenomen. Knox bekeek de ruggen. Robert Graves, Apollonius, andere die net zo duidelijk met het Gulden Vlies in verband stonden. Er lag ook een stapel internetuitdraaien. Hij bladerde erdoorheen. Verhalen over de puissant rijken die kunst en geschiedenis opkochten, namen onderstreept of gemarkeerd. Hij bleef doorzoeken tot hij een verhaal over Ilya Nergadze vond, die de aankoop vierde van een schat met Georgisch goud uit Turkmenistan.

Een groen lichtje knipperde op het antwoordapparaat. Hij drukte met zijn knokkel op het afspeelknopje, bang als hij was om vingerafdrukken achter te laten. Er stonden vooral piepjes en stiltes op, mensen die wel belden maar geen boodschap achterlieten, behalve een vrouw die iets over misbruik gilde en een man die betaling eiste, of anders... De laatste boodschappen waren beide van Nico, die ongerust klonk en vroeg terug te bellen. De band was aan zijn einde en spoelde terug. Knox' angstige, toch al sterke voorgevoel, sloeg nu om in fatalisme. Hij liep de gang in, draaide zich naar de trap om en vond wat hij bijna al had verwacht.

II

Weer terug in het huis werd Mikhail steeds woedender. Om te beginnen was Olympia nog niet komen opdagen, ondanks de duidelijke instructies die hij haar de avond tevoren had gegeven. Verder boekten zijn mannen maar weinig vooruitgang bij het opsporen van de eigenaar van de Volvo. Hij stond op de trap met over elkaar geslagen armen en keek hoe ze met hun telefoon en internet in de weer waren, en vroeg zich af op wie hij zich kon afreageren. Hij had ze tenslotte verteld wat de gevolgen waren. Het werd tijd dat hij liet zien dat hij meende wat hij zei.

Op dat moment werd er aangebeld. Ongetwijfeld Olympia. Hij wist dat ze uiteindelijk wel zou komen opdagen. Hoeren als zij konden het niet helpen. Hij ging naar de deur om haar binnen te laten, maar trof in plaats daarvan een tiener met sluik bruin haar aan op een brommer. 'Mikhail Nergadze?' vroeg hij, terwijl hij een bruine papieren zak omhooghield. 'Ik moet iets afleveren.'

'Van wie?'

'Een man.' De jongen gebaarde vagelijk over zijn schouder. 'Hij zei niet hoe hij heette. Gaf me alleen deze zak en twintig euro.'

'Ik ben Nergadze,' zei Mikhail tegen hem.

'Als u dat zegt,' zei de jongen.

De zak was met nietjes dichtgemaakt. Mikhail scheurde hem open en haalde er een prepaidmobieltje uit. 'Verdwijn nou maar,' zei hij tegen de jongen.

'Zit er geen fooi in?'

'Ik zei dat je kon gaan.' Hij wachtte tot hij uit het zicht was voor hij zich over het mobieltje boog. Hij zocht naar een signaal en vond het, waarna een piepje hem erop attent maakte dat er een bericht was. Het bleek een telefoonnummer te zijn. Hij belde het. 'Je kent me niet,' zei een man die bijna onmiddellijk opnam. 'Ik zat in die Volvo.'

De angst in zijn stem stemde Mikhail tot tevredenheid. 'Je bent me gevolgd,' zei hij.

'Het was de vrouw. Ik wist niet wat ze in haar schild voerde, dat zweer ik. Ze zei dat je haar man was.'

'Wie is ze?'

'Het enige wat ze zei was Nadya. Ze heeft me gisteren via mijn website gevonden. Ze vroeg me om jullie vanaf het vliegveld na aankomst te schaduwen, dus dat heb ik gedaan. Dat is namelijk mijn werk. Echtscheidingen, bedoel ik. Niet dit soort shit. En vanmorgen heb ik haar van het vliegveld opgehaald. Maar dat is alles.'

'Beschrijf haar voor me.'

'Dat kan ik niet. Ik zweer dat ik dat niet kan. Ze droeg de hele tijd een sjaal en een zonnebril. Het enige wat ik weet is dat ze misschien veertig is, klein, mager, bleke huid. En ze liep een beetje mank.'

'Aan welke kant?'

Stilte. 'Rechts, denk ik. Maar je weet hoe dat gaat met mankepoten. Beide benen doen raar. Maar het punt is dat ik weet in welk hotel ze logeert.'

'En?'

'Jullie komen niet achter me aan?' smeekte de man. 'Beloof me dat je niet achter me aankomt.'

'We komen niet achter je aan,' zei Mikhail. 'Niet als je informatie klopt.'

'Ze zit in het Acropolis View. Dat is in Plaka.' Toen voegde hij er wraakzuchtig aan toe: 'Stomme bitch dacht dat ze me een loer kon draaien.'

'Hoe zit het met de man die jullie hebben opgepikt?'

'Die heb ik bij Sepolia afgezet. Ik geloof dat ze hem nog een keer gaat ontmoeten, maar daar kan ik niet op zweren, ze spraken Frans.'

'Bedankt,' zei Mikhail. 'Nou, mondje dicht en verdwijn uit de stad.'

'Ik ben al onderweg.'

'Als ik ooit nog iets van je hoor of zie...'

'Dat zal niet gebeuren. Dat zweer ik.'

Mikhail eindigde het gesprek en bleef staan broeden. Hij was op zichzelf al nieuwsgierig naar deze vrouw en zij leek ook de beste manier om Knox te vinden. Maar eerder vandaag had ze de zwarte Mercedes gezien, en zijn Ferrari was bepaald niet een van de onopvallendste voertuigen. Hij ging weer naar binnen en wenkte Zaal. 'Bezorg me een bestelbus,' zei hij tegen hem. 'Niet te opvallend, zorg alleen dat hij achterin ruim en privé is.'

'Ja, baas,' zei Zaal.

Een vrouw die Nadya heette, licht mank liep en helemaal uit Georgië hierheen was gevlogen om hem op te sporen. Even voelde hij een milde, maar aangename zoem. Het leven begon interessant te worden.

III

Antonius hing aan een korte strop die boven aan de trap onder aan een van de trapspijlen was bevestigd, zijn voeten bungelden slechts een centimeter of vijf boven de onderste tree, alsof hij alleen maar zijn tenen hoefde uit te strekken om erbij te kunnen. Maar zoiets zou hij natuurlijk nooit meer doen. Knox had eerder doden gezien, maar niet zo akelig als deze. Hij was een oude man, en mager. Door de lijkstijfheid waren zijn ledematen al grotesk verkrampt en de mouwen van zijn blauwe colbert verkreukeld. In zijn grijze broek zat een bobbel door een postmortemerectie, en zijn voeten waren zo erg opgezwollen dat de veters van een van zijn versleten schoenen letterlijk waren gesprongen, terwijl de andere opbolde als een met touw omwikkelde rollade. Op de op een na onderste tree lag een opgevouwen stukje blocnotepapier. Knox tilde de flap voorzichtig met zijn vingernagel zo ver op dat hij nog net de gekrabbelde boodschap erop kon lezen. Een eenvoudige en rechtstreekse spijtbetuiging, precies wat je zou verwachten; maar nu Petitier zo pasgeleden de dood had gevonden en er een duidelijk verband bestond met Mikhail Nergadze niet geheel overtuigend.

Knox' moed zonk hem in de schoenen, deels uit meegevoel jegens Antonius, maar ook – minder te benijden – vanwege de toestand waarin hij zich nu bevond. Hij kon de arme drommel daar niet zomaar laten hangen, maar hij durfde hem ook niet los te snijden, voor het geval dit een plaats delict zou blijken te zijn. En als hij zijn nieuwe vrienden bij de Atheense politie op de hoogte zou stellen, zouden ze zijn aanwezigheid hier ongetwijfeld aangrijpen om met nog meer modder naar hem te gooien. Hij had een tussenpersoon nodig.

Bij de buren begon het lawaai opnieuw, waardoor nadenken onmogelijk was. Hij vertrok op de manier zoals hij was binnengekomen, ging het hek door en liep een eindje de straat in. Daarna belde hij met zijn mobieltje naar Charissa en bracht haar van de ontwikkelingen op de hoogte, van Nergadze en Nadya, en nu van Antonius. 'Goeie hemel!' mompelde ze toen hij klaar was. 'Er gebeurt wel van alles om je heen, hè?'

'Ik geloof dat ik het plaatje duidelijk krijg,' zei hij tegen haar. 'Je zwager heeft naar heel veel mensen foto's van de zegels ge-e-maild, met inbegrip van Antonius. Hij moet ze zelf hebben ontcijferd en zich hebben gerealiseerd wat ze betekenden. Hij zat in geldnood. Ik bedoel écht geldnood. Dus heeft hij geprobeerd mensen te vinden die voor de informatie wilden betalen. Helaas is hij naar de familie Nergadze gegaan.'

'Die man die je eerder trof?'

'Hij is een van hen, ja.'

'En je denkt dat zij hem hebben vermoord.'

'Dat is heel goed mogelijk.'

'Lieve god!' murmelde Charissa.

'Wil jij de politie voor me bellen?' vroeg hij. 'Ik heb er niet zo'n zin in om nog een dode aan ze uit te leggen. En je moet het Nico ook laten weten. Antonius was zijn vriend.'

'Ik regel het wel,' beloofde ze. 'En pas goed op jezelf.'

'Dat weet je wel,' verzekerde hij haar.

IV

De rotsomheining was zo steil dat Gaille al misselijk werd waar het pad nog relatief breed was en de ondergrond stevig. Maar zo was het niet overal. Een paar plekken waren door kleischalie zo verraderlijk dat ze moest gaan zitten en eroverheen moest glibberen. Ze kwamen een geit tegen die op haar zij lag. Het leek alsof het dier sliep, alleen droop er een druppel bloed uit zijn bek, de vliegen die zich erop hadden genesteld waaierden in een wolk uit toen ze naderden. Het droeg bepaald niet bij tot haar zelfvertrouwen dat zelfs geiten op deze klippen dood neer konden vallen. Ze keek met gammele maag de andere kant op toen ze eroverheen stapte. Maar zelfs dat was nog niet zo erg als het moment dat ze bij een heester aankwamen die zijwaarts uit een spleet in het klif groeide en het grootste deel van het pad blokkeerde. Iain greep hem eenvoudigweg beet en slingerde zich eromheen, alsof hij zich niet bewust was van de tenenkrommende leegte die onder hem gaapte. 'Een makkie,' verzekerde hij haar. 'Het gaat heus goed.'

'Ik kan het niet,' zei ze.

'Natuurlijk wel,' zei hij. 'Als hij mij met rugzak en al houdt, houdt hij jou zeker.'

'Er moet een ander pad zijn,' zei ze. 'Petitier kon hierlangs geen muilezel meenemen.'

'Nou, we zitten nu eenmaal op dit pad.' Hij stak zijn hand naar haar uit. 'Pak aan. Ik zal je niet laten vallen, beloofd.'

Ze aarzelde nog even, maar stak toen haar hand uit en greep die van hem. Zijn huid was droog en ruw, maar zijn greep sterk en geruststellend. Ze graaide met haar andere hand in de struik en zwaaide zich eromheen naar de andere kant.

Zijn ogen twinkelden toen hij haar losliet. 'Zie je wel,' zei hij.

'Ik heb gewoon hoogtevrees. Dat is alles.'

'Ik weet het.' Hij keek naar het pad vóór hem. 'Maar we moeten opschieten. Dit duurt langer dan ik dacht.

'Ik doe mijn best.'

'Dat weet ik wel.' Hij draaide zich om en marcheerde door. Goddank ging het nu wat makkelijker. De zon snuffelde aan de westelijke heuvels toen ze aan de voet van de rotsomheining kwamen, het daglicht ging in de schemering over. Ze kwamen door een smalle zoom met walnotenbomen uit op het vruchtbare hart van het plateau, akkers werden gescheiden door afgebrokkelde stenen muren, bespikkeld met begroeiing en korstmos: wijnranken, gerst, tomaten, groepjes sinaasappel- en citroenbomen met hun weelderige groene bladeren waar het jonge fruit als verfijnde juwelen tussen glinsterde. Maar haar benen begaven het bijna, dus het was een immense opluchting toen ze in de toenemende duisternis verderop een glimp van het huis opving.

De hond kwam uit het niets tevoorschijn. Hij moest hebben geslapen tot ze bijna bij hem waren. Maar toen sprong hij overeind en ging in de aanval, een reusachtige zwart met gele Duitse herder kwam over het oneffen terrein aanstormen met zijn ogen op haar gericht. Iain aarzelde niet, hij draaide zich eenvoudigweg om en vluchtte, Gaille aan haar lot overlatend. Ze slaakte een doordringende gil van angst en stak haar armen omhoog om haar keel en gezicht te beschermen toen de hond zijn spieren spande en met open, kwijlende muil op haar afsprong.

24

De nacht was gevallen in Athene. De mooie mensen kwamen op straat tevoorschijn. Knappe meisjes babbelden in modieuze platte mobieltjes, terwijl jongemannen in leren jasje schrijlings op hun dikke motorfietsen zaten en goedkeurend hun motoren lieten brullen, als een mannetjeseland in de bronsttijd.

Knox nam bij een snackbar een kipgyros en at die aan een van de staantafels op, het warme vocht drupte langs zijn kin en onderarm. Wat nu? Hij durfde Augustin niet te bezoeken, voor het geval de politie of de Nergadzes hem stonden op te wachten; maar hij moest Claire laten weten wat er gebeurd was en ook het laatste nieuws van zijn Franse vriend te horen krijgen. Hij belde naar het ziekenhuis en werd met de intensive care doorverbonden. 'Hij slaapt nog,' zei Claire tegen hem, toen ze aan de telefoon kwam. 'Maar dat was te verwachten. Ze hebben hem in coma gebracht om de zwelling in de hersenen te stoppen. Ik geloof dat het heeft geholpen. En zijn scans zijn niet zo slecht als wellicht had gekund. Er zitten geen botfragmenten in het hersenweefsel, en dat is het belangrijkste, ze hoeven niet meteen te opereren.'

'Dat is geweldig,' zei Knox.

'Hij is nog niet beter,' waarschuwde ze hem in een poging om zowel haar eigen hoop als die van hem te temperen.

'Dat kan wel zijn. Maar het is een begin.'

'Dat zal wel, ja.'

'Luister, Claire,' zei hij. 'Je moet een paar dingen weten.' Hij vertelde haar dat Gaille naar Kreta was gevlogen, over zijn praatje, over Antonius, Nadya en de Nergadzes. Hij waarschuwde haar waakzaam te zijn en het ziekenhuis niet te verlaten, tenzij het niet anders kon.

Ze leek een beetje verbijsterd toen hij klaar was, alsof ze zich niet had gerealiseerd dat buiten de intensive care de wereld nog steeds doordraaide. 'Daniel,' zei ze, 'gisteravond heb ik dingen gezegd…'

'Vergeet het.'

'Ik was in de war. Ik bedoelde er echt niets mee.'

'Dat weet ik wel.'

'Je zegt het niet tegen Augustin, hè? Als hij weer bijkomt, bedoel ik?'

'Natuurlijk niet.'

'Want hij zou het me nooit vergeven.'

'Neem je me in de maling, Claire? Hij zou jou alles vergeven. Bovendien had je gelijk. Ik had sneller moeten zijn. Alles was alleen één grote vlek, begrijp je? Ik kon niet geloven dat het gebeurde.'

'Dat weet ik.'

Nadat hij het gesprek had beëindigd, voelde hij zich beter. Opgeladen. Maar wat moest hij ermee? Hij moest gaan zitten en dingen doordenken, inschatten en plannen maken. Zijn hotel was geen optie. Nergadze wist dat hij daar logeerde. Hij had eerder een internetcafé gezien dat vierentwintig uur open was, verlicht als een automatenhal, er klonken oorlogsgeluiden uit op, computergamers die hun elektronische wereld aan het redden waren. Hij liep ernaartoe, nam een hokje in de schaduw van waaruit hij een oogje op de deur kon houden, haalde een browser op en begon een zoektocht naar de Nergadzes. Hoe meer hij te weten kwam, hoe mismoediger hij werd. Zo machtig, zo obsceen rijk dat ze flagrant de wet met voeten traden. Foto's van hen buiten hun kasteel en hun landgoed in Tbilisi, terwijl ze aan boord gingen van hun privéjet, per helikopter aankwamen bij hun superjacht.

Maar terwijl Ilya en een paar andere Nergadze-mannen uitermate publieke figuren waren, had Nadya gelijk gehad over het feit dat Mikhail ongrijpbaar was. Omdat hij niets beters wist te bedenken, besloot hij wat met alternatieve spellingen te spelen. Toen hij 'Michael Nergadse' probeerde, kreeg hij tot zijn verbazing een enorme hoeveelheid hits, honderden links naar kranten in Florida en blogs die van een recent drama gewag maakten.

Arrestatie in zaak vermist schoolmeisje
Een negenentwintigjarige man is gearresteerd in verband met de verdwijning van het schoolmeisje Connie Ford uit Fort Lauderdale. Van het dertienjarige meisje was ruim zes weken niets meer gehoord en ze was het laatst gezien toen ze bij een bushalte in Oakland Park stond te wachten.

De gearresteerde man, Michael Nergadse, is geboren in de republiek Georgië. Hij heeft ruim twee jaar voor een MBA *aan de Florida State University gestudeerd, hoewel zijn medestudenten beweren dat ze hem in geen weken hebben gezien. Nergadse wordt ook in verband gebracht met een ander incident eerder diezelfde dag, waar hij naar verluidt geprobeerd heeft een ander schoolmeisje zijn auto in te praten, maar hij reed weg toen een langsrijdende* DHL-*koerier zag dat ze in nood was en haar te hulp schoot.*

Zaak van het vermiste schoolmeisje: verdachte vrijgelaten
Michael Nergadse, de man die vorige maand was gearresteerd in verband met de verdwijning van de dertienjarige Connie Ford uit Fort Lauderdale is zonder aanklacht uit de Broward County Jail vrijgelaten. Gefrustreerde ambtenaren voeren gebrek aan afdoende bewijs aan om een veroordeling zeker te stellen, en in die toestand wordt geen verandering verwacht, tenzij het vermiste slachtoffer Connie Ford wordt gevonden.

Nergadses advocaat heeft aangekondigd dat hij zich krachtig zal verzetten tegen een poging om zijn visum in te trekken of hem uit te zetten, maar bevestigt dat zijn cliënt van plan is het land vrijwillig te verlaten. 'Ik heb zelf een veertienjarige dochter,' zei een assistent-officier van justitie, toen hem gevraagd werd wat hij van Nergadse dacht. 'Die houd ik in het oog tot dit monster het land uit is.'

Psychologe pleegt zelfmoord
Misdaadpsychologe Suzanne Mansfield werd zondag opgehangen in haar appartement in Fort Lauderdale gevonden. Ze was eenendertig jaar oud. Politiebronnen zeggen dat er geen verdachte omstandigheden waren en dat ze niet naar iemand op zoek zijn in verband met haar dood.

Mansfield was kennelijk gedeprimeerd sinds de mislukte zoektocht naar de vermiste tiener Connie Ford, en omdat de zaak tegen Michael Nergadse, destijds de hoofdverdachte van de politie, was ingestort. 'Ze werd ziek van de gedachte dat ze hem lieten gaan,' zei voormalig collega Mitch Baird tegen deze verslaggever. 'Ze was

*ervan overtuigd dat hij opnieuw zou toeslaan. Ze gaf zichzelf de
schuld dat ze hem niet tot een bekentenis wist te dwingen, maar we
zijn misdaadpsychologen, geen wonderdoeners.'*

*Maar niet iedereen gelooft dat Mansfield de hand aan zichzelf
heeft geslagen. 'Daar was ze het type niet voor,' hield een buur-
vrouw vol. 'Dat ging tegen haar geloof in, tegen alles waarin ze geloofde. En eerder die middag had ik haar nog gezien. Ze was opgewekt, niet in de put. Ze had net die schitterende vlammende
azalea's op Jackson gezien en ze verheugde zich er erg op om er zelf
een paar te planten. Klinkt dat als iemand die van plan is zichzelf
om te brengen?'*

Knox ging achterover in zijn stoel zitten. Nog een ophanging, net als
Antonius. En had hij niet ergens gelezen dat wurging een favoriete me-
thode was bij seriemoordenaars, een manier om te laten zien dat ze
macht hebben over hun slachtoffers?

'Iets drinken?'

Hij keek op. Een aantrekkelijke, maar gemelijke jonge vrouw met
een bos krullend, glanzend zwart haar stond naast hem, ze leunde op
haar linkerbeen en had een dienblad vol lege kopjes en asbakken vast.
Ze had er al een lange dag opzitten, maar er was nog meer dan genoeg
te doen. 'Koffie, alsjeblieft,' zei hij tegen haar. 'Dat zou geweldig zijn.'

II

Gaille probeerde instinctief van de Duitse herder weg te draaien toen
die naar haar gezicht sprong, maar ze verzwikte haar enkel en viel hard
op haar achterste, terwijl ze het van angst uitschreeuwde, op het ergste
voorbereid. Maar de hond kwam op onverklaarbare wijze met een ruk
tot stilstand, alsof een of andere verborgen hand hem bij zijn nekvel
had gevat; zijn poten schoten onder hem vandaan en hij viel languit op
zijn rug, jankte toen, krabbelde overeind en kwam opnieuw op haar af,
galoppeerde met zijn achterpoten als een opgejaagd paard. Hij maaide
gefrustreerd van woede op een meter van haar vandaan met zijn voor-

poten in de lucht, gromde en blafte en liet haar zijn tanden zien, terwijl kwijl uit zijn bek en langs zijn kin droop en zijn ogen vuur schoten van razernij. Ze kroop op handen en voeten naar een veiliger afstand, terwijl haar hart als een razende in haar borst tekeerging en ze nog steeds niet precies wist hoe ze ermee weg was gekomen.

'Hij zit vast,' mompelde Iain, die terugkwam vanwaar hij naartoe was gevlucht.

Ze tuurde door het schemerlicht en zag het uiteindelijk: een spijkerhalsband om de nek van de hond, waar een dun zwart koord aan zat dat in de duisternis verdween. 'Petitier heeft hem vast hier gelaten om de boel te bewaken,' zei ze met gespannen stem.

'Honden,' zei Iain somber. 'Ik háát honden.'

'Dat heb ik gemerkt, ja,' zei ze droogjes. Ze ging staan, maar er schoot een pijnscheut door haar linkerbeen en ze ging prompt weer zitten. 'Mijn enkel,' zei ze ineenkrimpend. Ze deed haar schoen en sok uit. Er zaten blaren op haar voet en hij was smerig, maar er was gelukkig weinig van een verwonding te zien. Ze probeerde weer te gaan staan, opnieuw kromp ze ineen en ging zitten. Het voelde allemaal licht surrealistisch, met de nog altijd machteloos razende hond op een paar meter van hen vandaan. 'Ik heb hem verzwikt toen ik viel.'

Iain deed zijn rugzak af, haalde een verbanddoos tevoorschijn en een rol rekverband. Hij knipte daar een flink stuk af, wikkelde het verband strak om haar voet en maakte het met wat veiligheidsspelden vast. 'Hoe is dat?' vroeg hij.

'Beter,' zei ze tegen hem. 'Maar wat doen we nu?'

'Jij wacht hier. Ik ga op verkenning uit.'

Haar hartslag kwam geleidelijk tot bedaren terwijl ze daar zo zat. De hond blafte nog steeds en haalde met onverminderde felheid naar haar uit, ze was diep ontzet dat een of ander wezen haar zo overduidelijk kwaad wilde doen. Maar zelfs deze hellehond kon zijn woede niet eeuwig volhouden, en ten slotte kalmeerde hij wat en begon te ijsberen, zo dicht bij haar als de hondenlijn het toeliet, terwijl hij gromde en haar zijn tanden liet zien.

'Hé!' riep Iain naar haar. 'Hier.'

Ze keek op en zag zijn silhouet op het dak. 'Goed nieuws en slecht nieuws,' zei hij. 'Ik kan geen manier vinden om in het huis te komen, maar voor vannacht kunnen we het dak gebruiken. En op de grond is een hek, dus op die manier houden we de hond buiten, ook al zou hij zich losrukken.'

'Hoe zit het met je tent? Moet die niet aan haringen vast en zo?'

'Het is een pop-up,' zei hij tegen haar. 'Kan niet makkelijker. Met één handeling staat-ie. Weet je wat, ik kom naar je toe en help je even, dan maak ik daarna wat pasta voor ons klaar. God mag weten dat we het hebben verdiend. Al het andere kan tot morgen wachten, dan is het licht en kunnen we aan het werk.'

III

Nadya werkte haar e-mail bij en zette een paar kleine onderwerpen op haar blog, want het leverde niets op om het scherm op zwart te zetten, zelfs geen dag. Ze was van plan geweest om een update over de verdachte dood van een mensenrechtenadvocaat te schrijven, maar ze was er met haar hoofd niet bij, dus sloot ze haar laptop. Alles bij elkaar een succesvolle dag, genoeg om de gister uitgestelde beloning te rechtvaardigen. Ze keek in de minibar, maar de miniflesjes waren niet haar smaak, dus deed ze schone kleren aan en liep naar de lobbybar.

Maar die was leeg, de lichten waren gedimd, geen duidelijk teken dat die snel open zou gaan. Ze liep naar de voordeur en keek om zich heen. Aan de overkant stond een rij auto's, maar geen zwarte Mercedes. Ze deed een sjaal om en zette een zonnebril op om niet herkend te worden, en liep vervolgens Plaka in, van plan om een wandeling te maken en haar trek te stillen. Of preciezer gezegd, haar dorst te stillen.

De avond was nog jong, het duister en de schaduwen werden onderbroken door de lichten uit cafés, restaurants en avondwinkels, maar nog niet voldoende om sfeer te maken. Het begon licht te motregenen. Ze trok haar jas om zich heen en zonk in zijn plooien weg, huiverde even, al was het ondanks de windvlagen niet eens zo koud. Herinneringen. Het was net zo'n soort avond als nu geweest, behalve dat ze toen natuurlijk niet alleen was geweest, niet aan het begin van de avond.

Ze kwam bij een plein waar groepjes onverschrokken toeristen een *al fresco-m*aaltijd verorberden. Ze draaide zich om en ging een andere kant op, ze voelde nu een scherpe steek van verlangen naar een borrel. Dat kreeg ze vaak als ze gezinnen zag.

Ze had nog maar drie weken bij de krant gewerkt, was bij haar modeblad weggekocht door een eigenaar die de boel wat wilde opleuken. Albert was teruggekeerd van een afmattende maand in Samegrelo, waar hij verslag had gedaan van de burgeroorlog, om er slechts achter te komen dat zijn grondige reportage van Gamsakhurdia's zelfmoord werd ingekort om meer ruimte te maken voor haar artikel over zwemkleding. Hij en de redacteur waren als een stel kemphanen tegen elkaar tekeergegaan. 'Natuurlijk,' had hij geschreeuwd. 'Waarom ook niet? Ons land valt om ons heen als een stuk stront uit elkaar, dus laten we het over bikini's hebben.'

Ze had zich gekwetst gevoeld en was boos geweest; vooral boos. Ze was naar zijn bureau gelopen om zijn verhaal te lezen en onderuit te halen, zodat ze zich beter zou voelen. Maar in plaats daarvan ging ze al na twee alinea's helemaal in zijn verhaal op. Als het even kon, las ze nooit over oorlog, dat vond ze te deprimerend, dus het was allemaal nieuw voor haar geweest. Ze was geschokt toen ze las welke verschrikkingen er in haar eigen land plaatsvonden, wat Georgiërs andere Georgiërs aandeden. Toen ze het uit had, voelde ze dat er iemand naast haar stond.

'Dus jij bent het?' had hij gegromd. 'Degene die over bikini's schrijft?'

Ze had zijn gezicht naar hem toegewend, in de verwachting dat haar hoofd eraf zou worden gebeten, en had het gevoel dat ze het nog verdiende ook. Maar hij had gezien dat haar ogen vochtig waren en bedaarde wat. Geen man kon boos zijn op een prachtige vrouw die huilde om wat hij had geschreven, tenminste, dat had hij tegen haar gezegd toen hij de volgende ochtend langs haar heen reikte om zijn sigaretten te pakken. Van haar kant heldenverering, van zijn kant begeerte: bepaald geen groots recept voor een bruidstaart. Maar ondanks hun leeftijdsverschil had het standgehouden en hadden ze er zelfs iets kostbaars van gemaakt.

Hij was nooit bang geweest om vragen te stellen waar anderen zich niet aan waagden, of openhartig te schrijven over de misdaden van meedogenloze mannen, dus ze hadden beiden altijd geweten dat er op een dag een afrekening zou komen. Een man met een omlaaggetrokken baseballpet en een sjaal om zijn neus en mond gewikkeld had hen verdekt opgesteld opgewacht toen ze samen van hun werk thuiskwamen. Pas toen ze net binnen waren was hij uit de schaduw aan komen stormen, had Albert in de rug geduwd en achter hen de deur dichtgeslagen.

Het was typisch Albert dat zijn eerste gedachte was dat hij zich moest verweren, terwijl hij haar toeschreeuwde dat ze moest vluchten. De man had Albert twee keer gestoken, eerst in de buik, daarna door zijn hart. Hij had het lemmet aan Alberts mouw schoongeveegd, kalm zijn zakken doorzocht op zijn portefeuille, was toen overeind gekomen en op haar toegelopen. Ze had willen schreeuwen, maar op de een of andere manier bleef haar stem in haar keel steken. In plaats daarvan had ze zich met haar rug tegen de muur geperst. Hij had het lemmet met de ene hand tegen haar keel gedrukt terwijl hij met de andere over haar borst en buik naar haar kruis ging, dat hij op een heel vreemde manier in zijn hand nam, alsof hij een vrucht testte of die wel vers was. En hoewel zijn gezicht voor het merendeel door zijn sjaal en pet werd bedekt, hadden zijn ijsblauwe ogen haar onvergetelijk verschroeid.

De politie had niet geloofd dat het vooropgezet was. Tbilisi was een gewelddadige plek, hadden ze tegen haar gezegd; overvallen en inbraken waren aan de orde van de dag. Een week later had ze een miskraam gekregen, ze had zich niet eens gerealiseerd dat ze zwanger was. En misschien was het niet verbazingwekkend dat ze vanaf die tijd weinig belangstelling meer had voor mode. Toen de krant had geweigerd om goede bronnen aan te boren om de moord op Albert te onderzoeken, had ze haar baan aan de wilgen gehangen en was freelancer geworden, zodat ze tijd had om het zelf te doen. Ze was wat de moord betreft geen steek verder gekomen, maar tijdens haar onderzoek op meer dan genoeg andere dingen gestuit. Veel ervan durfde geen enkele krant te publiceren, de reden waarom ze haar eigen blog was gestart.

Ze trok haar jas niet langer stevig om zich heen, ook al was de motregen nu in regen overgegaan, die de aanwakkerende wind in haar gezicht sproeide. Een paar paraplu's werden opgestoken, bokkend en steigerend als weerspannige paarden, waardoor ze haar ogen moest afwenden om de scherpe punten te ontwijken. Muziek blèrde uit een bar verderop, een anonieme plek met weinig licht, rookglas en tafeltjes in een vreemde hoek langs de muur. Een plek waar drinkers met hun slechte gewoonte alleen konden zijn. Een lange ober met een opzichtig strikje begroette haar bij de deur en leidde haar de schemering in. 'Wodka,' zei ze tegen hem, want wijn was vanavond niet genoeg. Hij knikte meevoelend voor hij wegliep, alsof hij haar leven kon lezen en wist dat dit de eerste van vele zou worden.

25

Het zou een schitterende Kretenzer avond worden, de hemel was helder en de lucht geurde licht naar lavendel en kamperfoelie. Iain en Gaille zaten midden tussen het puin aan hun pasta met tomatensaus en staarden omhoog naar het buitengewone sterrenbaldakijn, terwijl grijsgroene gekko's in afgemeten bewegingen over de bleke muren schoten en krekels in de omliggende velden tsjirpten. 'Avonden als deze,' murmelde Gaille.

'Ze brengen het verleden dichtbij, vind je niet?' zei Iain instemmend. 'Een van onze archeologen ging na zijn pensionering op het Lasithi Plateau wonen. Ik hoorde dat het in het nieuwe jaar niet zo goed met hem ging, dus ging ik naar hem toe om te kijken of hij oké was. Gelukkig ging het prima met hem. Maar toen stak er zo'n sneeuwstorm op, dat wil je niet geloven. Die komen hier razendsnel op. Hoe dan ook, ik heb bijna een week ingesneeuwd gezeten. Daar heb ik ongelooflijk geluk mee gehad. Hij vertelde de bizarste verhalen. Sterker nog, hij heeft een telescoop op zijn dak. We zagen een verbazingwekkende meteorietenuitbarsting. Kun je je voorstellen hoe dat voor de Minoërs moet zijn geweest? Of stel je voor dat een meteoriet daadwerkelijk insloeg! Ik bedoel, deze plek hier, die ziet er bijna uit als de reusachtige inslag van een krater, toch?'

'Ik had er nog niet over nagedacht. Maar inderdaad.'

'Ik denk niet dat het zo was, maar je weet het nooit. Natuurlijk heeft Petitier hier inderdaad iets gevonden, dat kan de reden zijn geweest. De Minoërs beschouwden ijzer als heilig, want in die tijd kwam dat eigenlijk alleen maar van meteorieten.' Hij strekte zijn been, zijn voet veegde langs Gailles enkel. Ze trok hem terug, niet zeker of hij het met opzet had gedaan. 'Er was een opgraving in Anemospilia,' vervolgde hij. 'Ze vonden het lijk van een jonge man die was geofferd om de goden gunstig te stemmen, hoewel het niet veel kan hebben uitgehaald, want midden in de ceremonie stortte het dak in en vond de priester ook de dood, evenals enkele andere deelnemers. Híj droeg een ijzeren ring. De priester, bedoel ik, niet de arme drommel die werd geofferd.' Hij schudde geamuseerd zijn hoofd. 'Iedereen denkt dat de Minoërs zo beschaafd waren omdat ze godinnen vereerden en hun paleizen met prachtige fresco's van vogels en lelies versierden. Vergeet het maar. In Knossos hebben we een kuil met kinderbotten gevonden, en aan de messneden te zien was het vrij duidelijk dat ze waren afgeslacht, net zoals je vee voor je stoofpot slacht.'

'Jak.'

'Maar ze waren niet erger dan anderen. Iedereen deed het. De Minoërs weken lang niet zo sterk af van de omringende culturen dan we geneigd zijn te denken. Dat is feitelijk de belangrijkste vooronderstelling in mijn boek.'

'Je bedoelt *Het Pelasgische en Minoïsche Egeüs: een nieuw paradigma?*'

'Dat is m'n kindje,' lachte Iain. Hij pakte een paar losliggende stenen van het dak en begon ermee in zijn rechterhand te rammelen. 'Weet je, er zijn al die overlappende verslagen van de mensen die in het pre-Myceense Egeïsche gebied hebben geleefd. De Grieken noemen die de Pelasgen. Sir Arthur Evans noemde ze de Minoërs. Waren ze wel dezelfden, of waren het anderen? En bestaat er een connectie met de Filistijnen, het Zeevolk of de *Hyksos*, en ga zo maar door? En, in breder perspectief, bestond het Middellandse Zeegebied uit een reeks geïsoleerde culturen met minimale schakels ertussen of was het – naar mijn overtuiging en wat ik verdedig – veel vloeiender en homogener dan de meeste academici nu willen geloven?'

'Ondanks de archeologische gegevens?'

'Integendeel. Juist daaróm. Er bestaat legio bewijs dat mijn gezichtspunt ondersteunt. En waar er wél verschillen zijn, zijn dat alleen die welke je zou kunnen verwachten. Neem Kreta en Egypte, bijvoorbeeld. Oppervlakkig gezien lijken hun godsdienst en cultuur heel erg te verschillen. Zo op het oog kónden die niet van elkaar zijn afgeleid of veel van elkaar hebben overgenomen. Ik bedoel, stel je voor dat je…' Hij liet een van de rammelende stenen vallen, mompelde een zachte vloek en raapte hem weer op. 'Stel je voor dat je op de helling van een actieve vulkaan woont. Denk je niet dat je dan andere goden aanbidt dan iemand die in de delta van een rivier als de Nijl woont die eens per jaar buiten zijn oevers treedt?'

'Natuurlijk,' zei Gaille.

'Egyptische priesters hebben ongelooflijk veel moeite gedaan om te berekenen wanneer elk jaar Sirius opkwam, want Sirius voorspelde de overstroming, het natuurlijk begin van het Egyptische jaar. Maar voor de Minoërs bestond er geen reden om hun jaar met Sirius te laten beginnen, of die zelfs maar als een bijzondere ster te beschouwen. En toch hebben ze dat gedaan. En wat Sirius betrof, bleef het niet bij Kreta: via de Eleusische Mysteriën werd hij een integraal onderdeel van de Griekse religie.'

'Waar wil je naartoe?'

'Ik wil alleen maar het volgende zeggen: dat stel dat een paar ondernemende Egyptenaren hiernaartoe zijn getrokken om een handelspost op te zetten, bijvoorbeeld. Kreta is tenslotte het middelpunt van de Middellandse Zee. Ze hebben natuurlijk hun religie en mythologie meegenomen, want dat doen mensen; maar hoe lang zou het hebben geduurd voordat ze hun rivier- en zonnegoden hadden verruild voor aardbevings- en vulkaangoden?' Twee vleermuizen doken als donkere schaduwen boven het dak op, ze zwenkten en namen een duikvlucht, waarna ze weer net zo snel verdwenen als ze gekomen waren. 'De Thera was voor de laatste uitbarsting al lang actief,' vervolgde Iain. 'De deskundigen zijn het erover eens dat er regelmatig kleine uitbarstingen waren. Dat moet absoluut een belangrijke factor in de Minoïsche natuurfilosofie zijn geweest. Dus wat vind je van dit idee: toen in de Eleusische Mysteriën Persephone door Hades werd ontvoerd, waren er een verblindend licht en een lawaai alsof de aarde openspleet. Doet je dat niet ergens aan denken?'

Gaille ging een beetje meer rechtop zitten, geïntrigeerd door die gedachte. 'Je suggereert toch niet dat in Eleusis de uitbarsting van de Thera werd gevierd?'

'Waarom niet? De mythe verhaalt dat nadat Persephone was ontvoerd, haar moeder Demeter de aarde vervloekte en die onvruchtbaar maakte. En dit was niet zomaar een ongebruikelijk lange winter, er heerste een hongersnood die duidelijk jÁren aanhield. Maar toen Persephone uiteindelijk naar Demeter terugkeerde, maakte ze de aarde vruchtbaarder dan ooit.' Hij liet opnieuw een van zijn stenen vallen, kon hem deze keer niet terugvinden en gooide de andere geërgerd weg. 'Vulkanische as is ongelooflijk rijk aan nitraten. Daarom wonen mensen in de buurt van vulkanen, ook al zijn ze nog zo gevaarlijk. Ga maar eens naar Bali, als je me niet gelooft. Je hebt nog nooit zoveel groen gezien. Dus elke keer dat de Thera een kleine uitbarsting had, werden de omliggende eilanden met as bedekt, waardoor de oogst minstens een jaar verloren ging, misschien zelfs wel twee of drie jaar. Maar wanneer de akkers uiteindelijk weer iets opbrachten, waren de oogsten geweldig. Net als in de Eleusische mythe. In elk geval tot de laatste grote uitbarsting.'

'Kun je je voorstellen hoe dat moet zijn geweest?' zei Gaille glimlachend, terwijl ze met haar hoofd tegen de stenen balustrade leunde, waarvan de rand nadrukkelijk in haar nek drukte. 'Om op Kreta te zijn toen hij losbarstte?'

'Op de voorste rij bij de spectaculairste gebeurtenis in de menselijke geschiedenis,' zei Iain knikkend. 'Een explosie die de wereld letterlijk op zijn grondvesten deed schudden. De dagen daarna regende het honderd kubieke kilometers steen. Tsunami's verwoestten de vloten en kusten. De zon was maandenlang verduisterd. Op de zeeën lag een dikke laag as. En ook al zouden de overlevenden hun persoonlijke strijd tegen de hongersnood winnen, ze wisten dat hun rijk verdoemd was. Het duurde nog jaren voordat de Myceners het overnamen, maar dat kwam zonder meer omdat zij ook zwaar getroffen waren door de Thera.'

'En getraumatiseerd. Bedenk eens hoeveel moed ervoor nodig is om daarna het water weer op te gaan.'

'Precies. De hele beschaving van het oostelijke Middellandse Zeegebied was door een enkele catastrofale gebeurtenis uit elkaar gereten. En hoewel we een groot aantal achtergebleven puzzelstukjes hebben weten terug te vinden, weten we nog steeds niet zeker of ze wel allemaal in dezelfde puzzel thuishoren of hoe we ze in elkaar moeten passen. En dat komt doordat het plaatje op de doos verkeerd is, doordat dat door Griekse specialisten is getekend, en door Egyptische specialisten, en door specialisten uit Klein-Azië. Maar als je de doos weggooit en met een nieuw plaatje begint, met Kreta en Santorini in het middelpunt van een groots en beschaafd rijk, dan past alles plotseling in elkaar. En dankzij Plato hebben we er al een prachtig idee van hoe dat nieuwe plaatje eruit zou moeten zien.'

'De Atlantisconnectie,' opperde Gaille.

'De Atlantisconnectie,' zei Iain glimlachend.

II

Het was voor Knox nog te vroeg om het voor gezien te houden, dus speelde hij nog wat op internet. Hij stuurde de foto's door die Gaille naar hem had ge-e-maild en opende ze op zijn scherm. Agia Georgio, had in haar bericht gestaan, vlak bij de zuidkust. Hij zocht het op een kaart van Kreta op en startte Google Earth. Het was een razendsnelle verbinding in vergelijking met het stroperige Egypte. Hij zoomde in op het Middellandse Zeegebied, Kreta en de zuidkust. Hij vond de haven van Chora Sfakion, de stad Anapoli en daarna Agia Georgio.

Van bovenaf gezien leek het gebied bergachtig en somber, dun begroeid grijs kalksteen met hier en daar groene cirkels bomen. Hij zoomde in op afgelegen gebouwen, maar geen ervan kwam overeen met Petitiers huis. Hij verbreedde zijn zoekgebied, keek naar dat kenmerkende amfitheater van rotsen. Het was verbazingwekkend, verontrustend voyeuristisch: er was nergens meer privacy. Uiteindelijk vond hij een aannemelijke plek en zoomde in tot hij het zeker wist: een huis met in de buurt twee kassen van polytheen.

Hij staarde er een tijdje naar, terwijl hij liefdevol aan Gaille dacht, zich afvragend of ze nog steeds zo gek was op hem, hoe ver hij zich nog moest verlagen. Bij dat vooruitzicht moest hij glimlachen. Hij vroeg zich af of ze veel over Petitier te weten was gekomen. Als iemand dat kon, was zij het wel. Het ergerde hem niet een beetje dat zo veel mensen per se hém de eer toeschoven van hun Alexander- en Aknathon-avonturen, want het was de naakte waarheid dat het meeste daarvan aan haar moest worden toegeschreven.

Hij sloot Google Earth af, zocht in plaats daarvan op Roland Petitier, verwachtte niet veel meer dan een paar verslagen van de moord. Hij was tenslotte twintig jaar geleden uit beeld verdwenen, ver voor het internettijdperk. Maar tot Knox' verbazing kreeg hij een aantal hits die naar de online-index verwezen van een van de meer obscure archeologische tijdschriften. Kennelijk had Petitier er een artikel in gepubliceerd en duidelijk een heftige discussie op gang gebracht. Maar Knox werd niet het meest getroffen door Petitiers naam, zelfs niet door de titel van het stuk, hoewel die ook intrigerend was.

Nee, wat werkelijk in het oog sprong was de naam van de coauteur.

III

Gaille was afgepeigerd na haar lange dag. Ze zei dat ze vroeg ging slapen, pakte haar toilettas en een flesje water en liep naar de dakrand om een wurmpje tandpasta op haar tandenborstel te knijpen.

Iain kwam naast haar staan, in alleen zijn boxershort en een T-shirt, en stak zijn borstel uit voor wat water. Ze schonk het eroverheen, de druppels spatten op haar voeten. Ze stonden naast elkaar bij de rand van het dak, het geluid van energiek tandenpoetsen voegde zich bij het zagen van de krekels. Ze spuugden eendrachtig uit, de tandpastabommetjes vormden vaalbleke spetters op de donkere grond beneden.

Hij hield de flap van de tent voor haar open en scheen er met zijn zaklamp in. Er was genoeg ruimte voor twee, maar slechts één slaapzak. Ze keek onzeker om zich heen.

'Helemaal voor jou,' zei hij glimlachend.

'Weet je dat zeker?'

'Absoluut. Ik heb truien en een jas.'

De ondergrond was hard, en ze was te moe om tegen te sputteren. Ze schopte haar schoenen en sokken uit, glipte in de slaapzak, maakte haar bh los, trok die onder haar T-shirt uit en vouwde haar broek op als kussen. De zaklamp ging uit. Ze hoorde hem rondschuifelen, kleren neerleggen zodat hij erop kon liggen, een T-shirt aantrekken. Ze was bijna in slaap toen ze hem hoorde mompelen, en daarna klopte hij op haar schouder. 'Sorry,' zei hij. 'Ik wist niet dat dit zo ongemakkelijk lag.'

'Wat?' vroeg ze.

'Schuif op, ik kom erbij.'

Ze wist niet wat ze moest zeggen. Het was tenslotte zijn slaapzak. Hij ritste de bovenkant open. Ze voelde zijn knie in haar rug, zijn koude voet streek langs haar kuit, wat haar aan Knox deed denken. Was het werkelijk pas gisteravond geweest? 'Ik weet het niet, hoor,' zei ze.

'Alsjeblieft,' zei hij. 'Ik doe heus niets, hoor, dat beloof ik. Wat denk je wel wat voor man ik ben?' Hij draaide zich op zijn zij, zijn voorkant tegen haar rug, aangenaam warm waar hij haar aanraakte. Ze vroeg zich af wat Knox hiervan zou denken; maar Iain was tenslotte zijn vriend. 'Welterusten dan maar,' zei Iain, dicht tegen haar aan liggend en een arm om haar middel leggend.

Ze aarzelde nog even en toen was de kans om te protesteren voorbij. Ze legde haar hoofd weer op haar opgevouwen broek. 'Welterusten,' zei ze.

IV

Het was al na middernacht toen er ten slotte een taxi voor Franklins huis stilhield en de man tevoorschijn kwam, in smoking, met zijn vrouw, in een elegante lichtgroene avondjapon met wollen sjaal. Ze waren vast naar Nico's slotdiner geweest. Knox liep naar ze toe, met opzet langzamer lopend toen hij dichterbij kwam, zodat ze wisten dat hij ze wilden aanspreken. Franklins gezicht bewolkte toen hij hem zag. 'Jij!' zei hij. 'Wat doe jij hier?'

'Dat weet je wel.'

Hij likte over zijn lippen maar zei niets. 'Wat is er, Claude?' vroeg zijn vrouw, met de nasale stem waarmee doven geleerd wordt te praten. 'Wat is er aan de hand?'

Franklin draaide zich met een kalme glimlach naar haar om. 'Niets, liefje,' verzekerde hij haar, terwijl hij tegelijk met het uitspreken van het woord het bijbehorende gebaar maakte. 'Ga alsjeblieft naar binnen.'

'Maar ik…'

'Alsjeblieft,' herhaalde hij. 'Ga naar binnen. Ga naar bed. Alles is in orde. Deze heer en ik hebben alleen een paar zaken te bespreken.' Hij keek haar na terwijl ze naar binnen liep, de lichten beneden gingen aan en toen boven. 'Nou?' vroeg hij.

Knox vertelde het hem. 'Ik zocht op internet naar Roland Petitier. Ongebruikelijke naam. Wist je dat hij een artikel had gepubliceerd terwijl hij aan de Franse School verbonden was? Sterker nog, kun je bij benadering raden wie zijn coauteur was?'

'Dat was lang geleden.'

'Dat was jij, dr. Franklin. Jij, die me vanochtend nog vertelde dat je niet echt zijn vriend was, dat je alleen een tijdje in één huis met hem had gewoond.'

'Alles wat ik heb verteld was waar.'

'Maar niet helemaal,' zei Knox. 'Je was coauteur van een artikel getiteld "De Mysteriën van Eleusis onthuld". Of vond je het niet de moeite waard dat te vermelden?'

Franklin keek naar beide kanten de straat af, bijna alsof hij erover dacht het op een lopen te zetten. Maar toen liet hij zijn schouders wat zakken. 'Laten we naar binnen gaan,' zei hij. 'Hier heb ik een borrel bij nodig.'

V

Nadya liep op de terugweg naar haar hotel langzaam door Psyrri. Buiten de nachtclubs stonden rijen, binnen dreunde muziek. Op avonden als deze, lichtzinnig door de drank, genoot ze ervan als een vrijpostige jongeman haar probeerde te versieren. Maar vanavond waren er geen liefhebbers, zelfs niet voor een beetje oogcontact. Ooit was ze mooi geweest, werd er naar haar verlangd; en nog niet eens zo lang geleden. Maar de afgelopen paar jaren waren haar niet gunstig gezind geweest.

Ze kwam bij de rustiger, oudere straten van Plaka. Een paar mannen van middelbare leeftijd zaten op lage canvas stoelen aan een tafel. Ze liep vlak langs hen heen, maar ze keken niet eens naar haar, dus ze draaide zich om, liep terug en tikte even tegen een van hun stoelen aan. Maar dat leverde haar slechts een lachsalvo op.

Ze verzwikte haar enkel op de kinderhoofdjes. Ze viel languit. Het was altijd een risico om wodka te combineren met hoge hakken. Ze raapte zichzelf op, veegde haar handen en knieën af, zich ervan bewust dat ze zich zou moeten schamen, maar nu niet. Haar linker handpalm begon te kloppen. Die was nat, zat vol grit en de huid was geschaafd. Ze keek lijdzaam nieuwsgierig toe hoe de eerste druppeltjes bloed opkwamen, bij elke puls een steek.

'Sorry,' zei een man, Duits, te horen aan zijn accent. 'Gaat het wel?'

Ze keek hoopvol om zich heen, maar hij was al met een vrouw. 'Het gaat prima,' zei ze tegen hem.

Ze pakte haar schoen met beide handen vast en probeerde de hak. Die wiebelde een beetje, dus ze schopte de andere ook uit en hield ze beide vast terwijl ze met onzekere tred weg wandelde. Haar voeten werden koud en nat, de straten smaller en leger. Ze kwam bij een bekend plein, sloeg links af en zag het verlichte bord aan de gevel van haar hotel. Buiten haar hotel stonden geen zwarte Mercedessen, alleen een paar auto's en een witte bestelbus. Ze bleef staan om haar schoenen weer aan te trekken, de hotelbeheerder was een opgeblazen vent en ze wilde hem geen reden geven om over haar heen te lopen. Door de echo van haar voetstappen werd ze zich ervan bewust hoe leeg de straten waren geworden.

De deur van de bestelbus ging open. Een man stapte uit. Ze wist het meteen. Ze draaide zich om en probeerde te vluchten, maar haar afgebroken hak werkte tegen en ze tuimelde hard op de straat. Ze opende haar mond om te schreeuwen, maar het was te laat. Er werd een hand overheen gelegd met een vochtige doek of zoiets. Ze voelde iets chemisch op haar lippen branden toen ze het inademde, en ondanks haar angst begon de kracht uit haar spieren weg te vloeien. Toen werd ze opgetild en naar de bestelbus gedragen; het laatste wat ze zag was dat Mikhail Nergadze naast haar knielde en naar haar glimlachte alsof hij zojuist een weddenschap had gewonnen.

26

Franklin bracht Knox door een schemerig verlichte voorkamer waar aan de muren reusachtige, expressionistische schilderijen zonder lijst hingen. Hij liep naar een drankkast en schonk zichzelf een ondoorzichtig glas whisky in, dat hij onmiddellijk achteroversloeg en opnieuw vulde. 'Mijn vrouw houdt er niet van als ik in het openbaar drink,' bekende hij. 'Ik heb de slechte gewoonte dat ik niet weet wanneer ik moet stoppen, en dan zeg ik dingen waar ik spijt van krijg.' Hij draaide zich met veelbetekenende blik naar Knox toe. 'Ze heeft er een bloedhekel aan als ze zich gegeneerd voelt, mijn vrouw, meer dan wat ook ter wereld. Dus stel ik alles in het werk om dat te vermijden, want ik hou van haar.'

'Dat begrijp ik.'

Hij vulde een tweede glas, dat hij aan Knox gaf. 'Rook je?' vroeg hij terwijl hij een zilveren doos met sigaren openmaakte.

'Nee, bedankt.'

'Vind je het erg als ik het wel doe?'

'Natuurlijk niet.'

Ze gingen ieder in een van de fauteuils zitten die schuin aan weerszijden van het voorraam stonden, waardoor ze konden zien dat er een paar auto's langskwamen en zo nu en dan een voetganger passeerde. Franklin stak zijn sigaar op, er kwam een aromatische geur vanaf. 'Sorry dat ik dat artikel niet eerder heb genoemd, maar je moet begrijpen dat ik mijn woord heb gegeven dat ik er nooit meer van zou reppen.'

'Tegen je vrouw?'

'Voor een deel. Maar eerder tegen haar vader.'

'Je mentor,' zei Knox knikkend. 'Toen je beloofde dat je je leven zou veranderen en hij je nog een kans gaf.'

'Precies,' zei Franklin.

'Toch,' zei Knox, 'moet ik het weten.'

Franklin ging achterover in zijn stoel zitten, verdween in de schaduw, op een vage gloed na wanneer hij een trekje nam. 'Het was de invloed van Petitier. Die was groter dan ik zou willen toegeven. Ik heb je al verteld over zijn strijd tegen de Eurocentrische historie, maar dat was niet zijn enige strijd. Hij had een bloedhekel aan alle bestaande instituties, aan alles wat zelfingenomen was, alles wat gevestigd was. Hij was katholiek opgevoed, maar natuurlijk keerde hij zich daartegen. Maar voor hem was het niet genoeg om zich ertegen af te zetten, zoals voor de meeste afvallige katholieken. Hij wilde het hun betaald zetten.'

Iets verderop in de straat hield een auto langs de kant stil. De deuren gingen open en weer dicht. Knox hield daar een oor op gericht terwijl Franklin praatte, zich afvragend of Nergadze hem op een of andere manier hier had weten op te sporen. 'Hij raakte erdoor geobsedeerd dat het geloof zo absurd was. Spotten met religie was een van zijn favoriete hobby's. Dat was een reden waarom Eleusis hem zo fascineerde. Al die briljante Grieken die ervan overtuigd waren dat ze op iets bovennatuurlijks en transcendentaals waren gestuit. Hij wist zeker dat als hij erachter kon komen wat dat was, hij de mystiek eruit kon halen en zo het geloof aan de kaak kon stellen.'

'En?'

'Oorspronkelijk had hij het artikel geschreven toen hij nog in Frankrijk doceerde, maar de tijdschriften wilden niets meer met hem te maken hebben, hij was gewoon te lastig.' Hij reikte naar voren en tipte wat as af. 'Maar met míj wilden ze wel zaken doen, dus in plaats daarvan stuurde ik het artikel in. Het was nogal misleidend, vrees ik, maar ik was dan ook in de stemming om te misleiden. Het schreef de Griekse Mysteriën, en eigenlijk bijna alle gevestigde westerse religies, toe aan iets wat ze moederkoren noemen.'

'Moederkoren?'

'Een natuurlijk voorkomende parasietzwam die je soms tussen grassen en granen tegenkomt,' legde Franklin uit. 'Maar, meer op onze zaak van toepassing, een voorloper van lyserginezuurdi-ethylamide.'

'Je bedoelt toch niet...'

'Ja,' zei Franklin glimlachend. 'lsd.'

Door een scheut reukzout onder haar neus schrok Nadya weer wakker. Ze wilde haar ogen opendoen, maar die leken dichtgelijmd te zitten, waardoor ze moest vertrouwen op de sensaties die overal door haar lichaam stroomden. Ze zat op een harde stoel, haar enkels waren aan de poten vastgebonden en haar polsen aan de spijlen achter haar rug; de knopen waren zo hard aangetrokken dat haar vingers en tenen tintelden en in haar gewrichten bouwde zich een ongemakkelijk spanning op. Een touwknevel sneed in haar lippen en tandvlees. Ze had een stijve nek. Plotseling welde er paniek in haar op, ze worstelde en probeerde zich los te schoppen.

'Bedaar een beetje,' gromde een man in het Georgisch. 'Hoe kan ik die verdomde dingen loskrijgen als je niet stil blijft zitten?'

Ze ademde diep in door haar neus, dwong zichzelf niet meer te vechten. Daar was nog tijd genoeg voor.

'Dat is beter,' zei de man toen hij de knopen losmaakte en de knevel weghaalde. 'Je kunt schreeuwen wat je wilt. Niemand zal je horen en dan doe ik deze gewoon weer terug.'

Ze likte langs de randen van haar zere lippen, bewoog haar kaken heen en weer. 'Ik zal niet schreeuwen,' verzekerde ze hem.

'Mooi zo.' Daarna pakte hij met zijn vingers de tape die over haar ogen zat en trok hem er in één keer af, waardoor haar wenkbrauwen stekend pijn deden. Ze knipperde een paar keer terwijl haar ogen zich aanpasten. Er stond niemand voor haar, er waren alleen een weelderig tweepersoonsbed met een rode chintzsprei en, aan de verste kant, een mahoniehouten toilettafel met een drievoudige spiegel waarop een fles water en twee glazen stonden, een schaaltje potpourri en een vaas met uit hout gesneden, beschilderde lelies.

Ze zag een glimp beweging in een van de spiegels. Achter haar ging een deur open en weer dicht, haar met de indruk achterlatend dat ze alleen was. Ze rekte zo ver ze kon haar hals, zag rechts van haar een badkamer en suite, links van haar openslaande ramen, een kier tussen de gordijnen waardoor ze een glimp van de ijzeren balustrade van een balkon opving, knotwilgen en een nachtelijke hemel die niet werd besmet door stadslichten. Buiten Athene dus, waarschijnlijk in Mikhail Nergadzes huis. Ze herinnerde zich dat Sokratis zich verlustigend had gezegd hoe afgelegen het lag, hoe gróót het was.

De deur achter haar ging weer open en dicht. Ze hoorde ademen. Haar hart begon te bonzen. 'Wie is daar?' vroeg ze.

Maar dat wist ze al.

III

Nico sliep op zijn zij toen de aanval begon, een kwaadaardige demon greep hem via zijn keel naar de borst, kreeg zijn hart in zijn greep en wrong dat naar opzij. Hij gilde het uit en viel op zijn rug, klauwde naar zijn nachtkastje, blindelings tastend naar de pillen die erop lagen, het glas water. Maar de demon was te sterk voor hem, een worstelaar die hem in de houdgreep op de mat hield bewerkte zijn hart met zijn vuisten. Een volgende schok schoot door hem heen. Hij kromde zich in stilte. Een plotselinge herinnering aan zijn mooiste moment, als vijftienjarige jongen tijdens de nationale kampioenschappen gewichtheffen in Athene, een jongen die het tegen mannen opneemt en niet opgeeft. En dat moment smolt samen met de reacties op Knox' praatje eerder die dag, dat bevredigende moment van stilte voor het applaus losbarstte, al dat glorierijke applaus, het hele auditorium overeind.

Het beeld vervaagde. Hij stortte van uitputting in. Eén samengepakt uur van roemrijk leven, dat was alles wat hij ooit had gewild. Wat had hij nu wel niet over voor een anoniem mensenleven? Minuten verstreken. Zijn zweet koelde af en werd kil. Zijn hart nestelde zich weer in een normaal ritme. De tunnel week terug.

Deze keer niet. Deze keer niet. Maar binnenkort.

Hij zuchtte en zwaaide zijn benen over de rand van het bed, ging rechtop zitten en legde zijn gezicht in zijn handen. Doordat hij in zijn eentje leefde, was hij voortdurend bezig met de smerigheid van de dood. De gedachte dat hij net zoals Antonius zou worden gevonden… dat was bijna erger dan de dood zelf. Hij had iemand nodig die van hem hield, iemand die op hem lette, er zelfs misschien was als zijn tijd kwam. Met deze last kon hij niet een van zijn vrienden of collega's opzadelen, zelfs niet zijn broer en Charissa. Zo'n last kon je alleen van ouders, partner of kinderen vragen. En hij was niet getrouwd, had geen kinderen.

Hij ging weer in bed liggen en besloot morgen het telefoontje te plegen. Maar die beslissing had hij al honderden keren eerder genomen, en hij was nog steeds alleen.

27

Mikhail Nergadze pakte een butterscotch uit toen hij in Nadya's gezichtsveld kwam en gooide hem in zijn mond, waarna hij het propje folie op het tapijt gooide. Hij zoog er twee keer stevig op om zijn mond vol te laten lopen met het zoete, kleverige speeksel, voordat hij het met zijn tong naar een kant duwde, zodat hij beter kon praten. Ze zag dat hij haar tasje vasthield, en nu maakte hij dat open, haalde een voor een de creditcards uit hun hoesje, bestudeerde ze even en schoof ze er toen weer in. 'Nadya Ludmilla Petrova,' zei hij. 'Ik hoopte al zo dat jij het zou zijn. Toen ik hoorde dat een vrouw die Nadya heette achter me aan zat, een vrouw die mank liep.'

Nadya kon onmogelijk weten hoeveel hij van haar wist. Maar het was maar het beste om aan te nemen dat hij niets wist, in elk geval om niets gratis weg te geven. 'Achter je aan zat?' vroeg ze. 'Waar heb je het over? Wie ben je?'

'Dit is echt een hele eer voor me. Dat meen ik oprecht. Ik ben een van je grootste fans. In de afgelopen paar jaar heb ik in Amerika gewoond, weet je. Zij denken dat Georgië de thuishaven is van de baseballclub de Atlanta Braves. Dus ik hóngerde naar nieuws van thuis. Ik heb je blog enthousiast gevolgd.' Hij gebaarde met zijn hand. 'Verder drukt iedereen, alle zogenaamde seriéúze media, steeds maar weer alleen de officiële persverklaringen en gaat vervolgens lekker lang lunchen. Maar jij niet. Typisch, vind je niet? De enige Georgiër die de moed heeft om te vertellen hoe de zaken in elkaar steken, is een vrouw.'

'Wat wil je van me?'

'Je weet wat ik wil, Nadya. Ik wil weten waarom je er zo'n punt van hebt gemaakt om je met mijn zaken te bemoeien. Ik wil weten waarom je een detective hebt ingehuurd die gisteravond mijn familievliegtuig heeft opgewacht en vervolgens mijn gast naar mijn huis is gevolgd. Ik wil weten waarom je ons eerder naar Eleusis hebt geschaduwd, en waarom je je hebt bemoeid met mijn poging om met Daniel Knox te praten. En ontken het maar niet. Je detective belde me daarstraks en was tot alles bereid. De volgende keer moet je je hulp echt zorgvuldiger uitkiezen.'

Die verdomde Sokratis! Ze had moeten weten dat hij haar zou verraden. Ze probeerde zich te herinneren hoeveel hij had gehoord en had kunnen doorgeven. 'Ik onderzoek campagnes,' zei ze. 'Als je mijn blog leest, zou je dat moeten weten.'

'En wat heb ik te maken met welke campagne dan ook?'

'Ik ben niet hier vanwege jou. Ik ben hier vanwege een man die Boris Dekanosidze heet. Hij is een van Ilya Nergadzes belangrijkste adviseurs, weet je.'

'O ja?' lachte Mikhail. 'Goed dan. Waarom zit je achter hem aan?'

'Omdat het eerste wat je in deze business leert, is dat de kandidaten te ongrijpbaar zijn om te volgen, die worden te goed beschermd. Het is altijd de rechterhand die je naar het echte verhaal leidt.'

'Ah! Het geheim van je succes!' spotte hij. 'De kudde hobbelt ongelukkig achter de leiders aan, maar jij hebt het op de consigliere voorzien?'

'Daardoor ben ik bij jou terechtgekomen, waar of niet?'

'En waarom zou je dat als een goed resultaat beschouwen? Waarom denk je dat ík ertoe doe?'

Nadya knipperde met haar ogen door haar eigen impulsiviteit. Ze moest scherper zijn wilde ze hier uitkomen. 'Daar werk ik nog aan.'

'Je liegt,' zei Mikhail. 'Je weet precies wie ik ben. Je wist dat voor je hierheen vloog. Sterker nog, je bent gekomen om mij op te zoeken.'

'Ik verzeker je dat ik…'

'Lieg niet tegen me, Nadya. Daar krijg je spijt van.'

'Ik lieg niet,' zei ze. 'Het is de waarheid. Ik had iets goeds nodig over Ilya Nergadze. Iets sappigs. Mijn lezers begonnen me er al van te beschuldigen dat ik hem steunde.'

'Het was tijdens de persconferentie, hè?' vroeg Mikhail. 'Zoals je naar me keek, ik wist dat we elkaar eerder hadden ontmoet. Ik kon je alleen niet plaatsen. Pas toen ik je daarstraks oppikte, was ik er zeker van.' Hij rechtte zijn rug weer. 'Hoe ongelukkig kan een man zijn? Twee dagen terug in Georgië en ik loop een van mijn weduwes tegen het lijf.'

'Een van je weduwes!' Ondanks haar hachelijke toestand, viel ze bij zo'n harteloosheid uit haar rol. 'Wat voor monster ben je? Wat heeft Albert je ooit aangedaan?'

'Weet je dat dan niet?' antwoordde Mikhail. 'Hij stak zijn neus in onze familiezaken. Door hem moesten we naar Cyprus vluchten.'

'Maar daar had hij niets mee te maken,' wierp ze tegen. 'Het waren de Amerikanen.'

'De Amerikanen!' zei Mikhail verachtelijk. 'En wie denk je dat ze dat heeft doorgebriefd? Helaas voor je man stond een van de mensen bij justitie op onze loonlijst.' Hij schudde zijn hoofd alsof hij verbijsterd was. 'Hij moest tot zwijgen worden gebracht, we moesten hem straffen. Ik was destijds op Cyprus, ik ben de enige van de familie die niet vierentwintig uur bewaakt wordt, dus mijn grootvader riep me naar huis. Ik ben goed in dat soort dingen.'

'Klootzak die je bent!' spuugde ze.

'Nou, nou,' glimlachte hij. 'Dit is bepaald niet het moment om me beledigingen naar het hoofd te slingeren, wel? Ik moord niet, tenzij het moet. In elk geval geen mensen die ik bewonder. En ik bewonder jou, Nadya. Dus als ik jou was zou ik niets doen om dat in gevaar te brengen.' Hij liep om haar heen, alsof hij haar inschatte. 'Vertel me eens,' zei hij. 'Ben je links- of rechtshandig?'

'Wat?'

Hij haalde een combinatietang uit zijn zak tevoorschijn. 'Ik vraag het je voor je eigen bestwil,' zei hij toen ze geen antwoord gaf. 'Nee? Goed dan. Je draagt je horloge aan de linkerpols, dus ik ga ervan uit dat je rechtshandig bent. Zeg het maar als ik het mis heb.' Hij nam haar linkerduim, trok die van haar vingers los en klemde de stompe kaken van de tang erop.

'Niet doen!' smeekte Nadya, wriggelend op haar stoel. 'Alsjeblieft!'

Hij luisterde niet maar begon te knijpen. Ze zette zich schrap en sloot haar ogen, alsof dat iets hielp; maar ze kon haar oren niet sluiten voor het krakende bot en het ziekmakende vochtige geluid van kraakbeen dat werd verpletterd en verdraaid. Toen schoot de pijn door haar heen, als spijkers die door haar arm hamerden, waardoor ze op de stoel vooroversloeg en verkrampte, ze gilde en gilde het uit, want gillen was het enige wat ze kon doen, tot ze ten slotte over het hoogtepunt heen was en aan de andere kant neerkwam, de pijn was nog altijd intens en doorborend, maar nu nam die tenminste af en was die te behappen, kon ze die verdragen. Ze keek ondanks zichzelf naar haar hand. Haar knokkel was een gruwelijk gemangelde massa, die al paars en zwart werd, de nagel bolde op door de druk van het bloed eronder, een rode halvemaan rondom de rand. Ze wist heel zeker dat ze haar duim nooit meer fatsoenlijk zou kunnen gebruiken.

Mikhail ging voor haar op zijn hurken zitten, legde zijn handen op zijn knieën en keek haar nieuwsgierig aan, als een zoöloog die een of ander onbekend specimen aantreft. Hij haalde een zakdoek uit zijn zak en depte haar ogen. Hij glimlachte bijna meevoelend toen hij haar linker wijsvinger beetpakte.

'Alsjeblieft,' snikte ze, toen de angst door haar heen sloeg. 'Ik doe alles wat je wilt, dat zweer ik. Vertel me alleen wat je wilt.'

Mikhail fronste zijn wenkbrauwen, een beetje teleurgesteld door haar stompzinnigheid. 'Ik wil je pijn doen,' zei hij.

II

'Je hebt vast de theorieën wel gehoord,' zei Franklin. 'Hoe konden zulke wereldwijze mensen als Sophocles en Aristoteles zo door de Mysteriën in vervoering zijn geraakt als ze niet iets waarachtig bovenaards hadden ervaren? En wat is daarvoor de eenvoudigste verklaring? Een of andere meeslepende coup de théâtre? Een of ander uitnemend filosofisch inzicht dat sindsdien voor ons ongrijpbaar is geworden? Of was het een royale portie lsd in je drankje? Een van de weinige dingen die we tenslotte over Eleusis weten is dat de deelnemers een gerstebrouwsel dronken dat ze *kykeon* noemden. Moederkoren groeit op gerst, en lsd wordt van moederkoren gemaakt. En het zou niet de enige keer zijn dat er drugs werden gebruikt om het goddelijke te ervaren. De somadrank bij de Hindoes bijvoorbeeld. Mescaline in Mexico. Cannabis in Duitsland.'

'De blauwe lotus in Egypte.'

'Precies. De Azteken noemden de psilocybinezwammen *teonana-*

catl, wat letterlijk vlees van de goden betekent. De Grieken hadden hun eigen concept. Paddenstoelen waren van Zeus omdat ze na een onweersbui zo vaak uit de grond schieten. Dat komt natuurlijk door de regen, maar veel mensen geloofden dat ze het product waren van blikseminslagen.' Een man en een vrouw liepen op dat moment langs het raam, de armen om elkaars schouders, terwijl ze al pratend naar elkaar keken in plaats van naar de stoep. 'Zeus was de god van de bliksem,' vervolgde Franklin, 'daarom waren paddenstoelen zijn plant. En als je magische paddenstoelen eet, vang je absoluut een glimp op van buitengewone dingen. Petitier beweerde dat de katholieke eucharistie oorspronkelijk slechts uit *amanita muscaria* bestond, je weet wel, van die paddenstoelen met rood-witte kapjes.'

'De vliegenzwam.'

'Precies. Er is meer dan genoeg bewijs dat ze in de vroege Kerk als heilig werden beschouwd. Die schitterende paddenstoelenfresco's in Plaincourault en elders, bijvoorbeeld. Stel je voor: het lichaam van Christus als hallucinerende paddenstoel.'

'Ik begin te begrijpen waarom jij en Petitier in de problemen kwamen,' zei Knox.

'Helaas zijn er ernstiger problemen met de theorie dan dat we alleen een paar mensen op de tenen trapten,' zei Franklin. Hij nam een laatste trek van zijn sigaar en doofde hem in een glazen asbak terwijl de kleine vonkjes zich verspreidden. 'Om te beginnen kun je er niet van op aan dat moederkoren altijd groeit, en zelden in de hoeveelheden die ze nodig hebben gehad. Het is een gecompliceerde en hachelijke zaak om lsd te winnen. De ervaringen moeten zonder meer wisselend zijn geweest. Sommige deelnemers zijn misschien ziek geworden of zelfs gestorven, anderen hebben er wellicht helemaal niets van gemerkt. Bovendien waren de Grieken heel vertrouwd met drugs en de effecten daarvan. Ze mengden hun wijn met allerlei soorten krachtige kruiden. Ze gebruikten regelmatig cannabis en opiaten. Zou het zo kunnen zijn dat zo veel hoogintelligente en ervaren mensen stoned konden zijn geworden zonder dat ze het zich realiseerden? En als ze het zich wél hadden gerealiseerd, zouden ze dat dan werkelijk als het goddelijke middelpunt van hun leven hebben beschouwd?'

'Opiaten en cannabis genereren heel andere ervaringen dan lsd,' zei Knox.

'Je klinkt al net als Petitier,' zei Franklin glimlachend. 'Hij was er zeker van dat hij het antwoord had gevonden. Wat hem betrof moest er slechts één vraag worden beantwoord: hoe bereidden ze het brouwsel met de technologie die ze toen beschikbaar hadden?'

Knox stond op en nam hun beide glazen naar de drankkast om ze nog eens te vullen. 'Laat me raden,' zei hij toen hij weer bij zijn stoel terug was. 'Is dat de werkelijke reden waarom je in de problemen kwam? Dat jij en Petitier op zoek waren naar het geheim van kykeon?'

Franklin haalde bevestigend zijn schouders op toen hij zijn glas aanpakte. 'We hebben alles geprobeerd wat je je maar kunt voorstellen. Lsd, lsa, lsm en andere derivaten van moederkoren, allemaal gemengd met opiaten, marihuana, magische paddenstoelen en Joost mag weten wat nog meer. We overtuigden onszelf ervan dat het serieus en baanbrekend wetenschappelijk onderzoek was. Dat we pioniers waren!' Hij gooide zijn hoofd achterover en barstte in lachen uit. 'Na afloop maakten we aantekeningen. Dat moest per se van Petitier. Dat was volslagen koeterwaals, natuurlijk. We hielden onszelf voor de gek. De waarheid is dat we jong waren en plezier maakten. Te veel plezier.'

'Te veel?'

Hij hief zijn glas in een meesmuilende toost. 'Elke avond begon ik ernaar te verlangen. Lsd is niet verslavend, en cannabis ook niet. Maar andere ingrediënten die we gebruikten waren dat wel. Mijn linkerhand ging trillen. Ik merkte dat mijn concentratie afnam. Ik verloor belangstelling voor dingen waar ik eerder door geboeid werd. Ik was me daar allemaal wel van bewust, maar ik wist niet wat ik eraan moest doen.' Hij keek naar het plafond omhoog. 'Op dat moment ontmoette ik Maria. Ik vermoed dat het een van de redenen was waarom ik tot over m'n oren verliefd werd. Zelfbehoud. Zij was mijn reddingsboei.' Zijn gezichtsuitdrukking werd zachter en hij bleef nog even zitten staren. 'Heb jij zo iemand in je leven? Mensen voor wie je absurde dingen doet?'

'Ja,' zei Knox.

'Wees maar zuinig op ze.'

'Dat ben ik ook van plan.' Hij zette zijn glas neer. 'Dus je ontmoette je aanstaande vrouw en hield op met de drugs. Hoe zat het met Petitier? Als jouw drugsgebruik bekend was, dan was dat van hem dat ook, lijkt me.'

Franklin knikte. 'De Franse School kon er niet langer meer omheen, niet na de scène die hij tijdens de Evans-lezing had geschopt, want op dat moment was hij stomdronken. En dus vertrok hij. De ironie is dat zijn ideeën sindsdien vaste voet aan de grond kregen. Ik denk dat de meeste mensen nu wel accepteren dat er iets in de kykeon zat. Om te beginnen beschreven de deelnemers hun ervaringen in zulke fysíéke termen. Ze hadden het over zweten, dat ze krampen kregen. Ze gaven de indruk dat het eerder een bepróéving was dan een extase. Geloof mij maar: met lsd is het precies hetzelfde. Je hebt het gevoel dat je ziel uit je lijf wordt gescheurd. Tenslotte is de kern van het woord intoxicatie "toxisch", drugs zijn vergif, alleen in kleinere doses.'

'Het moet een ongelooflijke schok voor je zijn geweest toen Petitier weer opdook,' zei Knox. 'Na al die tijd dat je je verspilde jeugd hebt willen begraven, bedoel ik.'

'Ja,' zei Franklin instemmend. Maar er was iets in zijn toon waardoor Knox hem nieuwsgierig aankeek. 'O, natuurlijk was het een schok,' hield Franklin aan. 'Alleen, ik heb er de laatste tijd heel veel over nagedacht, en misschien had het geen schok hoeven zijn.'

'Wat bedoel je?'

'Een van de risico's als je hier in Griekenland archeoloog bent, is dat boeren en andere landeigenaren je steeds maar lastigvallen met de schitterende schatten die absoluut op hun terrein begraven liggen en die ze maar wat graag voor een heel redelijke prijs willen verkopen.'

'Die hebben we in Egypte ook,' glimlachte Knox. 'Het is verbazingwekkend hoe zelden ze iets opwindends vinden op goede landbouwgrond.'

'Inderdaad. Onderdeel van Petitiers baan was om zulke brieven te beantwoorden. Soms nam hij een paar mee naar huis, en dan moesten we er hartelijk om lachen. Maar hij ging ook behoorlijk vaak naar Kreta en controleerde of sommige toezeggingen de moeite waard waren. En toen kreeg hij wat geld, herinner ik me nog. Zijn grootmoeder ging dood, dat vierde hij met champagne.'

'Wat een charmeur,' zei Knox. 'Dus jij denkt dat een van die brieven hem op een echte Minoïsche site heeft geattendeerd en dat hij die met zijn erfenis heeft gekocht?'

'Zou zomaar kunnen, denk je niet? Tenslotte had hij hier bijna al zijn academische schepen achter zich verbrand; niemand wilde hem meer in dienst nemen. En het zou net wat voor hem zijn om de wildernis in te trekken en te zweren dat hij nooit meer zou terugkeren; tenminste niet tot hij kon bewijzen dat hij gelijk had, en de critici het mis hadden.'

III

Edouard was beneden aan het ijsberen. Nadya's schreeuwen trilden als elektrische schokken door hem heen. Hij was een lafaard. Dat wist hij nu zeker. Hij had het altijd wel vermoed, natuurlijk, ondanks de dwaze dromen over zichzelf als een van die rustige, gematigde mannen die alleen in tijden van grote nood de held uithingen. Maar dit was zo'n moment, en zijn heldenmoed was in geen velden of wegen te bekennen.

Ze gilde opnieuw. Zijn hart ging naar haar uit, zoals naar ieder menselijk wezen dat zo'n pijn leed. Hoe lang kon dit nog doorgaan? Haar schreeuwen losten op in snikken en smeekbedes. Hij wist niet wat erger was om naar te luisteren. Maar één ding was zeker: het was beter om het hierbeneden aan te moeten horen dan dat het hém werd aangedaan.

Merkwaardig genoeg had hij eerder wel een dapper moment laten zien, hoewel dat zich voordeed voordat de marteling begon. Nadat de loopjongen de mobiele telefoon had gebracht, was Mikhail binnengekomen, had hem op de armleuning van de canapé gelegd en was hem vergeten. Edouard, buiten zichzelf om iets voor zijn gezin te doen, had hem in zijn zak gestoken en mee naar de plee genomen, had zijn broer een sms gestuurd en gevraagd om een contactnummer van zijn vriend Viktor. Maar hij was al snel bang geworden dat Mikhail zou merken dat de telefoon weg was, dus had hij hem in de zijkant van de canapé verstopt, waar het niet waarschijnlijk was dat iemand hem zou vinden, tenzij ze ernaar zochten, maar waar hij ook gemakkelijk per ongeluk terecht had kunnen komen.

De slaapkamerdeur ging open. Zaal kwam naar buiten en leunde over het balkon. 'Oi!' riep hij. 'Meneer Nergadze wil een fles wodka en een paar glazen.'

Edouard keek hem ziek aan. 'Wil je dat ik boven kom?'

'Tenzij je een *teleporter* hebt.' De deur ging weer dicht. Edouard ging naar de keuken, haalde een nieuwe fles uit de vriezer en pakte glazen uit de kast. Een volgende gil doorboorde de lucht. Hij sloot zijn ogen en wachtte tot het stil werd. Waar was hij in terechtgekomen? Hier was geen excuus voor, dit was geen boetedoening. Dit was een onuitwisbare smet op zijn ziel.

'Werd tijd,' gromde Zaal, toen hij de wodka bracht. 'Je krijgt dorst van dit werk.'

'Zet het op de kaptafel,' zei Mikhail.

Hij keek naar Nadya, hij kon er niets aan doen. Haar gezicht was wit, haar wangen nat van de tranen, haar kaak en borst zaten onder het braaksel. Hij rook de stank, en gal rispte in zijn keel op, hij zette de glazen en de wodka neer, draaide zich om en sprintte weer naar de overloop en naar de dichtstbijzijnde wc, maar hij was niet snel genoeg. De bleke, zurige brij spatte op de grond, op de bril en tegen de porseleinen zijkanten, zijn maag verkrampte even en toen moest hij een derde keer. Hij voelde het langs zijn wangen en kin druipen, op zijn kleren. Hij veegde zijn mond met de achterkant van zijn pols af.

Achter hem werd gelachen. Hij draaide zich om en zag Mikhail en Zaal in de deuropening staan. 'Christus, wat stinkt dat,' zei Mikhail.

Edouard voelde zich duizelig en zwak, maar hij duwde zichzelf toch overeind. 'Ik ben niet gemaakt voor dit soort dingen.'

'Maak dat schoon. En jezelf ook.' Hij schudde zijn hoofd. 'Je zou wat meer zelfrespect moeten hebben.'

Het braken had Edouard vermoeid, maar zijn hoofd was er ook helder door geworden en had de scherpte van zijn angst weggenomen. Hij realiseerde zich met een bijna abstracte nieuwsgierigheid dat hij, in elk geval op dit moment, geen last had van angst. Was moed niet meer dan slechts dat? Dat je niet bang was? Hij bleef daar even staan, half verwachtend dat de sensatie zou verdwijnen, maar dat gebeurde niet. Bijna om de proef op de som te nemen, ging hij naar de keuken beneden om een emmer en zwabber te halen, en nam tegelijk heimelijk ook de mobiele telefoon mee. Weer boven deed hij de wc-deur op slot en draaide de kraan van de wastafel open. Een lichte kilte op zijn voorhoofd, een verkramping in zijn borst, een rilling rimpelde zachtjes door hem heen. Hij had niet veel tijd. Het was nu of nooit.

Hij deed het mobieltje aan, klemde het tegen zijn borst om de geluiden te smoren. Zijn broer had met een contactnummer geantwoord. Het was een prepaidtelefoon waar amper genoeg op stond om lokaal te bellen, laat staan internationaal. Maar hij kende het nummer van zijn bankpas uit zijn hoofd. Hij vulde het account aan, toetste Viktors nummer in, zich des te sterker bewust van het risico dat hij nam. De Nergadzes zouden hier uiteindelijk wel achter komen, en voor hen was het een erekwestie dat niemand hen in de weg stond zonder dat die ermee wegkwam.

'Met Viktor,' zei een man. 'Met wie spreek ik?'

'Edouard Zdanevich,' fluisterde Edouard, bang dat ze hem ondanks de stromende kranen konden horen. 'We hebben elkaar één keer ontmoet, in het huis van mijn broer Tamaz.'

'Ja,' zei Viktor. Hij klonk klaarwakker, ook al was het in Georgië nog heel vroeg. 'Hij zei al dat je zou bellen. Wat kan ik voor je doen?'

Edouard aarzelde, wist niet goed hoe hij moest beginnen. 'Het gaat om mijn vrouw en kinderen,' zei hij. 'Ze zijn in gevaar.'

'Bel je me over je vrouw en kinderen?'

'De Nergadzes hebben ze,' murmelde Edouard. 'Ze gebruiken ze als gijzelaar.'

'Gijzelaar? Waarom?'

Edouard hoorde vreemde geluiden aan de andere kant van de lijn, geklik, gehum en zacht geroezemoes, aanwijzingen van drukke achter-de-schermenactiviteiten, van mensen die meeluisteren, van anderen die gewekt en bijgepraat werden. Hij haalde diep adem. 'Ik heb vanochtend met mijn vrouw gepraat,' begon hij. 'Ze zei dat ze eerder met Ilya waren gaan paardrijden. Toen zei ze dat Kiko eerder had paardgereden, met een man genaamd Nicoloz Badridze.'

'Ik volg je niet.'

'Badridze was een kinderverkrachter. Mijn vrouw probeerde me te vertellen dat Ilya Nergadze een… dingen doet met mijn zoon.'

'Zei je dat ze hebben paardgereden? Dat lijkt me nauwelijks een bewijs van verkrachting.'

'In hemelsnaam,' smeekte hij. 'Je moet er iets aan doen.'

'Denk je dat we op basis hiervan een aanhoudingsbevel tegen een man als Nergadze krijgen? Ben je gek geworden?'

'Je moet.'

'Nee, dat doen we niet. Dat doen we echt niet.'

'Maar mijn zoon…'

'Kom dan met iets concreets,' zei Viktor. 'Ik weet dat je dat kunt. Je zit er tot je nek toe in, dat is de reden waarom ik om te beginnen contact met je heb gezocht. Met iets concreets kan ik een arrestatiebevel regelen. We kunnen je gezin daarvandaan halen en wie weet wat een huiszoeking oplevert. Maar zonder iets concreets…' Nadya gilde het weer uit, haar kreten waren zo luid dat Viktor ze kon horen, zelfs boven de lopende kranen uit. 'Wat was dat verdomme?' vroeg hij.

Edouard aarzelde. Als hij zou vertellen wat hier aan de gang was, zou hij de Grieken inlichten en zouden ze de politie bellen. De Nergadzes zouden dan onmiddellijk weten dat hij alarm had geslagen, en daar zouden zijn vrouw en kinderen jammerlijk voor moeten boeten. 'Ze zijn beneden films aan het kijken,' zei hij.

'O,' zei Viktor.

'Je hebt een reden nodig voor een arrestatiebevel,' zei Edouard. 'Prima. Wat dacht je hiervan. Sandro en Ilya Nergadze zijn op dit moment onschatbare kunstschatten aan het vernietigen die aan de Georgische natie toebehoren.' Hij deed verslag van zijn eerdere gesprek met Sandro, het plan om de Turkmeense schat om te smelten tot een Gulden Vlies.

'En die stukken zijn niet van de Nergadzes? Weet je dat zeker?'

'Ze hebben ze voor ik weet niet hoeveel tv- en perscamera's aan de natie geschonken. Ik heb de papieren ervan in het museum, als je het wilt controleren.'

Een klik in de telefoon en er kwam een nieuwe stem. Een vrouw.

'Wil je daarover getuigen?' vroeg ze, een beetje verdwaasd van de slaap. 'Onder ede?'

'Met wie spreek ik?'

'Doet er niet toe,' zei Viktor. 'Beantwoord alleen de vraag.'

'Ja,' zei Edouard. 'Dat zal ik onder ede getuigen.'

'Mooi,' zei de vrouw. 'Dan krijg je je aanhoudingsbevel.'

'Dank je wel,' zei Viktor. 'Nou, luister, Edouard. Je zegt dit tegen niemand, zelfs niet tegen je vrouw. Je doet niets waardoor je de aandacht op jezelf richt, of wantrouwen wekt. Niet totdat wij in actie zijn gekomen. Niet totdat je van mij uitdrukkelijk het groene licht hebt gekregen. Begrepen?'

'Ga je erop af?' vroeg Edouard.

'Misschien.'

'Wanneer? Wanneer ga je erop af?'

'Wanneer we zover zijn.'

'En mijn zoon? Hoe zit het met mijn…' Maar hij praatte in een dode telefoon. Hij zette hem uit en stopte hem in zijn zak. Net op tijd. Hij hoorde buiten voetstappen, daarna werd er op de deur gebonsd. Hij liep erheen en deed hem op een kier open.

'Ben je nou nog niet klaar?' vroeg Zaal.

'Bijna,' zei Edouard.

'Mikhail zegt dat je wat moet slapen. We beginnen morgen vroeg.'

'Waarom? Wat is er gebeurd.'

'We hebben haar gebroken,' zei Zaal trots. 'Je zou haar eens moeten zien. Wat een verdomde puinhoop. En het is allemaal waar. Over dat Vlies, bedoel ik. Ze heeft het zojuist bevestigd. Kennelijk heeft Knox het. Beter nog, hij gaat over een paar uur met haar ontbijten. Dat denkt hij althans.' Hij lachte opgewekt. 'De arme drommel! Van die afspraak zal hij nog spijt krijgen.'

28

Ochtend. Gaille werd wakker doordat Iain zachtjes aan haar schouder schudde. 'Tijd om op te staan,' mompelde hij.

Ze ging rechtop zitten terwijl ze de opening van de slaapzak vastgreep en langs hem door de tentflap naar buiten gluurde. De zon was nog niet op, maar de omliggende heuvels waren van zwarte silhouetten veranderd in gedempte groen- en grijstinten. 'Nu al?' vroeg ze.

'We moeten het huis in zien te komen.'

Ze wachtte tot hij naar buiten was gegaan en werkte zich toen uit de slaapzak. Het was zo koud dat ze haastig haar broek, blouse, sokken en schoenen aantrok. Haar enkel deed pijn onder het verband, maar het was niet zo erg als het had kunnen zijn.

Iain zat op de dakrand met zijn voeten te bungelen, had een tros touw over zijn schouder en een breekijzer in zijn hand. Hij legde een vinger op zijn lippen, wenkte haar naar zich toe en wees naar de slapende Duitse herder onder hen. 'Kijk eens naar zijn riem,' fluisterde hij.

Ze steunde op haar handen en boog zich over de rand. Het ochtendlicht was zo schaars dat ze moest turen. De halsband van de hond was met een paar meter zwart koord bevestigd aan een stalen nagel die naast de voordeur in de grond was geslagen, waardoor hij zo veel ruimte had dat hij zowel de voordeur als de zijkanten van het huis kon bewaken. Ze ging weer iets naar achteren zitten. 'En?' fluisterde ze.

Hij stak het breekijzer en touw omhoog. 'Deze heb ik in een bijgebouw gevonden. Daarmee kunnen we hem uitschakelen.'

'Het is een waakhond!' protesteerde Gaille. 'Hij doet alleen maar zijn werk.'

'Ik ben niet van plan zijn hersens in te slaan,' zei Iain. 'Niet als het niet hoeft. De koevoet is voor de voordeur. Maar eerst moeten we die verdomde hond uit de weg zien te krijgen.'

'Hoe dan?' vroeg ze.

Iain stond zichzelf een glimlach toe. 'Daar verschijn jij ten tonele.'

II

Viktor stond aan de zoom van het bos en staarde door een veldkijker naar Ilya Nergadzes kasteel omlaag. Zijn geest was enigszins opgebrand; hij was niet meer zo jong als vroeger en nachtwerk eiste zijn tol. Toen hij vijf uur geleden zijn aanhoudingsbevel kreeg, had hij zich nooit kunnen voorstellen dat alles zo snel geregeld kon worden. Maar hij had de macht van een directe lijn met het presidentiële paleis onderschat. Hij was vergeten wat commando's konden doen wanneer ze ergens hun zinnen op hadden gezet.

In het ochtendlicht leek het kasteel onmogelijk romantisch, als iets uit een film. De ophaalbrug was omhoog en er was geen teken van leven, behalve de bewakers die op de kantelen hun rondes liepen. Mistflarden lagen in de kleine valleien op het grasveld. Er waren wilde zwanen op het meer en ergens riep een hop. Je kon je geen vrediger tafereel voorstellen.

Maar dat zou niet lang meer duren.

Er bestonden technieken om machtige mensen als Ilya Nergadze ten val te brengen. Vernedering was er een van. Als je beschamend gedrag van hen filmde konden ze hun politieke carrière wel vergeten. Dat was aanvankelijk zijn plan geweest. Ilya's voorliefde voor jonge jongetjes was algemeen bekend, hoewel het makkelijker gezegd dan gedaan was om dat te bewijzen. Maar Viktors opdracht was niet alleen Ilya ten val brengen. Zijn hele nest moest uitgeroeid worden, zijn mogelijkheid om wraak te nemen. Dus had hij andere benaderingen uitgedokterd. Ze stonden al wekenlang klaar. Het enige wat hij nodig had was een excuus.

Nikortsminda was Nergadzes bolwerk. Maar daarin zat ook zijn zwakheid. Ze dachten dat ze hier veilig zaten, onaantastbaar waren. Dat was de reden waarom nooit de hele clan in Tbilisi bijeen was, dat deden ze vaak hier. De laatste keer dat hier een politieman onuitgenodigd was gekomen, was die met geweren weggejaagd.

Viktors oren hadden zich gespitst toen hij dat had gehoord.

Door zijn veldkijker zag hij geteerde zeildoeken op de kantelen. Het gerucht ging dat dat geschutemplacementen waren om het kasteel te verdedigen tegen aanvallen vanaf de grond, het meer of uit de lucht. Hij had het niet kunnen verifiëren, maar hij achtte ze ertoe in staat. Zo arrogant waren de Nergadzes hier in Nikortsminda, dat was de hoogmoed die hij nodig had om zijn plan te laten slagen. Hij voelde fladderingen in zijn borst, die werden verergerd door het kogelvrije vest dat hij onder zijn haveloze politie-uniform droeg. 'Zijn de telefoons er al?' vroeg hij.

'Volgens uw orders,' zei Lev.

'En de mobiele masten?'

'Zoals ik al zei, volgens uw orders.'

'Hoe zit het met de teams?'

'Allemaal in positie. Zoals dat vijf minuten geleden ook al het geval was.'

De snelheid waarmee alles in elkaar was gezet, baarde hem zorgen. Als er zo haastig te werk werd gegaan, konden ze maar al te gemakkelijk iets over het hoofd zien. Als er zo haastig te werk werd gegaan, kon je geen overweldigende strijdmacht laten opdraven, dan moest je het van verrassing hebben, en hij had de dageraad al gemist. Maar de verkiezingen kwamen eraan en zijn baas raakte geïrriteerd. Hij haalde diep adem. Hij was bij de politie gegaan vanuit een oprechte wens om zijn land te dienen, niet om carrière te maken. Maar het leven haalde je in, je ging beseffen dat er niets anders op zat. Als hij dit verprutste, dan was zijn carrière naar de maan. Maar als hij slaagde…

'Oké,' zei hij. 'We gaan.'

III

Franklin was zo vriendelijk geweest om Knox een bed voor de nacht aan te bieden, en nu stond hij erop dat hij hem naar het dichtstbijzijnde metrostation zou brengen zodat hij op tijd was voor zijn ontbijt met Nadya. De metro kwam net aan toen hij het perron opliep. Hij moest zich in een volgepakte wagon wurmen, zich er ongemakkelijk van bewust dat hij nog steeds zijn overhemd van gisteren aanhad.

Hij stapte bij Monistariki uit. Vóór hem greep een vrouw op nodeloos hoge hakken de roltrapleuning vast en klemde zich eraan vast als een schaatser die voor het eerst op het ijs staat. Het was bewolkt toen hij op het plein tevoorschijn kwam, waar straathandelaars met hun nieuwste speeltjes pronkten terwijl anderen nepdesignerhandtassen en illegale dvd's op dekens uitspreidden. Hij keek omhoog naar het witte marmer van het Parthenon, de cameraflitsen van vroege toeristen vonkten als een glitterbal. Een jongen blies bellen die op de lichte bries wegdreven en Knox gezelschap hielden door een smalle straat met restaurants en winkels. Hij kwam terecht in een groep Japanse toeristen, die naar zijn café op weg leken te zijn, dus liet hij zich met ze meevoeren terwijl hij zijn best deed niet te gapen. Ze kwamen uit op een klein plein en de meeste gebouwen vertoonden plekken nieuwe verf. Dit was zo'n belangrijk toeristengebied dat graffiti niet kon worden getolereerd. Rechts van hem stonden wat brommertjes aan kettingen op slot tegen de hoge muur, de omheining van een of andere historische plek. Hij en Gaille hadden er al een paar bezocht tijdens hun...

Hij hoorde hem eerder dan dat hij hem zag, de man die in zijn mobiele telefoon schreeuwde terwijl hij de mensenmassa's afzocht en een hand tegen zijn oor hield om het geroezemoes buiten te sluiten. De reus van gisteren, geen twijfel mogelijk, maar die had hem nog niet gezien. Knox draaide zich instinctief om en haastte zich weg, zijn hoofd gebogen, zijn schouders opgetrokken, zich een weg banend tussen de toeristen door, biddend dat zijn geluk zou aanhouden. Op de hoek riskeerde hij een blik om zich heen. Tot zijn ontzetting kwam de reus achter hem aan, hij baande zich bulderend een weg door de menigten terwijl hij in zijn telefoon schreeuwde. Knox zette het instinctief op een lopen, hoewel het onmogelijk was je snel te bewegen door de smalle, volgepakte straten.

Hij kwam opnieuw bij een klein plein, zag nog twee van de Georgiërs van de vorige dag van rechts op hem toelopen en één pal voor hem. Ze zagen hem en riepen naar elkaar, dwongen hem naar links te vluchten, de enige kant die hij op kon, een steile laan met kinderhoofdjes. Een man was met een motorkettingzaag takken van een boom aan het snoeien. Een krankzinnig moment overwoog Knox hem uit de handen van de man te rukken en een wanhopig achterhoedegevecht te voeren tot de politie was gearriveerd, maar de Georgiërs zaten hem te dicht op de hielen. En nu zag hij er nog een doelbewust op hem afkomen. Rechts van hem was een smalle steeg. Daar waren tenminste geen mensen, waardoor hij eindelijk op volle snelheid kon wegspurten, wat afstand tussen hem en zijn achtervolgers creëren. De steeg boog zo scherp naar rechts dat zijn zolen de grip verloren en hij hard tegen de tegenoverliggende muur botste, op de grond viel en zijn handpalmen openhaalde, waarna hij onmiddellijk weer opstond en doorrende.

De steeg maakte weer een knik, voor deze hoek minderde hij wat vaart en hij hield zijn ogen op de straat gericht zodat hij zeker wist waar hij liep. Maar toen hij weer opkeek, stond er pal voor hem een bestelbus die de hele breedte van de steeg blokkeerde en waarvan de achterdeuren openstonden. En toen, op het moment dat hij de Georgiërs achter hem in de steeg hoorde rennen, zag hij Mikhail Nergadze met over elkaar geslagen armen tegen de muur geleund staan, duidelijk blij met zichzelf en het gemak waarmee hij die labrat door deze Atheense doolhof had opgejaagd.

IV

Viktor reed in zijn eentje naar het kasteel in de gebutste, ongemarkeerde Lada die hij uit het wagenpark had meegenomen. Het was precies het soort auto dat een lage politieman zou bezitten. Tijdens het rijden glipte hij zin zijn rol: opgeblazen, opdringerig en stupide, precies het soort man waar de Nergadzes kriegel van werden. De ophaalbrug was omhoog, maar aan deze kant van de slotgracht was een houten hut waar twee bewakers op wacht stonden. Een van hen, met zijn voeten op een laag rotan tafeltje, droeg een holster met pistool. De ander leunde tegen de wand van de hut en had een geweer over zijn schouder.

Viktor draaide zijn raampje omlaag. 'Politie,' zei hij. 'Ik wil Ilya Nergadze spreken.'

'Op dit uur van de ochtend?' gromde de eerste bewaker, niet de moeite nemend zijn voeten omlaag te doen. 'Je maakt een geintje, zeker.'

'Nee,' zei Viktor. 'Ik maak geen geintje.'

'Kom maar over een paar uur terug. Ze hebben het laat gemaakt gisteravond.'

'Ik kom hier voor politiezaken,' snauwde Viktor. 'Ik eis Ilya Nergadze te spreken te krijgen. Nu.'

'Je kunt eisen wat je wilt,' zei de bewaker. 'Dat maakt geen donder verschil.'

Viktor stapte uit de Lada en sloeg de deur dicht. 'Laat hem dan alsjeblieft weten dat ik er ben. En dat ik een aanhoudingsbevel voor hem heb.'

'Prima,' verzuchtte de bewaker. Hij stond op, ging naar binnen, praatte kort in de intercom, kwam terug en ging weer zitten.

Op de kantelen verschenen mannen die hun wapens lieten zien. Viktor leunde vanuit zijn middel naar achteren zodat de camera in zijn knoopsgat ze kon filmen. Je kon nooit genoeg bewijzen hebben. De ophaalbrug werd neergelaten, die werd duidelijk van binnenuit bediend. Hij verwachtte dat de hoofdpoorten ook open zouden gaan, maar aan de voet van een van de torens ging een kleinere deur open en daar kwam Alexei Nergadze doorheen getrippeld, in slechts een jeans met afgeknipte pijpen terwijl hij trots met zijn dikke buik pronkte. 'Wie ben jij, verdomme?' gromde hij terwijl hij over de ophaalbrug liep.

'Politie,' zei Viktor.

'Je bent niet van hier.' Hij had een kop koffie meegenomen en verwarmde zijn handen eromheen. 'Ik ken de plaatselijke politie hier.'

'Ik zit op het departement voor oudheden,' zei Viktor op opgeblazen toon. 'Uit Tbilisi.'

'Oudheden!' schamperde Alexei. 'Je neemt me verdomme zeker in de maling. Ik wist niet eens dat zoiets bestond.'

'Nou, dan weet je 't nu.'

'Redde het zeker niet als echte politieman, hè?'

'Ik ben een echte politieman. Sterker nog, ik heb een echt gerechtelijk bevel om dit terrein te doorzoeken.'

'Geef maar hier, dan,' zei Alexei. 'We hebben gebrek aan wc-papier.'

'Dit is geen grap, dat kan ik je verzekeren,' zei Viktor nuffig. 'We hebben reden om aan te nemen dat jullie hier waardevolle kunstvoorwerpen hebben, kunstvoorwerpen die bezit zijn van het land Georgië, en dat ze gevaar lopen vernietigd te worden.'

'Je bent niet goed bij je verdomde hoofd,' zei Alexei, zijn opgewekte humeur was helemaal verdwenen. 'Weet je niet wie we zijn?'

'Je bent een burger van de Republiek Georgië, onderworpen aan haar wetten, net als wij allemaal.'

'Klaar! Ik heb er genoeg van. Maak als de sodemieter dat je hier wegkomt.'

'Ik heb een gerechtelijk bevel,' zei Viktor, terwijl hij zich langs Alexei naar de ophaalbrug drong. 'Ik ga mijn huiszoeking doen, of je dat nu leuk vindt of niet.'

'Dat ga je verdomme niet,' zei Alexei terwijl hij hem bij de schouders pakte en terugtrok. 'Dit is privéterrein.'

'Bedreiging van een agent tijdens het uitoefenen van zijn plicht,' zei Viktor zelfvoldaan. 'Alexei Nergadze, ik arresteer je wegens...'

Viktor was totaal niet op de kopstoot bedacht. Hij merkte dat hij verdwaasd op zijn rug lag terwijl hij zijn neus betastte en zijn handen op bloed controleerde, terwijl Alexei naar de hut liep, het geweer van de bewaker weggriste, terugkwam en boven Viktor uittorende. 'Wat zei je?' vroeg hij terwijl hij een slok koffie nam.

Er waren vele redenen waarom andere carrières niet aan Viktor waren besteed, maar dit was de belangrijkste. Dit moment hier. Waar kon hij zo'n macht over machtige mannen uitoefenen? Hij drukte op de knopzender op zijn borst. 'Agent neer!' riep hij. 'Assistentie! Assistentie! Assistentie!'

V

'Hier, hondje, hondje,' riep Gaille terwijl ze veilig aan de zijkant van het huis stond. 'Hier, jongen.'

De Duitse herder opende een oog, toen het andere. Hij keek haar even vermoeid aan, alsof hij zijn dag zo niet wilde beginnen, maar toen riep de plicht, hij sprong overeind en galoppeerde op haar af, zodat ze, ook al was ze ver buiten zijn bereik, evengoed een sprong naar achteren deed, wat haar een steek door haar enkel opleverde. De hond kwam aan het eind van zijn lijn en werd met een ruk teruggetrokken, maar niet zo gewelddadig als gisteravond, alsof hij het leerde. Toen ging hij op zijn achterpoten staan en zag eruit alsof hij een van de vier paarden van de Apocalyps was.

Achter zijn rug verscheen Iain om de hoek van de verste kant van het huis. Terwijl Gaille de hond afleidde, kroop hij met zijn touw naar voren, legde bij de nagel een slipsteek om de hondenlijn en trok zich toen op veilige afstand terug. Nu was het zijn beurt om stampei te maken. De hond draaide zich om keek tussen hem en Gaille heen en weer, verscheurd door wie hij moest kiezen. Iain deed een paar stappen naar de voordeur, genoeg om hem zover te krijgen dat de hond aanviel. Hij danste gemakkelijk buiten zijn bereik, trok toen aan zijn touw zodat de slipsteek helemaal langs de lijn van de hond schoof tot die strak tegen zijn halsband zat, waardoor hij effectief tussen hem en de nagel vastzat, als een wild paard dat door twee cowboys met lasso's was gebroken. Iain leunde nu naar achteren alsof hij van een klif abseilde, stapte naar links, de hond achter zich aan sleurend, tot hij bij een olijfboom was. Hij luste zijn touw twee keer om de stam en maakte hem met nog een knoop vast, zodat de hond machteloos tussen twee lijnen gevangenzat.

Daarna was het een makkie om bij de voordeur te komen. De houten deurstijl was verrot en versplinterde al snel onder Iains breekijzer. De deur kwam meteen in de woonkamer uit, de kale cementen vloer was bedekt door verspreid liggende, versleten kleden. Links van hen stond een afgeleefde leunstoel bij een raam met dichte luiken, een Mauser-jachtgeweer leunde ertegenaan, samen met een doos patronen, alsof Petitier daar graag zat en alle wilde dieren die in het zicht kwamen afschoot. Aan de muren erboven hingen lukraak ingelijste zwart-witfoto's van wat leek op het omliggende landschap en de natuurlijke rotsomheining, terwijl de achterwand helemaal schuilging achter planken die vol stonden met boeken, folders en tijdschriften, en op het robuuste eiken bureau in de hoek lagen nog meer stapels boeken.

Iain snoof de azijnachtige lucht op. 'Fish and chips,' zei hij. 'Een man naar m'n hart.'

Gaille liep naar het bureau om te kijken welke boeken Petitier had gelezen voor hij naar Athene vertrok. Een woordenboek met Minoïsch schrift. Een verhandeling over de Schijf van Phaistos, samen met een replica van de Schijf zelf, als een soort referentie. Een boek over vulkanologie, een exemplaar van Plato's *Timaeus*, een artikel over het laat-Egeïsch in Akrotiri. 'Hé!' grinnikte ze. 'Kennelijk werkte hij aan zijn eigen "Atlantisconnectie".'

'Wel heb je ooit,' zei Iain. Hij liep naar de planken. Twee rijen stonden volgepakt met in leer gebonden tijdschriften, de datums stonden in zwarte viltstift op de rug. Hij pikte mei-december 1995 ertussenuit, bladerde door de zachte bladzijden en draaide zich om om die aan haar te laten zien. Op elke bladzijde stond een lemma, in een soort code opgeschreven, blokjes van vijf hiërogliefen per keer. 'Jij bent de expert,' zei hij. 'Denk je dat je dit kunt kraken?'

Gaille haalde haar schouders op. Als de codes regelrecht een vervanging waren van de letters uit het Engels, Frans of Grieks, dan was het slechts een kwestie van tijd en moeite, maar dat zou Petitier zelf ook wel hebben geweten, en dus was het heel goed mogelijk dat hij naar iets moeilijkers had gezocht. 'Ik zal het proberen,' zei ze.

In de rechtermuur bevonden zich drie deuren, allemaal dicht. De eerste kwam op de keuken uit. Een paar borden stonden netjes in het afdruiprek. In de laden lag bestek, op een plank stond een veelgebruikte steelpan en bij de houtoven een mand met houtblokken. De koelkast was uit en toen ze die openmaakte, vond ze daarin niets anders dan stank. De provisiekast was daarentegen goed gevuld. Aan een plafondhaak hingen een gerookte ham, twee dikke worsten en een geplukte wildvogel. Er stond een afgesloten blik koffie, nog een met daarin een vers geoogste honingraat waar het zoete goud van afdroop. Aardewerken kruiken en flessen met schroefdop op de planken bevatten olijven en olijfolie, knoflook, tomaten en tomatensap, suikermaïs, uien, rode biet en andere ingemaakte groenten. Op de grond stond tussen een kleine zak graan en een zak rijst een rek met rode en witte wijn zonder etiket.

De tweede deur leidde naar een slaapkamer, een verschoten laken lage over de dunne, dubbele matrassen, met daarop een stel kale, grijze kussens waar als stoppeltjes kleine veertjes uit staken. Ze ging op haar knieën zitten om onder het bed te kijken, waar een dikke laag stof lag, als was het 't eerste sneeuwkleed van de winter, evenals een laars op zijn kant met een gapend gat in de rubberzool. De derde deur opende naar de badkamer, de wastafel was vergeeld van ouderdom, op het smeed-ijzeren bad zat aangekoekt vuil, het afvoerputje was verstopt met haren. Er hing ook een douche, maar de kop was verroest en het gordijn was aan één kant helemaal verfrommeld, terwijl de muur erachter zwart van de schimmel zag. Ze spoelde uit voorzorg de wc een keer door voor ze erin keek, gooide toen de raamluiken open en leunde naar buiten, dankbaar voor de frisse lucht. Goddank was de hond opgehouden met blaffen, misschien realiseerde hij zich dat het vergeefse moeite was of hij was gewoon uitgeput.

'Wat zou je denken van een taakverdeling?' stelde Iain voor. 'Jij doorzoekt de plek hier en probeert die code te kraken. Ik neem het dal en de heuvels voor mijn rekening. Als hij een Minoïsche site heeft gevonden, zal die per slot van rekening niet hierbinnen zijn. En met je enkel en zo…'

'Klinkt logisch,' zei Gaille instemmend.

'Mooi,' zei Iain, terwijl hij vol verwachting in zijn handen wreef. 'Dan gaan we eerst ontbijten en dan aan het werk.'

29

Alexei Nergadze liet zijn kopje vallen toen hij de bewapende politie-voertuigen van de rand van het bos heuvelafwaarts naar het kasteel zag stormen. Hij zag ze wel, maar het drong niet tot hem door. Dit was on-mogelijk. Niet hier. Geen sprake van dat die voertuigen hierheen waren gereden zonder dat ze waren gezien en gerapporteerd door zijn spion-nen in de dorpen. Tenzij ze de dorpen hadden omzeild met transport-helikopters.

Maar dat zou betekenen…

Hij hoorde in de verte rotorbladen pruttelen, draaide zich om en zag een paar witte zwanen van het meer opstijgen, die hun reflecties op het rimpelende oppervlak achterlieten. Even later verscheen boven het bos aan de verre oever een helikopterformatie, die laag over het water scheerde, uitwaaierde en zigzagde toen ze dichterbij kwam. Dit kon niet waar zijn. Dat kon niet. Maar het wás zo. Die klootzak van een pre-sident van hun had besloten om zich de verkiezingen toe te eigenen. En hij, Alexei, had ze zojuist het excuus gegeven. Hij keek met hartgrondi-ge haat omlaag naar de aan zijn voeten liggende oudhedenagent. 'Je bent er geweest,' zei hij tegen hem. Hij drukte de achterkant van het ge-weer tegen zijn schouder en richtte die op het gezicht van de man. 'Je bent er verdomme geweest.'

Hij hoorde niet de scherpschutterskogel die hem doodde, superso-nisch als die was. Zijn geweer kletterde op de grond. Even later lag hij ernaast.

II

Elke keer dat ze een hoek omsloegen, rolde achter in de bestelbus een lege waterfles van voren naar achteren over de vloer. Het geluid werkte op Edouards zenuwen, maar hij trapte er niet op en raapte hem ook niet op, want door daarnaar te kijken hoefde hij niet naar Knox te kijken. Die lag daar opgerold, zijn polsen waren op zijn rug gebonden, met een rol ducttape waren zijn benen in die van een meerman veranderd. Zijn mond was ook dichtgeplakt, en hij ademde snel en moeizaam door zijn neus, alsof hij een paniekaanval dreigde te krijgen.

Ze passeerden Kifissia en kwamen in open landschap. Kiezelsteentjes knerpten onder hun wielen toen ze Mikhails oprit opreden en voor het huis stopten. Davit liep om de auto heen om de achterdeuren te openen, Edouards ogen vermijdend alsof hij zich net zo beschaamd voelde maar het niet wilde toegeven. Hij pakte Knox op, slingerde hem met gemak over zijn schouder, droeg hem naar binnen en liet hem voor de canapé vallen, zodat hij op de grond stortte.

Nadya zat daar nog altijd, geketend aan een radiator, precies zoals ze haar hadden achtergelaten. 'Het spijt me,' huilde ze, toen ze Knox zag. 'Het spijt me zo.'

Hij verbleekte toen hij haar verbrijzelde hand zag. Hij schudde zijn hoofd, misschien om haar te laten weten dat het haar schuld niet was, misschien om de wrede realiteit te ontkennen die hem in het gezicht keek.

Mikhail ging op de canapé zitten en keek beleefd glimlachend op Knox neer, als een chirurg die zijn volgende geval kreeg. Hij rukte de tape van Knox' mond los, verfrommelde die tot een bal en gooide die opzij. 'Ik wilde dat je je vriendin Nadya zou zien,' zei hij. 'Ik wilde je laten weten dat ze je heeft verraden. Het is oké, begrijp je, om dingen te verraden. Tenzij jij haar iets anders wilt vertellen.' Mikhail had op de rit hierheen Knox' zakken doorzocht. Hij hield zijn mobiele telefoon omhoog, met de foto die Gaille hem had gestuurd op de display. Toen opende hij het rode, kunstleren doosje en liet iedereen de ring daarin zien. 'Van plan de vraag te stellen?'

'Die zijn van mij,' zei Knox. 'Geef ze terug.'

'Of misschien heb je dat al gedaan en heeft ze nee gezegd.'

'Loop naar de hel.'

'Ik zou het haar niet kwalijk nemen, als dit het beste is wat je je kunt veroorloven. Ik durf te wedden dat ze er daarom vandoor is gegaan, naar dat Agia Georgio. Of misschien hunkert ze naar een andere man. Ik heb genoten van onze schermutseling in de lift. Ik denk zij ook.'

'Ze vond je een engerd.'

Mikhails gezicht verstrakte. Hij legde de mobiele telefoon en het ringdoosje op de glazen tafel en pakte in plaats daarvan de combinatietang op. 'Jij en ik gaan nu samen een kwaliteitsuurtje doorbrengen,' zei hij. 'Als je onbeleefd tegen me bent, als je iets voor me achterhoudt, als je me te veel last bezorgt, dan ben jij niet de enige die daarvoor zal boeten. Je vriendinnetje ook. Daar zorg ik wel voor.'

'Dat is niet nodig,' zei Knox. 'Vraag maar wat je wilt.'

'Wat een held! Geen wonder dat ze nee zei.' Mikhail boog zich dichter naar voren. 'Tegen mij zal ze wel ja zeggen, als je dat maar weet. Ik wed dat ze daar al over nadenkt.' Hij duwde met de zool van zijn laars Knox om zodat hij bij diens handen kon. Toen maakte hij de linkerduim van de andere vingers los en klemde de kaken van de tang eromheen. Knox zette zich schrap tegen de pijn en schreeuwde op voorhand.

Dat was meer dan Edouard kon verdragen. 'Nee!' barstte hij uit.

Mikhail draaide zich om en keek Edouard doordringend aan. 'Sorry?'

'Denk eens na,' zei Edouard, op Georgisch overstappend, voor het geval Mikhail dacht dat hij Knox informatie gaf over zijn ondervraging. 'Stel dat je hierin gelijk hebt, ik bedoel dat deze kerel en zijn vriend werkelijk het Vlies hebben gestolen en het op het vliegveld hebben verstopt. Stel dat ze geen kluisje hebben genomen? Stel dat een van hen het in zo'n bagagedepot heeft achtergelaten waar je je spullen kunt inleveren en je het alleen met een id kunt terughalen?' Hij knikte naar Nadya. 'Hoe ziet het er dan uit als zijn hand er net zo bij hangt? Dan zitten ze ons in een oogwenk op de nek.'

Mikhail staarde hem scherp aan, deed zijn best te begrijpen wat hij met die woorden bedoelde. Maar toen kreeg hij duidelijk een goed idee, want hij glimlachte. 'Goed dan,' zei hij. 'Ik weet er wel wat op.'

III

Nina Zdanevich had zichzelf met haar drie kinderen de avond tevoren in haar kamer verschanst door haar ladekast voor de deur te zetten, voor het geval iemand een middernachtelijk bezoek van plan was.

Maar dat was niet gebeurd. Ze duwde hem weer op zijn plaats terug toen ze geweervuur op de kantelen hoorde. De Nergadzes en hun vrienden schoten ongetwijfeld lukraak op de vogels op het meer. Ze hielden ervan om ergens op te schieten, de Nergadzes, vooral op iets wat niet terugschoot.

Maar deze keer werd er wel teruggeschoten.

Geschrokken snelde ze naar het raam. Het was niet makkelijk te zien, want haar kamer keek uit over de oever van het meer, en alles gebeurde links of rechts van haar. Maar ze kon een helikopter zien naderen, zo laag over het water dat de rotoren het oppervlak rimpelden, en van de andere kant kwamen jeeps de heuvels af, zigzaggend, waardoor ze een moeilijk doelwit waren. Het duurde even voor ze begreep wat er aan de hand was. Omdat er tot nu toe niets was gebeurd, dacht ze dat haar man haar in de steek had gelaten. Maar hij had haar niet in de steek gelaten. Bij god, dat had hij absoluut niet gedaan.

'Wat gebeurt er?' vroeg Kiko.

Ze wilde hem en de meisjes net geruststellen toen machinegeweren een ander antwoord uitbraakten en helikopters over de kasteelmuren dreunden. Ze hoorde een zachte plof en een of ander onbekend instinct van haar moest het van televisie hebben herkend, want ze gilde, draaide zich om en spreidde haar armen beschermend om haar kinderen heen, een fractie van een seconde voor ze de explosie door de kasteelmuur voelde schieten. Toen werd het raam eruit geblazen en sproeide er glas als granaatscherven door de kamer, stof en pleisterwerk vielen als zachte regen op ze neer, terwijl schilderijen van de muur stortten, op de grond sloegen en hun lijsten versplinterden.

'Hierheen,' riep ze, terwijl ze naar de muur rende. 'Blijf laag.'

Haar kinderen deden wat hun werd verteld, goddank. Ze greep het matras van het bed, gooide dat over hen heen en begon gebeden te prevelen die ze allemaal kenden, terwijl ze in het donker elkaars hand vasthielden. Een laars schopte tegen hun deur en die vloog open. Ze riskeerde het even te gluren. Een man met een AK-47 rende naar het raam, knielde en vuurde een reeks korte salvo's af voor zijn schoten eindelijk en hartstochtelijk werd beantwoord. Kogels spatten op de muren en het plafond, en ricocheerden tegen het matras. Hij liet zijn geweer vallen en omklemde met beide handen zijn nek. Het bloed bleef er maar uit sijpelen. Hij ving haar blik op toen hij zich omdraaide en wegrende, en even deelden ze een menselijk moment, verbijstering en angst.

De kogels bleven maar komen. Kiko huilde, Eliso en Lila trilden en zagen bleek. Hier konden ze niet blijven. Het geweervuur hield even op. 'Kom mee,' riep ze. 'Houd je hoofd laag.' Kruipend leidde ze hen naar de gang, terwijl met hun handen een ketting vormden. Daar was het een chaos; mensen renden hun kamer uit, de helft van hen nog in nachtkleding, ze vluchtten alle kanten op, botsten tegen elkaar aan, niemand die precies wist wat er gebeurde of wat hij moest doen. Opnieuw een luide explosie. De ramen boven het binnenplein implodeerden, de vloeren lagen bezaaid met glinsterende glasscherven. Ze keek naar de blote voeten van haar kinderen. 'Voorzichtig,' zei ze terwijl ze dicht bij de binnenste muur bleef. 'Loop waar ik loop.'

Ze zag door een raam boven het binnenplein de brokstukken van de houten poorten die in hun scharnieren hingen, bewapende voertuigen reden over de ophaalbrug het kasteel in. Een helikopter landde op het plein, soldaten in kogelvrije vesten barstten eruit en namen positie in. Andere helikopters hingen laag daarboven en schoten op de kantelen. Mensen kwamen naar buiten, de armen in de lucht om zich over te geven, gingen toen op de grond liggen terwijl soldaten hun polsen met plastic handboeien vastbonden. Daar moest ze zien te komen, in dit soort situaties was veiligheid nergens dichterbij dan daar. Ze bereikte de toren, wilde net de wenteltrap aflopen toen er een man van de andere kant kwam, met een raketwerper over de schouder, in extase door de strijd. Ze kwam op de begane grond, bleef staan en keek naar buiten. Geweervuur knalde, splinters steen vlogen in het rond. 'Ik heb kinderen bij me!' riep ze uit. Het schieten hield op. Ze keek weer naar buiten. Een geknielde soldaat in een kogelvrij vest wenkte haar. Ze stak haar handen omhoog en ging naar buiten, met haar kinderen achter zich aan. De soldaat wees naar het gras en gebaarde haar te gaan liggen. Kiko jammerde en huilde, de meisjes waren zo wit als een doek en wankelden op hun benen. Maar ze deden wat hun werd gezegd. Nina sloeg haar armen om ze heen, beschermde en troostte hen zo goed ze kon. Het geweervuur ging maar door, het doffe gedreun van flitsgranaten, het geschreeuw van de soldaten die op de toppen van hun zenuwen zaten. Maar plotseling begon het weg te ebben en hield het zomaar op.

Andere geluiden nu. Zachter. Mannen die jammerden en het uitschreeuwden, vrouwen die snikten, paarden die hinnikten en met hun hoeven tegen de staldeuren trapten. Mensen kwamen nu uit de gebouwen tevoorschijn, belangrijke mensen, mensen die ze van de tv herkende, van wie ze zich niet eens had gerealiseerd dat ze hier te gast waren. Er was een blik in hun ogen alsof ze beseften hoe weinig hun rijkdom en status er op dit moment toe deden. Ilya Nergadze zelf werd naar een gevangeniswagen afgevoerd. Even was Nina dol van vreugde, ze overdacht zelfs hem iets triomfantelijks na te roepen, maar toen ze de moorddadige woede op zijn gezicht zag, keek ze onmiddellijk een andere kant op, biddend dat hij haar niet had gezien.

Een man in een sjofel zwart politie-uniform, die een met bloed bevlekte zakdoek tegen zijn neus hield, liep over het gras naar haar toe. 'Jij moet Nina zijn,' zei hij, door zijn bloedneus klonk het alsof hij verkouden was. Hij ging op zijn hurken zitten en woelde door Kiko's haar. 'En jij bent vast Kiko.'

'Ja,' zei Kiko, die over zijn eigen neus wreef en daarna in zijn ogen. 'Wie bent u?'

'Ik heet Viktor,' zei hij. 'Ik ben een vriend van je vader.'

'Heeft hij u gebeld?' vroeg Nina.

'Ja. Hij heeft me gebeld.'

'Dit allemaal?' vroeg ze verbijsterd. 'Alleen maar omdat hij u heeft gebeld?'

Viktor lachte. 'Laten we zeggen dat hij ons een excuus heeft gegeven.' Hij richtte zich weer tot zijn volle lengte op. 'Nu we het daar toch over hebben, ik neem niet aan dat u soms iets weet of hier wat goud wordt omgesmolten, hè?'

IV

Knox wist niet wat de man had gezegd waardoor hem de tang bespaard werd gebleven, maar hij was hem dankbaar, zo veel was wel zeker. Maar toen glimlachte Mikhail en blafte in het Georgisch een paar bevelen, waarop de tamme reus naar buiten ging en met een tuinbank terugkwam, de lak was nog nat van de laatste regenbui. 'Leg hem daarop,' zei Mikhail, op Engels overstappend, waarschijnlijk omdat hij Knox wilde laten weten wat hij van plan was. 'Bind hem stevig vast, ik wil niet dat hij zich kan bewegen.'

Knox probeerde te worstelen, maar met gebonden handen en voeten was dat hopeloos. De reus mummificeerde hem met ducttape, bond hem aan de bank vast terwijl zijn polsen nog steeds op zijn rug vastgebonden zaten en ongemakkelijk in het midden van zijn rug prikten. Mikhail liep op z'n gemak weg. Knox hoorde hem op de trap. Even later kwam hij terug met een grote leren knevel. Knox hield het zo lang hij kon vol, klemde zijn kaken stijf op elkaar, draaide zijn gezicht weg, ademde door zijn neus. Maar Mikhail hield eenvoudigweg zijn neus dicht en wachtte tot hij geen lucht meer had, schoof toen het leren bit erin, sloeg de riem over zijn hoofd naar achteren en trok hem aan tot hij in Knox' lippen en tandvlees sneed. Toen trok hij hem nog wat strakker aan, gewoon omdat het ging.

'Laat me gaan,' smeekte Knox. Maar de knevel maakte een brij van zijn woorden.

'Haal een handdoek voor me, Davit,' zei Mikhail.

'Wat voor handdoek, baas?'

'Een gewone handdoek. Niet te groot.'

'Ja, baas.' Hij haalde een groene uit een badkamer op de begane grond. 'Is deze goed, baas?' vroeg hij.

'Perfect, dank je, Davit,' zei Mikhail. Hij boog zich dichter naar Knox toe, zo kon hij des te beter vertrouwelijk met hem worden. 'Al dat gepraat over verbeterde ondervragingstechnieken terwijl ik in de vs was. Daar wordt een mens nieuwsgierig van.' Hij vouwde de handdoek dubbel en legde hem over Knox' gezicht. De stof kriebelde op zijn huid. Nu zijn ogen ermee bedekt waren, kon hij niets anders zien dan de stof zelf, die vaag glansde in de zon. Voetstappen liepen bij hem vandaan, keukenkastjes gingen open en dicht. Er klonk gekletter alsof iemand een paar gestapelde steelpannen uit elkaar haalde en ze op het aanrecht neerzette. Een kraan werd opengedraaid. Water sproeide op het metaal, in het begin een luid geroffel dat gaandeweg rustiger en dieper werd. Er werd iets gevuld, een grote steel- of stoofpan, te oordelen naar hoe lang het duurde. De procedure werd herhaald met een tweede pan. Toen kwamen de voetstappen weer terug.

Knox had natuurlijk gehoord van schijnverdrinking, maar had nooit op de details gelet, had zich nooit kunnen voorstellen dat het hem zou overkomen. Daarom wist hij niet hoe het werkte of hoe hij zich ertegen kon verweren.

'Til zijn voeten op,' zei Mikhail. 'Ze moeten boven zijn hoofd uitkomen.'

Het uiteinde van de bank werd opgetild en ongeveer dertig centimeter boven de grond gehouden. Op zichzelf was dit al een vervelende sensatie, het bloed stroomde naar zijn hoofd, maar dit was niets vergeleken bij de angst voor wat er daarna gebeurde. Hij haalde diep adem en hield die vast vlak voor de eerste steelpan over de handdoek werd leeggeschonken. Het meeste liep weg, maar meer dan genoeg drong door de handdoek zijn mond binnen, die door het bit werd opengehouden, en druppelde zijn keel in. Hij moest vechten tegen de aandrang om te hoesten.

'Hij houdt zijn adem in,' merkte Mikhail op.

Een vuist dreunde tegen Knox' plexus solaris, waardoor de lucht uit hem werd geperst. Hij wilde lucht happen op het moment dat de tweede steelpan werd leeggegoten, en dus ademde hij water in, waardoor hij moest kokhalzen, hij bokte en stuiptrekte, zijn hele lichaam kromde zich alsof het zich geheel en al overgaf aan dat ene streven: lucht. Hij hoestte zoveel water uit als hij kon, zoog opnieuw, maar kreeg alleen maar handdoek en nog meer water binnen. Hij kon niet ademen. Hij kon niet ademen. De behoefte aan lucht, hij nog nooit eerder zo had gevoeld, was volslagen angstaanjagend, hij wilde schoppen en om zich heen slaan, gooide zich zo gewelddadig opzij dat zijn schouder bijna uit de kom schoot, maar hij had nog steeds geen lucht, zijn hoofd bonsde als een gek, zijn hart was op hol geslagen en schokte, en hij voelde de zwartheid komen. En het was een opluchting toen die als een doodskleed over hem heen trok en hijzelf weg was.

30

Een woedend geblaf vergezelde Iains vertrek, maar de Duitse herder moest zich hebben gerealiseerd dat hij machteloos was, want de woede maakte snel plaats voor een zelfmedelijdend gesnuif, waardoor Gaille werd afgeleid van haar pogingen om Petitiers code te ontcijferen. Ze liep naar de deur en bleef besluiteloos vanuit de schaduwen staan kijken. Er was zo veel ruimte tussen de twee lijnen dat de hond wat beweging was vergund. Hij begon in cirkeltjes te lopen, zodat ze bang was dat hij zichzelf zou verstikken, maar hij stopte op tijd en liep de andere kant op waardoor het koord weer afwond. Een vlieg zoemde bij Gailles oor, ze sloeg hem opzij. De hond ving die beweging op. Onmiddellijk ging zijn gejank weer over in woedend geblaf, hij trok aan het touw en probeerde bij haar te komen.

Ze drong haar impuls om weer naar binnen te gaan terug, voor het geval de hond dacht dat hij gewonnen had. In plaats daarvan deed ze een paar stappen naar buiten in de aangename frisse ochtendlucht. Zonlicht glinsterde op een paar metalen kommen bij de deur, waarschijnlijk eten en drinken voor de hond, leeg, op wat aangekoekte korstjes na. Ernaast hem lag iets wat op een dijbeen van een geit of schaap leek, al het vlees was eraf gevreten. Ze werd boos op Petitier, omdat zij nu verantwoordelijk was voor zijn stakker van een hond. Want dat was wel zo. En plotseling zag ze hoe máger de Duitse herder was, zijn ribben staken eruit, zijn vacht was plukkerig en zat vol pijnlijke plekken en schurft waar hij – het was een hij, zag Gaille nu – zichzelf tegen de stenen muren had geschuurd. En hij leunde ook iets meer op zijn linkerachterpoot. En ondanks zijn voortdurend geblaf ging haar hart naar hem uit.

De vorige avond had ze haar *conchiglie* in tomatensaus niet helemaal opgegeten. Ze haalde de restjes van het dak, schraapte ze in een van de kommen, friste ze wat op met wat water en voegde er hamschilfers bij van het stuk vlees dat in de pantry hing. Toen vulde ze de tweede kom met water en nam ze beide mee naar buiten. Hij was woedend toen hij haar zag, gooide zich met geweld naar voren zodat ze onwillekeurig achteruitsprong en water over haar been morste. 'Stomme klotehond!' riep ze uit. 'Ik wil je alleen maar te eten geven.' Maar hij bleef tegen haar grommen tot ze haar schouders ophaalde en de kommen mee naar binnen nam. Het blaffen hield onmiddellijk op, het janken begon weer. Ze slaakte een kreet van ergernis en liep weer naar buiten. Deze keer trotseerde ze zijn geblaf en zette beide kommen op de grond, zo dicht bij hem als ze durfde. Toen liep ze naar binnen, haalde de Mauser, pakte die bij de loop beet en duwde de kommen zo dicht naar hem toe dat hij kon eten. Hij keek er niet eens naar, niet terwijl zij daar was, bleef alleen maar razend tekeergaan, dus ging ze weer naar binnen, zette de Mauser terug, pakte nogmaals haar blocnote en probeerde zich op de tijdschriften te concentreren.

Ze vermoedde heel sterk dat het om een simpele vervangingscode ging. Petitier wilde ze vast raadplegen zonder dat hij ze elke keer op een ingewikkelde manier hoefde te ontcijferen. Mensen die hun eigen codes maakten, waren er vaak zo vertrouwd mee dat ze die bijna net zo makkelijk lazen als gewone tekst. Hoe dan ook, er was geen code die op kon tegen verfijnde, moderne ontcijfertechnieken, dus het enige waarop hij kon hopen was dat hij een toevallige bezoeker in verwarring zou brengen, en daarvoor was een vervangingscode meer dan genoeg.

Bij het kraken van dat soort codes was het de truc om zich herhalende symbolenreeksen te ontdekken, die konden wijzen op hetzelfde oorspronkelijke woord. Het duurde niet lang voordat ze daar een paar van had geïdentificeerd, waardoor ze enigszins kon gokken op wat die woorden dan waren, en vervolgens de letters die ze had achterhaald op de tijdschriften kon toepassen. Maar ook al probeerde ze het in verschillende talen, het enige wat ze kreeg was koeterwaals. Ze legde het even opzij, koos een andere invalshoek, telde alle verschillende symbolen die hij had gebruikt, in de hoop ten minste te ontdekken in welk alfabet de gecodeerde tekst was gezet. Het Griekse alfabet had bijvoorbeeld vierentwintig letters, in tegenstelling tot de standaard zesentwintig van de Romeinen of de achtentwintig in het Arabisch. Maar ze telde al snel tweeënveertig verschillende symbolen, wat suggereerde dat zijn code naast letters ook cijfers en mathematische of grammaticale symbolen bevatte. Ze probeerde een derde benadering, scheef op hoe vaak elk symbool en combinaties van symbolen voorkwamen, maar daar kwam ze ook niet veel verder mee, want ze wist niet in welke taal ze aan het werk was.

Ze legde de blocnote gefrustreerd neer. Er heerste stilte buiten. Of eigenlijk geen stilte. Ze spitste haar oren bij het geluid. Ze stond stilletjes op en liep op haar tenen naar de deur. De hond zat met zijn snoet diep in de kom met pasta en terwijl ze toekeek, gooide hij zijn kop naar achteren om een bek vol door te slikken, en de blije, zuigende geluiden klonken bijna als muziek in haar oren.

II

Knox kon zich niet herinneren dat zijn ribben en borst ooit zo beurs waren geweest. Zijn buik ook, door de stomp die hij had gekregen. Zijn hart voelde versleten als vergaan rubber en zijn keel en neus waren pijnlijk rauw, alsof ze vanbinnen geschuurd waren. Hij draaide zich op een zij, spuugde waterig slijm uit dat krachteloos langs de knevel en de zijkant van zijn mond sijpelde. Tijd vervaagde, zijn geest speelde een spelletje met hem. Hij wist niet hoeveel martelsessies hij al had doorstaan. Vier? Vijf?

'Ah,' zei Mikhail. 'Ik zie dat je weer bij ons bent.' Hij hield de handdoek langs zijn zij, nog altijd nat, maar in een losse spiraal gedraaid, alsof hij hem net had uitgewrongen.

Knox huiverde pavloviaanse rillingen. 'Wat wil je?' vroeg hij. Maar door de knevel kon hij alleen maar een onsamenhangend gekreun uitbrengen.

Mikhail sloeg de handdoek uit en vouwde hem dubbel, klaar om die nogmaals over Knox' gezicht te leggen. 'Houd zijn hoofd vast,' zei hij tegen Davit.

'Alsjeblieft,' huilde Knox. 'Niet meer.'

'Hij gaat nu wel praten,' zei Davit.

'Til zijn voeten op,' zei Mikhail tegen Zaal.

'Alsjeblieft,' zei Knox. 'Ik smeek 't je.'

Mikhail legde de opgevouwen handdoek over Knox' gezicht waardoor zijn wereld verduisterde. Zijn hart begon weer te bonzen, er werd voortdurend heen en weer gelopen, met opzet, om zijn angst op te bouwen. 'Weet je wat de functie van martelen is, Zaal?' vroeg Mikhail.

'Om informatie los te krijgen, baas?'

'Nee,' zei Mikhail. 'Informatie is de vrúcht van martelen. Niet de functie.'

'Ik weet niet of ik het begrijp, baas.'

'De mens heeft een zelfbewustzijn, Zaal. Daarin onderscheiden wij ons van dieren. Onze geest verschilt van ons lichaam, onze gedachten van onze woorden. Met andere woorden, eenieder van ons is een marionet die aan zijn eigen touwtjes trekt. Tijdens gewone ondervragingen is die kloof er nog steeds, die afstand tussen geest en lichaam. Daardoor kunnen mensen als meneer Knox over hun antwoorden nádenken, datgene zeggen waarvan zij denken dat het hun het grootste voordeel oplevert. Bij martelen gaat het erom dat je dat gat dichtgooit, maar mensen kunnen bij zo'n pijnniveau niet praten. Dat is fysiek niet mogelijk. Daarom moet je de pijn weghalen om de feitelijke ondervraging te kunnen doen. En zodra je de pijn wegneemt en dat gat weer kan groeien, krijgt je slachtoffer een beetje controle over zijn eigen touwtjes terug. Dus is de ware functie van martelen om dat gat voorgoed te elimineren, en dat doen we met dóódsangst. Niet met het lijden zelf, maar de angst voor het lijden. Kijk maar.' Knox' voeten gingen omhoog, hij hoorde het water spoelen, en hij bokte en schopte en schreeuwde. 'Zie je wel,' zei Mikhail. 'Ik doe hem helemaal niets. Het enige wat ik doe is zijn voeten optillen. Maar nu vertelt hij me precies wat ik wil weten.' Hij haalde de handdoek weg en reikte achter Knox' hoofd om de knevel los te maken. 'Zo is het toch, meneer Knox?'

'Ja,' huilde Knox.

'Dus waar ben ik op uit?'

'Het Vlies. Je wilt het Gulden Vlies.'

'Omdat jij het hebt, hè?' En hij vouwde de handdoek dubbel en maakte aanstalten om die weer over zijn gezicht te leggen.

'Ja,' schreeuwde Knox. 'Ik heb het! Ik heb het! Ik heb het!'

'Zie je wel,' zei Mikhail. 'Zó gaat martelen nou in zijn werk.'

III

Gaille had al haar beste Frans, Engels, Duits en Grieks, zowel modern als klassiek, op Petitiers tijdschriftencode losgelaten. Maar misschien moest ze toch nog andere talen proberen. Hij was bijna zeker een bekwaam taalkundige, dat moesten archeologen wel zijn, niet alleen omdat ze zo direct met klassieke talen te maken hadden, maar ook omdat de belangrijke literatuur nog altijd in het Engels, Duits en Frans werd geschreven.

Dus welke andere talen had Petitier gekend? Ze liep langs zijn planken. Hij had een paar werken in het Italiaans, een ander in het Spaans. Ze merkte onwillekeurig op dat veel van de werken nog onaangeroerd waren en ze herkende enkele die nog maar onlangs waren gepubliceerd. Academische teksten als deze waren niet goedkoop. Samen met de zonnepanelen op het dak en de goedgevulde provisiekast leek het erop dat, welke motieven Petitier verder nog had gehad om zijn ontdekkingen aan de wereld te laten zien, het niet uit geldnood was. Ze liep weer naar haar stoel, maar haar geest was vermoeid en werkte niet goed, en ze wist dat ze geen echte vooruitgang zou boeken als ze niet eerst helder zou worden. Ze balde en spreidde haar handen snel vijftien keer, een oude studententruc die helaas aan kracht had ingeboet, dus ging ze in plaats daarvan naar buiten voor wat beweging en frisse lucht.

De Duitse herder lag te doezelen. Dat was tenminste iets. Ze ging naar de zijkant van het huis, waar op een open plek een kooi was neergezet, waarschijnlijk voor de hond wanneer die niet buiten voor de voordeur hoefde te waken. Het was een draadgazen kubus van zo'n twee vierkante meter, lelijk, oncomfortabel en zonder een greintje schaduw, en de hoeken waren smerig van stoffige, uitgedroogde uitwerpselen die in maanden niet waren opgeruimd.

Ze liep verder achterom. Daar was een citrusgaard, met daarachter een bijgebouw, en daarna een kippenren met een houten hok, buiten gehoorsafstand van het huis. De vogels klokten en sloegen alarm toen ze dichterbij kwam, terwijl ze zich allemaal achter elkaar probeerden te verschuilen. Op bakstenen waren goten voor eten en drinken neergezet, maar die waren leeg. Ze werd nog bozer op Petitier. De deur van het bijgebouw slaakte een gekwelde, snerpende kreet toen ze die openduwde. Een bezem met lange steel, een schop, een mestvork en wat ander tuingereedschap stonden tegen de linkermuur, een zak kippenvoer tegen de rechter. Ze greep er een paar handenvol uit en gooide het door het draad zodat ze die konden oppikken, daarna haalde ze een emmer water uit het huis. Ze ging de ren binnen, goot water in de trog en haalde elf eieren uit het hok.

Daarna waren de kassen aan de beurt. Het houten deurframe schraapte eerst over de grond, alsof de deur in geen weken open was geweest. Binnen was het donker door het smerige polytheen, broeierig en penetrant door rottende vegetatie. Aan weerskanten van het middenpad bevonden zich rijen bedden met vruchtbare donkere aarde, met daarboven plastic, waarin kleine gaatjes waren geprikt, waardoor water gesprenkeld kon worden. Ze liep een stukje het gangpad op om te kijken wat er uitkwam, ze zaten verstopt en behoefden nodig aandacht. Tomaten, aardappels, aubergines, suikermaïs, broccoli, granaatappels, paprika's, komkommers. Onmogelijk dat Petitier dat allemaal voor zichzelf en zijn dieren nodig had, waarschijnlijk verkocht hij het overschot in Agia Georgio of Anapoli in ruil voor voorraden. Ze nam genoeg mee voor haarzelf en Iain en was blij dat ze weer in de frisse lucht stond.

De deuropening van de tweede kas was nog meer overwoekerd, een ondoordringbare wirwar waardoor het moeilijker was om binnen te komen. Maar binnen was het verrassend goed onderhouden, veel beter dan de eerste. Ze liep met stijgende verbazing door het gangpad. De bedden stonden vol krokussen, papavers, hennep en andere exotische planten. En helemaal aan het eind een miniatuurbos van hallucinerende paddenstoelen: de kenmerkende rood-witte hoedjes van *amana muscaria*, de gedempte tinten van psilocybine producerende schimmels. Ze lachte hardop. Wel heb ik ooit? De man was een softdrugsgebruiker. Ze ging weer naar het huis. De hond was wakker geworden. Ze hoopte dat ze met het eten en drinken die ze hem had gegeven een beetje bij hem in de gunst was gekomen. Vergeet het maar. Sterker nog, hij was weer op krachten gekomen en hapte en trok en haalde zo hard naar haar uit dat ze bang was dat een van de lijnen het zou begeven.

Prima, dacht ze. Je doet maar. Ze borg de eieren en groenten in de voorraadkast op en ging weer aan het werk met Petitiers tijdschriften.

IV

Mikhail was opgetogen dat hij Knox zo netjes had gebroken, maar toen hij voor bijval naar Boris keek, zag hij alleen maar twijfel. 'Ja?' vroeg hij. 'Wil je soms iets zeggen?'

Boris trok een gezicht, zich op voorhand verontschuldigend voor een mogelijke belediging. 'Alleen, ik vroeg me af, die man over wie je het had op de avond dat we aankwamen. De professor. Degene die het Gulden Vlies zelf gezien had. Degene die het had áángeraakt. Weet je dat nog?'

'Natuurlijk weet ik dat nog. Wat is er met hem?'

'Heeft hij... ik bedoel, heeft hij je dat vrijwíllig verteld? Of heb je hem moeten... je weet wel?'

'Wat doet het ertoe?' vroeg Mikhail. 'Hij loog niet, als je dat soms bedoelt. Hij vertelde me de waarheid.'

'Ja, dat zal zeker wel, maar hoe kun je...'

'Hij vertelde me de waarheid,' zei Mikhail gepikeerd. 'Of twijfel je aan mijn oordeel?'

'Nee, baas. Natuurlijk niet.'

'Mooi.' Maar de vraag had zijn stemming bedorven. Het werd tijd om deze mensen te laten zien dat ze op zijn oordeel konden vertrouwen. Hij keek op Knox neer. 'Vertel me hoe het is gebeurd,' zei hij. 'Begin bij het begin.'

'Het was helemaal Augustins idee,' zei Knox haastig. 'Ik wilde er niets mee te maken hebben.'

'Wat was zijn idee?'

'Petitier kwam naar hem toe en vroeg om hulp. Hij dacht dat iemand achter zijn Vlies aanzat. Maar Augustin wilde het aangeven. Ik bedoel, het is geschíédenis, in godsnaam. Petitier ging uit z'n dak. Ze raakten slaags met elkaar. En toen... weet je. Maar dat was uit zelfverdediging.'

'Heeft hij je dat verteld?'

'Hij zou zoiets nooit met opzet hebben gedaan.'

'Nee nee!' snoof Mikhail. Het verbaasde hem altijd weer hoe goed van vertrouwen deze schapen waren. 'En wat gebeurde er toen?'

'Hij riep me in zijn kamer. Hij was in paniek. Ik beloofde te helpen. We stonden op het punt om zijn vriendin van het vliegveld te halen, dus besloten we het eruit te laten zien alsof we Petitier ongedeerd achterlieten, dat hij was aangevallen en beroofd nadát we waren weggegaan. We namen het Vlies mee de luchthaven in voordat zij aankwam en hebben het in een van die luchthavenkluizen weggestopt.'

'En de sleutel?'

'We wisten dat we waarschijnlijk wel onderzocht zouden worden wanneer we terugkwamen, dus die hebben we daar begraven. Om de parkeerplaats voor kort parkeren staan overal heggen. We wilden teruggaan als het stof weer was neergedaald, maar jezus!'

Mikhail ging weer op de canapé zitten. Het klonk aannemelijk genoeg, behalve dat Knox iets te gretig geloofd wilde worden. Hij draaide zich naar Boris om. 'Wat denk jij?'

'Ik weet het niet. Zou kunnen.'

'Davit?'

'Mij moet je 't niet vragen, baas. Dit gaat boven m'n pet.'

'Daar heb ik ook veel aan.'

'Waarom vragen we hem niet het Vlies aan Edouard te beschrijven,' stelde Zaal voor. 'Hij zou ons kunnen vertellen of het wel of niet authentiek klinkt.'

'Goed bedacht,' zei Mikhail. Hij keek het atrium rond en fronste zijn wenkbrauwen. 'En waar ís onze historische vriend eigenlijk?' vroeg hij.

31

Edouard had de hele ochtend al gevochten tegen zijn ongerustheid, wanhopig verlangend erachter te komen wat er met Nina en de kinderen was gebeurd, maar hij was nog niet in staat geweest om te bellen. Zodra de aandacht zich echter op Knox had gefocust, ging hij naar zijn kamer, sloot de deur, nam het mobieltje mee zijn badkamer in en deed de douche aan. Toen had hij Victor gebeld om te vragen of er nieuws was.

Vier keer had hij zijn nummer geprobeerd. Vier keer had iemand anders opgenomen en tegen hem gezegd dat Viktor niet aan de lijn kon komen, hem verteld dat hij later zou terugbellen. Maar Edouard kon niet op later wachten. En toen hij het voor de vijfde keer probeerde, was hij er eindelijk doorgekomen.

'Wacht even,' zei Viktor. 'Ik heb iemand voor je.'

'Edouard?' vroeg Nina. 'Ben jij dat?'

'Nina, liefste!' zei hij en de tranen sprongen hem in de ogen. 'Alles goed met je? De kinderen in orde?'

'Alles is goed. We zijn allemaal in orde. Dankzij jou.'

'Wat is er gebeurd?'

'Ik heb nog nooit zoiets gezien,' juichte ze. 'Het is gedaan met de Nergadzes. Ilya en Sandro zijn in een politiebusje afgevoerd. Een politiebusje! We hoeven nooit meer bang voor ze te zijn.'

'Nee,' zei Edouard.

'En we hebben je schat ook terug, je Turkmeense goud.' Ze lachte opgetogen. 'Eigenlijk hebben we nu twéé schatten, want ze hadden al kopieën van alle stukken gemaakt, zodat ze de plaatsvervangers klaar hadden wanneer ze de originele gingen omsmelten; maar daar waren ze nog niet mee begonnen.'

'Dat is schitterend nieuws. En luister, als je in de toekomst ooit nog tegen me zegt dat ik iemand niet moet vertrouwen, dan zal ik dat…' Buiten de badkamerdeur schuifelde een schoen over het tapijt. Zijn hart leek te stokken.

'Edouard,' zei Nina ongerust. 'Wat is er? Wat gebeurt er?'

De deur werd ingetrapt. Mikhail stond met zijn geweer in beide handen in de opening, de anderen stonden achter hem. Edouard klemde het mobieltje stevig vast. 'Ik hou van je Nina,' zei hij tegen haar.

'Edouard!' gilde ze. 'Edouárd!'

'Zeg tegen de kinderen dat ik van ze hou,' zei hij tegen haar. 'Zeg tegen ze dat ik aan hen dacht.'

'Edouard!'

'Hang op,' zei Mikhail. Edouard knikte en gehoorzaamde. Hij kon Nina dit niet laten horen.

'Wie was dat?' vroeg Mikhail. 'Met wie was je aan het praten?'

'Je grootvader misbruikte mijn zoon,' zei Edouard. 'Ik had geen keus.'

'Je zoon is dood,' zei Mikhail op effen toon tegen hem. 'Je hele gezin is dood. Daar heb je zojuist voor gezorgd. Ik zal hun een voor een de keel doorsnijden, dan stop ik mijn hand erin en ruk ik hun verdomde tong uit. Nou zeg je me met wie je net praatte.'

Tot Edouards verbazing was de dreiging van zijn eigen dood minder afschrikwekkend dan hij altijd had gedacht. 'Jij bent er geweest,' zei hij, van de een naar de ander kijkend. 'Jullie allemaal, het is met jullie allemaal gedaan. En daar heb ik voor gezorgd. Ík. Edouard Zdanevich.' De tromp van het geweer spuwde vuur, een heel kort moment voelde hij de verbazingwekkende kracht van de inslag in zijn borst en keel, maar toen was hij weg.

II

De hond bleef aan Gailles geweten knagen als een vergeten bedankkaartje. Ze wist niet wat ze eraan moest doen. Ze haalde een kan water en nog wat hamreepjes. De zon stond hoog aan de hemel en brandde fel op haar huid, waardoor ze zich afvroeg hoe dat voor de hond moest zijn, die helemaal geen schaduw had. Hij stond daar alleen maar zwaar te hijgen, met zijn tong uit zijn bek. Deze keer stormde hij tenminste niet woedend op haar af, misschien door uitputting, misschien omdat hij net zo onzeker over hun veranderende relatie was als zij.

Ze kon de kommen niet pakken zonder binnen zijn bereik te komen, dus zette ze het bord ham en de kan water net buiten zijn reikwijdte, in de hoop dat hij niet dacht dat ze hem plaagde. Toen ging ze weer naar binnen voor het geweer, haakte de voorkant ervan achter de kommen en trok ze naar zich toe. De hond keek zwijgend toe terwijl ze een paar hamreepjes in de kom deed, ze wilde hem niet te veel geven, want ze wist niet wat voor eten hij kreeg en wilde hem niet ziek maken. Ze vulde ook zijn waterbak opnieuw en duwde ze toen beide terug.

De hond had zo'n honger dat hij deze keer niet wachtte tot ze weg was, ze keek toe hoe hij de ham opslokte, terwijl hij zo nu en dan met zijn ogen haar kant op flitste alsof hij wist dat hij iets beschamends deed. Maar gaandeweg leek hij haar aanwezigheid te accepteren, en ze kreeg het gevoel dat ze een stap verder kon gaan. Ze haalde diep adem en liep met heel kleine stapjes naar hem toe. Ze zag dat zijn pezen zich onder zijn vacht aanspanden, maar hij bewoog niet. Ze stapte binnen zijn bereik en bleef daar alleen maar staan, hem uitdagend haar het ergste aan te doen. Hij deed alsof hij wilde springen, gromde en liet zijn tanden zien. Maar het was allemaal nogal halfslachtig en toen ze niet terugdeinsde, werden zijn ogen troebel. Hij keek de andere kant op, deed alsof hij geen belangstelling meer voor haar had, wachtte om te kijken wat ze zou gaan doen. Ze bleef stokstijf stilstaan, ze deed niets. Hij draaide zich om en keek haar weer aan, en zijn sneer was weg, zijn ogen stonden berouwvol en waren vochtig. Ze wist hoe verkeerd het was om menselijke gevoelens op dieren te projecteren, maar op dat moment voelde ze in hem een enorm eenzaam verdriet, hier achtergelaten om de boel te bewaken en hij had gefaald. Ze ging langzaam op haar hurken zitten en stak een hand uit. En toen, zomaar, veranderde alles. Hij liet zijn kop zakken, zijn staart werd als een laaghangend kromzwaard, hij snuffelde aan haar en drukte zijn natte snoet tegen haar handpalm. Toen draaide hij zich abrupt om en liep weer naar zijn bakken, waar hij dorstig water begon op te slobberen.

Ze liep langzaam op hem toe, intussen mompelend zodat hij haar niet als een dreiging zou zien. Ze aaide zijn kop en rug. Zijn vacht was schurftig en overdekt met wonden en korsten, zijn achterste was ontstoken en zat onder de uitwerpselen. Hij at de laatste hamreepjes op, keek op van zijn lege bak, niet nog meer eisend, maar eerder hoopvol vragend. Ze voelde een onverwachte steek affectie voor hem toen ze zijn bak opnieuw vulde, daarna ging ze met haar rug tegen een sinaasappelboom zitten en keek tevreden toe hoe hij die leeglikte.

III

Mikhail zag hoe Edouards lichaam tegen de muur naar achteren werd gegooid en toen zijwaarts in de douche neerviel, waarbij hij het opalen gordijn met zich meesleurde, dat vuurrood kleurde. Hij voelde spetters van de terugslag op zijn gezicht en handen. Hij controleerde zichzelf in de spiegel boven de wastafel en veegde het ergste weg.

Op de grond begon Edouards mobiele telefoon te trillen en in trage cirkels te draaien. De beltoon was afgezet, maar er kwam een telefoontje binnen. Mikhail bukte om het op te rapen en op te nemen. 'Ja?' vroeg hij.

'Ik wil met Edouard spreken,' zei een man.

'Te laat.'

'Met wie spreek ik?'

'Die vraag kan ik net zo goed stellen.'

'Edouard staat onder mijn bescherming,' zei de man. 'Als hem iets overkomt…'

'Wat ik al zei: te laat.' Hij hing op en scrolde door de lijst van recent gebelde nummers. Allemaal naar Georgië, niet een lokaal. Dat was tenminste iets. Hij had waarschijnlijk nog tijd voordat de politie er was. Hij wendde zich tot Boris. 'Bel mijn vader in Nikortsminda. Laat hem weten dat er problemen kunnen komen. Dan bel je onze piloot. Zeg hem alles voor vertrek in orde te brengen.' Hij keek op zijn horloge. 'Over drie uur. We moeten eerst het Vlies ophalen.'

'Het Vlies?' vroeg Boris. 'Meen je dat nou? Daar hebben we nu geen tijd voor.'

'Dat Vlies is de sleutel tot de verkiezingen,' kaatste Mikhail terug. 'De verkiezingen zijn de sleutel waardoor we hiermee wegkomen.' Hij gebaarde dat ze hem door de slaapkamer naar de overloop moesten volgen. 'Dit huis gaat in de fik,' zei hij tegen Zaal. 'Pak alles wat brandt. Lakens, bedden, stoelen, gordijnen, tapijten, alles. Stapel alles onder de overloop op. Davit, we hebben katalysators nodig. Buiten staat een zak houtskool voor de barbecue. Breng die hier. Kijk in de kasten naar terpentine, gas, aanstekervloeistof, alles wat wil branden. Haal brandstof uit de auto's als het moet.'

'Ja, baas.'

'Wat doen we met onze gasten?' vroeg Boris, naar Nadya en Knox knikkend.

'We nemen Knox met ons mee,' zei Mikhail, terwijl hij de trap naar het atrium af danste. 'Hij weet waar het Vlies is.'

'En de vrouw?'

'Ballast,' zei Mikhail. Hij knikte zijn geweer open en gooide de twee afgevuurde jachtpatronen eruit, die de geur van doordringende flarden grijze rook uitwasemden, de stank van de strijd. Toen beende hij over de vloer naar haar toe, terwijl hij intussen het geweer met nieuwe patronen laadde. Ze opende haar mond en slaakte een kreet, haar lippen maakten een perfecte cirkel, als een rode ring voor het doelwit van een geweer.

'Niet doen!' schreeuwde Knox. 'Als je het wel doet, krijg je het Vlies niet, dat zweer ik.'

'Je geeft het me wel,' zei Mikhail.

'Als je haar nu vermoordt, bewijs je daarmee dat je mij ook vermoordt. Waarom zou ik je dan iets geven?'

'Je wilt zeker een nieuwe sessie op de duikstoel, is dat 't soms?'

'Ja,' zei Knox. 'Laten we hier blijven tot de politie komt opdagen. Of misschien moet je je tuinbank en emmer in de auto meenemen.'

Mikhail aarzelde. De man had een punt.

'Ik kan je vader niet bereiken,' zei Boris. 'Hij neemt z'n mobiel niet op.'

'Probeer het kasteel dan.'

'Heb ik gedaan. De lijnen zijn dood.'

Boven hem gooide Zaal vanaf de overloop een grote stapel beddengoed over de balustrades; door de zwaartekracht kwamen de kussens en dekens los van de lakens, die als gewonde spoken naar de grond dwarrelden. Even ving Mikhail een glimp op uit zijn jeugd, toen hij over het gebroken, beweginglooze lichaam van een meisje gebogen stond, in de wetenschap dat hij deze keer te ver was gegaan. Hij liep naar Knox en duwde de geweerloop tegen zijn voorhoofd. 'Haal je dat Vlies op als ik haar laat leven?'

'Ja,' zei Knox.

'Erewoord?'

'Ja.'

Davit kwam door de voordeur met in elke hand een emmer, elk ervan zo vol dat de metalen handgrepen doorbogen van het gewicht, er morste vloeistof op de grond, de indringende geur van benzine. 'Dit heb ik uit de auto's gehaald.'

'Ga door,' zei Mikhail. 'En giet ook wat over de Ferrari en de Mercs. Die gaan er ook aan. Maar laat de bestelbus en de tweede Merc met rust. Die hebben we nodig.'

Hij keek het huis rond, nam daar de tijd voor, wilde zijn mannen laten weten dat hij nog steeds alles onder controle had, niet alleen over hem, maar ook over zichzelf. 'Tien minuten,' zei hij tegen ze terwijl hij op zijn horloge keek. 'Tien minuten om af te ronden en in te pakken. Dan zijn we weg.'

32

De lucht in het atrium was dik van de rook, zo scherp dat Mikhail het eerste bonzen van een hoofdpijn voelde opkomen. Maar daardoor liet hij zich niet van de wijs brengen. Kalmte te midden van de chaos was een bewonderenswaardige deugd.

'Kom mee, baas,' zei Davit, terwijl hij hem een doos lange barbecuelucifers aanreikte. 'We moeten maken dat we hier wegkomen.'

Mikhail keek naar Edouards bebloede lijk omhoog, dat als een soort gevallen held boven op de geïmproviseerde brandstapel van meubels en beddengoed lag, en pakte toen de lucifersdoos aan. De zijkant was kromgetrokken en vochtig omdat hij te lang buiten had gelegen, waardoor de lucifers zich lastig lieten afstrijken, maar uiteindelijk sputterde er een en vatte vlam. Hij koesterde hem tot hij goed brandde, ging op zijn hurken zitten en raakte ermee de hoek van een van brandstof doorweekt laken aan. De vlam klom en verspreidde zich, straalde nu al een intense hitte uit. Toen bereikte het vuur de plas katalysators in het midden en barstte in een ballon van verschroeiende vlammen uit, waardoor de anderen terug moesten deinzen. Alleen hij bleef waar hij was, gaapte verrukt omhoog naar het zich verspreidende baldakijn van zwarte rook.

Hij pakte het geweer op en dacht even na. Te riskant om dat in de luchthaven mee te nemen, en als hij het dan toch moest lozen, was het maar het beste om de bewijskracht ervan te vernietigen. Hij gooide het in de vlammen en de resterende patroonhulzen ook. Hij pakte de stalen attachékoffer met de miljoenen euro's erin en liep toen naar de keuken om het scherpste en stevigste mes te pakken dat hij kon vinden.

Buiten glinsterde de Ferrari van de benzine. Mikhail streek nog een lucifer af. Hij kreeg er nu handigheid in. Hij gooide hem ernaartoe en zag voldaan hoe de benzine opvlamde en de bekleding in de brand ging, zwarte rook tot hoog in de lucht uitspuwend. Hij hield van mooie dingen, Mikhail, maar hij genoot er ook van om ze te vernietigen. Daarna stak hij de reserve-Mercedes in brand, daar haalde hij minder bevrediging uit. In het huis begonnen jachtpatroonhulzen te ontploffen. Glas sloeg stuk en rinkelde, het dakraam werd in een vacuüm naar binnen gezogen. 'Boris,' zei hij, 'jij en Davit nemen Knox in de bestelbus mee naar het vliegveld.'

'Ja, baas.'

'Als je er bent, bel je me. Ik ben in de buurt met Zaal en Nadya. Je hoeft niet te weten waar precies. Zorg dat Knox de sleutel ophaalt en haal dan het Vlies uit de kluis. Als alles gladjes verloopt, ontmoeten we elkaar in de terminal van de privéjet.'

'En als dat niet zo is?'

'Dan reken jij met Knox af. Ik doe dat met Nadya.' Hij wendde zich tot Knox, drukte het mes tegen zijn keel. 'Haar bloed zal dan aan je handen kleven. Begrijp je?'

'Ja,' zei Knox.

'Mooi zo,' zei Mikhail. 'Laten we dan nu maken dat we wegkomen.'

II

Gaille kon niet aan de hond als de hond blijven denken. Misschien kwam het door deze queeste dat zomaar ineens de naam Argo in haar opkwam. Ze zei het hardop. Hij draaide zich om en keek haar vragend aan, zijn oren naar voren gevouwen. 'Argo zal het zijn,' zei ze.

De zon brandde nu fel. Ze moest iets doen om hem in de schaduw te krijgen. Ze kon hem van het touw bevrijden, maar ze was bang dat hij Iain zou aanvallen als die terugkwam. Ze haalde de bezem uit het bijgebouw en veegde zijn hok zo schoon als ze kon. Toen haalde ze een lade uit de gammele vurenhouten klerenkast uit Petitiers slaapkamer, wrikte het achterlatje eruit en deed er een deken in om een noodmand te maken die ze in de hoek zette. Ze drapeerde een paar van Petitiers oude truien over het dak en één zijkant, waarmee ze een ruime schaduwplek creëerde. Toen haalde ze zijn bakken, vulde ze bij en zette ze binnen. Niet geweldig, maar beter dan het was.

Ze liep naar Argo terug, ging op haar hurken zitten en spreidde haar armen. 'Kom maar, jongen.' Ze sloeg haar armen om hem heen en knuffelde hem, wilde hun bondje nog eens bevestigen voordat ze hem zou verhuizen. Een spier trilde in zijn poot toen hij de omhelzing accepteerde. Maar met zijn stinkende adem en een ontstoken, gewonde vacht was er een grens aan hoeveel nauw contact Gaille aankon.

Ze haalde haar nagelschaar en antiseptische crème uit haar tas, maar besloot toen om het meteen maar goed te doen. Ze vulde de emmer met water, nam die mee naar Argo en zette die naast hem neer. Daarna haalde ze een handdoek en een wit T-shirt uit Petitiers kamer. Ze liet wat druppels appelshampoo in de emmer vallen, roerde er met het T-shirt doorheen tot het lekker ging schuimen. Argo moest hebben aangevoeld wat er ging gebeuren, want hij deinsde zo ver als het touw het toeliet terug. Ze pakte de emmer op en liep op hem toe, gooide een derde over zijn rug en rende buiten zijn bereik. Ze gaf liet hem even zijn verontwaardiging afblazen, ging toen op haar hurken zitten en sloeg haar ogen gedwee neer, tot ze er zeker van was dat hij het haar vergaf. Ze kroop dichter naar hem toe en sponsde hem met het T-shirt af. Hij vond het maar niks. Hij klemde zijn staart tussen zijn poten, jankte en kefte; en toen ze daarmee niet ophield, gromde hij dreigend naar haar.

Ze snapte de hint en deed een stap opzij. Haar neus jeukte, ze veegde er met de rug van haar hand overheen. Ze kon nu niet bepaald stoppen, want hij zat onder de modder en het schuim. Ze pakte de emmer en gooide die helemaal over hem leeg, ervoor zorgend dat ze zijn ogen niet raakte. Toen nam ze de emmer mee naar binnen en gooide hem nog eens vol. Argo kefte en jankte en sprong heen en weer in een poging weg te komen, maar ze had zich vermand en gaf hem nog een stortbui. Toen greep ze een handdoek, ging dicht naar hem toe en begon hem af te drogen. En hoewel ze eerst voelde hoe hij vanbinnen trilde van verontwaardiging, begon hij ervan te genieten, want hij stribbelde niet meer tegen en liet haar haar gang gaan.

Met haar nagelschaartje knipte ze de ergste knopen uit zijn vacht en ze smeerde de wonden in met antiseptische crème. Tot haar verbazing verzette hij zich daar ook niet tegen, hij boog zijn kop en neusde aan haar schouder, haar hand en toen langs haar wang. De vochtige snoet en de kleverige, rasperige tong riepen bij haar een onverwacht sterke steek van genegenheid op. Ze legde de handdoek weer om hem heen en omhelsde hem stevig, terwijl ze haar gezicht in zijn schouder drukte en de frisse geur van haar eigen appelshampoo rook. En op dat moment begreep ze dat nu Petitier dood was, ze zich al aan deze hond verbonden had, en de enige vraag die nu nog overbleef was hoe Daniel zou reageren als hij hoorde dat er een nieuw lid in hun toekomstige huishouden was aangetreden.

Ze maakte het touw van de sinaasappelboom los, greep zijn lijn vlak boven de halsband vast en wikkelde hem een paar keer om haar vuist tot ze er zeker van was dat ze hem had. Toen maakte ze hem van de stalen nagel los en bracht hem via de zijkant van het huis naar zijn pas ingerichte hok. Ze had een strijd verwacht, maar hij ging er opgewekt in, misschien omdat hij zijn metalen bakken had gezien. Ze maakte zijn lijn los en liep achteruit het hok uit, sloot hem in en stond zich daarna af te vragen wat ze verder nog kon doen.

Zijn vacht stond alle kanten op. Hij moest geborsteld worden, maar ze verdomde het om daar haar eigen haarborstel voor te gebruiken. En ze had net de bezem gebruikt om zijn hok uit te vegen, het had niet veel zin om het daarmee te doen. Ze ging in huis op zoek. Ze keek in de slaapkamer, de badkamer en toen in de keuken. Een rood lampje rolde in het zicht toen ze een weerspannige la opentrok. Ze stak het met gefronst voorhoofd omhoog. Een rood lampje. Waarvoor had Petitier dat in hemelsnaam nodig? Ze kende maar een paar toepassingen voor rood licht, en op de een of andere manier leek het haar bepaald niet aannemelijk dat hij hier een hoerentent had gerund. Ze keek naar de woonkamer, naar de zwart-witfoto's aan de tegenoverliggende muur. Tegenwoordig ontwikkelde niemand meer commercieel zwart-witfoto's. Er was gewoon geen vraag naar. Ze liep erheen, bekeek ze van dichterbij. Op een afdruk was de zon opzettelijk overbelicht om extra schittering te creëren, een klassieke truc van hobbyfotografen. Haar huid tintelde toen ze tot de enig voor de hand liggende conclusie kwam.

Petitier had zijn eigen donkere kamer.

III

In het gunstigste geval, bedacht Nadya, zou ze nog een half uur te leven hebben.

Ze zat achter in de Mercedes met haar gebonden polsen voor zich in plaats van op haar rug, de enige concessie die Mikhail vanwege haar verbrijzelde hand had gedaan. Ze keek er niet naar, want dan deed hij alleen maar meer pijn. In plaats daarvan concentreerde ze zich op het hoofd van Zaal, op zijn kalende plek, de manier waarop zijn huid rimpelde en strekte als hij in zijn spiegels keek, het donkere pluishaar dat na zijn laatste kappersbeurt was uitgegroeid. Raar te bedenken dat dit misschien het laatste zou zijn wat ze ooit zou zien.

Haar resterende halfuur kwam hierop neer. Over zo'n twintig minuten zouden Boris en Davit op het kortparkerenterrein aankomen, dan zouden ze Knox vragen hun de sleutel te laten zien. Hij zou ze een tijdje afbluffen. Vijf minuten, laten we zeggen. Maar Boris zou uiteindelijk zijn geduld verliezen. Hij geloofde tenslotte niet echt dat er een sleutel was, of een Vlies. Dat deed niemand, behalve Mikhail. Dus over vijfentwintig minuten zou hij het slechte nieuws doorbellen. En dan braken haar laatste vijf minuten aan, waarin Mikhail pijnlijk wraak zou nemen voordat hij haar zou vermoorden.

De banden van de Mercedes maakten zachte drumroffels op de lappendeken die de weg was. Ze vond het ritme merkwaardig kalmerend. Stug. Vloeiend. Stug. Vloeiend. Lange plukken gras groeiden aan weerszijden van de weg, hun bleke stengels waren zo scherp als wapens. Ze keek naar Mikhail, die haar behoedzaam geamuseerd aankeek. 'Er heeft me altijd iets dwarsgezeten,' zei ze.

'Wat dan?'

'De avond waarop je mijn man hebt vermoord: waarom heb je mij niet ook vermoord?'

'Jij was een popje,' zei hij. 'Ik vermoord geen popjes. Niet als ik ze niet eerst heb geneukt.'

'Je hebt me nog steeds niet geneukt,' wees ze hem terecht. 'Betekent dat dat ik veilig ben?'

'Je bent geen popje meer.'

Ze snoof zacht en keek de andere kant op, schatte de Mercedes in op vechten of vluchten. De deuren waren allemaal op slot en de ramen zodanig getint dat niemand veel kon zien. En ze kon nergens mee rondzwaaien, behalve misschien de attachékoffer propvol cash die op de voorbank lag, te plomp voor zo'n beperkte ruimte, behalve misschien als schild. Misschien kon ze zichzelf tegen Zaal aan gooien, een ruk aan het stuur geven, een ongeluk veroorzaken. Of eenvoudigweg de deur van het slot doen en zichzelf naar buiten gooien. Een gebroken been, gebroken arm, gebroken schedel. Wat gaf het.

Mikhail moest haar gedachten hebben gelezen, want hij boog zich naar voren om nog eens te controleren of haar deur wel op slot zat, glimlachte toen en liet haar een glimp van zijn keukenmes zien. Toen realiseerde ze zich iets. Haar eigen leven was toch al geen cent meer waard. Maar als ze dit goed speelde en deze man in haar val kon meesleuren, kon ze eindelijk haar geliefde man wreken. Door die gedachte moest ze glimlachen en die glimlach trok zijn aandacht. 'Wat?' vroeg hij.

'Ik bedacht net hoe goed van vertrouwen je bent,' zei ze tegen hem.

'Goed van vertrouwen?'

'Ja,' zei ze. 'Goed van vertrouwen.'

Hij zweeg een tijdje, probeerde het uit te dokteren. Maar dat mislukte en zijn nieuwsgierigheid won het. 'In welk opzicht?' vroeg hij.

De banden accelereerden hun fluisterende tromgeroffel, het ritme verstrikte haar hart, snel, luid en hardnekkig. Haar gemangelde knokkels begonnen nog heftiger te kloppen, haar mond werd kleverig omdat ze het begreep, waardoor ze wist dat dit het moment was. 'De Griekse politie kan niet anders dan dit naar jou terugvoeren.'

'Voor het zover is, zijn wij al lang weg.'

'Ze zullen eropuit zijn om je van de moord op Edouard te beschuldigen. Ze zullen een uitleveringsprocedures in gang zetten.'

'Ze kunnen proberen wat ze willen. Ik ben een Nergadze.'

'Maar dat is het punt juist,' zei Nadya. 'Met jou komt het wel goed, dat ben ik met je eens, hoewel het misschien betekent dat je je een tijdje gedeisd moet houden. Maar hoe zit het met Boris? Hoe zit het met Davit? Zij realiseren zich vast wel dat je familie de Grieken iemand moet geven om ze zoet te houden. En wie kan dat beter zijn dan een van hen? Ik durf te wedden dat ze zich op dit moment afvragen wie van hen het makkelijkst te vervangen is. Ik durf te wedden dat ze zich afvragen of het niet verstandiger is om op zichzelf te gaan passen. Ik bedoel, stel je voor: je hebt ze er net op uitgestuurd om een kunstvoorwerp op te halen dat miljoenen waard is, zelfs op de zwarte markt, zeker genoeg om een nieuwe identiteit voor ze te kopen en een nieuw leven voor ze te regelen.'

'Boris zit al twintig jaar bij mijn familie,' zei Mikhail afgemeten. 'Het zou niet in hem opkomen om ons te verraden.'

'Ah. Nou, dat is dan oké.'

'Hij zou niet durven. En hij heeft Davit zelf uitgekozen.'

'Prima. Dan hoef je je geen zorgen te maken. Maar ik moet het toch vragen: wat zou jíj doen in hun situatie?'

Mikhail ging naar achteren zitten. Er kwam een peinzende glans in zijn ogen. Het duurde misschien tien seconden voor hij zich naar voren boog en Zaal op de schouder klopte. 'Bel Boris,' zei hij. 'Zeg tegen hem dat hij de auto aan de kant zet en wacht. We gaan in konvooi naar het vliegveld.'

33

Een man in een rolstoel buiten de ingang van het Evangelismos-ziekenhuis keek gemoedelijk toe toen Nico Chavakis de trap op zwoegde. 'Krankzinnig, hè?' zei de man. 'Dat ze uitgerekend voor een ziekenhuis trappen bouwen?'

Nico hijgde te veel om te kunnen antwoorden, dus hij glimlachte en knikte terwijl hij naar binnen liep, terwijl hij zich onverklaarbaar gegriefd voelde, wilde dat hij naar zijn eerste ingeving had geluisterd en de dvd van Knox' praatje door een koerier had laten afleveren, in plaats van zelf helemaal hierheen te komen. Maar Augustin was alleen maar in Griekenland – en dus in het ziekenhuis – omdat hij Nico's uitnodiging had geaccepteerd om dit congres toe te spreken, dus Nico voelde zich in zekere zin verantwoordelijk voor hem, ook al had hij nog zo'n hekel aan dit soort plekken. Het minste wat hij kon doen was hem opzoeken.

Hij depte zijn voorhoofd en mondhoeken af, gaf zichzelf de gelegenheid om op adem te komen voordat hij zijn zakdoek weer in zijn zak stopte en naar de receptie liep. De vrouw wees hem de weg naar de intensive care, maar waarschuwde dat hij er niet naar binnen mocht. Zijn hart bonsde nog altijd wispelturig toen hij zich een weg zocht door de gang, zodat hij bang begon te worden dat hij op de harde manier op de intensive care terecht zou komen, en hij stond zichzelf een galgengiechel toe bij de gedachte.

De vrouw had gelijk: de twee politiemannen wilden hem niet doorlaten, hoe hij ook smeekte; maar uiteindelijk lieten ze Claire tenminste wel halen. Ze kwam een minuut of zo later met een resolute uitdrukking op haar gezicht, alsof de tijd die ze niet bij Augustin kon zijn verspilde tijd was. 'Vergeef me,' zei hij haastig. 'Ik wilde geen problemen veroorzaken. Ik ben Nico Chavakis. Ik heb het congres georganiseerd.' Hij haalde even zijn schouders op om haar te laten weten hoe erg hij het vond dat de dingen zo waren uitgepakt. 'Ik wilde weten hoe het met Augustin ging. Maar ze willen me niet binnenlaten.'

Ze keek nors naar de twee politiemannen. 'Ze laten niemand bij hem,' zei ze.

'Hoe gaat het met hem?'

'Niet best.' Ze schudde haar hoofd alsof ze zichzelf uitfoeterde omdat ze zo pessimistisch was en dwong zich toen tot een glimlach. 'Maar het had erger kunnen zijn.'

'Gelukkig maar.'

Ze nam hem bij de elleboog en leidde hem een stukje de gang in, vertelde hem tot in detail de verwondingen die Augustin had opgelopen, de zorg die hij kreeg, de veranderende prognoses. Ze sprak snel in een voor hem lastig accent, ze bediende zich van een jargon dat geschikter was voor medisch personeel dat onder elkaar sprak, waardoor het voor Nico's Engels veel te hoog gegrepen was. Maar intuïtief begreep hij dat zijn rol nu niet zozeer was dat hij het begreep, als wel dat hij meevoelend luisterde. Hij knikte, zuchtte en klakte als het zo uitkwam met zijn tong, en liet haar haar hart uitstorten.

Het duurde ruim een kwartier voor ze klaar was. Ze keek om zich heen naar de deuren van de intensive care, alsof ze zich afvroeg wat er in de tijd dat ze niet bij hem was wel niet met Augustin kon gebeuren. Nico maakte van de gelegenheid gebruik om haar de dvd en een dvd-speler te geven die hij van een collega op de universiteit had geleend, terwijl hij uitlegde dat Knox haar wilde laten weten hoe goed Augustins praatje was gegaan. Er welden tranen in haar ogen op, ze veegde ze met een tissue weg. Hij keek haar na toen ze naar haar eenzame wake terugkeerde en voelde opnieuw een diep verlangen naar iemand in zijn eigen leven die zulke sterke gevoelens voor hem had.

De man in de rolstoel zat nog altijd buiten de voordeuren. Hij had een sigaret opgestoken, die hij vasthield alsof hij een pijltje wilde gooien. 'Goed bezoek?' vroeg hij.

'Ja,' antwoordde Nico, min of meer tot zijn eigen verbazing. 'Dat was het.'

II

Mikhail voelde zijn adrenalinepeil stijgen toen ze zo'n drie kilometer voor het vliegveld de bestelbus inhaalden en samen verder reden. Het was eerder een prikkelend dan aangenaam gevoel, zoals bij een stevige work-out. Hij glimlachte naar Nadya. 'Niet doen,' zei hij.

'Wat niet doen?'

'Wat je ook van plan bent.'

'Ik ben niets van plan.'

Hij greep haar bij haar haar en trok haar gezicht naar zijn schoot omlaag, zodat haar wang tegen zijn lul rustte. Hij gespte zijn riem los, haalde hem uit de band en maakte er een lus van die hij strak om haar keel trok. 'Houden zo,' raadde hij haar aan.

Het verkeer raakte verstopt. Sommige mannen in uniform met wapens in hun holster babbelden joviaal met elkaar. Hij hoorde het ingeblikte gerommel van een opstijgend vliegtuig en toen verscheen er boven de hoofdterminal een jet van Olympic Airways, die in de wolkeloze, blauwe hemel omhoog raasde. Er kwam alweer een zomer aan. Het zou zo fijn zijn om die voor de verandering eens in Georgië te kunnen doorbrengen. Er welde wat wrevel op jegens zijn vader en grootvader, die hem al die jaren hadden verbannen. Maar die tijd was bijna voorbij. En hij zou ook nog eens triomfantelijk thuiskomen, als hij het Vlies bij zich had zodat de overwinning van zijn grootvader verzekerd was. Hij zou een nationale held zijn, had het ministerschap maar voor het uitkiezen. Defensie was wel lucratief, absoluut, maar hij verlangde vurig naar onderwijs. Het was zo dankbaar om met kinderen te werken.

Ze reden door de schaduw van een viaduct, daarna langs een lange rij geparkeerde fietsen en motorfietsen. Kort parkeren was links van hen, ze reden achter de bestelbus het terrein op. Er was wel ruimte voor honderdvijftig auto's, maar hij was bijna vol. De schapen vlogen voor Pasen huiswaarts. De bestelbus minderde vaart en vond een parkeerplek. Zaal zette zijn auto er vlakbij. Toen hij hem op de handrem zette, gaf Mikhail hem Nadya's strop. 'Je weet wat je te doen staat als ze lastig wordt?' vroeg hij toen hij uit wilde stappen.

Zaal knikte vol zelfvertrouwen. 'Jazeker, baas,' zei hij.

III

De middag kroop voort, dus Gaille begon haar zoektocht naar Petitiers donkere kamer buiten, gebruikmakend van het daglicht dat er nog was, maar de kassen en bijgebouwen waren veel te vochtig en te licht, en ze vond geen spoor van fotografische apparatuur. Haar enkel klopte hevig omdat ze zo veel had gelopen. Ze wilde de blessure niet nog erger maken, dus besloot ze hem wat rust te geven, misschien het idee aan Iain voorleggen als hij terugkwam, eens kijken wat hij ervan vond. Maar toen ze in huis terug was, ving ze opnieuw een vleug van die azijngeur op die zij en Iain die ochtend beiden hadden opgemerkt. Azijn werd gebruikt als fixeermiddel in donkere kamers van fotografen, wist Gaille. Of in elk geval azijnzuur. Dat betekende vast dat de donkere kamer ergens in huis moest zijn. Ze zocht in de keuken en provisiekast naar azijn, voor de zekerheid, en controleerde daarna kamer voor kamer, op zoek naar holtes en kasten, trok boeken van de planken om erachter te kijken, klopte op de muren om te kijken of er verborgen ruimtes waren. Niets. Het werd steeds raadselachtiger. Ze ging met haar handen op haar heupen in het midden van de woonkamer staan en keek om zich heen.

Haar enkel bonsde nog steeds. Ze zuchtte en ging in de leunstoel zitten. Pas toen keek ze goed naar de kleden die achteloos waren neergelegd, vooral naar het grootste ervan, dat onder haar voeten, met zijn flamboyante, maar verschoten motief van Theseus en Ariadne die aan weerskanten van een demonisch labyrint staan terwijl de gouden draad die hen verbindt ertussendoor loopt.

IV

Knox lag op zijn zij achter in de bestelbus, zijn polsen op zijn rug vastgebonden. Hij hoorde het gebrul van een opstijgend vliegtuig en wist dat ze bij het vliegveld waren. Een verkeersdrempel was als een steek in zijn ribben, die nog steeds pijn deden van de schijnverdrinking. Ze stopten en reden toen achteruit, waarschijnlijk een parkeerhaven in.

Hij had geen flauw idee hoe hij dit moest gaan spelen. Hij keek op naar de reus, die met over elkaar geslagen armen onverbiddelijk naar hem omlaag keek. Van die kant hoefde hij geen plezier te verwachten.

De passagiersdeur ging open en Mikhail stapte in. Hij knielde op de stoel, reikte naar achteren en greep Knox bij de haren, trok hem naar zich toe en hees hem daarna tot aan zijn knieën. 'Je geeft geen kik. Wat jij nu gaat doen is me precíés vertellen waar de sleutel is. Begrepen?' Hij wachtte tot Knox knikte, toen maakte hij de knevel los, liet hem die uit zijn mond spugen zodat hij als een macaber medaillon om zijn nek bungelde.

'Nou?' vroeg Mikhail.

Knox' mondhoeken waren rauw en deden zeer. Hij likte er wat speeksel overheen. 'Ik moet het zien,' zei hij. Mikhail zwenkte uit de weg. Knox boog zich naar voren. De metro- en spoorlijnen waren links van hem, het glanzende terminalgebouw was rechts, en recht voor en boven hem liep de overdekte passage die beide met elkaar verbond. En rondom het terrein zelf liep een brede maar goed gesnoeide heg, net zoals hij het zich had herinnerd.

'Nou?' vroeg Mikhail.

'We waren aan de andere kant,' zei hij terwijl hij naar een strook knikte die helemaal vol stond met geparkeerde auto's. Het was domme pech dat op dat moment een fourwheeldrive ervoor koos om weg te rijden, waardoor Boris op de lege plek kon parkeren.

'Nou?' vroeg Mikhail, toen ze weer stilstonden.

'Van hieruit kan ik het niet zien. Laat me eruit, dan haal ik hem voor je.'

'Ja ja,' schamperde Mikhail. Hij voerde de druk van zijn mes op. 'Ik raad je aan je iets te gaan herinneren.'

'Augustin heeft hem verstopt, ik niet,' zei Knox.

'Maar was je bij hem?'

'Ja.'

'Nou dan.'

'Hij ligt ongeveer op twee derde van de weg langs deze kant,' zei Knox tegen hem. 'Onder een van die struiken. Hij heeft zijn initialen in de bast gekrast.'

'En wat zijn die initialen?'

'AGP.'

Mikhail knikte. 'Schiet op,' zei hij tegen Davit en Boris.

'Ja, baas.'

Knox keek ze met de moed in de schoenen na toen ze voor hun vergeefse zoektocht op weg gingen, terwijl Mikhail het ijskoude mes tegen zijn keel drukte.

34

Gaille sleepte de leunstoel tegen de muur en trok het tapijt weg. En daar was het, een houten luik in het cement. Het hout was door de jaren heen kromgetrokken en uitgezet, dus ze moest een harde ruk aan de touwhendel geven om het open te krijgen. Toen het loskwam, dwarrelde er een dunne mist van stof op en daarna kwam er een lichte maar geruststellende azijnachtige geur vrij.

Ze klapte het trapluik helemaal om en keek langs de smalle, kale traptreden omlaag. Spinnenwebben, stofvlokken en donkere schaduwen op de bodem verdwenen in volslagen duisternis. Er stoof iets weg. Een knaagdier in de kelder of een vogel op het dak, ze wist wel wat ze liever had. Ze schudde haar hoofd omdat ze zo aarzelde. Het huis had elektrisch licht op zonnecellen, waarschijnlijk ook in de kelder, hoewel ze niet kon zien waar het zat. Ze liep naar beneden, een stap tegelijk, en hield haar handpalmen aan weerskanten tegen de koude, ruwe muren. Onder aan de trap was rechts van haar een gang die langs de ruggengraat van het huis terugleidde en waar drie deuren op uitkwamen, twee links van haar, een rechts. Ze probeerde de eerste linkerdeur, rommelde in het donker tot haar pols tegen een touw aankwam dat ze vastgreep en waar ze aan trok. Een enkel bungelend peertje ging aan en onthulde een kleine kamer met een gootsteenbakje en houten tafels tegen twee muren. Op een van de tafels stond een vergrotingsapparaat, omringd door alle benodigdheden voor een donkere kamer: kleurgecodeerde ontwikkelaarbakken en flessen, een verzameling lichtfilters, chemische bakken, tangen, thermometers, een vergrootglas, dozen fotopapier. Van muur tot muur waren drie waslijnen gespannen, waar knijpers op zaten om foto's aan te drogen te hangen, die er op dit moment niet waren.

Ze liep naar buiten naar de tweede linkerdeur en vond het lichtknopje. Deze ruimte was wat groter dan de eerste kamer, en ook uitgerust met een gootsteenbak, evenals een werktafel, bureau en stoel. Bekers, kolven en reageerbuisjes stonden loom in houten rekken. Een verzameling chemicaliën in glazen stopflessen stond op de planken. En ze merkte ook een gasbrander op, een oven en digitale weegschalen en filters, en iets wat er in haar lekenogen uitzag als een centrifuge. Een chemisch thuislab.

Aan de muren waren foto's geprikt of geplakt, nieuwe waren opgehangen waar nog ruimte was, zodat hun hoeken overlapten en Gaille kon zien in welke volgorde ze waren bevestigd, zoals bij de verdeling in lagen bij een archeologische opgraving. Sommige hingen er al jaren, te oordelen naar hun vervagende, homogene grijstinten en het gebroken geel van het plakband waarvan alle plakkracht al lang was uitgewerkt, zodat ze zich eerder uit de macht der gewoonte aan de muur vastklampten.

Op elke foto stond een andere plant of paddenstoel afgebeeld, sommige in het wild, andere in Petitiers kas, of geplukt en in zijn keuken gefotografeerd. Aan veel ervan was met een paperclip een briefje bevestigd, instructies over bereiding, samen met gekrabbelde bijkomende informatie of over doses, ervaringen en tegengiffen.

Er was ook een plank met boeken. Een leidraad over psychoactieve paddenstoelen, een pamflet over Afrikaanse ethobotanie. Heidense sjamanistische culten. Aldous Huxleys *De deuren der waarneming*. Wasson. Ruck. Andere halfbekende namen. Ze trok er een tussenuit en bladerde door een veldgids over hallucinogenen, stopte even bij een beeldende aquarel van de *myristica flagrans*, daarna nog eens bij een schitterende afbeelding van de *galbulimima Belgraveana*, een dromen opwekkende drug die door de Papoea's werd gebruikt.

Ze liep de deur weer uit, naar de derde kamer. Die was beduidend groter en had meer lichtpunten. De meeste ruimte werd in beslag genomen door metalen planken met grijze archiefdozen en rekken met mappen, waarop datums vermeld stonden die ruim tien jaar teruggingen, samen met een paar van Petitiers onbegrijpelijke hiëroglyfen. Ze maakte ze willekeurig open, vond vier zegelsteenfragmenten, elk apart in tissuepapier gewikkeld, elk ingegraveerd met Lineair-A-symbolen. Ze zette de doos op zijn plaats terug, vervolgde haar weg langs de planken, trok om de paar passen er eentje uit: scherven beschilderd aardewerk, versierd met planten en wilde dieren, een ruw aardewerken figuurtje van een hoogzwangere vrouw, een kleine, maar voortreffelijk veelkleurige vaas, stukjes marmer en ander gesteente, een bronzen dolk waar in zowel het lemmet als in het heft patronen waren gesmeed.

Deze laatste nam ze mee naar de werktafel, waar ze beter licht had. Haar handen trilden een beetje toen ze hem omdraaide, haar opwinding over al deze schatten was doorspekt met woede omdat Petitier dit alles voor zichzelf had gehouden. Een stuk of tien foto's waren in een slangenpatroon op de muur boven de tafel geprikt. Ze waren allemaal buiten genomen, op allemaal stond een ander stuk rots afgebeeld, en in elke rots waren minstens twee symbolen uitgebeiteld. Ze herinnerde zich de symbolen die ze zelf had gezien, boven op de rotsomheining. Ze zocht ernaar op de foto's en daar waren ze. Er kwam iets in haar op: ze hobbelde naar boven om de replica van de Schijf van Phaistos van Petitiers bureau te halen en nam die mee naar beneden. Ja. De symbolen waren vergelijkbaar met die op de foto's, hoewel ze verschillende clusters vormden. Maar toen draaide ze hem om en voelde de rillingen over haar rug lopen.

II

Zaal zat zijwaarts op de bestuurdersplaats met zijn rug tegen de deur om Nadya beter in het oog te kunnen houden. Het late middagzonlicht brak door het getinte glas en vormde een vage regenboog op de metalen attachékoffer. Al dat geld! Hij liet zijn gedachten afdwalen naar een mooie dagdroom: dat hij in dure kleren ergens over een boulevard aan een Rivièra naar zijn grootste jacht paradeerde, terwijl prachtige vrouwen hun echtgenoot negeerden en hem bewonderende blikken toewierpen.

'Hoeveel zit daarin?' vroeg Nadya.

Zaal onderbrak met tegenzin zijn mijmeringen. 'Dat gaat je niet aan.'

'Hij moet je wel heel erg vertrouwen.'

'Ja. Want dat kan hij ook.'

'Maar toch. Het is wel verschrikkelijk veel geld.'

Zaal lachte en schudde zijn hoofd. 'Denk je dat ik gek ben? Heb je ook maar enig idee wat hij me zou aandoen?'

Nadya haalde haar schouders op. 'Hij zou niet in staat zijn iemand ook maar iets aan te doen, niet vanuit de gevangenis.'

'Als ze hem daar ooit in zetten.'

'Ze zullen hem er zeker in zetten,' antwoordde Nadya. 'Snap je het niet? Je vriend Edouard heeft gekletst. De politie wacht jullie op wanneer jullie op het vliegtuig stappen. Dit is het laatste stukje vrijheid waar je de komende dertig jaar van zult genieten.'

Hij trok even waarschuwend aan de strop. 'Hou je mond.'

'Mikhail heeft Edouard vermoord,' hield Nadya aan. 'Niet jij. Je vrienden ook niet. Híj heeft het gedaan. Maar als hij ten val komt, heeft hij al het geld van de wereld voor dure advocaten, om rechters om te kopen en juryleden te intimideren. Hij zal zijn handen in onschuld wassen en zeggen dat jullie de trekker hebben overgehaald. Het maakt de politie niet uit. Hoe meer zielen, hoe meer vreugd, wat hun betreft. Denk erover na. Jij riskeert de rest van je leven voor een psychopaat. Denk je dat hij hetzelfde voor jou zou doen?'

Zaal likte zijn lippen. Er zat waarheid in wat ze zei. Maar Mikhail joeg hem de stuipen op het lijf. Dat deden alle Nergadzes. 'Ze zullen achter me aan komen,' zei hij.

'Niet op de plek waar zij zitten. Onze president heeft erom gebeden dat de Nergadzes er zo'n puinhoop van zouden maken. Denk je nou werkelijk dat hij zich deze kans laat ontglippen? Hij zal ze vertrappen en net zo lang doorgaan tot er niets meer van ze over is.'

'Ik geloof het pas als ik het zie!' schamperde Zaal, terwijl hij ter herinnering nog eens aan de strop trok. 'Ook al zóúden ze de hele familie achter de tralies kunnen zetten, dat weerhoudt hen er heus niet van om invloed uit te oefenen, het weerhoudt hen er niet van wraak te nemen.' Hij stiet een droog lachje uit. 'Geloof me, ik weet hoe ze zijn.'

'Ze kunnen geen wraak nemen tenzij ze jou eerst vinden. En dat gebeurt niet, niet als je het slim speelt. Er zitten vast miljoenen in die koffer. Je kunt een nieuwe identiteit voor jezelf kopen, een nieuw leven. Leven als God in Frankrijk, of wegrotten in een cel van anderhalf bij anderhalf. De kwestie is alleen maar of je de ballen ervoor hebt.'

'Ik ben al dood voor ik het parkeerterrein af ben.'

'Dat hoeft niet per se,' zei Nadya. 'Niet als je hem ergens mee kunt afleiden. Iets waarmee hij beslist eerst moet afrekenen.'

'Zoals wat?' vroeg Zaal.

'Zoals ik,' zei Nadya.

III

Knox bleef volkomen roerloos zitten terwijl hij wachtte tot Boris en Davit terugkwamen, want Mikhail zat hem voortdurend met het mes onder zijn kin te plagen, als een herenkapper met een scheermes. Het duurde vijf minuten voor ze weer opdoken. 'Hij lult uit z'n nek,' zei Boris terwijl hij instapte. 'Daar is niks.'

'Is daar niks?' echode Mikhail. Hij draaide zich met een ijzige glimlach naar Knox om. 'Kun je me dat uitleggen, alsjeblieft?'

'Ze hebben het over het hoofd gezien,' zei Knox. 'Ze moeten het over het hoofd gezien hebben.'

'Natuurlijk.'

'Het is er echt,' hield Knox vol. 'Laat mij maar even, dan zal ik het je laten zien.'

'We hebben overal gezocht,' zei Boris. 'Het is er niet.'

'Je hebt tegen me gelogen,' zei Mikhail terwijl hij Knox op de grond van de bestelbus terugduwde en zijn greep om het mes veranderde, zodat hij beter kon snijden dan steken. 'Ik heb je gewaarschuwd wat de gevolgen waren als je zou liegen.'

'Ik heb niet gelogen,' hield Knox vol. 'Je mannen hebben het over het hoofd gezien, dat is alles.'

'Nee,' verklaarde Mikhail. 'Jij hebt gelogen.'

'Ik dacht dat dat Vlies belangrijk voor je was,' zei Knox. 'Geef je het nu zo gemakkelijk op, alleen maar omdat die kerels van je niet het goede struikje weten te vinden?'

'Er is geen goed struikje,' zei Boris.

'Ik kan het je laten zien,' smeekte Knox. 'In godsnaam, wat kan ik nou helemaal uitrichten als ik zo ingeregen ben?'

Mikhail knikte, meer tegen zichzelf dan naar Knox. 'Je moet één ding goed begrijpen,' zei hij. 'Als je tegen me liegt, zul je sterven en die Nadya ook. Dat weet je al. Laat ik dit er dan aan toevoegen: je vriendinnetje Gaille gaat er dan ook aan.'

'Nee,' zei Knox zwakjes.

'Ja,' zei Mikhail. 'Ik zal haar vinden en haar eerst een beurt geven en haar dan vermoorden. Ik zweer 't je.'

'Zij heeft hier niets mee te maken,' protesteerde Knox.

'Nu wel,' verklaarde Mikhail. 'Daar heb jij zojuist voor gezorgd. Tenzij je natuurlijk van gedachten wilt veranderen en toegeeft dat er geen sleutel is.'

Er viel even een stilte, terwijl Knox tegen zijn angst vocht, maar het instinct tot zelfbehoud won het. Kennelijk was het geen afwijking geweest toen hij had staan toekijken terwijl Augustin werd aangevallen; zo zat hij in elkaar. 'Hij is er,' zei hij. 'Dat zweer ik.'

'Goed dan.' Mikhail wendde zich tot Davit. 'Maak zijn benen los. Leg je jasje over zijn schouders. Ik wil niet dat iemand zijn handboeien ziet.'

'Ja, baas.'

Mikhail en Boris stapten uit, liepen achterom en maakten de deuren open. Davit hield zijn hand op Knox' schouder toen ze eruit klommen. Hij was verbaasd dat het zo laat op de dag was dat de schemering al inviel. Overal om hen heen floepten de lichten aan. Mikhail drukte zijn mes hard in het zachte vlees onder Knox' ribbenkast, in een opwaartse hoek naar het hart. 'Pieker er niet over om om hulp te roepen,' waarschuwde hij. 'Dan ben je al dood voordat je je longen kunt vullen.'

Ze liepen langs een smalle grasstrook tussen de geparkeerde auto's en de middelhoge heg door, terwijl de Georgiërs zichzelf tussen Knox en de paar mensen in de buurt positioneerden. Niet dat die zijn kant op keken; ze waren allemaal druk met hun eigen zaken bezig. Een man kuste zijn liefje gedag. Een ander tilde bagage in zijn kofferbak. Mikhail drukte de punt van het mes zo hard in Knox' maag dat hij het bloed voelde druppelen. Al die documentaires die hij de afgelopen jaren had gezien, korrelige beelden van halfnaakte, verhongerende gevangenen die naar bomen werden geleid: het had hem verbijsterd en gefrustreerd dat ze zo stilletjes hun dood tegemoet waren gegaan. Vecht, ren, spuug in het gezicht van de bewakers. Iets, wat dan ook. Wat had je te verliezen? Nu was hij hier, en deed hetzelfde. En om de zaken nog erger te maken had hij eerst Gaille verraden, alleen maar vanwege die armzalige extra minuut. De gedachte drong zich meedogenloos en bitter aan hem op. Hij wankelde en bleef staan.

'Nou?' vroeg Mikhail. 'Is het hier?'

35

De uitgebeitelde symbolen in de verschillende rotsen kwamen overeen met de clusters aan de achterkant van de Schijf van Phaistos. Daar was geen twijfel aan. Althans, de enige twijfel was nu of dat iets te betekenen had. Gaille broedde daar even op, maar kwam niet tot duidelijke conclusies. Misschien had Iain daar ideeën over. Ze legde de Schijf weg, liep naar de planken terug en koos een willekeurige map uit de vele draadstalen rekken. Er zaten foto's van de binnenkant van een grot in, van verscheidene nissen gevuld met ruwe votiefoffers, zo te zien pre-Minoïsch, hoewel ze geen expert was. In een tweede map zat een chronologische opsomming van de opgraving van een kuil van misschien een meter lang en een halve meter breed. Er zaten de standaard archeologische foto's bij van verschillende vondsten ter plaatse, met een houten liniaal ernaast om de schaal ervan aan te geven, en een archiefkaartje met een datum en referentienummer, waarschijnlijk een kruisreferentie met de dozen.

Ze keek nog een paar mappen door, vond een met foto's van het vooraanzicht van de rotsomheining. Ze wilde ze net weer terugleggen toen haar iets ongerijmds opviel, en ze nam het mee naar het licht. Ja. Daar zat een man in een donker shirt en spijkerbroek op zijn hurken in de gespikkelde schaduw van een boom halverwege. Ze tuurde ernaar, maar hij was te ver van de camera om hem te kunnen herkennen. Maar één ding was duidelijk: Petitier werd geschaduwd en dat wist hij zelf ook. Geen wonder dat hij opgejaagd was. Geen wonder dat hij had geprobeerd zich de ontdekking toe te eigenen door schoon schip te maken.

Ze legde de map terug. Zo te zien lagen ze op volgorde van datum, dus ze besloot met de meest recente te beginnen. Een van de eerste mappen die ze openmaakte bevatte nog een paar foto's van de hurkende man, maar in andere kleren en op een ander deel van de rotsomheining. Deze waren echter anders van contrast, gerichter en scherper, bijna alsof Petitier zich zo opgejaagd had gevoeld dat hij in een telelens had geïnvesteerd. Op de eerste foto keek de indringer door zijn veldkijker, dus kon ze zijn gezicht niet zien. Maar op de tweede waren zijn gelaatstrekken maar al te gemakkelijk te herkennen. Haar knieën knikten een beetje en ze moest de plank vastgrijpen om haar evenwicht te bewaren.

Het was Iain.

II

Het was geen opzet. Het was niet gepland. Iets in Zaal verschoof eenvoudigweg toen hij naar Mikhail en de anderen keek, die Knox langs de rand begeleidden, terwijl geen van hen zelfs maar een blik zijn kant op wierpen. Vier miljoen euro op de passagiersstoel. Viér miljoen! Hij begon te watertanden en opeens wist hij dat hij het zou gaan doen.

Nadya moest het hebben aangevoeld, met haar ogen moedigde ze hem aan toen hij zich naar haar omdraaide, ze wilde dat hij het deed. Hij schonk haar een schaapachtig glimlachje, voelde iets wat in de buurt kwam van dankbaarheid. Hij liet de riem los, zodat die om haar nek bungelde. 'Schiet op dan,' zei hij terwijl hij de deur voor haar van het slot deed.

'Veel succes,' zei ze terwijl ze over de bank schoof en de deur opende.

'Jij ook.' Hij startte de motor en deed zijn koplampen aan, wachtte toen ze buiten stond voordat hij kalm naar de uitgang reed, omdat hij niet de aandacht op zich wilde vestigen, wilde dat Mikhail en de anderen net zo lang de andere kant op keken totdat hij weg was.

Hij had het nog bijna gered ook, als Nadya niet was gaan gillen.

III

Mikhail las de waarheid in Knox' ogen. Er was geen sleutel. Nooit geweest ook. Hij voelde de serene woede die vaak in hem opkwam voor hij iemand ging vermoorden. Hij klemde zijn linkerhand om Knox' mond zodat die geen geluid kon maken, trok toen de hand met het mes naar achteren en wilde net toesteken toen een vrouw achter hem begon te gillen. Hij draaide zich om en zag Nadya schreeuwen en wijzen, terwijl achter haar een zwarte Mercedes op weg was naar de uitgang. Onmiddellijk wist hij dat Zaal hem had verraden, hij begreep het helemaal. Nadya zweeg even om diep adem te halen en gilde het opnieuw uit. Overal begonnen mensen haar kant op te kijken en haar vinger te volgen. Twee beveiligers kwamen van de hoofdterminal aangesneld. Een fractie van een seconde bezweek Mikhail bijna voor de impuls om Knox te vermoorden, al was het maar om zijn woede te botvieren, maar de beveiligers waren al te dichtbij. Persoonlijke ervaring had hem geleerd dat er in dit soort situaties altijd een uitweg in de verwarring was. Het ging erom dat hij de moed had om die kans te grijpen. Hij draaide het mes om zodat het plat tegen zijn pols lag, deed toen alsof hij zich losrukte en rende naar de bewakers, terwijl hij naar Boris, Davit en Knox zwaaide en wees. 'Zij hebben geweren,' schreeuwde hij. 'Ze zijn gewapend. Terroristen! Terroristen!'

Overal om hem heen hoorden de mensen het angstaanjagende woord en holden weg op zoek naar dekking. De twee bewakers maakten hun holsters los en schreeuwden naar Davit, Knox en Boris dat ze hun handen op moesten steken. Mikhail rende langs hen heen, deed alsof hij te verstijfd van angst was om iets anders te doen dan vluchten, liet toen zijn masker vallen en sprintte over de parkeerplaats achter de Mercedes aan. Zaal zag hem aankomen, hij vloog op de uitgang af. Maar twee auto's stonden al in de rij om te vertrekken en een derde kwam het terrein op. Hij toeterde en reed over de smalle baan ertussenin, zijn buitenspiegels vouwden naar binnen toen hij ze raakte, het krijsende metaal op metaal toen hij de Mercedes ertussendoor dwong en daarna links afsloeg naar een eenrichtingsweg. Op dat moment haalde Mikhail hem in, hij wilde de deur openen, maar die was op slot. Zaal gaf een beetje gas, maar er was te veel verkeer en chaos voor hem om goed weg te komen. Mikhail haalde hem in en probeerde de vijfde deur. Die was niet op slot en hij klapte hem open en gooide zichzelf naar binnen toen de Mercedes weer een spurt maakte. Zaal keek in zijn spiegel en verbleekte toen hij daar Mikhail op zijn knieën zag zitten.

Hij wilde zijn deur openen, maar het was te laat, Mikhail sprong over de achterbank, greep van achteren zijn kin beet en trok hem naar zich toe, terwijl hij met zijn mes over zijn keel zaagde, door zijn luchtpijp en halsslagader. Het bloed sproeide over het stuur, dashboard en de binnenkant van de voorruit. Zaals voeten gleden van de pedalen en de Mercedes kwam tot stilstand.

Mikhail schoof Zaal opzij, pakte het stuur en oriënteerde zich. Goddank hadden de getinte ramen kennelijk voorkomen dat de paar omstanders konden zien wat hij had gedaan. Maar hij had niet veel tijd. De voorruit zat onder het bloed, dus hij probeerde dat met zijn mouw weg te vegen, maar slaagde er alleen maar in het nog erger te maken. Hij voelde zich verschrikkelijk vernederd. Iemand zou hiervoor boeten.

Door de paniek was de uitgang verderop geblokkeerd. Hij kon er onmogelijk door. Hij maakte een u-bocht, legde zijn hand op de claxon en hield hem daar terwijl hij tegen het verkeer in terugreed. Een vrachtwagen denderde op hem af, hij had geen andere keus dan een ruk aan het stuur te geven en tegen de verkeersrichting in het talud van een toerit op te rijden. Hij haalde het ongedeerd tot bovenaan, kwam bij een viaduct, stoof langs de luchtverkeerscontroletoren en daarna door een paar halfopen hekken langs een kleine toegangsweg. Hij deed zijn koplampen uit, voor het geval de politie er alert op werd gemaakt, en racete verder tot hij aankwam bij wat eruitzag als een laadterrein in aanbouw. Om een reusachtige parkeerplaats stonden een paar bijna afgebouwde kantoren en pakhuizen. Overal stonden machines en materiaal, maar geen spoor van arbeiders, dit terrein was duidelijk tijdens Pasen gesloten. Hij reed een rondje om het parkeerterrein, op zoek naar een uitgang, maar de enige uitgang was de weg waarover hij was gekomen en daar waren al koplampen te zien, die langzaam naar hem zoekend heen en weer gingen en zijn terugtrekmanoeuvre blokkeerde.

Een vliegtuig steeg op van een baan vlak achter de pakhuizen. Misschien kon hij naar zijn vliegtuig komen. Maar Knox zou op dit moment de blaren op zijn tong praten en de politie zou bij hem zijn voor hij kon opstijgen. Hij voelde een steek van haat jegens hem, en met zijn hand ging hij naar zijn lies bij de gedachte aan de wraak die hij op zijn vriendin zou nemen. Hoe heette die plek ook alweer waarvandaan ze die foto's had gestuurd? Agia Georgio, was het niet?

De koplampen kwamen dichterbij. Tegen de rand van het terrein stonden drie containers. Hij reed erheen, in de hoop zich achter een ervan te verschuilen, maar twee stonden zo dicht tegen het hek dat hij er niet tussen paste, en de derde stond op een verhoging, een meter of zo boven de grond, zodat zijn Mercedes onmiddellijk eronderdoor zou worden gezien. Zijn tijd raakte op. Hij reed langs de pasgebouwde kantoren en pakhuizen. Een stalen luik van een van de afsluitbare ruimten stond voor driekwart omhoog, ze waren de binnenkant aan het schilderen. Hij reed naar binnen, stapte uit om het luik achter zich dicht te doen en vergrendelde het aan beide kanten.

Buiten kwam een auto aan. De motor ging uit. Hij bleef daar rustig staan, zich afvragend of ze hem hadden gezien. Een minuut ging voorbij. Hij hoorde twee mannen praten, en voetstappen. Iemand probeerde de stalen deur op te tillen, maar de grendels hielden het en ze gingen verder. De motor startte weer. Hij hoorde hem wegrijden. Hij ging naar de Mercedes, deed het binnenlicht aan en bekeek zichzelf in de achteruitkijkspiegel. Op zijn gezicht zat het aangekoekte rood van Zaals bloed. Voor zo'n kleine kerel kon hij behoorlijk spuiten. Hij kleedde zich helemaal uit, sproeide ruitenwisservloeistof op de voorruit, veegde die met zijn shirt op en gebruikte het om zichzelf en zijn trenchcoat schoon te wassen. Uit zijn koffer haalde hij andere kleren en trok die aan, stopte zijn mes tussen zijn riem en pakte het geld. Hij liep naar het luik, luisterde nog even, haalde de grendels eraf en rolde het iets omhoog om te kijken of de kust veilig was. Hij rolde het nog wat verder omhoog, dook eronderdoor, trok het weer achter zich dicht en richtte zich op.

Tot zijn eigen verbazing ontdekte hij dat hij ervan genoot.

36

Knox bleef hulpeloos staan terwijl de beveiligingsbewakers en politie van verschillende kanten op hen afkwamen, pistolen en automatische wapens op zijn borst en gezicht gericht, naar hem roepend dat hij hetzelfde moest doen als Davit en Boris al hadden gedaan en zijn handen in de lucht moest steken. Maar Knox kon zijn handen niet in de lucht steken, ze waren op zijn rug geboeid. En als hij Davits jasje zou afschudden om het ze te laten zien, dan konden ze heel goed denken dat hij een wapen wild pakken en hem voor de zekerheid zouden doden. 'Niet schieten!' smeekte hij. Maar hij kon de angst in hun ogen zien, hoe dicht ze op het randje zaten.

Nadya rende net op tijd naar hem toe. 'Nee!' riep ze. 'Zijn handen zijn geboeid.' Ze hield haar eigen handen in de lucht toen ze naar hem toe kwam, maar met een ervan sloeg ze Davits jasje van zijn schouders en draaide hem om zodat de politie het kon zien.

De spanning week onmiddellijk. Wapens zakten, iemand kakelde een grap en oogstte gelach. 'Wat is er aan de hand?' vroeg een van hen aan Nadya. 'Wat is er in godsnaam met je hand gebeurd?'

Maar Nadya negeerde de vraag. In plaats daarvan draaide ze zich naar Boris toe en spuugde in zijn gezicht.

II

Gaille staarde als verdoofd naar de foto.

Iain.

Dus hij was hier eerder geweest. Minstens twee keer. Dat betekende dat hij deze plek al lang kende voordat Knox hem had gebeld. Al die onzin over dat hij Petitier kende als Roly, over zijn Belgische archeologische vriend, over de weg vragen in die winkel in Anapoli! Hij had Petitier zeker... ze controleerde de datum op de eerste fotomap, minstens een half jaar gevolgd.

Het duurde even voor het blaffen tot haar doordrong. Argo ging als een razende tekeer. Dat kon alleen maar betekenen dat Iain op de terugweg was. Ze verstarde even, zich afvragend wat ze moest doen. Maar ze kon het niet laten gebeuren dat hij haar daar zou vinden, niet met die foto's. Ze haastte zich naar buiten, deed onderweg de lichten uit en sloot de trap af op het moment dat ze zijn laarzen buiten hoorde. Ze legde het kleed weer terug, trok de stoel eroverheen en bleef vervolgens staan in een poging een achteloze houding aan te nemen toen de deur openging en Iain binnenkwam. 'Verdomme!' zei hij terwijl hij zich in de leunstoel gooide. 'Mijn vóéten!'

'Lange dag gehad?' vroeg ze.

'Ik had me niet gerealiseerd dat er zo veel te onderzoeken was.'

'Geluk gehad?'

'Een beetje. Ik heb zijn Minoïsche site gevonden.'

'Maar dat is schitterend!' riep ze uit, terwijl ze haar uiterste best deed om afdoende onder de indruk te klinken. 'Waar?'

Iain knikte naar het zuiden. 'Het meeste is met aarde bedekt, maar er ligt nog wel zo veel open dat je een idee krijgt. Een klein paleis of zo uit de vroegminoïsche II-tijd, zou ik zeggen, hoewel er duidelijke sporen van vernieling zijn en van wederopbouw in de Myceense tijd. Maar hij heeft daar zeker vijf jaar niets gedaan, waarschijnlijk langer. Dus als hij onlangs iets heeft gevonden, dan moet dat ergens anders zijn geweest.' Hij keek op naar het rek met tijdschriften. 'Ik durf te wedden dat dat zijn opgravingsaantekeningen zijn. Heb je daarmee vooruitgang geboekt?'

Ze schudde haar hoofd. 'Zijn code is te moeilijk voor me. Maar ik heb vriendschap gesloten met de hond.'

'Ja. Ik zag dat hij in zijn hok zat. Hoe heb je dat voor elkaar gekregen?'

'Omgekocht. Petitier had geen eten of drinken voor hem achtergelaten. Ik heb hem ook gewassen. Hij was echt smerig.'

'Ik voel me anders ook behoorlijk smerig,' grinnikte Iain. 'Word ik ook gewassen?'

'Ik heb wat eieren geraapt en paprika's en zo,' zei ze tegen hem, hem negerend. 'Wat dacht je van een omelet en een glas chateau Petitier?'

'Nou heb je het ergens over.' Hij boog zich naar voren om zijn veters los te maken en schopte zijn schoenen uit. Hij strekte zijn benen en wiebelde met zijn tenen. Ze hinkte naar de keuken, waarbij ze haar slechte enkel wijd uitwaaierde, omdat ze instinctief wilde dat hij zou denken dat ze erger geblesseerd was dan in feite het geval was. Ze opende een stoffige fles wijn, schonk de robijnkleurige vloeistof in een paar glazen en nam ze samen met de fles weer mee.

'Proost,' zei Iain, terwijl hij het glas hief voordat hij er een derde uit dronk.

'Proost,' zei Gaille ook, een bescheidener nipje nemend, worstelend om te blijven glimlachen en de achterdocht uit haar ogen te weren.

III

Theofanis en Angelos bekeken een map met stills van de beveiligings-camera in de hotellobby toen het telefoontje kwam. Theofanis luister-de ongeveer een halve minuut en wendde zich tot zijn baas. 'Proble-men op het vliegveld,' zei hij.

'Wat heeft dat met ons te maken?'

'Ze hebben een stel Georgiërs gearresteerd. En die kerel Daniel Knox ook.'

Angelos gromde alsof hij een stomp in zijn maag had gekregen. 'Knox,' zei hij, alsof hij vloekte.

'Het schijnt dat hij naar ons heeft gevraagd,' zei Theofanis. 'Het schijnt dat hij denkt dat wij voor hem instaan.'

'Wíj?' vroeg Angelos ongelovig. 'Voor hém instaan?'

'Dat zeggen ze. Wat gaat u doen?'

Angelos keek op zijn horloge. 'Hoe lang duurt het voor we daar zijn?'

'Veertig minuten, zou ik zeggen. Op dit uur van de avond.'

Angelos griste met een hand zijn jasje weg, met de andere de map fo-to's en beende naar de deur. 'We doen het vanavond in twintig.'

37

De nacht was ingevallen terwijl Mikhail in de afgesloten ruimte zat. De lampen op het parkeerterrein waren aangegaan en wierpen poelen geel licht. Ver in de verte hoorde hij sirenes. Zoals altijd zocht de politie op de verkeerde plekken.

De landingsbaan lag aan de andere kant van deze gebouwen, maar die trok hem niet erg. Open ruimtes en opperste veiligheid waren het laatste wat hij nu kon gebruiken. In plaats daarvan liep hij de andere kant op, over het parkeerterrein, stapte over het lage hek en tussen een smalle strook bomen door, tot hij boven op een grastalud stond en op de luchthavenweg neerkeek, waar het verkeer zich martelend vrij kon bewegen. Maar om daar te komen moest hij een goed verlicht veiligheidshek over, waar aan de bovenkant prikkeldraad omheen gedraaid zat en dat door camera's in de gaten werd gehouden. Lastig, maar niet iets wat hij niet aankon. Hij was op weg de helling af toen een vrachtwagen op de weg erachter in zicht kwam. Die reed precies zo langzaam dat een gewapende politieman eraf kon springen en positie bij het hek kon innemen, daarna reed hij vijfhonderd meter verder en daar sprong een volgende van de auto. De klootzaken waren het hek aan het beveiligen.

Hij vloekte en trok zich in de dekking van de bomen terug, haalde zijn mobiel tevoorschijn en probeerde om assistentie te bellen. Niemand nam op. Zijn vader niet, zijn grootvader niet, geen van zijn broers. Niemand. Hij kon niet geloven dat een nietsnut van een man als Edouard zijn familie ernstige schade toegebracht zou kunnen hebben, maar toch wist hij er geen andere verklaring voor te geven. Plotseling kreeg hij een verstikkende herinnering aan de gevangenis, en een onbekende sensatie sijpelde door hem heen, als een bries door een korenveld. Hij bleef bellen, de cirkel steeds verder uitbreidend. Pas toen hij Cyprus belde, nam eindelijk iemand op. Rafiel, hun Cypriotische stafchef. 'Wie is dit?' vroeg hij.

'Met mij, Mikhail. Wat is er aan de hand. Waar is iedereen?'

'Heb je het dan niet gehoord? Er is een massale inval geweest op Nikortsminda. Politie en leger. Ik heb Iakob gesproken. Hij wist weg te komen, hij wilde niet zeggen hoe. Hij zegt dat er geschoten is en er waren helikopters. Hij zegt dat je grootvader gearresteerd is, je vader en broers ook. Maar dat is nog niet het ergste. Je broer Alexei is omgekomen.'

'Onmogelijk,' zei Mikhail. 'Ze zouden niet durven.'

'De tv-stations hebben kennelijk beelden laten zien waarop staat dat hij een politieman een kopstoot geeft en daarna een geweer op zijn gezicht richt,' zei Rafiel. 'Mensen houden niet van families die zichzelf boven de wet stellen.'

'Het is een valstrik,' zei Mikhail. 'De mensen zullen het nooit accepteren.'

'Dat weet ik niet,' zei Rafiel. 'Uit heel Georgië komen berichten binnen van mensen die de straat opgaan, van schermutselingen en geweerschoten, maar allemaal heel sporadisch. Er is niemand om het te organiseren, niemand die het kan léíden, niet nu je hele familie gearresteerd is. Allemaal, behalve jij, natuurlijk.'

Mikhail knipperde met zijn ogen. Dat aspect ervan was nog niet bij hem opgekomen. Door de arrestaties was hij de facto hoofd van de familie geworden, de facto hoofd van de hele door de Nergadzes geleide oppositie, feitelijk hoofd van het hele verzet tegen Georgiës fascistische regering. Anderen zouden wellicht terugdeinzen voor zo'n verantwoordelijkheid, maar Mikhail niet. 'Luister,' zei hij tegen Rafiel. 'Ik ben nu de baas. Is dat duidelijk?'

'Ja, baas.' De opluchting in Rafiels stem was tastbaar. Bevelen. Structuur. Hiërarchie. 'Wat heb je nodig?'

Mikhail zweeg even. De president had de oorlog aan zijn familie verklaard, hij moest zich realiseren dat hij geen enkele Nergadze vrij kon laten rondlopen. Als hij nu naar huis zou vliegen, zouden de autoriteiten hem ter plekke arresteren. Als hij hier zou blijven, zouden ze de druk op de Grieken opvoeren om hem op te jagen. En totdat hij op een of andere manier uitgeschakeld was, zouden ze blijven zoeken. Dus zijn eerste klus was om tijd en ruimte voor zichzelf te creëren. 'Verhuis naar de boot,' zei hij tegen Rafiel. 'Neem alles mee wat nodig is om

onze familiezaken te kunnen runnen, vaar er dan mee naar internatio-
nale wateren.'

'Ja, baas. En dan?'

'Blijf in de buurt. Ik bel je terug om een ontmoetingspunt af te spreken.'

Hij rende langs de bomenzoom tot hij bij de achterkant van het terrein van een autoverhuurbedrijf was. Het veiligheidshek stond er nog
altijd tussen, maar hier was dat tenminste gedeeltelijk door bomen afgeschermd. Hij haalde het mes uit zijn riem en stak dat door het draad-
gaas, zodat het aan de andere kant op het gras viel. Hij controleerde of
de attachékoffer goed dicht zat en gooide die eroverheen. Hij landde
met een luide klap, maar verder was er geen geluid te horen. Hij trok
zijn trenchcoat uit, drapeerde die over zijn schouder en begon te klimmen. De mazen sneden in zijn vingers en lieten rode striemen achter.
Het was lastig om steun voor zijn voeten te vinden, ze gleden en
schampten voortdurend weg, maar hij haalde het tot bovenaan.

De drie rollen prikkeldraad bogen zich van hem af, gemaakt om
mensen van het beveiligde vliegterrein weg te houden, niet om ze binnen te houden. Hij greep zijn jas van zijn schouder, spreidde die over
het draad uit en klauterde daar toen veilig overheen. Hij pakte zijn jas
stevig vast, liet zich naar de andere kant zakken terwijl hij zijn jas achter zich aan trok en het prikkeldraad als een rem op het leer fungeerde.
Hij bleef even op zijn hurken zitten, pakte toen kruipend zijn mes en
de koffer, en liep naar de dichtstbijzijnde auto. De deur was niet op slot
maar er zaten geen sleutels in het contactslot. Hij overwoog om hem
met contactdraden te starten, maar die nieuwe modellen waren klote,
het alarm ging bij het minste geringste.

Koplampen zwaaiden zijn kant op. Hij dook weg, uit angst dat het
de politie was. Maar het was slechts een minibus die passagiers afzette.
Een gezin van vier mensen stapte als eerste uit. Vader, moeder en twee
lief ogende meisjes. Het idee kwam onmiddellijk in hem op: gijzel de
twee meisjes in de achterbak en zorg dat hun ouders hem naar de veiligheid rijden. Het ging tegen zijn natuur in om zijn lot in handen van
anderen te leggen, maar hij zag geen beter alternatief.

Hij keek hoe ze naar hun auto liepen, wat babbelden met een andere passagier, een zakenman in parelgrijs pak die er jonger probeerde uit te zien dan zijn veertig en nog wat jaar, met zijn naar achteren gekamd haar dat tot op zijn schouders hing. Mikhail wenste in stilte dat hij hen met rust liet, maar ze bleven maar doorpraten terwijl de echtgenoot hun bagage achter in de Mazda stouwde en de vrouw haar kinderen de gordels omdeed. Toen waren ze weg, zwaaiden opgewekt naar de zakenman die langs de rij auto's op zoek was naar die van hem. Hij drukte op zijn afstandsbediening en de richtingaanwijzers van een gestroomlijnde Citroën flitsten oranje op.

Er kwam een nieuw plan in Mikhail op, net zo plotseling en compleet als het eerste. Maar dit lag veel meer in zijn aard, want het betekende dat hij op niemand anders hoefde te vertrouwen dan zichzelf. Hij stelde zich voor hoe het zou gaan. Een uitermate riskante onderneming, uiteraard, maar in zulke situaties was nu eenmaal alles uitermate riskant. En als het hem lukte, zou hij kunnen wegkomen. Hij boog zijn hoofd en liep naar de zakenman, die al achter het stuur ging zitten. 'Neem me niet kwalijk,' zei hij, terwijl hij op veilige afstand bleef, zodat de man niet zou denken dat hij hem bedreigde. 'Weet u misschien hoe laat het is?'

'Natuurlijk,' bromde de man. Belgisch of Nederlands, te oordelen naar zijn accent, maar absoluut een eu-paspoort, en dat was het belangrijkste. 'Zeven uur vijfentwintig,'

'Dank u wel,' glimlachte Mikhail. Hij knikte naar de auto. 'U hebt een goede smaak. Er gaat niets boven een canvasdak.'

De man grijnsde. 'Ik heb vijf kinderen. Het enige waarin ik thuis rondrij is dat verdomde passagiersvoertuig van mijn vrouw. Het is weer eens wat anders om van tijd tot tijd in zo eentje te rijden, dan weet je weer hoe een fatsoenlijke auto aanvoelt.'

'Ik heb hetzelfde met mijn eigen kinderen,' zei Mikhail, terwijl hij achter zich naar zijn mes reikte. 'Totdat ik een paar dagen van die ettertjes verlost ben geweest, althans. Dan weet ik niet hoe gauw ik weer thuis moet komen om ze te zien.'

'Ja, nou ja,' schokschouderde de man, terwijl hij zijn gordel omdeed en de sleutel in het contactslot stak. 'Dat is dan het vaderschap voor jou.'

'Inderdaad,' zei Mikhail instemmend, terwijl hij naar hem toe liep. 'Inderdaad.'

II

Op de luchthaven was het pandemonium afgenomen tot pure chaos, niet bepaald geholpen door het feit dat de vluchten bleven landen en vertrekken, want het paasweekend was te belangrijk om in de war te laten sturen. Politie en antiterrorisme-units waren in groten getale gearriveerd, en controleerden nu iedereen die vertrok of de terminalgebouwen binnenkwam, terwijl bovendien de parkeerterreinen en publieke ruimtes met de stofkam werden gecontroleerd voordat ze werden verzegeld, waardoor de ruimte waarin Mikhail zich kon bewegen gaandeweg kleiner werd. Ze hadden ook een wegblokkade bij de uitgang van het vliegveld opgeworpen, om alle vertrekkende voertuigen te controleren, maar de file kwam al snel tot aan het terminalgebouw zelf, waardoor er een puinhoop dreigde te ontstaan. De politie was om die reden massaal aanwezig, en moest de controle beperken tot een inspectie van identiteitsbewijs en een snelle blik in de kofferbak, waardoor de rijen waren gekrompen.

Knox zag een ambulance vertrekken, met blauwe zwaailichten maar zonder sirene, die Nadya naar Athene zou brengen om haar verbrijzelde hand te laten behandelen. Ze had veel eerder moeten gaan, maar ze had erop gestaan om eerst een verklaring af te leggen om Knox vrij te pleiten. Hij had haar willen overtuigen dat het niet nodig was, want ook al hield Boris zijn lippen stijf op elkaar, Davit was als een oude kruik opengebarsten en had alles verteld. Op de politieradio gingen ook verhalen die Knox' verhaal bevestigden: ten noorden van Athene stond een landgoed in lichterlaaie, samen met het karkas van twee dure auto's. Dus waar hij daarstraks bijna als verdachte terrorist was neergeschoten, merkte Knox al snel dat hij nu was gedegradeerd tot slechts een curieus voorwerp dat onder de hoede was gebracht van een vriendelijke politieagente, die tenminste de moeite nam om sleutels voor zijn handboeien te vinden. Zijn polsen waren beurs en opgezwollen, en zijn vingers klopten pijnlijk toen het bloed weer ging stromen, maar zijn stemming werd een stuk beter. 'Is dat alles?' vroeg hij. 'Mag ik gaan?'

'De baas wil dat een politiearts nog naar u kijkt,' zei ze tegen hem. 'Tenslotte, als u bent gemarteld, zoals u zelf hebt gezegd…'

Hij snoof een beetje. 'U bedoelt dat hij zeker wil weten of mijn verwondingen overeenkomen met mijn verhaal. Waar is de dokter dan?'

'Onderweg. U vindt het toch niet erg om even te wachten?'

'Heb ik een keus?'

Hij leunde tegen het parkeerhokje en doodde de tijd. Een politiewagen reed naar hem toe, maar voorin zaten Angelos en Theofanis, niet de dokter. 'Wat doen jullie twee hier?' vroeg hij.

'Jij was degene die wilde dat we voor je in zouden staan.'

'Ik heb alleen gezegd dat jullie wisten wie ik was. Ik verwachtte niet dat jullie hierheen zouden komen.'

'Ja, nou, we hebben toch een paar vragen.' Angelos knikte naar de achterbank. 'Stap in.'

'Ik wacht op een dokter.'

'Stap nou maar in.'

Theofanis draaide zich op zijn stoel om toen hij instapte. 'We proberen alles in elkaar te passen,' zei hij. 'Petitier. Je vriend Augustin. Die man, Antonius, die we opgehangen hebben gevonden. Mikhail Nergadze. Wat hier ook eerder is gebeurd…' Maar hij kreeg geen tijd om zijn gedachten af te maken, want hij werd onderbroken door commotie op de uitgaande weg van de luchthaven. Ze zagen allemaal een auto brullend tegen het verkeer in naar hen toe rijden, met flitsende koplampen en blèrende claxon om andere auto's te waarschuwen uit de weg te gaan, alsof hij bang was geworden van de politieblokkades.

Knox ving een glimp op van het gezicht van de bestuurder toen die langs stoof, maar het was genoeg. 'Dat is hem,' zei hij verdoofd. 'Dat is Nergadze.'

Angelos aarzelde niet. Hij startte de motor, zette hem in z'n één en maakte een U-bocht. Een rij politiewagens had de achtervolging al ingezet, en ze sloten achter aan, denderden tegen de rijrichting in een afrit naar een viaduct op, langs de controletoren, dan door open hekken een pad op naar een enorm parkeerterrein, waaromheen een paar kantoren werden gebouwd. Zelfs in het donker was het duidelijk dat Mikhail geen kant op kon, behalve dan de weg waarlangs hij gekomen was. 'We hebben 'm,' mompelde Theofanis.

Mikhail moest zich dat ook gerealiseerd hebben. Hij minderde vaart en stopte. De politiewagens minderden ook vaart en blokkeerden zijn ontsnappingsroute. Ze hadden hun man, ze hoefden niet de held uit te hangen.

Angelos draaide zijn raampje open. 'Geef je over,' riep hij.

'Loop naar de hel,' riep Mikhail. 'Loop allemaal naar de hel. Ik ga niet terug naar de gevangenis. Ik ga nooit meer terug.'

'Je krijgt een advocaat. Je krijgt een proces.'

'Een proces?' schamperde hij. 'Ik ben Mikhail Nergadze. Hoor je me? En wie mag jij verdomme wel niet wezen?' Hij trapte op het gaspedaal en accelereerde over het open terrein van het asfalt, maakte toen een lange, zwenkende bocht en denderde bijna rechtdoor naar een container die aan de rand stond. Knox kromp ineen toen de lage motorkap van de Citroën onder de hoge romp van de container door ging, waarna onder geraas van staal en glas de voorruit en steunspijlen deze raakten en het canvasdak als een harmonica in elkaar schoof voordat het hoog in de lucht werd geworpen en een stukje verderop op het asfalt belandde, terwijl de afgekapte onderkant van de auto in een douche van wrijvingsvonken onder de container door schoot, door het draadhek barstte en naar de bomen erachter racete.

Het duurde even voordat iemand in beweging kwam. Ze waren allemaal te verbijsterd. Maar toen begonnen er vlammen rond de onderkant van de container te likken, terwijl de gebroken Citroën kreunde, siste en kraakte in zijn voegen. De politieauto's waaierden uit en reden er behoedzaam heen, geen van hen wilde er als eerste zijn, hoe gehard ze ook tegen verschrikkingen waren. Ze kwamen bij de omheining, stopten en stapten uit. In de lucht achter de container dwarrelden allemaal bankbiljetten, alsof er in de stalen attachékoffer een bom was afgegaan. Ze wervelden overal om hen heen en sommige politiemannen waren ze al met handenvol aan het verzamelen en in hun zakken aan het stoppen, het maakte niet uit wat voor biljetten het waren.

Knox en Angelos drongen zich langs hen heen. De afgetobde Citroën was door het draadstalen hek achter de container gebarsten en in een wirwar van struikgewas tot stilstand gekomen. De metalen attachékoffer stond achterin open en obsceen grote hoeveelheden cash lagen erin en eromheen. Beide airbags waren opgeblazen, hoewel ze Nergadze weinig goeds hadden gebracht, die nog altijd in de gordel op de bestuurdersstoel zat, zijn linkerarm bengelde langs zijn zij, zijn gouden horloge nog altijd om zijn pols, maar zijn rechterarm en alles vanaf zijn borst, samen met de voorruit en het dak, waren door de reusachtige guillotine van de containertrailer afgeschoren.

38

Nadat ze hadden gegeten deed Gaille alsof ze uitgeput was en hoofd-pijn had, en vroeg hoe ze het slapen zouden regelen. Iain zei tegen haar dat ze Petitiers bed moest nemen, dat hij het prima vond om in zijn slaapzak op de grond in de woonkamer te slapen. Ze ging er niet tegen in, ridderlijkheid had zo zijn voordelen. Ze trof voorbereidingen om naar bed te gaan, maakte het matras toen op met de schoonste dekens die ze kon vinden en stapte ertussen. Maanlicht sijpelde langs de gor-dijnranden door het raam en wierp een vaalblauwe tint op de muur. Ze staarde naar het plafond en vroeg zich af wat ze de volgende ochtend zou doen, verscheurd als ze werd door de keus tussen het doorzoeken van de rest van de kelder of maken dat ze hier wegkwam.

Ze verstrakte toen ze een zachte voetstap buiten haar kamer hoorde. Er werd zachtjes op de deur geklopt, die openging en daar stond Iain met zijn slaapzak over zijn schouder. 'Ben je wakker?' vroeg hij. Ze zei niets. 'Gaille,' zei hij luider, terwijl hij een stap naar haar toe deed. 'Ben je wakker?'

'Hoezo? Wat is er?'

Hij kwam nu helemaal de kamer in en deed de deur achter zich dicht. 'Schuif op,' zei hij.

Ze leunde op een elleboog. 'Wat doe je?'

'De vloer is daar net een rots. Ik kan niet slapen, echt niet. Mijn be-nen doen verschrikkelijk pijn van al dat lopen. Ik moet op iets zachts liggen. Alsjeblieft, Gaille.'

'Ik weet het niet, hoor,' zei ze.

'Doe niet zo preuts,' zei hij. 'Je kunt me heus wel vertrouwen, hoor. Ik bedoel, afgelopen nacht hebben we samen in een slaapzak gelegen, in godsnaam, zeg.'

Ze schoof op, niet wetend hoe ze er anders mee om moest gaan. Het matras was tenminste breed genoeg voor twee. Hij spreidde de slaap-zak naast haar uit, schoof erin, schonk haar een glimlach die ze in het donker maar net kon onderscheiden, draaide zich vervolgens op een zij en legde een arm om haar middel. 'Hou daarmee op,' zei ze.

'Geintje,' zuchtte hij terwijl hij zijn arm weghaalde. 'Dus jij en Danny Boy, hè? Was dit zijn idee van een romantische vakantie, of zo? Een congres in Eleusis?'

'We wilden ook de eilanden bezoeken,' zei ze verdedigend. 'Ik heb altijd al Ithaca willen zien.'

'Als je daar bent, moet je naar Kefalonia gaan. Dat is maar een kort boottripje en het is absoluut verbijsterend. Alles wat Athene niet is.'

'Hou je niet van Athene?'

'Ik heb de pest aan Athene. Dat is het ergste van mijn werk, dat ik mijn halve leven spendeer aan heen en weer reizen.' Hij stiet een enigszins gedwongen lachje uit. 'Eén ding is zeker, als ik indruk op een mooie vrouw zou willen maken, zou ik haar daar mee naartoe nemen.' Hij pakte een kussen en draaide dat naar de koele kant om. 'Maar goed dat ik er niet meer een heb, vermoed ik.'

Gaille wist niet zo goed wat ze daarop moest zeggen. 'Welterusten,' zei ze.

'Ja,' zei hij instemmend. 'Welterusten.'

II

De luchthaven had zijn eigen medische hulppost, maar nadat de politiearts Knox' verslag over de schijnverdrinking had gehoord en dat hij geslagen was, stond hij erop om hem naar het dichtstbijzijnde ziekenhuis over te brengen, waar ze apparatuur hadden om te kijken of hij inwendig letsel had opgelopen. Hij zat op de onderzoekstafel op de uitslag te wachten toen de klapdeuren opengingen en Theofanis binnenkwam, hij had een manilla map en een plastic zak bij zich. 'Daar ben je dus,' zei hij. 'Ik heb naar je gezocht.'

'En nu heb je me gevonden.'

Hij negeerde Knox' toon en reikte hem de tas aan. 'We hebben een paar dingen van je in Nergadzes bestelbus aangetroffen,' zei hij. 'Angelos wilde dat je ze terugkreeg.'

'Wilde Angelos dat?' vroeg Knox verbaasd.

'Hij is een goed mens,' zei Theofanis. 'Zijn werk wordt hem soms gewoon te veel.'

Knox keek in de tas, zag zijn portefeuille, mobieltje en het rode kunstleren ringdoosje. 'Bedankt,' zei hij. Het was een onbeholpen vredesaanbod, maar niettemin welkom. Hij moest erdoor aan Gaille denken, aan de dreigementen die Mikhail had geuit. Hij pakte zijn mobieltje en herinnerde zich dat Mikhail Gailles foto's en haar sms'je had gezien, alle informatie die hij nodig had om haar op te sporen.

'Wat is er?' vroeg Theofanis, toen hij zijn ongemak zag.

'Nergadze,' zei Knox. 'Hij bezwoer dat hij Gaille zou laten boeten als ik hem zou verraden.'

'De man is dood.'

'Ja, maar wie weet wat hij heeft gedaan voor hij stierf?'

'Terwijl hij voor zijn leven rende?'

'Je hebt hem niet ontmoet. Ik wel. Hij is niet het soort dat loze dreigingen uit, of ze gewoon vergeet omdat hij zich met andere dingen moet bezighouden. En hij heeft connecties. Zijn familie is ongelooflijk machtig. Als hij opdracht heeft gegeven…'

'Maak je geen zorgen,' zei Theofanis. 'Het is gedaan met de Nergadzes. De hele familie is door de Georgische regering ingerekend.'

'Weet je dat zeker?'

'Ik heb zelf met een van hun agenten gesproken. Ik moest hem over de arme drommel vertellen die door Mikhail was neergeschoten en verbrand.'

'Maar toch,' zei Knox. 'Ik moet met Gaille spreken. Ik moet weten of ze oké is.'

'Waarom bel je haar niet gewoon?'

Hij schudde zijn hoofd. Dat had hij al in een telefooncel in de ziekenhuishal geprobeerd. 'Ze neemt niet op.'

'Ik kan een auto laten sturen.'

'Ze zit twee uur lopen van het dichtstbijzijnde dorp.'

'O.' Theofanis trok een gezicht. 'Dan misschien maar niet. Niet in het paasweekend. Niet nu de zaak rond is.'

'Rond?' snoof Knox.

'Natuurlijk. Nergadze en zijn bende wilden dat Vlies. Ze hebben Petitier en Antonius erom vermoord. Toen hebben ze jou en die Nadya ontvoerd.'

Knox schudde zijn hoofd. 'Nergadze heeft Antonius vermoord, dat geef ik toe. Maar niet Petitier. Hij heeft mij alleen maar ontvoerd omdat hij geloofde dat ik Petitier zelf had vermoord vanwege het Vlies. Hoe kon hij dat nou geloven als hij het zelf had gedaan?'

Theofanis fronste zijn wenkbrauwen en stak zijn manilla map naar hem toe. 'Kijk hier dan maar eens naar,' zei hij.

Knox pakte hem aan. Er zaten stills in van een beveiligingscamera, van een man in een fotografenbroek en T-shirt, de klep van een baseballpet over zijn ogen getrokken, waarmee zijn gezicht bijna helemaal uit het zicht bleef. 'Wat is dit?'

'Charissa, je vriendin de advocaat, stelde voor om de camerabeelden van de hotellobby te controleren van de middag dat Petitier werd vermoord. Deze man kwam hier een uur voor Petitier aan. Hij bestelde koffie aan de bar en ging daarna aan een tafeltje zitten om de deur in de gaten te houden. Je ziet dat hij zijn koffie niet eens aanraakt. Maar nadat Petitier is ingecheckt, wacht hij nog vijftien seconden voor hij achter hem aan gaat naar de liften. Ik durf er alles onder te verwedden dat hij op Petitier zat te wachten.'

'Ja,' erkende Knox. 'Weet je waar hij naartoe is gegaan?'

Theofanis schudde zijn hoofd. 'We zijn de andere banden nog aan het bekijken.'

'En jij denkt dat hij de moordenaar zou kunnen zijn?'

'Laten we alleen zeggen dat we graag met hem zouden willen praten. Herken je hem?'

Knox keek opnieuw naar de foto. Het was niet Nergadze of een van de andere Georgiërs, dat was zeker. En hij leek ook niet op iemand die bij de conferentie aanwezig was. En toch kwam hij hem bekend voor, hoewel Knox niet kon bedenken waarom. 'Ik weet het niet,' zei hij terwijl hij de foto teruggaf. 'Maar ik neem aan dat Augustin nu geen verdachte meer is.'

'We willen hem nog steeds een paar vragen stellen,' antwoordde Theofanis. 'Wat zat er bijvoorbeeld in die canvastas die hij meenam naar het vliegveld?'

Het antwoord kwam zo prompt in Knox op, dat hij onwillekeurig moest lachen. 'Rozen,' zei hij.

'Sorry?'

'Toen Claire uit de terminal kwam, had ze een reusachtige bos witte rozen in haar handen. Die zat in de tas.'

'Hij kon ze op het vliegveld gekocht hebben.

'Natuurlijk had hij dat kunnen doen,' zei Knox. 'Tenslotte was hij al een week bezig geweest om het haar naar de zin te maken, en dus liet hij het natuurlijk aan het toeval over of er bloemen te koop waren.' Plotseling had hij genoeg van Theofanis, genoeg van zijn eindeloze achterdocht, dat hij hardnekkig op zoek was naar schuld. Hij sprong van de onderzoekstafel en kromp ineen toen hij neerkwam. 'Ik verdwijn,' zei hij. 'Ik moet naar Kreta.'

'Je gaat helemaal nergens naartoe tot je toestemming hebt.'

'Dan moest je me die maar geven, hè? Of haal je liever een van je collega's erbij om me in het bed naast Augustin te slaan?'

Theofanis staarde hem even aan, zuchtte toen en gaf zich over. 'Vanavond kom je nergens,' zei hij. 'Je hebt de laatste vlucht al gemist. Maar als je wilt, kun je met me meerijden naar Athene en kun je morgen het vliegtuig pakken.'

39

Gaille werd abrupt wakker bij een ochtendlijk koor buiten haar slaap-
kamerraam, met Iains ritmische ademhaling in haar nek en op haar
schouders, zijn arm om haar middel; maar daar was ze niet wakker van
geworden, en dat was ook niet de reden waarom ze nu verstijfde. Het
was een laattijdig besef van iets wat hij had gezegd vlak voor ze de
avond tevoren in slaap vielen: 'Ik heb de pest aan Athene. Dat is het
ergste van mijn werk, dat ik mijn halve leven aan heen en weer reizen
spendeer.' Heel onschuldig, maar dat was de holle lach die erachteraan
was gekomen niet geweest. Op dat moment had ze dat niet opgepikt,
maar het was alsof hij zich had gerealiseerd dat hij iets stoms had gezegd, en dat probeerde te verhullen.

Ze rolde zich langzaam op haar rug, draaide haar hoofd opzij om
naar hem te kijken terwijl hij daar zo lag, zijn mond een beetje open, de
goudkleurige schittering van zijn stoppelbaard, het rijzen en dalen van
zijn borst. De enige persoon die had geweten hoe Petitier eruitzag, wat
hij in de afgelopen twintig jaar in zijn schild had gevoerd. Een man die,
onder zijn laatdunkende grappen over zichzelf, smachtte naar een grote ontdekking. Ze tilde zo stilletjes als ze kon zijn arm van zich af. Hij
bewoog, maar werd niet wakker. Ze stond op, liep op haar tenen de
kamer uit en sloot de deur zachtjes achter zich.

Zijn rugzak stond tegen de muur naast de voordeur. Ze ging een
beetje sneller ademen toen ze haar hand erop legde. De stof voelde wat
statisch aan, alsof die elektrisch geladen was. Het ging tegen haar aard
in om andermans bezittingen te doorzoeken, maar ze kon zich er niet
van weerhouden. Ze ritste een zijvak open en keek de inhoud door: een
aansteker en een doos vochtbestendige lucifers, een zaklantaarn, een
multifunctioneel zakmes, beduimelde kaarten van Kreta en een draag-
bare gps. Ze doorzocht de andere zakken, die allemaal trekkersspullen
bevatten. In het grote vak van de rugzak zaten kleren. Ze kwam zijn fotografenbroek tegen en schoof de stof heen en weer om te kijken of er iets
in de veelheid aan zakken zat. Ze vond zijn portefeuille, keek er snel

doorheen en legde die weer terug. Ze voelde iets anders en trok het eruit. Een metrokaartje uit Athene. Ze draaide het in het licht, tuurde ernaar, en verstijfde iets. Het was op dezelfde middag afgestempeld toen Petitier…

'Wat ben jij verdomme aan het doen?'

Haar hart sloeg een slag over. Ze keek om en zag Iain in de deuropening staan in alleen zijn boxershort. 'Je bent op,' zei ze terwijl ze het kaartje in de zak en de broek weer in de tas terugstopte.

'Ja, ik ben op. Ga je me nog vertellen wat je verdomme aan het doen bent?'

Ze wist niet wat ze moest zeggen. Ze zat daar maar op haar hurken op inspiratie te wachten. 'Ik was alleen…' begon ze.

Hij liep op haar toe, zijn handen tot vuisten gebald langs zijn zijden. 'Ja. Je was alleen?'

'Ik was op zoek naar je verbanddoos.'

'O.' Hij bleef even staan. 'Waarom?'

'Mijn enkel,' zei ze. 'Ik wilde er een nieuw verband omdoen. Dit wordt zo vuil en de rek gaat eruit. Dat vind je toch niet erg?'

'Natuurlijk niet,' zei hij, maar op zijn hoede, alsof hij haar verhaal niet echt geloofde. Hij ging op zijn hurken zitten, ritste het onderste vak open en haalde de doos eruit.

'Ik wilde je niet wakker maken,' zei ze. 'Je hebt gisteren zo'n zware dag gehad. Ik had heen en weer willen wippen voordat je wakker werd.'

'Heen en weer?'

'Ik moet erachter zien te komen wat er met Daniel en Augustin gebeurt,' zei ze knikkend. 'Dat móét. Ik word er gek van. Ik dacht dat als ik maar hoog genoeg kan klimmen, mijn mobiel wel bereik zou krijgen.'

'In je eentje? Met die verzwikte enkel van je? Ben je gék geworden?'

'Ik zou geen risico's hebben genomen.'

'Wat bedoel je? Alleen al het pad beklimmen is een risico.'

'Dat wil ik zelf.'

'O ja? En wie moet je dan redden als er iets misgaat?'

Ze liet haar hoofd hangen. 'Sorry,' zei ze. 'Ik dacht niet na. Maar… ik móét het gewoon weten.'

Hij zuchtte en legde zijn hand op haar schouder. 'Je zou er zelfs niet over moeten piekeren om met die enkel te gaan klimmen, geef hem nog minstens een dag. Weet je wat, ik ga zelf wel omhoog. Ik bel Knox, vertel hem wat we hebben gedaan, luister naar wat hij te vertellen heeft. En dan bedenken we hoe we hier veilig vandaan kunnen komen. Wat vind je daarvan?'

'Geweldig,' zei ze, zich tot een glimlach dwingend. 'Dank je wel.'

'Graag gedaan,' zei hij, maar er was nog steeds iets in zijn ogen. Zijn blik dwaalde af naar de Mauser die tegen de muur leunde. 'Misschien neem ik die wel mee,' zei hij. 'Eens kijken of ik iets vers kan scoren voor de avondpot.'

II

Alle vroege vluchten naar Heraklion zaten vol, maar er was plaats op de eerste vlucht naar Chania, een havenplaats in het noordwesten van Kreta. Knox landde een paar minuten voor half zeven en omdat hij niet op zijn bagage hoefde te wachten was hij zo door de aankomsthal heen. Er was maar één autoverhuurbalie open, die bemand werd door een ongeschoren man van middelbare leeftijd met zonnebril, die voortdurend de mouwen van zijn gekreukelde linnen pak over zijn elleboog opstroopte. Hij probeerde Knox bang te maken zodat die met korting een extra verzekering zou afsluiten. 'Verschrikkelijke wegen,' zei hij tegen hem. 'Erbarmelijke rijders.'

'Maak je over mij maar geen zorgen,' verzekerde Knox hem toen hij de sleutels van de Hyundai aanpakte. 'Ik woon in Egypte.'

Het was nog vroeg, de wegen waren leeg en goed, met aan weerszijden schitterend in bloei staande struiken. Om de paar minuten sloegen insecten tegen de voorruit, die kleine smeervlekjes achterlieten. Hij was razendsnel in Vrises, sloeg naar het zuiden af en reed naar de Witte Bergen. Zwarte netten hingen als weduwesluiers van de steile bergruggen. De lucht was wat heiig, alsof iemand ergens vuren had aangestoken. Hij kwam door Petres en daarna had hij de weg helemaal voor zichzelf. Eerst genoot hij ervan, nam de haarspeldbochten wat sneller dan veilig was, maar gaandeweg begon hij zich zorgen te maken dat het zo volslagen rustig was. Zelfs op een vroege zaterdagochtend hoorde het niet zó stil te zijn. Hij naderde de top van een hoge pas toen hij het eerste teken van problemen zag: de weg was kort geleden aangelegd, het glinsterende asfalt zoog kleverig aan zijn banden. Na nog maar vierhonderd meter zag hij een paar reusachtige grijze pijpen langs de kant van de weg vóór hem, de steunen voor een tunnel die door het klif werd geboord. Kleine korreltjes sproeiden tegen de onderkant van de auto toen hij erheen reed en daarna werd het wegdek nog slechter, er was alleen hier en daar nog een rotsachtige ondergrond, waaruit plukken onkruid en gras groeiden. Hij reed in de eerste versnelling omlaag, langs de piek en zigzagde toen de afdaling weer af, half verwachtend dat hij een of ander onneembaar obstakel zou tegenkomen. Hij was dan ook niet erg verbaasd toen hij de twee rood-witte afsluithekken over de weg zag staan, en de bulldozers en graafmachines die aan de andere kant achter elkaar stonden, evenals enorme bergen materiaal voor een harde ondergrond en asfalt die wachtten om gelegd te worden.

Hij zette de auto stil en omklemde zijn stuur. Op een ander moment zou hij zijn terechte verontwaardiging hebben geventileerd dat niemand de moeite had genomen om zo'n vijftig kilometer terug waarschuwingsborden neer te zetten, maar nu had hij alleen maar een afschuwelijk voorgevoel, een irrationeel, maar overweldigend gevoel dat Gaille in verschrikkelijk gevaar verkeerde. Hij greep de kaart van de huurauto. Hij stond voor een verschrikkelijke keus: een enorme omweg door de bergen, of helemaal terug naar de noordkust, dan oostelijk naar Rethymo en van daaruit naar het zuiden. Beide opties zouden hem minstens drie uur kosten. Hij stapte uit de auto, sloeg zijn deur gefrustreerd dicht en liep tussen de wegafzetting door om de weg daarachter te bekijken.

III

Gaille ging Argo's hok binnen om zijn lege bakken te vullen. Hij danste blij in cirkeltjes om haar heen, snuffelde aan haar en sprong tegen haar op, besmeurde haar shirt, zijn tong was als vochtig schuurpapier, verrukt als hij was haar weer te zien, wat eerder te maken had met respijt van het feit dat hij weer alleen gelaten zou worden dan dat ze na een gescheiden nacht weer herenigd waren. Onwillekeurig werd ze erdoor geraakt, dat ze zo veel voor een ander wezen betekende, en ze knuffelde hem hartelijk, terwijl ze wilde dat hij niet zo'n penetrante adem had.

Iain riep haar een afscheidsgroet toe toen hij met de Mauser over zijn schouder tussen de sinaasappelbomen verdween. Ze geloofde zijn verhaal niet dat hij wat wild wilde gaan schieten, ze hadden meer dan genoeg eten in de voorraadkast. Hij had het geweer gewoon zelf willen hebben, of het haar willen afnemen. Door die gedachte ontnuchterde ze weer. Ze keek hem na tot hij in de walnotenboomgaard was verdwenen en ging naar het huis, onzeker over wat ze nu zou gaan doen. Het was een klim van minstens een uur, wilde je een fatsoenlijk signaal krijgen, zelfs voor Iain. Als je daar nog de tijd bij optelde om te praten, dan had ze waarschijnlijk twee uur voordat hij terug was. Ze moest die tijd goed gebruiken, wat betekende dat ze meer over Petitiers vondsten te weten moest zien te komen. Ze liep naar binnen, duwde de leunstoel weg, rolde het kleed op, tilde het trapluik op, hinkte de steile trap af naar de duisternis en tastte naar het licht. Eerst controleerde ze nog eens de foto's, of het echt Iain was die daarop stond, maar haar verbeelding had haar niet bedrogen.

Hij was het. Geen twijfel mogelijk.

Schoenen schuifelden achter haar. Voor de tweede keer die ochtend keek ze achter zich en zag Iain daar staan, de Mauser nog altijd over zijn schouder. 'Ik wist het,' zei hij. 'Ik wist dat je iets had gevonden.'

'Nog maar net,' stamelde ze. 'Het kwam door al die foto's aan de muur. Ik bedoel, hoe had hij die in hemelsnaam kunnen laten afdrukken? Tegenwoordig doet niemand meer aan zwart-wit. Dus moest hij zijn eigen donkere kamer hebben. Begrijp je dat dan niet?' Ze spreidde haar handen, zich ervan bewust dat ze aan het wauwelen was en er niet mee kon ophouden. 'En die moest ergens in huis zijn, vanwege de azijnlucht die we roken. Azijnzuur, weet je. Dat wordt bij het ontwikkelen als fixeer gebruikt.'

Iain luisterde niet. Hij staarde verbijsterd de kelder rond. Toen keek hij weer naar haar, naar de map die ze vasthield. 'Wat is dat?' vroeg hij.

'Niets.'

Hij liep naar haar toe en griste hem uit haar handen, haar een superieure blik toewerpend toen hij hem openmaakte. 'Wat in...?' mompelde hij toen hij de foto's van zichzelf zag. Hij verbleekte toen hij erdoorheen bladerde, eerst snel, later langzamer, tijd rekkend om een of ander verhaal op te kunnen dissen. Maar hij moest zich hebben gerealiseerd dat dat geen zin had. Hij liet de map en de foto's op de grond vallen, schudde verdrietig zijn hoofd naar haar, alsof wat er nu zou gaan gebeuren alleen maar haar eigen schuld was.

40

Knox stond aan de rand van de heuvelrug en staarde omlaag. Hij volgde het grijze lint van de weg door talloze martelende haarspeldbochten naar het dal in de diepte, waar hij anderhalve kilometer rechtdoor liep voor hij achter de verre horizon verdween, maar toch zag hij geen enkel voertuig. Hij had gehoopt dat er misschien een tegenligger aan zou komen, dat hij dan mee terug kon rijden als hij gedwongen was om te keren. Dat kon hij wel vergeten. Hij haalde zijn mobiel tevoorschijn, probeerde Gailles nummer nogmaals, en wilde kijken of hij op de een of andere manier een taxi kon regelen. Maar hij zat te hoog en te afgelegen om een signaal op te pikken.

Nu die opties afvielen, bestudeerde hij de weg opnieuw. Het was ironisch dat hij wel langs de wegwerkzaamheden en geparkeerde voertuigen kon komen, maar even verderop was door een grondverschuiving, waarschijnlijk ontstaan door al die zware machines, een groot stuk van de weg weggeslagen, zodat slechts een hachelijk stuk rots als een brug naar de overkant liep, maar dat steunde duidelijk nergens op.

Knox stapte er voorzichtig op. Zelfs onder zijn eigen bescheiden gewicht boog het een beetje door. Hij schatte de breedte op het smalste punt in en liep toen naar de Hyundai terug. De weg was misschien dertig centimeter breder dan de auto, als hij het tenminste hield. Hij trok een gezicht, niet blij met de mogelijkheden. Los van al het andere was het niet zijn auto en hij was puriteins in het respecteren van andermans bezittingen. Bovendien had Theofanis natuurlijk gelijk: Mikhail was dood, en het was gewoon paranoïde te bedenken dat hij voor zijn dood nog iets akeligs had geregeld. En als dat wel het geval zou zijn, dan was Gaille niet alleen. Iain was bij haar, en hij was geen watje. Mensen onderschatten hem vaak, omdat hij er met zijn blonde haar zo jongensachtig uitzag, maar...

Knox kreeg het opeens koud. Nu pas besefte hij waarom die figuur op de hotelcamera hem zo bekend was voorgekomen. Het was Iain geweest. Hij was er zeker van.

In elk geval kwam hij tot een besluit. Hij moest nú naar Gaille toe. Hij zette de wegversperringen opzij, stapte weer in zijn Hyundai, zette hem in de eerste versnelling en reed stapvoets naar voren, trok pijnlijk langzaam op over een bergje harde ondergrond; het onderstel van de auto schraapte over rots, maar te langzaam om beschadigd te raken. Met zijn voet op de rem reed hij verder omlaag, liet de zwaartekracht het werk doen. Daarna kwam hij een hoop asfalt tegen dat tegen de voorkant van het klif was gestort. Het knerpte onder zijn banden, veroorzaakte kleine steenvalletjes, tilde hem in zo'n steile hoek omhoog dat hij tegen zijn deur moest leunen. Maar ten slotte was hij ook daaroverheen. Hij kwam makkelijker langs de grondverschuivers, zijn banden knerpten nog steeds van het aangekoekte asfalt, maar eindelijk bereikte hij de smalle brug.

Hij trok de handrem aan, stapte uit en controleerde die nogmaals. Ook al zou die het houden, dan werd het nog ongelooflijk penibel. Hij stapte weer in, stuurde zo ver mogelijk van de afgrond weg, tot de passagierskant van de auto langs de klifwand schraapte. Hij vond het verschrikkelijk dat hij opzettelijk zo veel schade veroorzaakte, maar hij vermande zich en zette door. Onder hem hoorde hij iets kraken en toen begon het hele stuk weg waar hij op reed zichtbaar te deinen en langzaam te kantelen als een schip dat in zee te water wordt gelaten. Het was te laat om achteruit te rijden, dus trapte hij op het gaspedaal en stoof naar voren. Zijn voorwielen stootten tegen de overkant en vonden vaste grond op het moment dat de achterwielen achter hem wegzakten, het onderstel schoof over de gekartelde rand van de weg. Hij trapte nu het gas helemaal in en zijn wielen draaiden uitzinnig, maar op de een of andere manier kregen ze weer grip en spurtte hij op de overkant van de weg naar voren, terwijl achter hem het stuk rots in een woedende steenlawine instortte; maar nu denderde hij te hard op de aankomende haarspeldbocht af, hij trapte op zijn remmen en rukte met zijn hele gewicht aan het stuur, de Hyundai in een slip gooiend waardoor hij op minder dan een meter van de rand tot stilstand kwam. Zijn motor sloeg af, het zweet gutste van hem af, terwijl hij zich volledig bewust was van het feit dat het kantje boord was geweest.

Hij bleef even zitten om kalm te worden en stapte toen uit. Het volgende stuk weg lag bezaaid met puin van de aardverschuiving, maar er was niets wat hij niet weg kon halen of waar hij niet omheen kon rijden. Hij liep om de Hyundai heen. De voorband aan de bestuurderskant was krom en lek, en het rechterspatbord zag eruit alsof het door een wraakzuchtige harpij aan flarden was gescheurd. Maar van hem hoefde hij er niet goed uit te zien, hij moest het alleen maar doen.

Het had geen zin om tijd te verspillen aan de kwestie of hij eerst de band moest verwisselen of de weg vrijmaken, dus stapte hij weer achter het stuur, met zijn hart in de keel, en startte de auto. Onbekende dingen ratelden, rammelden en zoemden onder de motorkap, wat weer wegstierf. Hij probeerde het een tweede en derde keer. Tevergeefs.

Maar bij de vierde keer kwam de motor aarzelend tot leven.

II

Deze kelder voelde ongemakkelijk grotachtig aan, realiseerde Gaille zich plotseling. Als iemand hier zou doodgaan en de trapdeur zou verzegelen, dan zou het lijk waarschijnlijk nooit gevonden worden.

'Dus ik ben hier eerder geweest,' zei Iain. 'Nou en?'

'Je had het me misschien kunnen vertellen,' zei ze.

'Ja,' gaf Iain toe. 'Misschien had ik dat moeten doen. Maar dan had ik je alleen maar achterdochtig gemaakt, terwijl daar geen reden toe was. Toen ik onderzoek voor mijn boek ging doen, merkte ik dat ik precies hetzelfde materiaal raadpleegde als Petitier al had geraadpleegd. Preciés hetzelfde.'

'En toen werd je nieuwsgierig?' opperde Gaille, terwijl ze een fractie naar rechts opschoof om een vrije doorgang naar de deuropening te creëren.

'Natúúrlijk werd ik nieuwsgierig,' bevestigde Iain, die een stap opzij deed om haar de weg te versperren. 'Dat is toch logisch? Dus toen hij de keer daarop opdook, hield ik hem in de gaten. Je had hem moeten zien. Hij klapte voortdurend in zijn handen. Giechelde. Ik wist dat hij iets goeds moest hebben gevonden. Dat was overduidelijk. Wat moest ik dan doen?'

'De autoriteiten informeren.'

'Waarvan? Het is niet illegaal om onderzoek te doen, weet je.'

'Dus ben je hem gevolgd?'

'Hij maakte het me niet gemakkelijk,' zei Iain knikkend. 'Hij was zo paranoïde als wat. Hij stopte steeds, stapte uit en keek dan naar het verkeer achter zich. Het heeft me drie pogingen gekost en elke keer moest ik een andere auto gebruiken. Had je nou werkelijk verwacht dat ik je dat ronduit zou vertellen? Ik kende je helemaal niet. Stel dat je roomser was dan de paus en erop stond dat ik naar de autoriteiten zou gaan? Dat had me mijn carrière kunnen kosten.'

'Ik heb je de perfecte dekmantel gegeven, hè? Een kans om hierheen te gaan en te onderzoeken, en als het fout zou gaan, mij de schuld geven.'

'Dat is absurd, Gaille. Jij bent absurd. Ik hoefde je hier helemaal niet mee naartoe te nemen. Ik had het voor mezelf kunnen houden. Je was er nooit achter gekomen. Niemand. Maar je vriend zat in de problemen, en ik dacht dat ik kon helpen. Was dat nou echt zo beroerd? Hoe dan ook, waarom is het voor jou wel oké om te investeren en voor mij niet? Jullie denken dat jullie heel wat zijn, hè? Jij en Knox? Jullie hebben een paar gelukkige vondsten gedaan, en nu denken jullie dat je er récht op hebt. Nou, ik ben Minoïsch deskundige, mijn hele leven heb ik dit soort plekken bestudeerd. Waarom ben jíj eigenlijk hier?'

'Augustin.'

'Ja ja. En het heeft er zeker niets mee te maken dat jullie met de eer willen strijken. Realiseren jullie je allebei wel hoeveel schade jullie de archeologie hebben toegebracht? Ik moest lijdzaam naar die verdomde Alexander-persconferentie kijken, met mijn vrouw naast me. Jij en Knox en die dikke klootzak van de SCA. Knóx! Die nietsnut van een kerel met wie ik op de universiteit heb gezeten, die eeuwige lóser! En plotseling is hij een wereldster. Je had moeten zien hoe de schattebout daarna naar me keek.'

'Je gaat ons toch niet de schuld geven van je mislukte huwelijk, wel?'

'Ík had het moeten zijn,' zei hij, terwijl zijn ogen vuur schoten. 'Op de universiteit was ik altijd beter dan Knox. Ik was altijd degene die was voorbestemd. Vraag 't hem zelf als je me niet gelooft. Hij was níéts. Hij was een níémand. Ik was voorbestemd. Dat was ik!'

'Je werd kwaad,' mompelde Gaille.

'Als je maar weet dat ik verdomde kwaad werd.'

'Dat is de reden waarom je vrouw is weggegaan. Ze werd bang.'

'Ja hoor. Kies haar kant maar.'

'Je hebt haar geslagen. Zij was zwanger en je hebt haar geslagen.'

'Hou je mond!' zei Iain en hij deed een stap naar haar toe. 'Waag het niet dat te zeggen. Ik heb haar nooit geslagen. Ik heb haar met geen vinger aangeraakt.'

'Ja, dat heb je wel.'

'Ze zou me mijn zoon afpakken,' schreeuwde hij. 'Wat moest ik verdomme anders doen?'

'En dit was jouw manier om haar terug te winnen, hè?' vroeg Gaille. 'Bewijzen dat je uiteindelijk toch iemand was. Daarom mocht Petitier zijn lezing niet houden, hè? Hij mocht niet publiceren voordat je boek uitkwam. Dus ben je hem naar Athene gevolgd.'

Hij deed verrast een stapje naar achteren. 'Waar heb je het over?'

'Je gaat daar voortdurend naartoe. Dat heb je me gisteravond verteld.'

'Dat was bij wijze van spreken.'

'Ja ja! En dat metrokaartje uit Athene in je rugzak dan? Is dat ook bij wijze van spreken?'

Hij staarde haar verstomd aan. Te laat realiseerde Gaille zich hoe roekeloos ze was geweest. Ze knikte twee keer, alsof zij de teugels in handen had, liep toen naar de trap in de hoop dat hij te verdwaasd was om haar tegen te houden. Maar hij kwam achter haar aan toen ze amper halverwege was, drong zich langs haar heen en draaide zich om om haar de weg te versperren. 'Dit gaan we uitpraten,' zei hij.

'Wat uitpraten?' Ze probeerde langs hem te komen, maar hij was te sterk. Ze worstelden even, zijn onderarm drukte per ongeluk tegen haar borst. Zijn hals kleurde rood, hij keek dreigend en duwde haar tuimelend de trap af. Ze landde op haar zij en draaide zich op de punt van haar elleboog. Hij liep de trap af naar haar toe, met een verontrustende mengeling van verbolgenheid, angst en lust in zijn ogen. Ze krabbelde naar het chemisch lab, sloeg de deur achter zich dicht, greep de stoel en zette die in een schuine hoek onder de deurkruk.

'Laat me binnen,' zei hij op dwingende toon. 'Laat me erin.'

'Laat me met rust.'

'Dit is krankzinnig, Gaille. Je gedraagt je als een idioot.' Hij bonsde zo hard op de deur dat het hout trilde en de stoel een paar millimeter opschoof. Hij sloeg nogmaals en de stoel viel helemaal om. Ze gooide haar schouder tegen de deur en probeerde hem terug te drukken, maar hij was veel te sterk voor haar en duwde haar al glibberend naar achteren. Hij kwam op haar toe, stak een hand uit en raakte opnieuw haar borst aan, deze keer opzettelijk. Ze sloeg haar armen over elkaar en draaide haar schouder naar hem toe. Terwijl ze dat deed, kreeg ze de plank met chemicaliën in het oog, al die schedels en gekruiste knekels op de etiketten. Ze griste een fles natriumhydroxide weg, draaide de dop eraf en gooide de inhoud naar zijn gezicht. Hij slaakte een kreet, deed zijn ogen dicht en gebaarde heftig naar het witte poeder.

Ze ontsnapte en rende de trap op, gooide het trapluik achter zich dicht. Er zat geen slot op, dus ze probeerde de leunstoel erop te duwen. Maar hij was haar te snel af, het trapluik vloog open, sloeg op de grond en toen was hij eruit, om zich heen tastend als een of andere zombie uit een horrorfilm. Ze vluchtte naar buiten, waar Argo blafte en tegen het draadstaal van zijn hok opsprong, voelde dat ze in gevaar was. Ze ontgrendelde de deur, ging naar binnen, greep zijn lijn en probeerde die aan zijn halsband te klikken. Maar hij was te opgewonden om stil te blijven staan, hij bleef wild rondjes draaien en griste de sluiting uit haar vingers.

'Kom eruit,' beval Iain haar, zijn gezicht was rood van de caustische soda en de tranen stroomden uit zijn ogen.

'Blijf uit m'n buurt.' Ze kon eindelijk de lijn aan de halsband klikken, wikkelde het uiteinde om haar vuist en maakte toen de deur open. Argo viel naar Iain uit; beter kon ze de hond niet in toom houden.

'Hou hem bij je,' schreeuwde Iain, terwijl hij de Mauser bij de loop greep en ermee rondzwaaide alsof het een golfclub was.

Ze trok Argo naar haar rechterkant. Eerst verzette hij zich, maar toen opeens gaf hij zich gewonnen en trok haar mee naar voren. Hij rook bedwelmende geuren in het gras, sleurde haar hulpeloos met haar armen zwaaiend achter zich aan als een waterskiër die zijn evenwicht verliest. Ze probeerde hem naar de rotsomheining te leiden, maar hij was te sterk en te vastbesloten, hij wilde naar het noorden.

'Kom terug,' zei Iain.

'Laat me met rust.'

'Oké,' zei hij. 'Je hebt gelijk. Ik wás in Athene. Dat geef ik toe. Ik hoorde dat Petitier een praatje zou houden en ik werd kwaad. Ik weet niet waarom. Ik vermoed dat ik deze plek als de mijne ben gaan beschouwen. Ik ben naar Athene gegaan in de hoop dat ik hem kon ompraten. Ik wachtte op hem in de lobby. Toen hij incheckte, hoorde ik welk kamernummer hij had, dus ging ik naar boven om met hem te praten. Maar hij is daar nooit aangekomen. Hij moet me hebben gezien. Hoe dan ook, door al die archeologen daar besefte ik alleen maar wat voor lul ik eigenlijk was. Wat hij hier ook heeft gevonden is van mij, noch van hem. Dat is van iedereen. Wat hij deed was goed. Dus nam ik de eerste vlucht terug naar Kreta. In die tijd liet Knox al die berichten achter en ontdekte ik wat er was gebeurd. Natuurlijk hield ik mijn mond. Als ik had opgebiecht dat ik hier was geweest, zou de politie allerlei conclusies kunnen trekken. Je weet hoe de Griekse politie is. Het laatste wat ik ter wereld wilde was dat ik hier betrokken zou raken bij een moordonderzoek.'

Argo had Gaille naar de rand van de gele gaspeldoorn getrokken en ging daar nu omheen. Plotseling draaide hij zich om en dook in de gaspeldoorn zelf, en Gaille kon niet anders dan achter hem aan gaan. Er was een soort pad, dat door een doornig labyrint alle kanten op ging, maar het was zo smal dat ze het zijwaarts moest volgen, terwijl ze haar best deed om bij elke stap haar zere enkel zo goed mogelijk op te vangen. Argo aarzelde geen moment, zijn neus rook de geur sterk. Maar pas toen Gaille een stuk verdroogde schil van een sinaasappel zag, realiseerde ze zich dat Argo niet zomaar een geur volgde.

Het was die van Petitier.

III

De motor van de Hyundai gorgelde en rammelde, maar op de een of andere manier wist Knox de zuidkust te bereiken. Hij passeerde de haven van Chora Sfakion en reed weer landinwaarts over een steile, zigzaggende weg. Hij schakelde in z'n twee terug voor een scherpe bocht en kreeg hem er toen niet meer uit. Hij kwam bij de top, reed door het stadje Anapoli. Mannen zaten aan twee tafels voor een café op het plein, ze stonden op toen ze hem als een konijn voort zagen hoppen en begonnen te klappen en hem aan te moedigen, alsof hij een wielrenner in de Tour de France was. Hij volgde de borden naar Agia Georgio. Zijn mobiel rinkelde toen hij op een balkenbrug over een kloof rammelde, maar toen hij er op de passagiersstoel naar greep, glipte die buiten zijn bereik. Hij durfde niet te stoppen om hem te pakken, voor het geval de auto niet meer wilde starten.

Het landschap was even kalm als zijn zenuwen gespannen waren. Heuvels, bossen en graslanden, verwaarloosde kuddes schapen en geiten. Een zwerm vinken steeg vóór hem op en vloog door een smalle tunnel van bomen. Hij kwam bij Agia Georgio aan, waar een hek hem de weg versperde en hij geen andere keus had dan te stoppen. Zijn motor hield er onmiddellijk mee op, en zoals hij al had gevreesd, wilde die niet meer starten. Zijn mobiel rinkelde opnieuw. Hij greep er onder de bank naar. 'Ja?'

'Met mij,' zei Angelos. 'Nu moet je goed luisteren. Ik wil niet dat je schrikt.'

'Schrikt?' vroeg Knox terwijl hij uit de auto stapte en door het hek liep. 'Wat is er gebeurd?' Een aan een hekpaal vastgebonden dobermann begon zo woedend te blaffen dat hij zijn hand over zijn oor moest klemmen om nog iets te kunnen verstaan.

'Er is alleen wat verwarring over het lijk dat we gisteravond uit het wrak hebben gehaald,' zei Angelos. 'Het is misschien toch niet van Mikhail Nergadze.'

Op de een of andere manier kwam het niet met zo'n schok aan als Knox had verwacht. Op de een of andere manier had hij het bijna verwacht. 'Vertel,' zei hij terwijl hij op ruime afstand langs de dobermann heen liep.

'De Citroën was verhuurd aan een Belgische zakenman, genaamd Josef Jansen. Hij kwam uit Brugge om een nachtclub in Varkiza te gaan bekijken, die hij misschien wilde kopen. Gisteravond zou hij de eigenaars ontmoeten, maar hij is nooit komen opdagen.'

Knox rende een smal pad met straatkeien op naar een dorpsplein. Een bergbron spetterde in een in steen uitgehouwen drinkfontein. Hij schepte een mondvol van het ijskoude smeltwater op voor hij verder klom. 'Bedoel je te zeggen dat die Jansen in de auto zat en niet Nergadze?'

'Daar ziet het wel naar uit. Volgens een van de Georgiërs had Nergadze een hele rits tatoeages, maar die zaten niet op het lijk dat we hebben gevonden. Nergadze moest zich gerealiseerd hebben dat er een reusachtige mensenjacht op hem was geopend. Op deze manier wist hij daar nog voor die op gang was gekomen een einde aan te maken. We denken dat hij bij het autoverhuurbedrijf heeft gewacht tot die arme drommel Jansen op het toneel verscheen. Hij heeft hem vermoord, zijn haar afgeknipt en van kleren geruild. Toen heeft hij de bestuurdersstoel zo laag mogelijk en zo ver mogelijk naar achteren gezet, Jansen in de gordels gesnoerd en is boven op hem gaan zitten.' Een helemaal in het zwart geklede, stevige vrouw bekeek hem wantrouwig vanuit de schaduwen op haar balkon. 'Misschien hoopte hij werkelijk dat hij er nog uit kon komen,' vervolgde Angelos. 'Dat weet ik niet. Maar hij had absoluut een noodplan. We weten dat hij eerder op dat industrieterrein is geweest. We hebben de tweede Mercedes daar in een afgesloten ruimte gevonden, samen met het lijk van een van zijn mannen, degene die zijn geld probeerde te stelen. Dus het lijkt erop dat hij ons met opzet daarheen heeft geleid, zijn naam hardop heeft geroepen, zodat we zeker wisten dat hij het was en is toen naar die container gereden.'

Knox knikte, zag nu het beeld voor zich hoe het gebeurd moest zijn. 'Hij moet tot het laatste moment hebben gewacht en is vervolgens onder de passagiersstoel gedoken.'

'Misschien heeft hij om die reden een cabriolet gekozen, omdat het dak er dan makkelijker af zou scheuren. Of misschien had hij alleen maar geluk. En is dat de reden waarom het geld regende. Het leek een heleboel geld, maar het was slechts een fractie van wat er in de koffer zat. We denken dat hij het heeft rondgestrooid juist omdat de eerste politieman die bij de auto kwam daarnaar zou kijken en niet naar de bomen. Intussen had hij de rest van het geld, samen met wat schone kleren en Jansens paspoort en portefeuille verstopt. Ik durf te wedden dat toen hij eenmaal ontsnapt was, hij die heeft opgehaald, zich heeft opgeknapt en daarna zo kalm als wat de terminal in is gelopen. Alleen een krankzinnige zou zoiets kunnen bedenken, natuurlijk. Maar uit alles wat jij ons hebt verteld...'

'De terminal in gelopen?' vroeg Knox. De weg verslechterde tot een onverhard spoor. Hij rende erlangs terwijl hij sneller ging ademhalen. Een grazende muilezel keek naar hem terwijl hij passeerde. 'Je wilt me toch niet zeggen dat hij gewoon het vliegtuig heeft gepakt?'

'Daar ziet het wel naar uit,' gaf Angelos toe. 'Want gisteravond is iemand op Jansens naam en met diens creditcard op het vliegtuig gestapt.'

'Nergadze,' zei Knox. 'Waar is hij naartoe gegaan?'

'Dat is de reden waarom ik niet wil dat je schrikt,' zei Angelos.

'O, christene zielen,' zei Knox. 'Hij is naar Kreta gevlogen, hè? Hij zit achter Gaille aan.'

'Zó gek kan hij toch niet zijn. Hij is op de vlucht, weet je nog. Hij moet weten dat we er uiteindelijk achter komen. Hij zit absoluut ondergedoken.'

'Nee,' zei Knox. 'Hij zit achter Gaille aan.'

Een kreet aan de andere kant van de lijn. 'Wacht even,' zei Angelos. Knox hoorde boze stemmen, beschuldigingen over en weer. Hij bleef doorrennen, met de telefoon tegen zijn oor geklemd. Het spoor werd slechter. Hij zag een rotsversperring voor zich, en twee auto's die naast elkaar onder de bomen geparkeerd stonden. 'Oké,' zei Angelos. 'Dit is het allerlaatste nieuws. Heraklion Airport heeft bevestigd dat Jansen gisteravond laat is geland. Hij heeft een auto gehuurd. Een Mazda.'

'Laat me raden,' zei Knox. 'Kenteken HKN 1447.'

'Hoe weet jij dat, verdomme?'

'Omdat hij hier staat,' zei Knox verdoofd. 'Hij staat hier recht voor me.'

41

Argo stoof onstuitbaar door de gaspeldoorn, pal langs de ergste doorns, waardoor Gaille, die nog steeds aan zijn lijn hing, talloze schrammen op haar handen en armen kreeg. Ze struikelde half over een steen, schreeuwde het uit en trok hem met zo veel geweld terug dat hij eindelijk bleef staan, al was het maar omdat hij verbaasd was. Daardoor hervond ze haar evenwicht en keek achterom.

Iain beende achter haar aan door de gaspeldoorn, maar dat was niet waar ze van schrok. Ze schrok omdat er een derde persoon was opgedoken, een man in een spijkerbroek en groen sweatshirt, en met een effen blauwe baseballpet laag over zijn ogen getrokken, die ook het begin van het pad had gevonden dat ze aan het volgen was.

Iain moest de verbazing op Gailles gezicht hebben gezien, want hij draaide zich met een ruk om. 'Wie ben jij, verdomme?' vroeg hij op dwingende toon.

De man stak zijn handen omhoog om niet verdacht over te komen. 'Schrik niet,' zei hij. 'Ik ben een vriend.'

Iain greep zijn Mauser van zijn schouder en richtte die op de borst van de man. 'Dat bepaal ik wel,' zei hij. 'Hoe heet je? Wat doe je hier?'

'Ik heet Mikhail,' antwoordde de man, terwijl hij zijn armen zo wijd als een kruisbeeld spreidde, maar nog altijd naar Iain toe liep. Hij knikte vriendelijk naar Gaille. 'Je vriend Daniel stuurt me. Hij maakt zich verschrikkelijke zorgen om je. Je had hem moeten bellen.'

'We hebben hier geen bereik,' zei ze.

'Ah,' zei hij. 'Is dat alles?'

'Blijf waar je bent,' beval Iain.

'Laat dat ding alsjeblieft zakken,' zei Mikhail. 'Ik heb een bloedhekel aan geweren.'

'Ik zei te blijven waar je bent.'

'Ik ben een van de goeieriken,' zei Mikhail, terwijl hij stug doorliep. 'Dat kan ik bewijzen.' Hij stak zijn linkerhandpalm omhoog, als een politieman die het verkeer tegenhoudt, reikte met zijn rechterhand naar zijn rug en trok vervolgens een jachtmes uit zijn riem.

'Wat verdomme…?' mompelde Iain terwijl hij de pal van de Mauser ontgrendelde. 'Achteruit!'

Maar het was te laat. Mikhail was al bij hem. Hij zwiepte de loop van de Mauser met zijn linkerhand weg en stak het mes toen hard onder in Iains ribbenkast, waarbij hij hem even optilde, en gaf een scherpe, rancuneuze draai. De Mauser ging vergeefs krakend af en kletterde op de grond. Mikhail trok het mes los, waardoor Iain, die afschuwelijk klaaglijke, gorgelende geluiden maakte, op zijn knieën en daarna op zijn rug terechtkwam. 'Niet geweren doden mensen,' zei Mikhail stichtelijk tegen hem terwijl hij het lemmet aan zijn mouw schoonveegde en het weer in zijn riem stak. 'Ménsen doden mensen.' Toen pakte hij de Mauser op en richtte die op Gaille.

Pas nu herkende ze hem uit de lift. Hij zag het in haar ogen en grijnsde. 'Ik zei toch dat ik goed gezichten kon onthouden,' zei hij.

II

De Mazda was op slot, maar Knox zag een losliggende verpakking op de passagiersstoel. 'Hij is gewapend,' zei hij somber tegen Angelos. 'Hij heeft een jachtmes.'

'Doe nou niets stoms. Ik stuur auto's.'

'Auto's?' vroeg Knox. 'Hoe lang duurt het voordat ze hier zijn? Hoe lang voordat ze bij Gaille zijn?'

'Een helikopter dan. Ik bel het leger.'

'Dat duurt uren,' zei Knox. 'Ik kan niet wachten. Gaille kan niet wachten.' Het spoor zigzagde omhoog naar de passage tussen twee hoge pieken boven hem, maar hij koos een rechtstreekser pad en nam dat, zo snel als hij kon zonder zichzelf uit te putten. Een bel klingelde op een verre heuvel en monniken hieven een lied aan. Het klonk bijna als een begrafenis. De bodem was dichtbegroeid met paarse lavendel waar insecten op zoemden. Hij kwam via een kraag verschroeide naaldbomen op steilere mergelrotshellingen. Het kostte hem al zijn wilskracht om dit tempo tot het begin van de pas vol te houden.

Daar werd het onmiddellijk gemakkelijker, het terrein werd vlakker en een koele bries blies in zijn gezicht. Hij rende zo snel als zijn vermoeidheid en de verraderlijke ondergrond hem toestonden. Gaille moest dit pad met Iain hebben genomen. Die gedachte herinnerde hem aan zijn eerdere achterdocht jegens zijn studievriend. Hij was hem compleet vergeten door de schok van Angelos' nieuws over Mikhail, maar het was absoluut de moeite waard om er melding van te maken. Hij keek op zijn mobiel. Hij had nog steeds genoeg bereik om te bellen.

'Ik zorg voor een helikopter,' beloofde Angelos. 'Je moet me wat tijd geven.'

'Daar gaat het niet om,' hijgde Knox. 'Ik denk dat ik weet wie de man op de beveiligingscamera is.'

'En?'

'Hij heet Iain Parkes.' Hij kwam bij een hek van prikkeldraad, op de staken waren dierenschedels gespiest. Hij duwde de bovenste streng omlaag en klom eroverheen. 'Hij is archeoloog in Knossos. En hij is op dit moment bij Gaille.'

'Oké,' zei Angelos.

'Oké?' protesteerde Knox terwijl hij over de pas doorrende. 'Ze zit in haar eentje met twee moordenaars opgescheept, en jij vertelt me dat dat oké is?'

'Zo bedoelde ik het niet. Het gaat om het toxicologisch rapport dat de patholoog-anatoom me daarstraks heeft gestuurd. Hij denkt nu dat ons aanvankelijke oordeel verkeerd is geweest, dat Petitier uiteindelijk toch niet door een klap op zijn hoofd is gedood.'

'Wat?'

'Het was een hartaanval, bijna zeker veroorzaakt door een overdosis. Zijn lijf zat bomvol drugs. Cocaïne, opium, speed, lsd. Noem maar op. Ik heb nog nooit zulke hoge waarden gezien. Je kon zijn bloed inkoken en op straat voor miljoenen verkopen.'

'Een overdosis,' mompelde Knox ongelovig, terwijl hij aan Augustin op de intensive care moest denken.

'Theofanis denkt dat het als volgt moet zijn gebeurd,' zei Angelos snel. 'Petitier was verslaafd, dat is wel duidelijk. Wanneer je twintig jaar in je eentje bent geweest, is het moeilijk om je weer onder andere mensen te begeven. En dan heb ik het nog niet over een praatje houden op een grote conferentie. Hij wilde vast een grote voorraad bij de hand hebben.'

'Beschermde hij daarom zijn tas? Omdat die vol zat met drugs?'

'Het lijkt logisch. Ik bedoel, we hebben al geprobeerd uit te zoeken met welke vlucht hij is gekomen, maar de vliegmaatschappijen hebben geen gegevens over hem. Dus nu denken we dat hij de reis per boot heeft gemaakt, hij kon niet riskeren dat zijn tas werd doorzocht. Hoe dan ook, hij komt in het hotel, Augustin laat hem binnen en vertrekt vervolgens. Petitier is in de war, gestrest, hij denkt dat hij gevolgd wordt. Hij neemt iets. En nog iets anders. Een echte cocktail, uppers, downers, wat hij maar heeft. Hij begint zich beroerd te voelen. Hij voelt zich onfrís. Dat hebben mensen vaak bij hallucinogenen, hun huid gaat jeuken. Hij neemt een douche. Hij krijgt zijn eerste hartaanval, niet fataal, maar wel zo erg dat hij valt. Hij komt met zijn hoofd tegen de kraan terecht. Zijn schedel barst open, hij is gedesoriënteerd. Hij weet dat hij een dokter nodig heeft, maar kan niet riskeren dat iemand zijn drugs vindt, anders kan hij jaren de gevangenis in draaien, dus hij worstelt zich druipend van het bloed de badkamer uit en neemt zijn reistas mee naar het balkon. Hij scheurt 'm open, gooit de drugs over de balustrade en gaat dan weer naar binnen om te bellen. Maar dat haalt hij niet op tijd, want dan krijgt hij een tweede aanval, en dan kan hij niets meer. En daarna ligt hij daar alleen nog maar te sterven, niet in staat om iets te doen totdat jij en Augustin binnenkomen.'

'Lsm,' mompelde Knox.

'Sorry?'

'Zijn laatste woorden tegen me. Niet Elysium. Lsm. Dat is een variant op lsd waarmee hij experimenteerde. Hij probeerde me te vertellen welke drugs hij had genomen. Het werd zijn laatste adem. Cocaïne.'

'Ik heb Grigorias geschorst,' zei Angelos. 'Dat wilde ik je laten weten. En er komt een volledig onafhankelijk onderzoek. Daar heb je mijn woord op. Ik heb al een team naar de steeg onder het balkon gestuurd, om te zien of we die drugs kunnen vinden.'

'Het hotelafval staat daar,' zei Knox tegen hem. 'Ik hoorde ze die gister…' Een geweerschot kraakte boven hem, echode onheilspellend tegen de rotswanden van de pas. 'Jezus,' zei Knox. 'Hoorde je dat?'

'Ik zorg voor een helikopter,' beloofde Angelos.

Knox stopte onder het rennen zijn mobiel terug in zijn zak. Nog twee schoten weerklonken, waardoor zijn zware benen nieuwe kracht kregen. Hij zocht de vlakte onder hem af, de akkers, het huis, de hoge kliffen om hem heen. Zijn oog werd getrokken naar beweging in een zee van gele gaspeldoorn, ver weg rechts van hem, waar een door de afstand klein ogende figuur op een open plek op een ander afstevende. Zelfs van deze afstand wist hij dat het Gaille was. Hij schreeuwde zo hard hij kon, maar de wind wierp zijn kreten nutteloos in zijn gezicht terug. Hij keek omlaag naar wat voor een pad moest doorgaan; hoe roekeloos hij die ook zou nemen, er was geen hoop dat hij op tijd bij Gaille zou zijn om haar te helpen. Maar er was een soort spoor dat om de rand van de rotsomheining heen liep, en misschien, als hij op de kliffen boven haar kwam...

Zijn benen deden al pijn en voelden zwak aan, maar hij vermande zich voor deze laatste inspanning en zette het op een rennen.

III

Gaille gooide zich op de grond toen Mikhail zich met de Mauser naar haar omdraaide, verschool zich onder het tapijt van gaspeldoorn. Naast haar werd Argo compleet gek, hij danste in rondjes, zijn lijn raakte in de knoop en toen rukte hij zich van haar los en racete over het pad terug. 'Argo!' riep ze uit. 'Kom terug!' Maar hij luisterde niet en denderde verder. Ze zette zich schrap, een enkel schot kraakte. Haar hart draaide zich om. Ze hoorde Argo vallen, zijn meelijwekkende gejank en gejammer. Een tweede schot, toen alleen nog stilte.

Haat, verdriet, woede, afgrijzen. Te veel emoties om te verwerken. Ze hoorde geruis: Mikhail zat achter haar aan. Ze klauterde op handen en knieën door de gaspeldoorn, waar zijn geheime leven werd onthuld: torren, hagedissen en vlinders, zonlicht bespikkeld door een wirwar van takken. Een vogel klapwiekte bijna onder haar neus van zijn nest omhoog, waar ze zo van schrok dat ze met haar hoofd boven haar beschutting uitstak en weer terugdook voor Mikhail kon schieten.

Ze kwam uit op een kleine open plek, dat was wel het laatste wat ze nodig had. Ze kroop om de rand heen en zocht tevergeefs naar een uitweg. De rotsomheining rees links van haar op, weliswaar niet zo'n steile wand als elders, maar de helling was behoorlijk overdekt met kleischalie. Ze sprong overeind en rende er met gebogen hoofd langs, in de hoop dat ze de afstand tussen haar en Mikhail kon vergroten, maar de kleischalie glipte onder haar weg, ze struikelde en viel bijna in de gele kluwen. Tot haar verbazing gaven de takken gaspeldoorn onder haar mee en ze zag dat ze aan de voet waren doorgezaagd, alsof iemand daar iets had willen verbergen.

Mikhail kwam nog steeds als een razende achter haar aan. Ze trok meer takken weg, onthulde symbolen die in het rotsoppervlak waren gebeiteld, een driehoek en een golvende band, en daarna een smalle, lage, zwarte mond van een rotsopening. Ze liet zich op handen en knieën vallen en kroop ernaartoe, grit en aarde regenden op haar gezicht en haren voor hij zich abrupt opende. Het was te donker om binnen iets te zien, maar de echo's van haar zware ademhaling gaven haar een indruk van de omvang van de grot. Ze schoof iets bij de opening vandaan om zo veel mogelijk licht binnen te laten en zag een pikhouweel en een voorhamer tegen de muur staan. De voorhamer was te zwaar voor haar, dus pakte ze in plaats daarvan het pikhouweel. Van de gedachte dat ze die tegen een levend wezen moest gebruiken werd ze een beetje beroerd, maar ze bracht zichzelf in herinnering wat hij zojuist met Iain en Argo had gedaan en dat gaf haar kracht. Ze hoorde hem buiten naderen en verstopte zich buiten zijn gezichtsveld. Het vage licht dimde nog verder toen hij de opening vond. 'Zit je daarbinnen?' plaagde hij. 'Zit je op me te wáchten?'

'Sodemieter op,' zei ze tegen hem.

'Ik zal je niets doen als je naar buiten komt. Dat zweer ik.'

'Ik zei dat je moest opsodemieteren.'

Het werd nog donkerder toen ze hem grommend een weg door de krappe grotopening hoorde zoeken. Ze hief het pikhouweel omhoog, en vermande zich om toe te slaan. Misschien hoorde hij haar, of zag hij een glimp van haar voet, want hij moest zich hebben gerealiseerd hoe kwetsbaar hij was, hij bleef waar hij was en trok zich toen terug. De grot werd weer wat lichter. Ze liet het pikhouweel op de grond rusten, terwijl ze de steel nog altijd stevig vasthield, zeker wetend dat het niet lang zou duren voor hij het opnieuw zou proberen.

42

Nico hield zijn telefoon bijna een minuut in beide handen, alsof het een talisman was, alsof die de macht had om gebeden te verhoren.

Nico geloofde dat het leven van een mens als kind werd bepaald. Vormingsjaren, zo noemde hij ze, en het waren goede jaren. De eerste keer dat je voedsel proefde en je verbijsterd was omdat het zo verrukkelijk smaakte. Je eerste liefde, je eerste applaus. Magische momenten die je zo graag wilde herbeleven dat je je hele leven daaromheen bouwde.

Voor Nico was dat beslissende moment gekomen tijdens een gezinsvakantie op de Peloponnesos. Zijn broer was een studiebol op school, hij had zijn vader overgehaald om met z'n allen een tour te maken langs Mycene, Epidaurus, Korinthe en de andere grote opgravingssites. Nico had zich zo doodverveeld dat het bijna een marteling was geweest. Toen hadden ze Olympia bezocht, de site van de klassieke spelen. Dit was natuurlijk lang voordat de toeristen in groten getale binnenstroomden, zij waren daar toen de enigen geweest. Nog meer verdomde ruïnes! Wat zagen mensen in die dingen? Hij was in z'n eentje gaan rondkijken, was een hoge, met gras begroeide aardwal tegengekomen, waarin een korte gewelfde doorgang was uitgegraven. Hij was erdoorheen gelopen en tot zijn schrik in het oude stadion terechtgekomen. Hij kon zich dat moment nog altijd herinneren, de stralend opkomende zon, de met gras begroeide aardwallen voor de mensenmassa's, de geest van de arena doordrenkt van vieringen, rivaliteit en roemrijke daden. Van gróótsheid. Tot op dat moment had hij nooit echt begrepen wat mensen met atmosfeer bedoelden. Hij had nooit in spoken geloofd. Maar dat was allemaal in één klap veranderd. Op dat moment was zijn droom geboren om een olympisch atleet te worden, en toen die droom niet bewaarheid werd, was hij in plaats daarvan op archeologie overgestapt, want zijn liefde voor het klassieke Griekenland was op die dag ook geboren.

Die liefde had hij aan zijn ouders te danken.

Toen de telefoon eenmaal overging, leek dat langer en dieper te zijn dan anders, alsof de tijd zelf het intenser maakte. Bij de vijfde toon wilde hij bijna ophangen, maar toen werd er opgenomen en was het te laat. Een mannenstem. 'Hallo?' klonk het.

'Hallo, vader,' zei Nico, met kleverige, droge mond. 'Met mij.'

Er viel een lange, aanhoudende stilte, een ongelovige stilte, als stilte tenminste zo kon aanvoelen. Toen: 'Níco?'

'Ja.' De stilte duurde en duurde maar. Te veel tijd was verstreken. Dit was een vergissing. 'Sorry,' flapte hij eruit. 'Ik had niet…'

'Nee!' zei zijn vader. 'Niet ophangen. Alsjeblieft. Ik smeek je.'

'Ik wilde met je praten,' zei Nico. 'Ik wilde je zien. Ik dacht misschien met de lunch.'

'Natuurlijk. Je moeder en ik… nou ja, er komen een paar vrienden langs. De Milona's. Ken je die nog?'

'Ja.'

'Die zeggen we wel af. Dat vinden ze niet erg.'

'Niet om mij. Maar misschien kan ik er gewoon bij zijn. Ik wil ze graag zien. Het is zo lang geleden.'

'Natuurlijk. Natuurlijk. Ik vertel het je moeder meteen. Ze wil zeker weten dat er genoeg is. En, Nico…'

'Ja?' Hij wachtte, maar zijn vader zei niets meer. Hij wachtte, maar zijn vader zei niets. Het duurde even voordat Nico zich realiseerde dat hij niet kon praten zonder zichzelf te verraden. Het was vreemd en nogal schokkend om zijn vader te horen huilen. 'Het is al goed,' zei hij tegen hem.

'Het is niet al goed,' snikte zijn vader. 'Dat is het niet. Niet. Vergeef me, Nico. Je moet het me vergeven.'

'Ik vergeef je, vader. En ik zie je bij de lunch. Vraag moeder om wat van haar *spanakopites* te maken. Ik kan je niet vertellen hoe ik die heb gemist.' Hij legde de telefoon neer en staarde verbaasd naar zijn handen, zoals die trilden. Toen spatte er iets in zijn handpalm, en hij realiseerde zich dat hij ook huilde.

In de grot wachtte Gaille op Mikhail; maar de ogenblikken gingen over in minuten en hij kwam nog steeds niet. De adrenalinestoot ebde weg, haar armen en schouders begonnen pijn te doen van de spanning en omdat ze de steel van het pikhouweel te stevig vasthield. Ze wilde haar greep losser maken, en ontdekte dat haar handpalmen door geronnen bloed aan het hout vastgeplakt zaten. Die had ze vast aan de doorns of de schalie opengehaald. Ze trok ze een voor een los en de opnieuw geopende wonden prikten als een gesel.

Ze waagde een blik door smalle doorgang van de grot naar de mondopening. Stofdeeltjes dansten met muggen in de cirkel zonneschijn, maar er was geen spoor van Mikhail te bekennen. Ze voelde een vleugje hoop. Misschien had hij het opgegeven, besefte hij dat haar positie onneembaar was. Misschien was er redding gekomen. Of misschien wachtte hij eenvoudigweg tot ze zo nieuwsgierigheid werd dat hij haar te slim af zou zijn. Haar ogen waren al wat aan de schemering gewend. Ze kon nu dingen zien die voorheen verborgen waren geweest. Een generator met zijn parelwitte plastic behuizing, waar een oranje elektriciteitskabel uit liep, op de vloer ernaast stond een houten kist. Ze keek nogmaals om er zeker van te zijn dat Mikhail niet was teruggekeerd, haastte zich toen naar de kist en rommelde erdoorheen op zoek naar iets nuttigs. Oude waterflessen vol vloeistof die hun kenmerkende stank op haar handen achterlieten. Een zaklantaarn, zwaar van de batterijen. Ze deed hem aan, vond nog een replica van de Schijf van Phaistos in de kist, waardoor ze weer moest denken aan de driehoek en de golvende lijn die ze op de rots had gezien. Ze zocht nu naar die symbolen en vond ze precies in het midden van een van de spiralen, wat suggereerde dat de Schijf een soort plattegrond was, waarvan één hiernaartoe leidde. Ze keek naar de spiraal op de achterzijde. Daar stond in het midden een rozet, symbool van het Minoïsche koningshuis. Ze legde de Schijf weer neer en scheen met de lamp op de dichtstbijzijnde wand, waar op de rots vage sporen van oude schilderingen te zien waren. Daarna omhoog naar het hoge, puntige plafond en ten slotte naar de achterkant van de grot, waar een gang in de duisternis verdween. Ze overwoog om op zoek te gaan naar een plek om zich te verschuilen, maar besloot het toch niet te doen. De grotopening was te verdedigen, maar als Mikhail eenmaal binnen was, zou ze verloren zijn.

De lamp begon zwakker te branden, de batterijen waren duidelijk bijna leeg, hoe zwaar ze ook waren. Ze deed hem weer uit, het licht was te waardevol om te verspillen. Ze legde hem weer in de kist en keerde naar haar post terug. Haar hoop wakkerde aan toen er minuten verstreken en er nog altijd geen spoor van Mikhail was. Maar toen hoorde ze buiten geluiden en haar hoop werd de bodem ingeslagen. De grot verduisterde opnieuw. 'Word je al eenzaam?' vroeg hij.

'Laat me met rust.'

'Het is prachtig hierbuiten. Je kunt overal op het mos liggen.'

'Ga weg.'

'Ik moet dit doen, weet je. Ik heb je vriendje mijn woord gegeven. Ik hou me altijd aan m'n woord.'

Hij zou gaan aanvallen. Ze hoorde het aan de opwinding in zijn stem. Ze verstevigde haar greep om het pikhouweel, hief het boven haar hoofd en bereidde zich voor op een haal naar beneden. Eén klap, bad ze in stilte. Meer vraag ik niet.

Geschuifel in de doorgang, dan een glimp van zijn hoofd onder zijn baseballpet. Ze aarzelde niet, ze zwaaide met het pikhouweel naar omlaag. Maar tot haar afgrijzen tuimelde zijn hoofd eenvoudigweg door de grot en kwam op zijn kant tot rust, en het was Iain die haar aankeek, niet Mikhail. Ze gilde het uit en liet het pikhouweel vallen op het moment dat Mikhail opdook, met zijn met bloed besmeurde mes in de hand. Ze draaide zich om en rende blindelings de grot in. De grond was glibberig, haar voeten gleden onder haar weg, ze stortte van een korte, ruwe helling af, stootte haar elleboog en knie en botste met haar hoofd tegen een rots. Ze klauterde overeind en worstelde zich een weg langs een muur, poeltjes druipwater van de grond sijpelden door het dunne canvas van haar schoenen heen, koud als angst op haar zolen.

Achter haar hoorde ze dat Mikhail aan het startkoord van de generator trok. De motor sloeg meteen aan en overal begonnen lampen op te gloeien, waardoor ze van de wijkplaats die de duisternis haar had geboden was beroofd en aan Mikhails genade was overgeleverd.

III

Knox' benen waren slap van vermoeidheid, hij verzwikte zijn enkels met pijnlijke regelmaat op de losse rotsen die hij als stapstenen gebruikte om door de dikke wirwar van het doornige struikgewas te komen. Hij had het gevoel dat hij al uren langs de rotsomheining rondjes draaide, hoewel het in werkelijkheid slechts twintig minuten konden zijn geweest. Het terrein vlak bij de klifrand was zo moeilijk begaanbaar dat hij gedwongen werd om er een stuk vandaan te gaan lopen, waardoor hij de kans niet kreeg om te zien wat er beneden gaande was. Maar uiteindelijk had hij het markeerpunt bereikt dat hij zichzelf had gesteld – een rotsformatie in de vorm van een denappel links van hem – en hij liep weer naar de rand van de rotsomheining terug en zag dat hij zich hoog boven de gele zee gaspeldoorn bevond, de open plek was onder hem een beetje zichtbaar, maar er was geen teken van leven te zien.

Wat nu?

Zijn adem piepte in zijn keel, hij had een steek in zijn zij en in zijn beurse ribben. Hij ging op zijn knieën zitten, daarna languit liggen en boog zich over de rand om de klifwand onder hem te bekijken, om te zien of hij daar naar beneden kon. Wat hij zag kon beter, maar ook slechter. Het bovenste derde deel was bijna loodrecht, maar er zaten zo veel uitstekende rotsen dat er meer dan genoeg houvast was, zelfs voor een onervaren klimmer als hij. Daaronder werd het klif steeds minder steil, tot een helling van losse aarde en schalie die rechtstreeks op de gaspeldoorn uitkwam.

Hij gaf zijn benen nog even tijd om te herstellen, ging toen op zijn buik liggen, greep met beide handen een paar wortels vast en zwaaide zijn benen over de rand, zocht met zijn tenen tot hij stevige uitsteeksels en richels vond die zijn gewicht konden dragen. Hij liet de wortels los, greep de klifrand vast en liet zich zo verder zakken. Hij hield vol, keek niet naar omlaag, terwijl hij frustrerend langzaam vooruitkwam. Maar uiteindelijk bereikte hij het einde van het eerste gedeelte, waar de hellingshoek iets minder schuin werd. De wand was nog altijd steil, maar leek te bestaan uit stroken kalksteen die niet allemaal in gelijke mate verweerd waren, waardoor er door de tijd en de natuur een reeks reuzenstappen was ontstaan. Dit was een kans om wat tijd in te halen. Hij draaide zich om tot hij naar buiten keek en sprong toen op de rand zo'n twee meter onder hem, waarbij hij door zijn knieën knikte om de landing te verzachten. Hij struikelde een beetje, maar zorgde ervoor dat hij naar de wand toe viel en niet in gevaar kwam. Hij stond op, veegde het grit van zijn handpalmen en zocht naar een volgende richel waar hij op kon springen. Maar deze keer verzwikte hij zijn enkel bij de sprong, wankelde de verkeerde kant op en werd gedwongen een derde sprong te maken, en nog een vierde terwijl hij nu wild met zijn armen zwaaide om zijn evenwicht te bewaren. Hij kwam met zo'n snelheid tegen de lagergelegen rotswand aan dat het zelfmoord was geweest om te stoppen, dus liet hij zich meevoeren, vertrouwend op de zwaartekracht en zijn vakkundige voeten. Hij pompte als een gek met zijn benen, aarde en losse grijze stenen vielen overal om hem heen, tot hij ten slotte struikelend en tuimelend als een bowlingbal in de gaspeldoorn neerstortte. De doorns scheurden zijn shirt aan flarden, maar fungeerden ook als veiligheidsnet, vertraagden zijn vaart en stopten hem af.

Hij bleef daar even met zijn gezicht in de struiken liggen, om op adem te komen en te kijken of hij gewond was. Elke centimeter van zijn lichaam bonsde, stak en deed pijn, maar zo te voelen had hij niets gebroken of gescheurd. Hij stond heel voorzichtig op en vocht zich een weg door de gaspeldoorn en de kruipers naar de open plek. Daar was een scheur in de rotswand. Daarbinnen was licht en hoorde hij het zachte pruttelen van een generator. Hij ademde diep in om zich schrap te zetten, ging toen op handen en knieën zitten en kroop naar binnen.

43

De lampen waren onderling verbonden met een kort wit snoer naar de hoofdkabel, zag Gaille; de aansluitingen waren met ducttape omwikkeld om het vocht buiten te houden. Ze maakten griezelige lichtplekken in het donker, die geesten en monsters aan de muren ontlokten. Dat deed haar plotseling even terugdenken aan een bijna vergeten jeugdtrauma, toen ze de greep van haar moeders hand was kwijtgeraakt terwijl ze met haar door een spookhuis op de kermis liep. Daar had ze de schrik van haar leven gekregen waarna ze maandenlang bang in het donker was gebleven.

Ze kwam bij een volgende zuilengang, met flonkerende aders kwarts en calcium, keek bijna instinctief omhoog en zag hoe hoog het plafond van de ruimte was, maar de grond was te glibberig voor zulke vrijheden en haar voeten gleden onder haar weg zodat ze zich aan de wand moest vastgrijpen. Zodra ze echter losliet, slipte ze opnieuw, sloeg met haar enkel tegen rots, schaafde haar huid en voelde met een steek het bloed eruit stromen.

Op de muur stonden kalkmarkeringen in het Frans. Hoofd met veren, was er een. Ossenhuid, was een andere. Symbolen van de Schijf van Phaistos, ontdekt en door Petitier ontcijferd, nog meer bewijs dat de schijf een plattegrond was, vervaardigd om die plek te vinden en erdoorheen te navigeren. Maar waarheen navigeren? Een lage, overhangende rots dwong haar op handen en knieën. Ze kroop door een sluier van spinnenwebben, herfstdraden, vliegen en gruis die zich aan haar haren vastklampten.

Een lamp verspilde zijn licht doordat hij op z'n kop tegen de linkerwand lag. Ze draaide hem om en verlichtte een grote ruimte met een geribbeld plafond en waar verscheidene kuilen in de aarden vloer waren uitgegraven. Tegen de muren stonden wat dozen met kunstvoorwerpen opgestapeld, votiefoffers en wat eruitzag als botfragmenten. In de oudheid werden grotten vaak als begraafplaats gebruikt, één reden waarom er zo veel heilige voorouderlijke plekken waren geworden. Een albino-insect haastte zich naar de duisternis toen ze de lamp weer terug-legde, een aanwijzing dat hier een gesloten ecosysteem was waarin iedereen elkaar opat.

Ze volgde een oranje kabel naar een hoopje los puin, een rotslawine van lang geleden waardoorheen Petitier een tunnel van een paar meter lang had gegraven. Ze hoopte dat het uiteinde te verdedigen viel, net zoals de grotingang was geweest, maar de volgende zuilengang werd zo geleidelijk wijder dat ze er geen hinderlaag kon opzetten. Opnieuw had Petitier overal bewijs van zijn opgravingen achtergelaten; ondanks alles zag Gaille onwillekeurig hoe zorgvuldig hij was geweest. Hij was niet zomaar lukraak met een schep aan de gang gegaan om te zien wat hij kon plunderen, zoals ze half had verwacht. Hij had heel veel moeite gestoken in...

Plotseling gromde Mikhail achter haar. Ze draaide zich met een ruk om, haar hart klopte in haar keel, ze verwachtte dat hij vlak bij haar was, maar ze was alleen. Het was slechts de akoestiek van de grot. Maar door de angst werd ze nog verder voortgedreven. Verderop splitste de grot zich in tweeën; boven elke passage waren symbolen in de rots gekerfd, omcirkeld en met een opmerking van Petitier. De oranje kabel leidde door een passage naar links, die haar een uitermate manicheïstische keus bood tussen licht en donker. Ze stond op het punt voor duisternis te kiezen, waar ze zich beter kon verbergen, toen het bij haar opkwam dat als Mikhail de zaklantaarn had meegenomen, hij een te groot voordeel zou hebben. Ze ging dus naar links, kwam bij een rotsrichel waartegen een houten ladder met gerafeld wit touw was bevestigd. Ze klom snel naar boven, knielde neer om hem los te knopen en hem achter haar aan omhoog te trekken, maar de knopen waren vochtig en zo strak aangetrokken dat ze haar vingernagels er niet tussen kon krijgen, en toen hoorde ze Mikhail komen en was het te laat.

Ze vluchtte dieper de grotten in, kwam boven aan een hellend rotsvlak, zo glad dat het bijna gepolijst leek. Ze ging op haar rug liggen en gebruikte haar handpalmen en hielen om zich af te remmen terwijl ze naar de voet ervan gleed, waar ze bij de opening van een heel ander soort doorgang kwam: die was opzettelijk uit de rots gehouwen, de vloer was vlak, de bovenkant gebogen en de muren waren glad gemaakt en ingelegd met marmer en kostbare stenen. Er waren zelfs hele stukken waar het pleisterwerk bewaard was gebleven, er zat verf op die Petitier onlangs had opgefrist, te oordelen naar de mand met schoonmaakmiddelen op de grond. Links van haar een over een stier springende jonge man. Rechts drie godinnen die papavers, druiven, paddenstoelen en andere geschenken van de aarde omhoog hielden, terwijl om hun voeten slangen kronkelden.

Ze liep de gang door tot aan de bovenkant van een trap, maar die bracht haar niet veel verder. Een groot deel van het dak en de zijmuur was ingestort en had een onneembare barrière van puin opgeworpen. Helemaal links van de instorting had Petitier een korte houten ladder tegen de muur gezet en een gat in de bovenhoek gegraven, waardoor hij de oranje kabel had getrokken, zodat er een zwak lichtje vanaf de andere kant scheen. Ze klom de ladder op, hoopte dat ze zich er op een of andere manier doorheen kon persen en wriggelen, maar het gat was te klein; niet groter dan nodig was om er een camera met flitspullen doorheen te steken en foto's te maken. En opeens realiseerde ze zich dat ze Petitier misschien verkeerd had beoordeeld: hij wilde het congres niet toespreken uit angst dat hij betrapt zou worden, maar omdat hij een archeoloog in hart en nieren was, en dat hij wat er ook achter deze muur lag te belangrijk vond om door hemzelf te kunnen worden aangepakt. En dus was hij ermee opgehouden.

Geschuifel en zware ademhaling achter haar. Ze draaide zich om en zag dat Mikhail aan het uiteinde van de gang was gearriveerd, zijn shirt aan flarden, zijn machtige bovenlijf bloot, de lappendeken van ruwe tatoeages, de Mauser over zijn schouder, zijn jachtmes in de hand. Ze klom de ladder weer af, maar nu kon ze nergens meer heen rennen of zich verstoppen. Hij moest hebben beseft dat ze in de val zat, want hij kwam ongehaast op haar af, bijna paraderend. Ze bukte zich om een scherpe en zware steen op te rapen en hield die achter haar rug. Hij was nu boven aan de trap en kuierde op zijn gemak naar beneden terwijl hij zijn mes weer wegborg. Ze wachtte tot hij dichtbij was en haalde toen hard met de steen naar zijn slaap uit. Maar hij moest het hebben zien aankomen, want hij greep haar pols met gemak vast, verdraaide die tot ze het uitschreeuwde en de steen liet vallen. Hij greep haar haren met een vuist vast en trok haar scherp opzij tot ze uit haar evenwicht was en sleurde haar bij haar haren naar de vloer van de gang, waar hij haar neergooide, tegen de rug schopte en schrijlings over haar heen ging staan, terwijl hij haar polsen met zijn voeten vastpinde.

'Alsjeblieft,' smeekte ze. 'Laat me gaan.'

Daar moest hij om lachen, alsof ze een geintje maakte, zeker. 'Wat heb ik hiernaar uitgekeken,' zei hij tegen haar, terwijl hij de zijwaartse bobbel van zijn erectie door zijn broek heen kneedde. 'Ik heb je vriend mijn woord gegeven. En ik houd me altijd aan mijn woord.'

Het lamplicht flakkerde even, alsof de brandstof in de generator opraakte. Achter in de gang waar ze doorheen waren gekomen, klonk geluid. Gaille draaide haar hoofd net op tijd zijwaarts om te zien dat er een derde persoon was gearriveerd, met de voorhamer in zijn hand.

'Jij!' zei Mikhail met fronsende blik.

'Ja,' zei Knox instemmend. 'Ik.'

II

Voor het team van de intensive care was het een enerverende ochtend geweest. Een van hun patiënten was overleden, een andere was naar zaal teruggebracht. Gevolg was dat de afdeling leeg was, op Augustin en twee verpleegkundigen na, dus Claire voelde zich vrij om de stekkers van de koptelefoon van de dvd-speler die Nico de dag ervoor had gebracht los te pluggen.

Ze had de opname de avond ervoor niet bekeken, toen had ze te veel andere dingen aan haar hoofd gehad. Maar vanochtend had ze hem al twee keek bekeken. Er was iets dwingends aan, hoewel ze niet precies wist wat. Het zat 'm niet in de woorden zelf, want ook al waren die door Augustin zelf geschreven, de technische taal en obscure referenties gingen haar voor het merendeel boven de pet. Het had meer te maken met de manier waarop Knox op een of andere manier Augustins manier van praten had weten te vangen, ondanks hun verschillende accent: zijn cadans, metrum, de truc om stiltes te laten vallen, de misleidende lancering van zijn punchlines.

Toen Augustin deze ramp was overkomen, had een verraderlijk innerlijk stemmetje Claire ingefluisterd dat ze nu heus niet bij hem hoefde te blijven, zoals ze bij haar vader was gebleven. Hij was tenslotte geen bloedverwant, ze waren nog niet eens getrouwd. Ze kon eenvoudigweg naar Amerika terugvliegen en doen alsof deze episode nooit was gebeurd. Maar ze wist nu dat dat onmogelijk was geworden. Wanneer je je hart compleet aan iemand hebt verpand, is het niet aan jou om het terug te nemen.

Op de dvd was Knox bijna aan het eind van zijn praatje. Ze zette het geluid harder. Het was werkelijk vertroostend om naar Augustins woorden te luisteren, maar hier werd ze pas echt heel blij van, de buitengewone ovatie die kort na het einde opklonk, het eerbetoon dat er zo duidelijk uit sprak voor de man van wie ze hield. Elke keer dat ze het afspeelde, zwol haar hart op van trots.

Augustins linkerwimper trilde even, zo licht als de vleugel van een vlieg. Hoewel het een van de weinige keren was dat hij zelfs zoveel teken van leven had gegeven, liet ze zich er niet door blij maken. Zijn artsen waren de vorige avond gestopt met het toedienen van barbituraten, in de hoop dat hij uit het kunstmatige coma zou komen, maar ze had genoeg ervaring met intensivecarepatiënten om te weten dat zulke tics zich voortdurend voordeden.

Ze boog zich naar hem toe, voor het geval dat, murmelde zijn naam en kneep in zijn hand. Zijn wimper trilde opnieuw, toen opende het oog zich in een flits en ging weer dicht. Ze keek hem als verlamd aan, zwevend tussen doodsangst en hoop. Toen schoten zijn beide ogen open, bloeddoorlopen en onthutst, geschrokken zelfs. Ze ging staan en boog zich over hem heen zodat hij wist dat ze er was, dat hij in veiligheid was, dat er van hem werd gehouden en voor hem gezorgd werd. Maar dat leek niet best uit te pakken. Zijn agitatie verergerde, hij rolde zijn ogen naar de zijkant en wilde iets zeggen.

'Niet praten,' smeekte ze, terwijl ongerustheid de euforie wegvaagde. 'Probeer alleen maar te rusten.'

Hij luisterde niet, zijn lippen bewogen opnieuw, hij mompelde iets wat ze niet kon verstaan, omdat het applaus van de dvd net was begonnen, al dat luisterrijke gedreun. Ze drukte op de knop om hem tot zwijgen te brengen en legde haar oor weer tegen Augustins mond en wist uiteindelijk wijs te worden uit zijn woorden. 'Wat is die klootzak van een Knox aan het doen,' murmelde hij, 'staat hij een beetje míjn praatje voor te dragen?'

III

Gailles euforie toen ze Knox zag, loste bijna onmiddellijk op toen Mikhail de Mauser beetgreep en op hem richtte. Knox had geen tijd om bij hem te komen, laat staan te vluchten, dus Gaille wrong haar pols onder Mikhails voet los, stak haar hand uit, greep de riem van de Mauser vast en trok er hard aan op het moment dat hij vuurde. De kogel sloeg in de rotsachtige grond in en ketste zonder schade aan te richten af.

Knox greep het door haar geboden moment aan door met een hartstochtelijke brul de gang door te stormen terwijl hij de voorhamer in een wilde boog naar Mikhails hoofd zwaaide, die daardoor de Mauser als staf moest gebruiken om zich te verdedigen. Die kraakte en versplinterde in zijn handen, de loop kwam los van de steel, maar hield toch stand en redde hem van de voorhamer, hoewel hij door zijn knieën ging en naar achteren struikelde. Hij gooide het gebroken geweer weg en greep in plaats daarvan de kop van de voorhamer in een poging hem uit Knox' handen te worstelen. Hij was sterker, zwaaide Knox rond tegen de muur van steengruis en trok de hamer van hem los.

Mikhail pakte de steel beet en rende onmiddellijk achter hem aan, terwijl hij met de hamer zwaaide zoals een baseballslagman die op de tribune richtte. Knox dook op tijd weg en de hamer sloeg in het steengruis achter hem, waardoor een paar kleinere stenen losraakten en naar de andere kant wegrolden, en Petitiers gat een fractie groter werd. Mikhail vloekte. Zijn handen tintelden van de klap, even liet hij de steel los, toen zwaaide hij nogmaals. Knox probeerde er weer onderdoor te duiken, maar dat zag Mikhail aankomen. Hij mikte in een lagere boog op zijn hoofd en schampte Knox' slaap voor de hamer als een sloopkogel in de rots achter hem insloeg, wat nog meer stenen deed verpulveren en waardoor een smal, maar duidelijk gat bovenin werd veroorzaakt. Nu Knox verdwaasd op de grond lag, hief Mikhail de voorhamer om hem te vermoorden, maar Gaille stootte de versplinterde steel van de Mauser in zijn gezicht, waardoor hij over de verspreid liggende kiezels uitgleed en achteroverviel. Ze greep Knox bij de hand, sleurde hem overeind en trok hem de kleiner geworden berg over. Ze baanden zich een weg door het puin dat ze onder het lopen wegschoven en klauterden naar de andere kant, hoestend en met hun ogen knipperend door het dik opdwarrelende stof.

Ze waren bijna boven aan een brede trap die over de vloer van een reusachtige zuilengalerij uitkeek, zo groot en donker als een kathedraal bij nacht. Het enige wat Gaille duidelijk kon zien was de smalle spleet in het hoge koepeldak, waarvan de gekartelde randen met begroeiing overwoekerd waren en de muren daaronder zwart zagen van vuil en vogeluitwerpselen. Een aantal vleermuizen werden gestoord in hun slaap en fladderen zo hoog boven hen rond dat ze wel stofdeeltjes leken. Op de muur onder de spleet glinsterde zwak zonlicht op kwartswatervallen die in bevroren draperieën omlaagvielen en schaduwen wierpen op een keten van stalactieten en stalagmieten, zodat ze precies leken op pijpen van een of ander grotesk kerkorgel.

Mikhail kwam grommend en vloekend achter hen aan. Knox leek nog altijd gedesoriënteerd, ze leidde hem resoluut de trap af naar de bodem van de spelonk. Een smalle trap liep naar een ronde verhoging omhoog, waarop een marmeren troon stond die bleek in de duisternis glansde. Een paar gouden, met ruwe stenen ingelegde ringen lagen in het dikke stof op de zitting van de troon, terwijl een gouden hoofdband met twee vergulde horens ernaast lagen, samen met een gouden drinkbeker. En in een flits zag Gaille een krachtig beeld van een man die hier duizenden jaren geleden had gezeten en hier misschien zelfs was gestorven.

Iets op de hoge rug van de troon ving haar blik. Een gewaad van een schaapsvacht, doorweven met het fijnst voorstelbare draad dat onder zijn stofdeken glansde zoals maar één metaal dat kon. Haar adem bleef in haar keel steken toen ze het aanraakte. 'Jezus!' murmelde Knox onvast. 'Is dat...'

'Het Gulden Vlies,' fluisterde Gaille. 'Dus hij heeft het toch gevonden.'

Voetstappen op de grotvloer. Mikhail kwam eraan. Een smal looppad leidde van de verhoging weg langs een galerij met dubbele bijlen. Ze vluchtten naar een tweede, groter platform. Gailles ogen waren een beetje aan het pikkedonker gewend en ze zag dat dit nieuwe platform als een reusachtige rozet was gevormd, met in het midden de grootste stalagmiet die Gaille ooit had gezien en die bijna obsceen omhoogstak. Aan de voet ervan was een ondiep bassin voor plengoffers en offerandes, alsof het ooit werd aanbeden als een grote godheid die naar de aarde was gekomen. En nu was ze er zo dichtbij dat ze zich met een schok realiseerde welke godheid het was, want hij leek precies op een enorme stier die op zijn achterpoten hoog boven haar oprees. En het was niet haar verbeelding die haar parten speelde, maar eerder een opzettelijke gelijkenis met een stier die door toevallige omstandigheden uit steen was gehouwen. Op zijn kop waren olifantslagtanden geplaatst en zijn schouders waren gepolijst en gebeeldhouwd, en het kalkstenen silhouet was vergroot om de indruk van een mantel te wekken, waarmee een Minotaurus werd gecreëerd, als onsterfelijke wachter midden in dit natuurlijk labyrint. Alleen de voet was niet gebeeldhouwd, misschien uit eerbied, of misschien omdat de hele stalagmiet licht scheef stond en ze bang waren om hem te verzwakken, dat hij zou omvallen en breken.

En dat was nog niet alles. Op het platform was aan weerszijden en achter de immense zuil een buitengewone verzameling kunstvoorwerpen bijeengebracht. De meeste waren onherkenbaar geworden door dikke lagen stof en puin, maar andere stonden, door toeval of door de omstandigheden, van deze grote ruimte afgeschermd. Ooit waren ze duidelijk in groepen gerangschikt geweest, verdeeld door een raamwerk van gangpaden, maar zo vele waren in duizenden jaren omgevallen of gedesintegreerd dat ze een obstakel vormden. Schalen met edelstenen en halfedelstenen lagen verspreid op de grond. Een roze marmeren beeld van een godin, haar arm zegenend opgeheven, lag dwars over hun pad. Een gouden hanger van om de zon cirkelende bijen lag in het stof. Er was ook oeroud wapentuig: schilden, zwaarden en bijlen, maar allemaal te gebutst en te fragiel om te kunnen gebruiken. Ze bukte zich om een ivoren beeld te bekijken, van een jonge vrouw met een amandelvormige schedel, een evenbeeld van de exemplaren die zij en Knox onlangs in Aknathons tombe hadden gevonden. Ze waagden zich dieper en dieper in de schatten, afstand creërend tussen henzelf en Mikhail, en toen kwamen ze hun meest verbijsterende ontdekking tot nu toe tegen: een boven hen uittorenend gouden beeld van een bebaarde wagenmenner die door zes gevleugelde paarden de lucht in werd getrokken. En haar hart draaide zich om van verdriet voor Iain, dat hij ondanks alles wat hij had gedaan, niet lang genoeg had geleefd om dit te zien.

'Wat?' vroeg Knox, die iets aan haar merkte.

'Atlantis,' zei ze tegen hem.

44

Al zijn hele leven had Mikhail diep in zijn hart geweten dat hij tot grootsheid was voorbestemd. Zijn hele leven had hij geweten dat zijn tijd zou komen. Dat begrepen ze maar niet, het gewone volk dat hem wilde tegenhouden en hem aan kleingeestige regels wilde onderwerpen. Maar pas op dit moment had hij precies begrepen welke vorm zijn grootsheid zou aannemen.

Het Gulden Vlies. Zíjn Gulden Vlies.

Hij stak eerbiedig zijn hand uit en raakte het aan. Het was van uitnemend fijn gouddraad vervaardigd, in verbazingwekkend levendige trosjes geweven die rimpelden toen hij erlangs streek. Hij zette de voorhamer op de rotsvloer, pakte het Vlies met beide handen op in de verwachting dat het zo zwaar zou zijn dat hij al zijn kracht nodig zou hebben om het op te tillen. Maar het bleek niet alleen een artefact van onbeschrijfelijke schoonheid te zijn, het bleek ook nog eens een verbijsterend staaltje vakmanschap, want het was weinig zwaarder dan de rugzak vol stenen waarmee hij soms ging rennen wanneer hij bang was dat hij uit conditie raakte. Hij zwaaide het om zijn schouders in de bijna zekere wetenschap dat het perfect zou passen, alsof het voor hem gemaakt was, en dat was ook zo. Er waren een ketting en een gesp aan bevestigd om het om de hals te klikken. Hij paste ze in elkaar en lachte triomfantelijk toen hij het vastmaakte. Daarna bleef hij daar even staan, zijn borst zwol op van trots terwijl hij zich verbeeldde hoe hij er op de tv-schermen over de hele wereld uit zou zien wanneer hij dit bij zijn terugkeer naar Georgië droeg.

Uiteindelijk zou toch een Nergadze leider van Georgië worden. Niets kon hem tegenhouden, niet nu hij dit had. En naar de hel met de verkiezingen, naar de hel met de stembus. Zijn grootvader was altijd uitgegaan van het concept dat hij zich geliefd moest maken. Maar hun president had ze de oorlog verklaard en Mikhail was de man die daaraan gevolg zou geven.

Hij keek het pad van dubbelkoppige bijlen af waarlangs Knox en

Gaille gevlucht waren. Ze mochten niet ontsnappen, ze zouden hun mond voorbij kunnen praten en zijn triomf bederven. Hij probeerde het Vlies los te maken, maar de gesp zat klem, en de kraag zat te strak om zijn nek om hem over zijn hoofd te trekken. Hij wilde zijn jachtmes pakken om een van de schakels door te snijden, maar aarzelde toen. Dat voelde als heiligschennis. Hij liet zijn mes zitten. Hij was tenslotte Mikhail Nergadze. Hij kon zelf wel met Knox en het meisje afrekenen, ook al werd hij door duizenden vliezen gehinderd.

Hij pakte zijn voorhamer weer op en liep naar het pad.

II

Knox was nog steeds misselijk en stond wankel op zijn voeten door de klap met de voorhamer. Hij voelde zich ook merkwaardig machteloos. Mikhail had tijdens hun korte schermutseling laten zien dat hij veel te sterk voor hem was, zelfs als hij op zijn best was, en helemaal nu hij gewapend was met een voorhamer, een jachtmes en een ongebreidelde wil om pijn toe te brengen. Gailles wangen waren glazig van de tranen en ze rilde aan een stuk door. 'Dit is de laatste keer dat ik je ooit wegstuur om je in veiligheid te brengen,' fluisterde hij in haar oor.

Ze wist op een of andere manier een lachje uit te brengen. 'Beloofd?'

'Beloofd.'

'Goddank. Maar wat doen we nu?'

'De politie is onderweg,' verzekerde hij haar. 'We moeten alleen een manier zien te vinden om hieruit te komen.' Dat was gemakkelijker gezegd dan gedaan. Het was geen doen om naar de spleet in het dak te klimmen. En in de omgeving van het rozetvormige platform was het door reusachtige zwerfkeien en gekartelde rotsen geen doorkomen aan. Waarmee alleen de weg die ze waren gekomen overbleef, terug langs de bijlengalerij en dan door de grot.

Maar eerst moesten ze langs Mikhail.

Knox keek achterom langs de stalagmiet. Zijn maag kromp samen toen hij de vage omtrek van het Gulden Vlies om Mikhails schouders zag terwijl die naar hen toeliep.

III

Mikhail kwam aan de voet van de stalagmiet en daarna bij de rand van de schattengalerij. De smalle paden ertussen waren te krap om goed met zijn voorhamer te kunnen zwaaien. Hij dacht erover om hem achter te laten of zelfs tussen de omliggende rotsen te gooien, maar hij wilde Knox of Gaille nog niet de kleinste gelegenheid geven om zich te wapenen, dus hij greep hem vlak onder de kop vast om de schacht te verkleinen en ging verder.

Hij liep langzaam, intussen de duisternis afspeurend, verwachtte bij elke stap half en half een hinderlaag. Die bleef uit. Hij bleef staan om te luisteren, maar hoorde alleen zijn eigen ademhaling, en een heel kort ogenblik had hij een flashback van de gevangenis in Fort Lauderdale, nog maar drie weken geleden, toen hij die psychologe met zijn lichaam tegen de muur van de verhoorkamer had gedrukt, zoals haar adem zich met die van hem had vermengd, het gevoel van haar spleet toen hij die in zijn hand had genomen. Hij wist niet waardoor hij haar spelletje in de gaten had gekregen, behalve dan dat hij altijd een zesde zintuig voor dubbelhartigheid had gehad. Hem verleiden, zodat ze verkrachting kon aanvoeren en hem jarenlang achter de tralies kon krijgen; ze droeg misschien zelfs een tweede recordertje, in de hoop dat ze hem tot loslippigheid kon verleiden. Het maakte niet uit. Het enige wat uitmaakte was dat ze had geprobeerd hem te verraden en hem ten val te brengen, en dus had ze moeten boeten, net zoals Knox en Gaille dat nu zouden doen.

Hij zag een fladdering in de schaduwen vóór hem, maar liet niets blijken. Als ze dachten dat ze hem in de val konden lokken of zelfs langs hem heen konden komen om zo naar het looppad terug te keren, zou hij ze wel eens iets laten zien. Het was nu slechts een kwestie van zijn kans afwachten.

45

Knox en Gaille trokken zich behoedzaam terug terwijl Mikhail op hen toekwam, probeerden via een lus rond de stalagmiet naar het looppad terug te keren. Maar Knox trapte op een losse steen en greep Gaille instinctief bij de onderarm beet om niet te vallen, waardoor zij ook uit haar evenwicht raakte. Het was maar heel even, maar het was genoeg. Met een afschrikwekkende oorlogskreet stormde Mikhail uit de duisternis, de voorhamer opgeheven als de bijl van een beul en haalde er dodelijk mee uit naar Knox' hoofd. Knox had geen tijd om weg te springen, gooide zijn schouder tegen Mikhails borst, wierp hem tegen de achterkant terwijl de hamer zonder schade aan te richten achter zijn rug langs zoefde. Mikhail liet de steel los, trok zijn mes en haalde er in een enkele vloeiende beweging mee uit naar Knox' gezicht.

'Rennen!' gilde Gaille.

Knox aarzelde niet. Hij draaide zich om en vluchtte met haar uit de schattengalerij, langs de bijlengalerij en daarna over de trappen, en ze klauterden ademloos naar de rotsachtige grotopening terug. De generator moest zonder brandstof zitten, want in de doorgang waren de lampen uit en je kon er geen hand voor ogen zien. Hij ging op zijn hurken zitten en tastte naar de elektriciteitskabel. 'Grijp mijn shirt vast,' zei hij tegen Gaille. 'Niet loslaten.' Hij wachtte tot ze het stevig beet had en kroop toen verder, met de kabel als de draad van Ariadne om hen uit dit labyrint terug te leiden. Zich ervan bewust dat Mikhail hem ook zou kunnen gebruiken, trok hij het achter hen los, maar een lus bleef achter een rots haken en hij kon hem niet vrij krijgen. En toen hoorde hij Mikhail en was het te laat. Ze klauterden het rotsachtige talud op en pikten de kabel weer op. Om hen heen was het zo volslagen donker dat ze helemaal niets konden zien, waardoor de afstand die ze aflegden moeilijk te bepalen was. Ter bescherming hield hij zijn vrije hand uitgestoken, voor het geval hij zijn hoofd tegen een uitsteeksel zou stoten. Algauw kwamen ze boven op een hoge rotsrichel, die kon hij zich nog herinneren. Hij ging op handen en knieën zitten en kroop verder tot hij de rand voelde, toen vond hij de bovenkant van de ladder en klom snel omlaag. Hij wachtte tot Gaille beneden was en daarna probeerden ze de ladder van de wand weg te halen, maar opnieuw was Mikhail er al voor ze ermee klaar waren. Ze draaiden zich om en haastten zich verder, terwijl Mikhail vloekend en tierend achterbleef en zij door de tunnels en galerijen liepen. Gaille had moeite om hem bij te houden, dus Knox minderde zo veel vaart als hij durfde. Eindelijk trok de duisternis iets op en plotseling waren ze bij de grotopening, ze knipperden met hun ogen tegen het licht en krompen ineen bij de afgrijselijke aanblik van Iains hoofd dat op zijn wang lag. Ze lieten zich weer op handen en knieën zakken en kropen door de smalle doorgang tot aan het begin van de grot tot ze buiten waren.

Ze konden met geen mogelijkheid de opening verdedigen, niet tegen Mikhail met zijn mes. Knox dacht dat hij een pad door de gaspeldoorn zag, naar het midden van de vlakte, dus hij stoof daar regelrecht op af. De eerste paar meters waren al moeilijk om door te komen, maar de begroeiing werd steeds dichter en was bijna niet door te komen. Hij stak zijn onderarm op om zijn borst tegen de doorns te beschermen terwijl hij zich langs de stugge, stekelige takken heen worstelde, op die manier een weg voor Gaille banend. Zijn benen raakten vermoeid en hij wankelde, maar toen hoorde hij het geluid van een motor, dat even oprees en weer wegstierf, waarna een zwarte wesp boven de zuidelijke rotsomheining verscheen. Zijn hart sprong op: Angelos had de beloofde helikopter gestuurd. Hij keek om zich heen toen Mikhail uit de grot tevoorschijn kwam, het Gulden Vlies nog altijd om zijn hals gegespt, glorieus glanzend in het zonlicht. Hij beende door de gaspeldoorn naar hen toe, profiteerde van hun kielzog om snel dichterbij te komen.

Knox zwaaide met zijn armen om de aandacht van de piloot te trekken. Hij was bang dat hij te ver weg was om gezien te worden, maar de helikopter veranderde abrupt van koers in zijn richting. Zich door de gaspeldoorn vechten was net als door diepe modder waden, met deze snelheid kon hij het niet langer volhouden. Gaille moest dat hebben aangevoeld, want ze drong zich langs hem heen en nam de beurt over om een pad voor hen te banen, terwijl ze steeds even achteromkeek om er zeker van te zijn dat hij achter haar aankwam.

De helikopter maakte een hels kabaal toen hij dichterbij kwam en hen door zijn benedenwaartse trek verwaaide toen hij aan de rand van de gaspeldoorn landde. Nog tijdens de landing gleed de deur open, en twee mannen sprongen naar buiten. Knox keek triomfantelijk naar Mikhail om, verwachtte dat hij zou vluchten nu hij de kans nog had. Maar Mikhail zat niet alleen nog steeds achter hen, hij zwaaide zelfs naar de mannen, gaf al gebarend instructies. En pas op dat moment zag Knox dat ze geen uniform aanhadden, toen pas herkende hij de helikopter van de internetfoto van Ilya Nergadzes jacht.

Hij schreeuwde naar Gaille dat ze moest stoppen, maar ze kon hem boven de rotorbladen uit niet horen. Ze vocht haar weg door de laatste meters gaspeldoorn en rende eruit, maar een van de twee mannen trok zijn pistool en richtte dat op haar borst. Ze bleef onzeker staan en keek naar Knox achterom, die nog altijd in de gaspeldoorn verstrikt zat. Door de angst in haar ogen draaide zijn hart om, maar hij kon niets doen. De tweede man trok ook zijn wapen, hij richtte op Knox en vuurde twee keer. Knox dook omlaag voor dekking en krabbelde weg onder de gele deken, afstand creërend tussen hemzelf en de plek waar hij was geweest. Toen bleef hij daar zwaar hijgend liggen, zich met doodsbange voorgevoelens herinnerend welke wreedheden Mikhail met Nadya had uitgehaald, en zich afvragend welke gruwelijkheden de vrouw die hij liefhad te wachten stonden.

II

De blik op Rafiels gezicht was alle bevestiging die Mikhail nodig had dat het Vlies zijn ticket voor het presidentieel paleis was.

'Is dat…?' vroeg Rafiel vol ontzag, terwijl hij zijn hand uitstak om het aan te raken.

'Handen thuis.' De helikopterrotors draaiden langzamer, maar Mikhail moest nog altijd schreeuwen om zich verstaanbaar te maken. Hij knikte naar de tweede man, die Gaille met een arm om haar keel vasthield en zijn pistool in haar zij drukte. 'Wie ben jij?'

'Nukri, baas,' zei hei en hij klikte zo goed mogelijk met zijn hielen.

'Ben je soldaat?'

'Ja, baas.'

'Mooi zo.' Hij wendde zich weer tot Rafiel. 'Waar is de boot?'

Rafiel gebaarde naar het zuiden. 'We waren ongeveer vijfentwintig knopen zuidoostwaarts toen we opstegen. Ze zal nu dichter in de buurt zijn. Maar we moeten opschieten. Toen we hierheen vlogen was er politie op de hellingen.'

'We moeten eerst met Knox afrekenen.

'Ja, maar als ze hun luchtmacht erbij halen...'

Mikhail draaide zich naar hem toe. 'Ga nooit meer tegen mijn bevelen in,' zei hij. 'Begrepen?'

'Ja, baas. Sorry, baas.'

Mikhal knikte meevoelend, maar de man had gelijk, ze moesten opschieten. Hij greep Gaille bij haar haar, drukte zijn mes tegen haar keel en sleurde haar naar de gaspeldoorn. 'Geef je over,' riep hij naar Knox. 'Geef je over of ze sterft. Je hebt vijf seconden. Vier. Drie.' Hij keek intens naar enige beweging terwijl hij aftelde, maar zag niets. Wat was die kerel een lafaard! Hij draaide zijn mes rond in zijn hand zodat hij haar makkelijker de keel kon doorsnijden, maar wachtte toen, hij kreeg een beter idee.

III

De rotorbladen waren langzamer gaan draaien, maar gingen nu weer sneller, de helikopter stond op het punt te vertrekken. Knox kroop dichter naar de rand van de gaspeldoorn en gluurde naar buiten. Tot zijn enorme opluchting zag hij Gaille aan zijn kant van de helikopter staan, en hij zag door het cabineraam ook dat de piloot, Mikhail en de twee andere Georgiërs allemaal veilig binnen zaten. Ze zouden weldra vertrekken en lieten Gaille achter.

De helikopter begon op te stijgen, hij was nog maar een paar meter van de grond toen Gaille mee opsteeg, schoppend en spartelend als een vis aan een haak. Nu begreep Knox het pas. Mikhail had haar toch niet achtergelaten, in plaats daarvan had hij haar als aan een hondenlijn aan een zwart koord uit het cabineraam gehangen. Haar gezicht was al rood, haar mond stond wijd open alsof ze schreeuwde, hoewel hij niets kon horen boven het kabaal van de helikopter uit toen die net boven de grond hing. Het cabineraam werd nu opengeschoven en Mikhail toonde zichzelf, het Vlies nog altijd om zijn hals gegespt. Hij stak zijn hand uit, zwaaide met zijn jachtmes heen en weer zodat Knox het kon zien, en gooide het als overduidelijke uitdaging op de grond: snijd je vrouw los of kijk toe hoe ze wordt opgehangen.

Angst welde in Knox op, maar ook liefde. Hij sprong overeind, stoof zigzaggend uit de gaspeldoorn terwijl hij zijn oog op het neergegooide mes hield. Toen hij eenmaal rechtop stond, hoorde hij de verwachte geweerschoten zelfs boven de brullende rotorbladen uit kraken, hij dook, rolde zich om en greep tegelijk naar het mes, maar miste. En nu wendde de helikopter zich af en steeg op, Gaille met zich meenemend. Hij had geen tijd. Hij sprong op en greep zich vast aan het landingsgestel. Door de neerwaartse trek van de rotorbladen en het gladde, zwarte composiet moest hij alle zeilen bijzetten om zich vast te kunnen houden. Maar hij verstevigde zijn greep en zwaaide een been over de poot, toen het andere en klemde zich aan de bevestigingsstijl van het landingsgestel vast. Ze vlogen nu snel, Gaille bungelde aan de andere kant, haar gezicht zag paars, ze trapte wild met haar benen, haar tong stak naar buiten. Hij verankerde zichzelf zo goed mogelijk en reikte toen onder de buik van de helikopter door naar de andere steun. Hij kon hem met zijn vingertoppen aanraken. Hij deed nog een poging, strekte elk bot en elke pees, en kreeg genoeg greep om de oversteek te maken. Toen de helikopter van de ene naar de andere kant zwenkte en overhelde, trok hij zichzelf op. Hij legde een arm om Gailles heupen en tilde haar op om de druk om haar keel te verlichten. Ze trapte nog steeds wild om zich heen, wanhopig op zoek naar iets waar ze op kon staan. Met haar hiel scheerde ze langs de landingspoot, maar toen vond ze houvast. Hij hield haar zo goed mogelijk vast terwijl hij met zijn vingernagels de knopen om haar polsen probeerde lost te krijgen. Ze bevrijdde haar ene hand en daarna de andere. Het touw viel naar de aarde ver onder hen omlaag toen ze als een uitzinnige de strop om haar keel losmaakte en gulzig naar lucht hapte. Maar op dat moment begon ze te wankelen en ze viel. Het duurde slechts een fractie van een seconde voor Knox besefte dat Mikhail de lijn had losgelaten, het enige waarmee ze aan de zijkant van de helikopter was verankerd. Ze keek naar hem op terwijl ze viel, stak haar vrije handen naar hem uit. In haar ogen stond een smeekbede. Zonder na te denken wikkelde hij zijn benen om de bevestigingsstijl, kruiste zijn enkels eromheen, liet zich vallen en greep haar bij haar kuit, haar katoenen broek glipte door zijn vingers, maar hij kreeg haar enkel beet en hield die stevig vast terwijl ze nog hoger scheerden. De rotsachtige vlakte was zo'n twee- of driehonderd meter onder hen, veel te ver om een val te kunnen overleven.

Hij probeerde haar weer omhoog te trekken, maar daar had hij de kracht niet voor, het enige wat hij kon doen was volhouden. Ze probeerde vanuit haar middel naar hem omhoog te zwaaien en zijn onderarm te grijpen, maar dat lukte haar niet omdat ze werd teruggeslagen door de neerwaartse trek van de rotorbladen. Ze scheerden langs de rotsomheining, in zuidelijke richting naar de zee. Hij hield nog vol, maar raakte snel vermoeid, zijn gewrichten gilden het uit. Hij keek op, bad dat iemand in de helikopter medelijden met hen zou krijgen, maar slechts om te zien dat Mikhail uit het cabineraam keek, verrukt toekijkend en wachtend tot Knox haar zou laten vallen.

46

Het land viel onder de helikopter weg. Zo'n zeshonderd meter onder hen, waar de golven wit tegen de rotsen braken, was een reeks kliffen en steile rotswanden, bijna loodrecht op de kust. Knox voelde dat Gaille hem ontglipte, hij schreeuwde het uit in een poging haar vast te blijven houden. Ze moest zich hebben gerealiseerd dat ze niet veel tijd meer had, want ze zwaaide een paar keer vanuit haar middel heen en weer en had even zijn pols te pakken, maar kon hem niet vasthouden omdat ze afzwenkte door het trillen van de helikopter en de door de rotoren veroorzaakte wind. Ze probeerde het nogmaals, klampte zich deze keer vast, klom toen met haar handen langs zijn armen naar zijn haar, zijn neus en kin, greep zijn shirt en broek en trok zichzelf op hem en weer op de landingspoot, waardoor tot zijn opluchting het gewicht niet meer aan hem trok en hij ook naar de veiligheid kon klimmen.

Mikhail had dit allemaal vanuit het cabineraam gadegeslagen. Hij glimlachte terwijl hij zijn pistool pakte en op Gaille richtte. Binnen schootsafstand haalde hij de trekker drie keer over. De eerste kogel kwam in Gailles voorhoofd terecht, de tweede in haar borst toen ze al viel. Maar er kwam geen derde schot, zijn magazijn was leeg.

Knox keek ongelovig toe toen Gaille viel, haar uitwaaierende ledematen beschreven stille, langzame spiralen, ze ging door een sliert wolken en verdween uit het zicht. Toen keek hij omhoog naar Mikhail, die nog altijd uit het cabineraam leunde, eerder naar hem keek dan naar Gaille en met leedvermaak genoot van elk detail. Toen richtte hij zijn pistool op hem en haalde nog eens twee keer de trekker over, zich duidelijk niet ervan bewust dat hij geen kogels meer had. Hij haalde onverschillig zijn schouders op toen hij het merkte, trok zich naar binnen terug en sloot het raam.

Knox zat in verdoofde wanhoop ineengezakt op de landingssteun, zijn hart en ingewanden waren uiteengereten, weggerukt toen Gaille was gevallen. Hij wist niet hoe lang hij daar had gezeten voor de woede bezit van hem nam; eerst klotste die tegen hem aan, maar toen sloeg die in immense golven over hem heen. Hij ging op de landingssteun staan, hield zich aan de zijkant van de cabine aan de deurkruk vast en probeerde de deur te openen, maar die zat van binnenuit op slot, evenals het raam. Hij staarde door het glas naar binnen, maar Mikhail knipoogde alleen maar naar hem, smulde van Knox' machteloosheid en verdriet, terwijl de anderen de andere kant op keken, zichzelf wijsmakend dat dit niet gebeurde, dat ze niet zojuist medeplichtig waren geweest aan de moord op een onschuldige, jonge vrouw. Hij bonsde op het glas, maar dat haalde niets uit, en dat hij zo werd bespót was olie op het vuur van zijn woede. Zijn vingers werden koud door de wind en de hoogte, waardoor zijn greep op de deurkruk minder vast werd, zodat hij weer op de landingssteun ging zitten voordat hij zou vallen. Hij verankerde een arm om de bevestigingsstijl, en de rode mist loste langzamerhand op, slechts een intense kwelling achterlatend en de doffe noodzaak van wraak.

Achter hen werd de kust steeds kleiner. Een zwarte stip aan de horizon werd groter en nam vorm aan. Nergadzes jacht. Ze cirkelden om het achterschip, waar het op het heliplatform wemelde van de bemanning. De piloot bracht hen steeds dichterbij, de neerwaartse trek woelde door het haar van de dekknechten en veranderde hun shirts in spinnakers. Een van hen trok een pistool en richtte dat op Knox, maar iemand in de helikopter moest hem hebben weggewuifd, misschien bang dat ze vanaf het zwiepende jachtdek niet accuraat genoeg waren. In plaats daarvan haalde een dekknecht een lange pikhaak. De helikopter ging zo dichtbij vliegen dat hij ermee naar Knox kon uithalen, en hij raakte hem met een pijnlijke slag op zijn kuit. Hij zwaaide opnieuw en raakte zijn knie. Knox kon zich op geen enkele manier verdedigen, kon zich nergens verschuilen. De zee onder hem was een maalstroom, opgeklopt door de neerwaartse trek. Als hij zou springen, was hij een gemakkelijke prooi, tenzij ze hem eenvoudigweg lieten verdrinken.

Hij greep de andere landingssteun en zwaaide zich erheen. De helikopter maakte een ruk, dekknechten riepen en verspreidden zich. De piloot draaide om zodat Knox opnieuw binnen hun bereik kwam. Woede nam weer bezit van Knox: hij moest aan Gaille denken. Terwijl hij op de landingssteun zat, maakte hij zijn broek los, trok hem pijp voor pijp uit en stond op. Mikhail keek nieuwsgierig vanuit de cabine toe. Knox hield zijn broek bij één pijp vast en probeerde de andere pijp als een stuk touw omhoog te gooien, in de hoop dat hij de rotoren kon vangen, maar door de felle neerwaartse trek was dat onmogelijk. In plaats daarvan nam hij de stof tussen zijn tanden, slingerde zich langs de landingssteun naar de achterkant, waar het helikopterdak lager was. Hij klauwde zijn nagels in de rubberpakking aan de bovenkant van het cabineraam en trok zich op, door de woeste neerwaartse trek had hij het gevoel dat hij tegen een waterval opklom. Maar zijn woede gaf hem kracht en op een of andere manier vocht hij zich een weg naar het dak, kroop op zijn buik naar de plek waar de jezusmoer de rotors boven op de helikopter op zijn plaats hield. De neerwaartse trek was nog altijd stevig, maar niet zo erg als hij had gevreesd, alsof hij het oog van de storm had bereikt. Hij stopte zijn broek tussen de ronddraaiende metalen moer, waardoor die uit zijn handen werd gerukt en onmiddellijk aan flarden scheurde, maar een paar stofrepen wikkelden zich om de moer, waardoor die stokte en kuchte, de helikopter even vermogen verloor en heftig zijwaarts omlaag zakte terwijl de rotorbladen gemeen over het dek van het jacht zaagden. Een oorverdovend gekraak toen ze dat raakten en verbrijzelden, dodelijke brokken vlogen als granaatscherven rond, en Knox ving een beangstigende glimp op van schreeuwende dekknechten die naar hun bebloede stompen grepen.

Een van de landingssteunen van de helikopter bleef achter de reling haken. Hij bleef even aan de zijkant van het jacht hangen, brak toen los en stortte in zee, Knox met zich meenemend. Een brandstoftank barstte open, het water stonk en verschroeide zijn ogen. Vonken vlogen rond en het oppervlak om hem heen barstte in vlammen uit die zijn rug en schouder verschroeiden, dus dook hij onder water tot ze gedoofd waren. Hij kwam weer aan de oppervlakte en zag dat een van Mikhails mannen van binnenuit de helikopterdeur opende en in zee sprong, met wild zwaaiende armen alsof hij niet kon zwemmen. Een tweede man ging achter hem aan. Knox liet ze beiden gaan en trok zich toen door de open deur naar binnen voordat die weer door de waterdruk dicht zou slaan. Door de lucht binnen bleef de cabine nog drijven, maar de staart zonk nu snel, de bodem helde al in een hoek van vijfenveertig graden naar achteren, terwijl steeds meer water naar binnen stroomde. De piloot zat in zijn gordels in zijn stoel, zijn mond en ogen stonden open, zijn nek was door de val gebroken. Mikhail was ook nog binnen, springlevend, maar zat met zijn Vlies klem tussen de zijkant van zijn stoel en het verbogen chassis van de helikopter. Hij frummelde als een uitzinnige om de gesp om zijn hals los te krijgen, maar toen hij Knox zag, wist hij dat hij geen tijd meer had, want hij gooide zijn schouder tegen de cabinewand en boog het metaal zo ver terug dat hij zichzelf kon bevrijden.

De cabine zonk nu onder het wateroppervlak, waardoor er alleen nog tegen de voorruit van de helikopter een beetje lucht over was. Mikhail ging op de deur af, maar Knox sleurde hem terug. Hij was duiker, water was zijn enige voordeel. Mikhail draaide zich om, legde zijn handen op Knox' schouders en duwde hem onder. Knox sloeg zijn armen om Mikhails middel en trok hem met zich mee omlaag. Ze worstelden hevig, draaiden alle kanten op. Mikhail werkte zijn handen om Knox' keel en begon hem te wurgen. Knox probeerde hem van zich af te trekken, maar Mikhail was te sterk voor hem, de man was een bonk spieren, maar hij zou zich verdomme niet laten verslaan. Hij trok zijn knieën tot zijn kin op, plantte een voet op Mikhails borst en schopte zichzelf vrij. Toen vloog hij naar het kleine beetje lucht dat nog altijd tegen de voorruit gevangen zat, hoestte, spuugde water uit en ademde dankbaar in.

Door het glas zag hij hoe ver ze al gezonken waren, het zonlicht schitterde vijftien of twintig meter boven hem, en hij zag de zwarte massa van de onderbuik van het jacht. Mikhail dook naast hem op, hapte naar adem, vocht om zijn hoofd boven water te houden, terwijl hij nog steeds door het Vlies omlaag werd getrokken. Knox aarzelde niet: hij gooide zichzelf op Mikhails schouders toen die net een hap lucht nam, waardoor hij water opzoog, precies zoals hij de dag ervoor met Knox had gedaan, toen hij op die bank lag vastgebonden en met water werd gemarteld. Die gedachte gaf Knox stalen kracht. Terwijl Mikhail nog sputterde, trok hij hem onder de oppervlakte en hield hem daar, hij wikkelde zijn benen om de voet van een van de stoelen, negeerde zijn eigen lege, protesterende longen, het stompen, slaan en klauwen. Wraak was het enige wat ertoe deed, dat was hij aan Gaille verplicht, en ten slotte kreeg hij die ook, toen Mikhail niet langer worstelde en stilviel.

Knox' longen schreeuwden om lucht. Hij trok zichzelf omhoog, maar de voorruit zo geknikt dat alle lucht was weggeborreld. De cabinedeur was weer dichtgegaan en nu was het nagenoeg onmogelijk die tegen de waterdruk in open te krijgen. Maar uiteindelijk wist hij het voor elkaar te krijgen, hij trapte zich naar de oppervlakte hoog boven hem, hield zijn lichaam gestroomlijnd terwijl hij omhoog schoot, vocht de impuls terug om zijn mond te openen en gebruikte zijn wilskracht als nooit tevoren om zijn natuurlijke reflexen te onderdrukken tot hij eindelijk door het wateroppervlak heen brak, de verrukkelijk lucht kon opzuigen en door zijn hele systeem liet stromen en circuleren.

Om hem heen lag het puin van de crash. Reddingsvesten en stukken kapot plastic, en er stond het een en ander in brand. Hij zag niemand in het water, maar op het dek boven hem jammerden mensen van ellende en folterende pijn, geluiden waar zijn hart van opsprong. De adrenaline van de worsteling begon weg te ebben, hij voelde nu ten volle de schroeiende pijn van de brandwonden op zijn rug.

Een gevechtsvliegtuig met Griekse onderscheidingtekens brulde zo laag over het jacht dat hij ineenkromp, het condensatiespoor dat het achterliet kronkelde vreemd in de lucht. Toen keek hij naar de kust in het noorden, en zag twee helikopters over de zee scheren, en het enige wat hij voelde was een onuitsprekelijke woede dat het nu ze er eindelijk waren te laat was.

Epiloog

De man van de Britse ambassade droeg een zwart pak en stropdas, alsof hij op een begrafenis was. In zekere zin was dat ook zo. Hij ging stijfjes naast Knox' ziekenhuisbed zitten, uit zijn pogingen te doen alsof hij zich op zijn gemak voelde, bleek duidelijk dat hij zich op dit soort plekken liever niet vertoonde.

'Wie bent u?' vroeg Knox.

'U hebt nogal wat opwinding veroorzaakt, weet u,' zei de man tegen hem, terwijl hij zijn broekspijp gladstreek. 'U hebt allerlei belangrijke mensen alle kanten op laten vliegen.'

'O ja?'

'Ja, ja,' straalde hij. 'U bent de held van Buitenlandse Zaken. Zoals de Grieken u en uw vrienden hebben behandeld...' Hij schudde minachtend spottend zijn hoofd. 'Een wrok die we goed moeten koesteren, zo veel weet ik wel. Dit kunnen we nog jaren tegen ze gebruiken.'

'Ik ben blij dat ik me nuttig heb gemaakt.'

De man scheen zich te realiseren dat zijn luchthartigheid misplaatst was, want hij nam een ingetogener houding aan. 'Maar daarom ben ik natuurlijk niet hier.'

'O nee?' vroeg Knox, terwijl hij zijn hoofd naar het raam draaide. Buiten zag hij de volmaakt blauwe hemel. Soms vlogen er meeuwen langs, maar nu niet.

'Hoeveel weet u van wat er is gebeurd?' vroeg de man. 'Met de Nergadzes, bedoel ik?'

'Niets.' Nico was bij hem geweest, maar die had vooral gepraat over de voortgaande opgraving van Petitiers grot en dat ze erin waren geslaagd zijn tijdschriften te ontcijferen, de manische persoonlijkheid die eruit naar voren was gekomen. Ik heb het verloren labyrint gevonden, was een lemma. Ik heb het Gulden Vlies gevonden. Ik heb Atlantis gevonden. En het zag ernaar uit dat Iains boek, dat eerder was gepubliceerd om het moment uit te buiten, een fortuin zou opbrengen voor zijn weduwe en zoon; hoewel – of misschien juist wel omdat – het steeds duidelijker werd hoe nauw hij zijn eigen theorieën op Petitiers onderzoek had gebaseerd. Maar het interesseerde Knox totaal niet, het betekende niets.

'Ilya wordt vrijgelaten, ziet u,' zei de man. 'Hij heeft een schikking getroffen met de president. Zo werkt dat met dat soort mannen. Ze treffen een schikking. Hij bekent schuld aan wat onbeduidende overtredingen, gaat korte tijd de gevangenis in. Geen zware straf, als je alles in ogenschouw neemt, maar het betekent wel het eind van zijn politieke aspiraties, en ook van die van zijn familie. En wanneer machtige mensen zo worden vernederd en vleugellam worden gemaakt, gaan ze op zoek naar een zondebok.'

Nu had hij Knox' aandacht. 'Ik?' vroeg hij ongelovig.

De man knikte. 'Hij geeft u de schuld van de dood van zijn kleinzoon. Dat beweert hij althans, wat bij dit soort mensen niet helemaal hetzelfde is. Denk maar niet dat hij een traan zal laten om Mikhail, geloof me; maar hij was familie, dus daar moet voor gezorgd worden. Beter gezegd, hij moet erop toezien dat er iets gedaan wordt. Hij moet de mensen laten weten dat de consequenties verschrikkelijk zijn wanneer iemand hem voor de voeten loopt.'

'U bedoelt toch niet te zeggen dat hij een prijs op mijn hoofd heeft gezet?'

'Een kolossále prijs,' zei de man, met duidelijk genoegen. 'Vijf miljoen euro, om precies te zijn. Schromelijk overdreven, vergeef me de uitdrukking. Tegenwoordig kun je al voor een paar duizend iemand inhuren. Huurmoordenaars voelen de crisis net als ieder ander. Maar het gaat natuurlijk eigenlijk niet om u. Nergadze wil door middel van u zijn vijanden waarschuwen hem niet te onderschatten, alleen maar omdat het ernaar uitziet dat hij verzwakt is. Niet dat u daar heel veel mee opschiet, vermoed ik. Het is geen pretje om een prijs op je hoofd te hebben staan.'

'Is u dat dan ook overkomen?'

Hij schudde zijn hoofd. 'Nee. Maar ik heb met mensen gewerkt bij wie dat wel het geval was. U kunt wel zeggen dat bescherming mijn specialiteit is. De reden waarom mij gevraagd is om hier met u te komen praten, uiteraard.' Hij zette zijn vingertoppen tegen elkaar. 'Probleem is, bescherming is niet eenvoudig. Zelfs in het Verenigd Koninkrijk is het niet gemakkelijk.'

'Dat is dan oké. Ik woon in Egypte.'

'Nee, niet meer. Onze Egyptische vrienden willen u niet terug hebben. U zou het daar trouwens geen week redden. Niet met die prijs op uw hoofd. Nee, u moet weer terug naar Engeland, en u zult eraan gewend moeten raken in een veiligheidscocon te moeten leven. Niet bepaald aangenaam. En héél duur voor onze arme belastingbetalers.'

Ah! dacht Knox. Nou krijgen we het. 'Tenzij…?' vroeg hij.

'Toevallig is er wel een mogelijkheid,' zei de man glimlachend, alsof het hem zojuist te binnen schoot. 'Normaal gesproken zou ik dit niet te berde brengen, niet nu u nog moet herstellen; maar dit zijn buitengewone omstandigheden, en als we daarop inzetten, dan is dit het juiste moment.'

'Waarop inzetten?'

'U hebt veel brandwonden opgelopen, ziet u. Niet levensbedreigend, nu niet meer. Maar het hielp bepaald niet dat u een zeldzame bloedgroep hebt. In de toekomst is het misschien een idee om een armband te dragen, of zo'n medaillongeval. Bespaart iedereen een hoop verdriet. Maar het punt is dat de wereld gelooft dat u nog steeds in levensgevaar bent. Dus stelt u zich eens voor dat we een medisch evacuatievliegtuig regelen dat u naar Engeland terugvliegt. Stelt u zich eens voor dat u een terugslag krijgt. Acuut nierfalen, bijvoorbeeld. Dat gebeurt vaak bij brandwondenslachtoffers. Stelt u zich eens voor dat u aan de hart-longmachine moet, maar ondanks de heldhaftige pogingen van onze beste artsen…'

'En dan?' vroeg Knox. 'Plastische chirurgie? Een nieuwe identiteit?'

'Misschien een draai hier, een injectie daar. Maar niets ingrijpends. Uw naam mag dan bekend zijn, uw gezicht is dat zeker niet. U hebt zich bewonderenswaardig op de achtergrond weten te houden voor iemand in uw positie. Mijn collega's hebben inmiddels de vrijheid genomen om een paar foto's van u te verspreiden, net genoeg aangepast om een valse indruk te geven. Doe er een stoppelbaard van drie dagen op, gekleurde contactlenzen, een coupe soleil… Vertrouw me maar. We zijn goed in dat soort dingen. Dat betekent een heel nieuwe start voor u.

Denk daar maar eens aan. De helft van de mensen die ik ken zouden hun rechterarm ervoor overhebben om een heel nieuwe start te kunnen maken. En het is niet voor altijd, niet als het u niet bevalt, alleen totdat de ouwe Nergadze sterft en de familie implodeert, want dat gaat gebeuren. Uiteindelijk gebeurt dat altijd. Misschien kunt u gaan lesgeven. Geen egyptologie, natuurlijk. Daar kan een tijdje geen sprake van zijn. Geschiedenis, bijvoorbeeld. Of duiken. Hebt u niet ooit als duikinstructeur gewerkt? Ik heb een vriend uit mijn diensttijd die in de haven van Hove een bergingsbedrijf runt. Hij klaagt er altijd steen en been over hoe moeilijk het is om hooggekwalificeerde onderwaterarcheologen te vinden. Archeologische scheepswrakken zijn tegenwoordig aan zulke strikte regels gebonden dat er grote vraag is naar mensen als u. Denk daar maar eens over na. U zou weer kunnen reizen. Ik weet hoeveel u van reizen houdt.'

'Ja,' zei Knox. Nu begreep hij opeens iets, iets waaruit hij geen wijs had kunnen worden. Augustin was eerder die dag bij hem geweest, zichzelf vooruit geploeterd in zijn rolstoel, terwijl hij aan het herstellen was van zijn eigen verwondingen. 'We zijn wel een stel, hè,' had hij gebromd, terwijl hij zich van Knox' fruitmand bediende.

'Ja.'

'Ik heb gezien wat voor potje je van mijn lezing hebt gemaakt.'

'Met het materiaal dat ik had, heb ik er het beste van gemaakt.'

Er was een stilte gevallen, die gespannen was geworden. Augustin had zijn hand op die van Knox gelegd. 'Ik vind het zo erg van Gaille,' had hij gezegd. 'Ik weet niet wat ik moet zeggen.'

'Laat maar zitten.'

'Je moet iets weten. Welk besluit je ook neemt, ik zal je er volledig en onvoorwaardelijk in steunen. Claire ook. Dat besef je toch wel, hè?'

Knox had op dat moment niet begrepen wat hij ermee bedoelde, maar nu leek het duidelijk dat deze man hier naar hun mening had gevraagd.

'En?' vroeg hij. 'Wat vindt u ervan?'

'Dit bespaart jullie zeker een hoop geld, hè?'

'Dat is niet de enige reden,' antwoordde hij. 'Ik kan u verzekeren dat de kwaliteit van uw leven er een stuk beter op wordt.'

'Mag ik erover nadenken?'

'Natuurlijk. Maar we kunnen niet eeuwig wachten. Wat dacht u ervan als ik morgen weer even langskom?'

'Prima,' zei Knox. Hij draaide zijn hoofd opzij totdat hij de deur hoorde dichtgaan. Soms had hij het gevoel dat een groot zwart gat zich in de wereld opende en hij opnieuw werd geconfronteerd met het verlies van Gaille, met het feit dat hij als man volkomen had gefaald. Hij voelde dat het zich nu opende. Zijn ademhaling ging sneller terwijl hij zich schrap zette. Het begon altijd met een herbeleving van dat machteloze afgrijzen dat hij had gevoeld toen Mikhail hem op die bank had vastgesnoerd, water in zijn mond had geschonken om hem te laten verdrinken. Dat zou hem nog maanden achtervolgen, wist hij, zo niet jaren. En door die wetenschap werd hij diep vanbinnen weer woedend, niet alleen op Mikhail, die hij er tot nu toe de schuld van had gegeven, maar ook op Mikhails vader en grootvader, vooral op zijn grootvader. Hij had geweten dat Mikhail een psychopaat was, en toch had hij hem naar Athene gestuurd, zich absoluut ervan bewust dat hij waarschijnlijk een bloedbad zou aanrichten. En in plaats van dat hij berouw toonde over wat hij had gedaan, gebruikte hij zijn dood alleen maar als excuus voor nog meer van zijn verknipte machtsspelletjes.

Tot Knox' verbazing voelde het goed om zo woedend te zijn. Of, beter gezegd, het voelde beter dan wanhoop.

Hij had niet heel goed geluisterd naar de man van de ambassade. Maar hij wist al dat hij zijn aanbod zou accepteren, al was het maar omdat het hem aan de wil ontbrak om te weigeren. Maar terwijl hij daar zo lag, kwam er plotseling een nieuwe gedachte in hem op. Uit persoonlijke ervaring wist hij hoe moeilijk het was om extreem rijken frontaal aan te vallen. Zolang de Nergadzes wisten dat hij nog leefde, konden ze zich gemakkelijk tegen hem beschermen, of slaagden ze er zelfs misschien in zich uiteindelijk alsnog van hem te ontdoen. Maar als ze geloofden dat hij dood was...

Hij liet het idee in zijn hoofd een ruwe vorm krijgen. Een nieuwe identiteit, een nieuw uiterlijk, een nieuw paspoort. Een paar jaar om te herstellen en de Nergadzes te laten denken dat ze ermee weg waren gekomen. En vervolgens zich op de een of andere manier ongezien op hun terrein begeven. De man van de ambassade had het idee daarvoor zelfs in zijn hoofd geplant. Even stelde Knox zich voor dat hij aan een of andere bergingsklus werkte, vlak voor de kust van de Zwarte Zee, waar alle oligarchen hun zomerhuizen hadden. In een kamer alleen met Ilya Nergadze. Hoe hij van het een in het ander moest komen, wist hij nog niet, maar hij had alle tijd van de wereld om de details uit te werken.

Hij ontspande zich op zijn matras, zijn kussen, keek naar zijn raam, dat volmaakt blauwe parallellogram. Een meeuw vloog in zijn gezichtsveld, zilverwit oplichtend in de zon, zwevend als de Heilige Geest op de thermiek voor hij langzaam uit het zicht vloog. Voor het eerst in dagen begon hij zich wat beter te voelen, wat sterker.

Wat had Nico die avond in dat restaurant ook alweer gezegd? Een doel hebben, daar gaat het om.

Ja. Een doel hebben.

Dankwoord

De bronstijd in het oostelijk Middellandse Zeegebied, die de achtergrond vormt van dit boek, is zowel onmetelijk complex als eindeloos fascinerend. Daarom ben ik mijn goede vriend Clive Pearson immens dankbaar, evenals dr. Don Evely van de British School of Athens, beiden Minoïsch deskundigen, dat ze hun tijd en kennis zo royaal beschikbaar hebben gesteld zodat ik die periode beter ben gaan begrijpen. Maar belangrijker is nog dat ik ze wil bedanken omdat ze het eerste concept van dit manuscript hebben willen lezen en zo veel waardevolle suggesties en correcties hebben aangedragen. Ik heb de meeste, maar niet alle, van hun aanbevelingen overgenomen, dus in dit geval is het nog duidelijker dat eventuele vergissingen mij en mij alleen aan te rekenen zijn.

Bovendien hebben vele anderen me bij mijn onderzoek geholpen, zowel in het Verenigd Koninkrijk als tijdens mijn reizen in Griekenland en Georgië. Met name Kat Christopher heeft in Athene veel moeite voor me gedaan, maar ik wil ook Thanos en Angela bedanken voor een verrukkelijke lunch, evenals Martin, Ioannis, Sandro, Thomas en de vele anderen die me op een of andere manier uit de brand hebben geholpen.

Als belangrijkste, ten slotte, wil ik mijn agent Luigi Bonomi bedanken, evenals mijn redacteur Wayne Brookes voor hun nooit aflatende enthousiasme, advies en steun. Ik sta enorm bij hen in het krijt.